Der fesselnde Auftakt einer magischen Abenteuerserie

Paris, 1889: Zeit der Weltausstellung. Auf Séverin, Laila, Tristan, Zofia und Enrique wartet ihre bislang wichtigste Mission. Séverin hat die Chance, sein rechtmäßiges Erbe anzutreten – wenn es ihm gelingt, das wertvolle Horus-Auge aufzuspüren. Die talentierten Schatzjäger brauchen jede Menge Intellekt und auch Magie, um die vielen Rätsel zu lösen, die ihnen in den Weg gelegt werden. Noch dazu scheint Auftraggeber Hypnos etwas vor ihnen zu verbergen und bringt die Wölfe in höchste Gefahr …

»Was für ein Debüt! Roshani Chokshi verbindet meisterhaft phantastische und historische Elemente zu einer Geschichte voller Mythen, in der kolossal entworfene Figuren spannende Abenteuer erleben.« *Geek!*

Roshani Chokshi, geboren 1991, stand mit *Die goldenen Wölfe*, der Kinderbuchreihe *Aru Shah* sowie der Fantasy-Serie *The Star-Touched Queen* auf der *New York Times*-Bestsellerliste. Auf ihren sozialen Kanälen besitzt sie eine große Fangemeinde. Chokshi hat indische und philippinische Wurzeln, ist verheiratet und lebt in Georgia.

Hanna Christine Fliedner hat in Düsseldorf den Studiengang Literaturübersetzen studiert und überträgt Romane, Kurzprosa und erzählende Sachbücher aus dem Englischen, Spanischen und Portugiesischen ins Deutsche.

Jennifer Michalski hat ebenfalls Literaturübersetzen in Düsseldorf studiert und ist heute freiberuflich tätig. Sie übersetzt aus dem Englischen und Spanischen und hat u.a. Hannah Witton und Sir Arthur Conan Doyle ins Deutsche übertragen.

Roshani Chokshi

DIE GOLDENEN WÖLFE

Aus dem amerikanischen Englisch
von Hanna Christine Fliedner
und Jennifer Michalski

ARCTIS

Die Originalausgabe erschien 2019 unter dem Titel
The Gilded Wolves bei Wednesday Books/St. Martin's Press, New York.

Ungekürzte Taschenbuchausgabe
1. Auflage 2022
© Atrium Verlag AG, Imprint Arctis, Zürich-Hamburg
Alle Rechte vorbehalten
Copyright © 2019 Roshani Chokshi
First published by Wednesday Books/St. Martin's Press
Translation rights arranged by The Sandra Dijkstra Literary Agency
All rights reserved
Übersetzung: Hanna Christine Fliedner und Jennifer Michalski
Lektorat: Sophie Hofmann, Hamburg
Umschlaggestaltung: Kerri Resnick
Überarbeitung: Suse Kopp, Hamburg
Satz: Greiner & Reichel, Köln
Druck und Bindung: GGP Media GmbH, Pößneck
Printed in Germany 2022
ISBN 978-3-03880-209-9

www.arctis-verlag.de

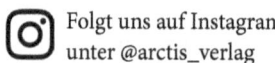

Folgt uns auf Instagram
unter @arctis_verlag

Für *Aman*, der gesagt hat:
»Schreib irgendwas Cooles über mich.«

Nope.

Fléctere si néqueo súperos, Acheronta movebo!
Kann ich die Himmlischen nicht beugen,
versetze ich die Unterwelt in Aufruhr!
VERGIL

~ • ~ • ~

Es waren einst vier Häuser Frankreichs.
Wie alle Häuser des Ordens von Babel schworen sie,
das Wissen um den Verbleib ihres Babelfragments zu
hüten, Quell aller Schmiedekunst.
Schmieden galt als Gabe der Schöpfung, übertroffen
lediglich von der Macht Gottes selbst.
Doch ein Haus fiel.
Und die Blutlinie eines anderen versiegte ohne Erben.
Was bleibt, ist ein Geheimnis.

Prolog

Die Matriarchin des Hauses Kore verspätete sich. Unter normalen Umständen machte sie sich nichts aus Pünktlichkeit. Denn Pünktlichkeit, mit diesem unziemlichen Hauch von Übereifer, war etwas für das gemeine Volk. Und weder war sie Teil des gemeinen Volkes noch besonders erpicht darauf, ein Souper mit dem Erben von Haus Nyx über sich ergehen zu lassen, dessen Herkunft ohnehin sehr fragwürdig war.

Wenn sie allerdings noch später käme, hätte das nur Gerede zur Folge. Weit lästiger und unziemlicher noch als Pünktlichkeit.

»Was dauert da so lange?«, rief sie durch das Vestibül.

Sie schnipste ein unsichtbares Staubkörnchen von ihrer neuen Robe. Das Kleid war aus feinster Seide, entworfen von den Couturiers bei Raudnitz & Cie an der Place Vendôme im ersten Arrondissement. Über Turnüre und Tüllschleppe zog sich ein Geflecht aus Efeuranken und Butterblumen, die im Kerzenlicht ihre Blüten öffneten. Lilien aus Taft bewegten sich im blauen Seidenstrom des Saumes auf und nieder. Die Schmiedearbeit war makellos. Was man allerdings bei dem exorbitanten Preis auch erwarten konnte.

Der Kutscher reckte seinen Kopf durch den Vordereingang. »Ich bitte Madame vielmals um Verzeihung. Es kann sich nur noch um wenige Augenblicke handeln.«

Die Matriarchin wedelte verächtlich mit der Hand. Licht brach sich in ihrem Babelring, einem Kranz aus Dornen, den ein blaues Leuchten durchzog. Seit dem Tag, an dem sie sich erfolgreich gegen Familienmitglieder und innerhäusliche Rivalen durchgesetzt hatte, war der Ring untrennbar an sie als neue Matriarchin von Haus Kore gebunden. Ihr war durchaus bewusst, dass ihre Nachkommen und einige andere Angehörige des Hauses die Tage zählten, bis sie starb und den Ring weitergab. Doch noch war sie dazu nicht bereit. Und bis es so weit war, wussten nur sie und der Patriarch des Hauses Nyx um das Geheimnis des Rings.

Als sie die Tapete berührte, leuchtete sachte ein Symbol im goldenen Muster auf: ein Dornenkranz. Sie lächelte. Wie jeder einzelne Gegenstand ihres Haushaltes war auch die Tapete hausgezeichnet.

Nie würde sie vergessen, wie sie zum ersten Mal das Emblem des Hauses auf einem Artefakt hinterlassen hatte. Die Macht des Rings verlieh ihr das Gefühl, eine Göttin in Menschengestalt zu sein. Das war allerdings nicht immer der Fall. Gestern hatte sie die Hauszeichnung von einem Objekt entfernt. Nicht, dass sie es gewollt hätte, aber für die Ordensauktion war es unumgänglich und mit manchen Traditionen ließ es sich schlecht brechen …

Zu ihnen gehörte auch, ab und an das Souper mit dem Oberhaupt eines anderen Hauses einzunehmen.

Die Matriarchin lief auf das offene Tor zu und blieb auf der Türschwelle aus Granit stehen. Durch die kalte Nachtluft schlossen sich die seidenen Blüten auf ihrem Kleid.

»Die Pferde werden doch jetzt wohl angeschirrt sein?«, rief sie durch die Nacht.

Der Kutscher antwortete nicht. Sie zog sich ihre Stola fester um die Schultern und trat einen Schritt vor. Da stand die Kutsche, mit den wartenden Pferden … Aber wo war der Kutscher?

»Mein Gott, hat denn die Seuche der Inkompetenz *jeden* meiner Domestiken niedergestreckt?«, murmelte sie und lief auf die Pferde zu.

Selbst ihr Kurier, der lediglich einen Gegenstand im Auktionshaus des Ordens hätte abliefern sollen, hatte versagt. Seiner Liste klar umrissener Aufgaben hatte er offenbar eigenmächtig eine hinzugefügt: Sich spektakulär zu betrinken, ausgerechnet im L'Éden, dieser pseudoaristokratischen Spelunke von einem Hotel.

Neben dem Wagen sah die Matriarchin nun den Kutscher mit dem Gesicht nach unten im Kies liegen. Sie zuckte zurück. Ganz plötzlich war kein Laut mehr zu hören, nicht einmal das Stampfen der Pferdehufe. Stille senkte sich wie ein scharfes Beil über die Auffahrt.

Wer ist da?, wollte sie fragen, doch die Worte fielen tonlos in sich zusammen.

Beunruhigt trat sie einen Schritt zurück. Das Geräusch ihrer Sohlen auf dem Kies wurde verschluckt, als wäre sie unter Wasser. Sie rannte zur Tür, hatte den tröstlichen Schein des Kronleuchters aus dem Vestibül fast erreicht. Für einen Moment glaubte sie sich in Sicherheit. Dann verfing sich ihr Absatz im Saum des Kleides. Sie stolperte. Doch nicht der Boden kam ihr entgegen.

Sondern ein Messer.

Sie sah die Klinge nicht, spürte nur den scharfen Druck, als der Gegenstand mühelos in ihren Finger drang. Sie fühlte, wie ihre Knochen nachgaben, eine warme Flüssigkeit ihr über Handfläche und Unterarm lief und ihren teuren Trompetenärmel besudelte. Jemand nahm ihr unwirsch den Ring vom Finger. Die Matriarchin von Haus Kore hatte nicht mal Zeit, nach Luft zu schnappen.

Vor ihren weit aufgerissenen Augen glitten geschmiedete Mottenlichter mit Flügelchen aus smaragdgrünem Glas über die Decke. Einige ließen sich dort nieder, wie schläfrige Sterne.

Aus dem Augenwinkel sah sie noch den massiven Knüppel auf sich zukommen.

TEIL I

AUS DEN ARCHIVEN DES ORDENS VON BABEL

Die Anfänge des Imperiums
Großmeister Emanuele Orsatti,
Haus Orcus der Italienischen Fraktion
Im Jahre 1878 unter der Herrschaft
Königs Umbertos I.

Die Kunst des Schmiedens ist so alt wie die Zivilisation selbst. Nach den uns vorliegenden Übersetzungen schrieben Imperien aus alter Zeit den Ursprung der Schmiedegabe verschiedenen mythischen Artefakten zu. In Indien glaubte man etwa, sie entspringe dem Krug des Schöpfergottes Brahma. Die Perser führten sie auf den mythischen Kelch des Dschamschid zurück … und so fort.

Ihre Vorstellungen – so lebhaft wie auch bildreich – sind falsch.

Die Schmiedekunst entspringt der Präsenz der Babelfragmente. Obgleich niemand die genaue Anzahl der Fragmente kennt, ist es die Überzeugung dieses Autors, dass Gott es für recht hielt, nach der Zerstörung des Turmes zu Babel (1. Buch Mose, 11: 1-9) wenigstens fünf Fragmente zu zerstreuen. Wo die Fragmente niedergingen, wuchsen Hochkulturen: Die Ägypter und Afrikaner am Nil, Hindus im Industal, die Orientalen am Gelben Fluss, Mesopotamier an Euphrat und Tigris, die Maya und Azteken in Mesoamerika und die Inka in den Anden. Und so begann dort die Schmiedekunst auf ganz natürliche Art und Weise zu florieren.

Die ersten Aufzeichnungen über das Fragment des Westens sind auf das Jahr 1112 datiert. Unsere Ahnen und Brüder, die Tempelritter, brachten uns ein Babelfragment aus dem Heiligen Land und betteten es in unseren Boden. Seitdem hat die Schmiedekunst einen schier unvergleichlichen Grad der Entwicklung erreicht. Für diejenigen, die mit der Schmiedegabe gesegnet sind, ist es ein göttliches Erbe, wie jedes Talent. Denn so, wie wir nach Seinem Ebenbild geschaffen wurden, spiegelt auch die Schmiedekunst die Schönheit Seiner Schöpfung wider. Schmieden bedeutet nicht nur, eine Schöpfung zu veredeln, sondern ihr eine neue Form zu verleihen.

Es ist die heilige Pflicht des Ordens, diese Fähigkeit zu hüten, unsere heilige und gottgewollte Aufgabe, das Wissen um den Ort des Westlichen Babelfragments zu schützen.

Würde uns diese Macht entrissen, wäre dies, so fürchte ich, das Ende der Zivilisation.

Séverin

Eine Woche zuvor ...

Séverin warf einen Blick auf die Uhr: noch zwei Minuten.

Um ihn herum standen maskierte Mitglieder des Ordens von Babel, die hinter vorgehaltenen weißen Fächern tuschelten, während sie gespannt auf die letzte Auktionsrunde warteten.

Séverin legte den Kopf in den Nacken. Von der mit Fresken übersäten Decke starrten längst verstorbene Götter auf die Menschenmenge herab. Er bemühte sich vergebens, den Wänden keine Beachtung zu schenken. Wo er auch hinsah, prangten die Embleme der zwei noch bestehenden Häuser der Französischen Fraktion. Halbmonde für Haus Nyx. Dornen für Haus Kore.

Die anderen beiden Embleme waren sorgfältig aus dem Muster entfernt worden.

»Meine sehr verehrten Damen und Herren des Ordens, unsere Frühlingsauktion neigt sich dem Ende«, verkündete der Auktionator. »Wir danken Ihnen für Ihre Teilnahme an dieser außergewöhnlichen Transaktion. Wie Sie bereits feststellen durften, konnten die Objekte des heutigen Abends von weit entlegenen Schauplätzen zu uns gebracht werden – aus den Wüsten Nordafrikas und den schillernden Palästen Indochinas. Noch einmal möchten wir uns bei den beiden Häusern Frankreichs bedanken und ihre Bereitschaft honorieren, Gastgeber dieser Frühlingsauktion zu sein. Ehre, Haus Nyx. Ehre, Haus Kore.«

Séverin hob die Hände, applaudierte aber nicht. Die lange Narbe auf seiner Handfläche schimmerte silbern im Licht des Kronleuchters – eine Erinnerung an das Erbe, das man ihm verwehrt hatte.

Als letzter Angehöriger der Montagnet-Alarie-Linie und Erbe von Haus Vanth flüsterte Séverin dennoch: *Ehre, Haus Vanth.*

Vor zehn Jahren hatte der Orden die Blutlinie von Haus Vanth für ausgestorben erklärt.

Der Orden hatte gelogen.

Während der Auktionator sich in einer ausgedehnten Rede über die heiligen und beschwerlichen Pflichten des Ordens erging, berührte Séverin seine gestohlene Maske. Sie bestand aus einem Geflecht metallischer Dornen und Rosen, die mit Raureif überzogen und so geschmiedet waren, dass das Eis nie schmolz und die Rosen nie verwelkten. Die Maske gehörte dem Kurier von Haus Kore, der – falls Séverin die richtige Dosis verwendet hatte – noch sabbernd in einer großzügigen Suite seines Hotels, des L'Éden, liegen musste.

Gemäß seinen Informationen musste das Objekt, für das er hergekommen war, jeden Moment zur Auktion freigegeben werden. Er wusste schon, was als Nächstes passierte. Es würde zaghafte Gebote geben, aber Vermutungen zufolge hatte Haus Nyx diese Runde schon im Voraus für sich entschieden. Doch auch wenn Haus Nyx gewann, würde das Artefakt mit Séverin nach Hause gehen.

Seine Mundwinkel verzogen sich zu einem Lächeln und er hob die Hand. Sofort löste sich ein Glas aus dem Champagnerlüster über ihm und schwebte auf ihn zu. Er setzte es an die

Lippen, nippte aber nicht daran, sondern prägte sich über den Glasrand hinweg noch einmal den Aufbau des Ballsaals und die Ausgänge ein. Perlmuttfarbene Macarons, kunstvoll arrangiert in Form eines gigantischen Schwans, kennzeichneten den Ostausgang. Dort stand auch Hypnos, der junge Erbe von Haus Nyx, und stürzte seinen Champagner hinunter, bevor er die Hand für das nächste Glas hob. Das letzte Mal hatte Séverin mit Hypnos gesprochen, als sie Kinder gewesen waren. Damals waren sie eine Mischung aus Spielkameraden und Rivalen gewesen, denn beide hatten eine fast identische Erziehung genossen, dazu bestimmt, die Ringe ihrer Väter zu übernehmen.

Doch das war eine Ewigkeit her.

Séverin löste den Blick von Hypnos und ließ ihn über die lapislazuliblauen Säulen am Südausgang wandern. Der Westausgang wurde von vier bewegungslosen Sphinxwächtern flankiert. Gekleidet in feine Anzüge, trugen sie vor dem Gesicht die für sie charakteristischen Krokodilsmasken. Sie waren der Grund dafür, dass niemand dem Orden etwas stehlen konnte. Ihre Masken konnten die Spur eines jeden Gegenstands, der durch die Ringe der Matriarchinnen und Patriarchen hausgezeichnet war, aufnehmen und verfolgen.

Doch Séverin wusste, dass alle Artefakte ungezeichnet zur Auktion kamen und erst nach der Versteigerung, wenn ihr neuer Besitzer sie abholte, hausgezeichnet wurden – was ein wertvolles Zeitfenster eröffnete, in dem man das Objekt stehlen konnte. Und niemand, nicht einmal eine Sphinx, würde herausfinden, wohin es verschwunden war.

Ein Objekt ohne Hauszeichnung blieb jedoch nicht ohne jeglichen Schutz.

Schräg gegenüber von Séverin, am Nordende, lag der Verwahrungssaal – der Ort, an dem alle ungezeichneten Objekte auf ihre neuen Eigentümer warteten. Vor dem Eingang kauerte ein riesiger Löwe aus Quarz. Sein Kristallschwanz klatschte immer wieder träge auf den Marmorboden.

Ein Gong ertönte. Gerade war ein hellhäutiger Mann hinter das Podium auf die Bühne getreten.

»Wir sind hocherfreut, Ihnen unser letztes Objekt präsentieren zu dürfen. Der Kompass wurde zu Zeiten der Han-Dynastie geschmiedet und 1860 aus dem Sommerpalast in China geborgen. Dieses Objekt ermöglicht eine Navigation anhand der Sterne und die Unterscheidung von Wahrheit und Lüge«, sagte der Auktionator. »Er misst zwölf mal zwölf Zentimeter und wiegt 1,2 Kilogramm.«

Über dem Kopf des Auktionators flirrte ein Hologramm des Kompasses, ein viereckiges Stück Metall mit einer kreisförmigen Rille in der Mitte. Die Seiten waren mit chinesischen Schriftzeichen versehen, die in das Metall eingestanzt waren.

Die vielfältigen Anwendungsmöglichkeiten waren beeindruckend. Allerdings war es nicht der Kompass an sich, der Séverins Interesse weckte, sondern die Schatzkarte, die sich in seinem Inneren verbarg. Aus dem Augenwinkel sah er, dass Hypnos begeistert in die Hände klatschte.

»Das Mindestgebot liegt bei fünfhunderttausend Franc.«

Ein Herr der Italienischen Fraktion hob seinen Bieterfächer.

»Fünfhunderttausend an Monsieur Monserro. Höre ich …?«

Hypnos hob die Hand.

»Sechshunderttausend«, sagte der Auktionator. »Sechshunderttausend, zum Ersten, zum Zweiten …«

Die Ordensmitglieder nahmen ihre Gespräche wieder auf. Allein der Versuch, in einer von vornherein entschiedenen Runde zu bieten, war sinnlos.

»Verkauft!«, rief der Auktionator mit aufgesetzter Begeisterung. »An Haus Nyx, für sechshunderttausend Franc. Patriarch Hypnos, bitte schicken Sie nach Beendigung der Auktion Ihren

Hauskurier und den zuständigen Dienstboten in den Verwahrungssaal zur üblichen achtminütigen Begutachtung. Das Objekt wird in dem dafür vorgesehenen Träger bereitliegen, wo Sie es anschließend mit Ihrem Ring hauszeichnen können.«

Séverin wartete noch einen Augenblick, dann ließ er sich entschuldigen. Forschen Schrittes ging er am äußeren Rand des Atriums entlang, bis er den Quarzlöwen erreichte. Hinter dem gigantischen Tier erstreckte sich ein düsterer, von Marmorsäulen gesäumter Korridor. Gleichgültig richteten sich die Augen des Quarzlöwen auf ihn, und Séverin widerstand dem Drang, die gestohlene Maske zu berühren. Als Kurier von Haus Kore verkleidet, war es ihm möglich, den Verwahrungssaal zu betreten und ein Objekt für genau acht Minuten zu berühren. Hoffentlich reichte die gestohlene Maske, um den Löwen zu passieren. Wenn der Löwe allerdings zur Verifizierung nach seiner Katalogmünze fragte – eine geschmiedete Münze, die den Standort jedes einzelnen Gegenstands im Besitz von Haus Kore kannte –, wäre er tot. Er hatte das verflixte Ding am Körper des Kuriers nirgends finden können.

Séverin verneigte sich vor dem Quarzlöwen und hielt in stiller Erwartung inne. Der Löwe reagierte nicht. Sein durchdringender Blick brannte sich in seine Kopfhaut, während die Sekunden verstrichen. Ihm fiel das Atmen immer schwerer. Er verabscheute den Hunger nach diesem Artefakt. Es gab so viele Dinge, nach denen er sich verzehrte, dass er schon befürchtete, in seinen Gedanken keinen Platz mehr für irgendetwas anderes zu haben.

Séverin hob den Blick nicht vom Boden, bis er das Geräusch hörte – das Knirschen von Steinen, die sich neu zusammensetzten. Er stieß den Atem aus. Seine Schläfen pochten, als die Tür zum Verwahrungssaal erschien. Ohne Einwilligung des Löwen wäre die geschmiedete Tür unsichtbar geblieben.

Entlang der Wände des Verwahrungssaals ragten Marmorstatuen verschiedener Götter und mythischer Kreaturen aus den Nischen hervor. Séverin ging schnurstracks auf einen fauchenden Minotaurus zu und setzte sein Taschenmesser unterhalb der geblähten Nüstern an. Der warme Atem der Statue ließ die geschmiedete Klinge beschlagen. In einer geschmeidigen Bewegung zog Séverin die Schneide des Messers von oben nach unten durch Kopf und Körper der Statue. Der Marmor zischte und dampfte, als die Figur in der Mitte aufbrach und sein Historiker daraus hervorstolperte. Mit voller Wucht prallte er gegen Séverin. Enrique schnaufte und schüttelte sich.

»Ihr habt mich in einen *Minotaurus* gesteckt? Hätte Tristan nicht irgendeinen gut aussehenden griechischen Gott als Versteck wählen können?«

»Seine Gabe gilt flüssiger Materie. Mit Stein tut er sich schwer«, sagte Séverin und steckte sein Taschenmesser wieder ein. »Es standen nur der Minotaurus und eine mit Stierhoden verzierte etruskische Vase zur Auswahl.«

Enrique erschauderte. »Also ehrlich. Wer guckt sich denn bitte eine Vase mit Stierhoden an und denkt sich: ›Hallo! Dich muss ich unbedingt haben‹?«

»Leute mit zu viel Zeit und Geld oder einer Vorliebe für Rätselhaftes.«

Enrique seufzte. »Alles, was ich mir je erträumt habe.«

Die beiden drehten sich zu den Schätzen um. Viele Objekte waren geschmiedete, altertümliche Relikte, auf die man bei Plünderungen von Tempeln und Palästen gestoßen war: Statuen und Schmuckstücke, Messgeräte und Fernrohre.

Am hinteren Ende des Saals starrte sie der Onyxbär von Haus Nyx an, finster und mit weit aufgerissenem Maul. Daneben schlug der Smaragdadler von Haus Kore mit den Flügeln. Tiere, die Ordensfraktionen aus aller Herren Länder repräsentierten, standen wachsam in Reih und Glied. Darunter waren ein brauner Bär aus Feueropal für Russland, ein Wolf aus Beryll für Italien und ein Adler aus Obsidian für das Deutsche Kaiserreich.

Enrique, der als Ordensdiener verkleidet war, zog ein viereckiges Metallstück hervor, das genauso aussah wie der Kompass, den Haus Nyx soeben ersteigert hatte.

Séverin nahm das gefälschte Artefakt entgegen.

»Ich warte immer noch auf mein Dankeschön«, grollte Enrique. »Die Forschung und der Nachbau haben *ewig* gedauert.«

»Es hätte nicht so lange gedauert, wenn du dich nicht ständig mit Zofia angelegt hättest.«

»Das war unvermeidlich. Sobald ich auch nur atme, würde deine Ingenieurin mir ja am liebsten eine Kriegsflotte auf den Hals hetzen.«

»Dann halt in ihrer Gegenwart den Atem an.«

»Nichts leichter als das«, sagte Enrique und verdrehte die Augen. »Das übe ich sowieso bei jeder Akquisitionsmission.«

Séverin lachte. Akquirieren war die Bezeichnung für seinen ganz besonderen Zeitvertreib. Es klang so ... vornehm. Fast schon unverfänglich. Diese Gewohnheit hatte er dem Orden zu verdanken. Seitdem man ihm seinen Titel als Erbe von Haus Vanth aberkannt hatte, war er von sämtlichen Auktionen ausgeschlossen worden und konnte geschmiedete Antiquitäten nicht länger rechtmäßig erwerben. Allerdings wäre er so vielleicht auch nicht neugierig auf die Objekte geworden, von denen sie ihn eigentlich fernhalten wollten. Wie sich dann herausstellte, waren einige dieser Objekte früher im Besitz seiner Familie gewesen. Nachdem man die Montagnet-Alarie-Linie für ausgestorben erklärt hatte, war das gesamte Hab und Gut von Haus Vanth verkauft worden. In den Monaten nach seinem sechzehnten Geburtstag, als er seinen Anspruch auf das Familienvermögen geltend gemacht hatte, hatte Séverin sich jedes einzelne Objekt zurückgeholt und seine Akquisitionsdienste anschließend internationalen Museen und kolonialen Zünften angeboten – sämtlichen Vereinigungen, die zurückhaben wollten, was der Orden ihnen gestohlen hatte.

Wenn die Gerüchte über den Kompass stimmten, könnte er den Orden erpressen und die eine Sache akquirieren, die ihm noch fehlte: sein Haus.

»Du tust es schon wieder«, sagte Enrique.

»Was?«

»So diabolisch in die Ferne schauen. Was verschweigst du, Séverin?«

»Nichts.«

»Du und deine Geheimnisse.«

»Geheimnisse verleihen meinen Haaren diesen gewissen Glanz«, erwiderte Séverin und fuhr sich mit der Hand durch die dichten Locken. »Kanns losgehen?«

Enrique nickte. »Raumsicherung.«

Er warf eine geschmiedete Kugel hoch, die in der Luft hängen blieb. Ein Lichtstrahl schoss daraus hervor, glitt an den Wänden hinab und durchleuchtete die Objekte.

»Keine Aufzeichner vorhanden.«

Auf Séverins Nicken hin traten sie vor den Onyxbären von Haus Nyx. Er stand auf einem Podest, das Maul so weit aufgerissen, dass die rote Samtschatulle mit dem chinesischen Kompass wie ein reifer Apfel darin schimmerte. Hatte Séverin die Schatulle erst einmal berührt, blieben ihm weniger als acht Minuten, um sie wieder zurückzustellen. Sonst – sein Blick glitt über die blitzenden Zähne – würde die Bestie sie ihm gewaltsam entreißen.

Während Enrique eine Waage hervorholte, entfernte Séverin vorsichtig die rote Schatulle aus dem Maul des Bären. Zuerst wogen sie die Schatulle mit dem Originalkompass, dann markierten sie die Zahl, bevor sie das Original durch die Fälschung austauschten.

Enrique fluchte. »Weicht um Haaresbreite ab. Sollte aber funktionieren. Der Unterschied ist auf der Waage kaum auszumachen.«

Séverin biss die Zähne zusammen. Es spielte keine Rolle, ob er auf der Waage auszumachen war. Wichtig war, ob der Onyxbär den Unterschied bemerkte. Aber er war zu weit gekommen, um jetzt noch einen Rückzieher zu machen.

Séverin legte die Schatulle zurück ins Maul des Bären und schob sie immer weiter nach hinten, bis sein Handgelenk darin verschwand. Die Onyxzähne streiften seinen Arm. Die Kehle der Statue fühlte sich kühl und trocken an. Und viel zu unbeweglich. Seine Hand zitterte.

»Atmest du noch?«, flüsterte Enrique. »Ich jedenfalls nicht.«

»Wenig hilfreich«, brummte Séverin.

Jetzt war er schon bis zum Ellbogen drin. Der Bär stand starr da. Er blinzelte nicht einmal.

Warum hatte er die Schatulle noch nicht angenommen?

Ein Knirschen durchbrach die Stille. Ruckartig zog Séverin die Hand zurück. Zu spät. Im Handumdrehen hatten sich die Zähne des Bären verlängert und waren zu spitzen Gitterstäben geworden. Enrique warf einen kurzen Blick auf Séverins eingeklemmte Hand und wurde blass. »Mist.«

Laila

Laila schlüpfte in das Hotelzimmer des Kuriers von Haus Kore.

Mit dem ausrangierten Kleid eines Zimmermädchens, das sie aus der letzten Ecke des Lagerraums gekramt hatte, blieb sie am Türrahmen hängen. Sie zog daran, sodass die Naht aufriss.

»Na toll«, grummelte sie.

Wie die anderen Suiten im L'Éden war auch diese äußerst luxuriös ausgestattet. Das Einzige, was nicht so richtig ins Bild passte, war der bewusstlose Kurier, der bäuchlings in einer Pfütze aus Speichel auf dem Boden lag. Laila runzelte die Stirn.

»Die Rüpel hätten Sie ja wenigstens ins Bett legen können, Sie Armer.« Laila drehte ihn mit dem Fuß auf den Rücken.

Die nächsten zehn Minuten nutzte sie, um ein wenig zu dekorieren. Sie kramte alles Mögliche aus den Taschen ihrer Arbeitskleidung, warf Damenohrringe auf den Boden, drapierte zerschlissene Strümpfe über Lampen, durchwühlte das Bett und goss Champagner über die Laken. Anschließend kniete sie sich neben den Kurier.

»Als Abschiedsgeschenk«, sagte sie. »Oder Wiedergutmachung. Wie auch immer Sie es nennen möchten.«

Sie zog ihre Visitenkarte aus dem Cabaret hervor. Dann nahm sie den Daumen des Mannes und drückte ihn aufs Papier. Es begann in allen Farben zu schillern, und allmählich erblühten Worte darauf. Die Visitenkarten des Palais des Rêves waren so geschmiedet, dass sie auf den Daumenabdruck derjenigen Person reagierten, die sie erhielt. Nur der Kurier konnte sie lesen, und auch nur, wenn er sie berührte. Laila überflog die Schriftzeilen auf dem cremefarbenen Papier, bevor sie sich wieder auflösten:

Palais des Rêves
90 *Boulevard de Clichy*
Sagen Sie, L'Énigme schickt Sie …

Eine Einladung zu einer Veranstaltung schien eine armselige Wiedergutmachung für das, was ihm widerfahren war. Doch diese war etwas Besonderes. Das Palais des Rêves war das stilvollste Cabaret von Paris. In der nächsten Woche gaben sie dort ein Fest zum hundertjährigen Jubiläum der Französischen Revolution. Momentan wurden die Einladungen auf dem Schwarzmarkt zum Preis von Diamanten gehandelt. Aber nicht nur das Cabaret versetzte die Leute in Aufregung. In ein paar Wochen richtete die Stadt die Exposition Universelle 1889 aus, eine gigantische Weltausstellung zu Ehren der europäischen Mächte. Dort wurden Erfindungen vorgestellt, die den Weg in das neue Jahrhundert ebnen sollten. Das Hotel L'Éden war daher vollständig ausgebucht.

»Ich bezweifle, dass Sie sich daran erinnern werden, aber bestellen und probieren Sie unbedingt die mit Schokolade überzogenen Erdbeeren im Palais«, sagte Laila zu dem Kurier und ließ die Karte in die Brusttasche seines Sakkos gleiten. »Die sind einfach himmlisch.«

Laila warf einen Blick auf die Standuhr: halb neun. Séverin und Enrique sollten frühestens in einer Stunde zurück sein, trotzdem sah sie ständig auf die Uhr. Schmerzhaft loderte Hoffnung in ihrer Brust. Zwei Jahre wartete sie nun schon auf einen Durchbruch bei der Suche nach einem uralten Buch, und die Schatzkarte könnte die Antwort auf all ihre Gebete sein. *Es geht ihnen gut*, redete sie sich ein. Eine Akquisition war für sie alle nichts Neues. Als Laila angefangen hatte, für Séverin zu arbeiten, war er gerade dabei gewesen, sich seinen Familienbesitz zurückzuholen. Als Gegenleistung für ihre Hilfe suchte er mit ihr nach dem antiken Werk. Soweit sie wusste, trug es keinen Titel. Ihr einziger Anhaltspunkt war, dass es sich im Besitz des Ordens befand.

Auf der Jagd nach einem Kompass zu sein, der eine Schatzkarte enthielt, klang im Gegensatz zu früheren Missionen recht harmlos. Laila würde nie vergessen, wie sie einmal über dem aktiven Vulkan der Insel Nisyros hing, als sie einem sehr alten Diadem auf der Spur waren. Doch diese Akquisition war etwas vollkommen anderes. Wenn Enriques Recherche und Séverins Geheiminformationen stimmten, konnte dieser winzige Kompass den Verlauf ihrer aller Leben ändern. Oder, wie in Lailas Fall, ihr Leben retten.

Achtlos strich Laila sich das Kleid glatt.

Ein Fehler.

Wenn ihre Gedanken Karussell fuhren, sollte sie lieber nichts anfassen. Dieser kurze unbedachte Moment hatte den Erinnerungen des Kleides ermöglicht, sich in ihren Kopf zu bohren: *am nassen Saum klebende Chrysanthemenblüten, ein mit Brokat überzogener Schemel, zum Gebet gefaltete Hände, und dann …*

Blut.

Überall Blut, eine umgestürzte Kutsche, Knochen, die durch den Stoff drangen …

Laila zuckte zusammen und riss die Hand zurück. Aber es war zu spät. Die Erinnerungen des Kleides hielten sie fest umschlungen. Sie schloss die Augen und kniff sich in den Arm. Der

Schmerz schoss durch ihre Gedanken wie eine Stichflamme. Mit aller Macht versuchte sie, sich auf ihn zu konzentrieren, als könnte er sie wieder aus der Dunkelheit führen. Als die Erinnerungen verblassten, öffnete sie die Augen. Ihre Hände zitterten.

Einen Moment lang kauerte sie auf dem Boden, die Arme um die Knie geschlungen. Séverin hatte gesagt, ihre Fähigkeit sei »von unschätzbarem Wert«, bevor sie ihm erzählt hatte, *warum* sie Gegenstände lesen konnte. Danach war er zu verblüfft oder vielleicht auch zu entsetzt gewesen, um dem noch irgendetwas hinzuzufügen. Von der ganzen Bande wusste nur Séverin, dass sie in der Lage war, Gegenständen durch Berührung ihre geheimen Geschichten zu entlocken. Ob das nun von unschätzbarem Wert war oder nicht, es war einfach nicht … normal.

Sie war nicht normal.

Laila nahm sich zusammen und stand auf. Als sie den Raum schließlich verließ, zitterten ihre Hände noch immer.

Im Treppenhaus für die Bediensteten schälte sie sich aus dem Kleid und stieg wieder in ihre abgetragene Küchenkluft. Die Zweitküche des Hotels war allein fürs Backen gedacht und gehörte in den Abendstunden ganz ihr. Den nächsten Auftritt im Palais des Rêves hatte sie erst in einer Woche, was ihr viel freie Zeit für ihre zweite Tätigkeit ließ.

Im engen Korridor des L'Éden hasteten die Kellner an ihr vorbei. Sie trugen Austern auf Eis, in Knochenbrühe schwimmende Wachteleier und dampfenden Coq au Vin, der den Raum mit einer Duftmischung aus Burgunder und Knoblauchbutter füllte. Ohne ihre Maske und ihren Kopfschmuck erkannte sie nicht einer von ihnen als die Cabaret-Legende L'Énigme. Hier war sie eine von vielen – eine einfache Arbeitskraft.

Als sie allein in der Backküche stand, ließ Laila ihren Blick über die Arbeitsplatten aus Marmor schweifen. Dort gab es Küchenwaagen, Backpinsel, essbare Perlen im Glas und – seit heute Nachmittag – einen Croquembouche-Turm von knapp zwei Metern Höhe. Sie war mit der Morgendämmerung aufgestanden, hatte Windbeutel gebacken, sie mit süßer Sahne gefüllt und sichergestellt, dass jede Kugel so münzgolden war wie ein Sonnenaufgang, bevor sie sie durch Karamell gerollt und zu einer Pyramide aufgesteckt hatte. Jetzt fehlte nur noch die Verzierung.

Das L'Éden hatte schon zahlreiche Auszeichnungen für die herausragende Küche erhalten – Séverin würde sich auch nicht mit weniger zufriedengeben –, aber es waren die Nachspeisen, bei denen die Gäste ins Schwärmen gerieten. Lailas Desserts, die ganz ohne Schmiedekunst auskamen, waren zum Verzehr geeignete Zauberei. Sie backte Torten in Form von Balletttänzerinnen mit ausgebreiteten Armen – die Haare aus gesponnenem Zucker und essbarem Gold, die Haut blass wie Sahne und mit süßem Perlenstaub versetzt.

Die Gäste bezeichneten ihre Kreationen als »göttlich«. In der Küche über die kleinsten Teilchen eines Universums zu wachen, das noch zu erschaffen war, gab ihr wahrhaftig das Gefühl, eine Göttin zu sein. Sogar das Atmen fiel ihr an diesem Ort leichter. Zucker und Mehl und Salz besaßen keine Erinnerungen. Hier war ihre Berührung nur das, was sie war: eine Berührung. Eine überbrückte Entfernung, eine abgeschlossene Bewegung.

Eine Stunde später, als sie einer Torte gerade den letzten Schliff verpasste, flog die Tür auf. Laila seufzte, sah aber nicht auf. Sie wusste, wer es war.

Ungefähr sechs Monate nachdem Laila begonnen hatte, für Séverin zu arbeiten, hatte sie mit Enrique in der Sternwarte gesessen und Karten gespielt. Plötzlich war Séverin mit einem schmutzigen und unterernährten polnischen Mädchen im Schlepptau hereingekommen. Ihre Augen waren blauer als das Innere einer Flamme. Séverin setzte sie auf das Sofa und stellte sie ihnen ohne weitere Erklärung als seine Ingenieurin vor. Erst später fand Laila mehr über sie heraus. Zofia war wegen Brandstiftung festgenommen worden und von der Universität geflogen, sie besaß eine seltene Schmiedegabe für sämtliche Metalle und ging geschickt mit Zahlen um.

Die erste Zeit im L'Éden sprach Zofia nur mit Séverin und war allen anderen gegenüber äußerst wortkarg. Eines Tages bemerkte Laila, dass Zofia von den Süßspeisen, die Laila immer zu ihren Gruppenbesprechungen mitbrachte, nur die hellen Butterplätzchen aß. Die farbenfroh verzierten Sachen ließ sie völlig außer Acht. Also stellte Laila am nächsten Tag einen Teller mit Butterplätzchen vor Zofias Tür. Das machte sie drei Wochen lang jeden Tag, bis sie einmal so viel in der Küche zu tun hatte, dass sie es vergaß. Als sie dann die Tür öffnete, um durchzulüften, stand Zofia davor, streckte ihr einen leeren Teller entgegen und sah sie abwartend an. Das war nun ein Jahr her.

Jetzt griff Zofia wortlos nach einer sauberen Schale, füllte sie mit Wasser und stürzte es an Ort und Stelle hinunter. Sie wischte sich mit dem Ärmel über den Mund. Dann schnappte sie sich eine Schüssel mit Zuckerguss. Mit dem Nudelholz verpasste Laila ihr einen leichten Klaps auf die Hand. Zofia warf ihr einen bösen Blick zu, tauchte ihren tintenverschmierten Finger aber trotzdem hinein. Nach einer Weile der Stille begann sie, gedankenverloren Messgefäße der Größe nach zu stapeln. Laila wartete geduldig. Mit Zofia fing man keine Gespräche an, vielmehr ergaben sie sich zufällig und wurden dann so lange aufrechterhalten, bis ihr langweilig wurde.

»Ich habe ein paar Feuer im Zimmer des Haus-Kore-Kuriers gelegt.«

Laila fiel der Backpinsel aus der Hand. »*Wie bitte?* Du solltest doch nicht im Zimmer sein, wenn er aufwacht!«

»War ich auch nicht. Ich habe sie entzündet, als ich rausgegangen bin. Sie sind winzig klein.« Als Zofia Lailas erschrockenen

Blick bemerkte, wechselte sie schlagartig das Thema. »Ich mag Krokodilsmuskulatur nicht. Séverin will eine Fälschung dieser Sphinxmasken …«

»Könnten wir kurz auf die Feuer zurückkommen …«

»… die Maske passt sich einfach nicht an menschliche Gesichtszüge an. Das muss ich unbedingt noch hinbekommen. Oh, und ein neues Reißbrett brauche ich auch noch.«

»Was ist mit dem letzten passiert?«

Zofia betrachtete konzentriert die Schüssel mit dem Zuckerguss und zuckte mit den Schultern.

»Du hast es kaputt gemacht«, sagte Laila.

»Mein Ellbogen ist darauf gelandet.«

Laila schüttelte den Kopf und warf Zofia einen sauberen Lappen zu. Verwirrt starrte sie den Stofffetzen an.

»Wofür brauche ich einen Lappen?«

»Du hast Schwarzpulver im Gesicht.«

»Und?«

»… und das ist etwas beunruhigend, meine Liebe. Wisch es ab.«

Ständig schien Zofia aus Asche oder Flammen aufzutauchen, was ihr im L'Éden den Spitznamen »Phönix« eingebracht hatte. Es machte ihr nichts aus, obwohl ein solcher Vogel überhaupt nicht existierte. Während sie sich das Gesicht abwischte, verfingen sich die Zipfel des Lappens in ihrer ungewöhnlichen Halskette, die aussah, als bestünde sie aus aneinandergereihten Messerspitzen.

»Wann kommen die beiden zurück?«, fragte Zofia.

Laila durchzuckte es eiskalt. »Enrique und Séverin sollten um neun Uhr wieder da sein.«

»Ich muss meine Briefe noch abholen.«

Laila runzelte die Stirn. »So spät noch? Es ist schon dunkel, Zofia.«

Zofia berührte ihre Halskette. »Ich weiß.«

Sie warf ihr den Lappen zu. Laila fing ihn auf und pfefferte ihn ohne Umschweife in den Ausguss. Als sie sich wieder umdrehte, hatte Zofia sich schon den Löffel für den Zuckerguss geschnappt.

»Entschuldige bitte, Phönix, aber den brauche ich!«

Zofia steckte ihn in den Mund.

»Zofia!«

Die Ingenieurin grinste. Dann stieß sie die Tür auf und rannte davon, den Löffel noch immer im Mund.

Als die Desserts fertig waren, räumte Laila auf und verließ die Küche. Sie war nicht die offizielle Pâtissière, und sie wollte es auch gar nicht sein. Gerade weil sie die Tätigkeit aus reinem Vergnügen machte, war sie so reizvoll. Wenn sie keine Lust auf Backen hatte, tat sie es auch nicht.

Je weiter sie den Personalflur zum Speisesaal hinunterschritt, desto lebendiger wurden die Geräusche des L'Éden – Gelächter schallte durch das gläserne Wispern der Bernsteinkronleuchter und Champagnerflöten, leise surrten die geschmiedeten Motten, die mit ihren Buntglasflügeln funkelnde Lichter an die Wände warfen. Laila blieb vor dem Merkurkabinett stehen, der Post für den hotelinternen Briefwechsel. Darin befanden sich kleine Metallfächer mit den Namen der Hotelbediensteten. Laila öffnete ihr Fach mit dem Dienstschlüssel. Obwohl sie keine Post erwartete, streiften ihre Finger etwas, das sich wie kalte Seide anfühlte. Es war eine einzelne Blüte, die mit einem kleinen Schriftstück versehen war, worauf nur ein einziges Wort geschrieben stand:

Neid.

Auch ohne die Blume hätte Laila die enge, geneigte Schrift wiedererkannt: Tristan. Krampfhaft unterdrückte sie ein Lächeln. Sie war noch immer sauer auf ihn.

Das würde sie aber nicht davon abhalten, sein Geschenk anzunehmen.

Vor allem nicht, wenn es etwas war, das er geschmiedet hatte.

Geschmiedet. Das Wort kam ihr auch heute noch schwer über die Lippen, obwohl sie nun schon seit zwei Jahren in Paris lebte. Die Kaiser- und Königreiche des Westens nannten Tristans und Zofias Fähigkeit »Schmieden«, in anderen Sprachen hatte diese Kunstfertigkeit jedoch auch andere Namen. In Indien nannten sie es *chhota saans*, der »kleine Atem«. Nur Götter waren in der Lage, einer Schöpfung Leben einzuhauchen und die Schmiedekunst war ein kleiner Vorgeschmack solcher Kräfte. Und auch wenn es unterschiedliche Namen für diese Fertigkeit gab, so blieben die grundlegenden Regeln doch dieselben.

Es gab zwei Formen der Schmiedekunst: die des Geistes und die der Materie. Jemand mit einer materiellen Gabe konnte einen der drei Aggregatzustände beeinflussen: flüssig, fest oder gasförmig. Sowohl Tristan als auch Zofia besaßen eine Gabe für Materie. Zofia für feste Materie, vor allem Metalle und Kristalle, und Tristan für flüssige Materie, besonders aber für Flüssigkeiten in Pflanzen.

Die Schmiedekunst war von drei Faktoren abhängig: wie willensstark jemand war, wie deutlich man das Ziel vor Augen hatte und wie die Materie beschaffen war, die man zu formen gedachte. Das bedeutete, dass man mit der Gabe für feste Materie, beispielsweise für Steine, nichts ausrichten konnte, solange man die entsprechenden chemischen Formeln und physikalischen Eigenschaften des Steins, den man verändern wollte, nicht verstand.

In der Regel zeigte sich die Gabe bei Kindern spätestens im dreizehnten Lebensjahr. Wenn das Kind die Gabe verfeinern wollte, konnte es sich weiterbilden. In Europa studierten die meisten Schmiedekunsthandwerker jahrelang an renommierten Instituten oder gingen über einen sehr langen Zeitraum bei einem Schmiedemeister in die Lehre. Zofia und Tristan allerdings hatten keinen dieser Wege eingeschlagen. Zofia nicht, weil sie von der Hochschule geflogen war, bevor sie ihre Ausbildung hatte abschließen können. Und Tristan ... nun ja, Tristan hatte es schlicht und einfach nicht nötig. Seine Landschaftskunst sah aus, als wäre sie dem Fiebertraum eines Naturgeistes entsprungen. Sie war verstörend schön, und Paris konnte nicht genug von ihm bekommen. Bereits jetzt, im Alter von sechzehn Jahren, standen Hunderte von Kunden bei ihm auf der Warteliste.

Laila hatte sich immer gefragt, was Tristan im L'Éden hielt. Vielleicht die Loyalität zu Séverin. Oder weil Tristan dort seine bizarre Spinnensammlung behalten durfte. Als Laila nun aber die Gärten betrat, *spürte* sie den wahren Grund. Der Duft der Blumen erfüllte ihre Lunge. Vor der hereinbrechenden Dunkelheit hob sich der Garten in einer wilden Silhouette ab und ließ sie verstehen. Die anderen Kunden von Tristan hatten so viele Regeln. Haus Kore etwa, welches für das bevorstehende Frühlingsfest extravagante Formschnittfiguren bei ihm in Auftrag gegeben hatte. Im L'Éden war das anders. Zwar liebte Tristan Séverin wie einen Bruder, aber er blieb vor allem deshalb im L'Éden, weil er nur hier seiner wundervollen Fantasie freien Lauf lassen konnte, ohne jegliche Einschränkungen.

Sobald sie die Gärten des L'Éden betrat, war sie mitten in Tristans Kopf. Obwohl der Name *Éden* etwas anderes vermuten ließ, waren die Gärten kein Paradies, sondern ein Labyrinth aus Sünden. Sieben an der Zahl.

Der erste Garten war Wollust. Hier ergossen sich rote Blumen aus den hohlen Mündern von Statuen. In der einen Ecke spuckte Cleopatra granatfarbene Amaryllis und pink gerüschte Windröschen. In der nächsten wisperte die schöne Helena Mohnblumen und Zinnien. Laila eilte durch das Labyrinth. Vorbei an Maßlosigkeit mit einem Dach aus glänzenden Blüten, die nach

Ambrosia dufteten und sich fest schlossen, sobald man die Hand danach ausstreckte. Vorbei an Habgier, wo jeder noch so schmale Pflanzenstiel mit Gold überzogen war. Sie ließ die langsam wachsenden Sträucher der Trägheit hinter sich, ebenso wie Zorn mit seinen feurigen Blüten und Hochmut mit den gigantischen, dahinschreitenden Formschnittfiguren – grüne Hirsche mit blühendem Geweih und majestätische Löwen mit Mähnen aus Jasmin – bis sie schließlich zu Neid gelangte. Hier entfaltete sich die komplette Palette aus Grüntönen, der sprichwörtlichen Farbe dieser speziellen Sünde.

Laila blieb vor dem Tezcat-Portal stehen, das als Eingang diente. Für jeden, der das Geheimnis nicht kannte, sah das Tezcat-Portal wie ein gewöhnlicher Spiegel aus, wenngleich mit einem auffällig hübschen Rahmen aus vergoldeten Efeublättern. Es war unmöglich, Tezcat-Portale von Spiegeln zu unterscheiden, es sei denn, man führte, so Zofia, ein kompliziertes Experiment mit Feuer und Phosphor durch. Zum Glück blieb Laila das erspart. Um das Portal zu öffnen und auf die andere Seite zu gelangen, musste sie in das vierte vergoldete Blatt auf der linken Seite des Rahmens zwicken. Ein versteckter Mechanismus. Ihr Spiegelbild kräuselte sich und die silberfarbene Oberfläche des Tezcat-Portals verblasste, bis sie vollkommen durchsichtig war.

Im Inneren befand sich Tristans Werkstatt. Laila atmete den Duft von Erde und Wurzeln ein. Entlang der Wände standen kleine Glaskästen mit Landschaften im Miniaturformat. Tristan kreierte sie mit einem an Besessenheit grenzenden Eifer. Als sie ihn einmal nach dem Grund gefragt hatte, hatte er ihr erklärt, er wünschte, die Welt wäre ein bisschen einfacher. Klein und überschaubar genug, um sie mit einer Hand fassen zu können.

»Laila!«

Tristan kam ihr entgegen, mit einem breiten Lächeln auf dem rundlichen Gesicht. Seine Kleidung war dreckverschmiert, und erleichtert stellte sie fest, dass seine gigantische Hausspinne nirgends zu sehen war.

Sein Lächeln erwiderte sie jedoch nicht. Stattdessen zog sie streng eine Augenbraue in die Höhe. Tristan wischte sich die Hände an seinem Kittel ab.

»Oh ... du bist wohl immer noch sauer?«, fragte er.

»Ja.«

»Wärst du weniger sauer, wenn ich dir etwas schenken würde?«

Laila reckte das Kinn. »Kommt auf das Geschenk an. Aber zuerst möchte ich etwas hören.«

Tristan trat von einem Fuß auf den anderen. »Es tut mir leid.«

»Was genau?«

»Dass ich Goliath auf deinen Toilettentisch gesetzt habe.«

»Wohin gehört Goliath? Und wo wir schon mal dabei sind – wohin gehören *alle* deine Hausinsekten und was sonst noch alles?«

Tristan sah sie mit großen Augen an. »Nicht in dein Zimmer?«

»Lasse ich gelten.«

Er drehte sich zur Arbeitsplatte um, auf der ein großer Schaukasten mit Milchglasscheiben die Hälfte des Platzes einnahm. Er nahm den Deckel ab, und zum Vorschein kam eine einzige dunkelviolette Blume. Die zarten Blüten sahen aus wie Teile des Abendhimmels, in einem kraftvoll samtigen Violett, das nach Sternenlicht hungerte. Sanft strich Laila über die Ränder. Die Blüten hatten fast den gleichen Farbton wie Séverins Augen. Bei diesem Gedanken zog sie die Hand zurück.

»Voilà! Schau es dir an. Es ist mit einem winzigen bisschen Seide geschmiedet, von einem deiner Kostüme ...«

Als er ihren panischen Blick bemerkte, fügte er hastig hinzu: »Eines von denen, die du sowieso entsorgen wolltest, ich schwöre es!«

Laila entspannte sich ein wenig.

»Also ... verzeihst du mir?«

Eigentlich wusste er, dass sie ihm längst verziehen hatte. Aber sie wollte den Augenblick noch ein bisschen länger auskosten. Sie wippte mit dem Fuß und wartete auf den richtigen Moment. Tristan wand sich.

»Na schön!«

Er stieß einen Laut der Freude aus, und Laila musste lächeln. Mit diesen großen grauen Augen kam er immer davon.

»Ach ja! Ich habe mir was Neues ausgedacht, das ich Séverin zeigen wollte. Weißt du, wo er ist?« Als er ihren Gesichtsausdruck sah, verblasste sein Grinsen. »Sie sind noch nicht zurück?«

»*Noch* nicht«, betonte Laila. »Mach dir keine Sorgen. Du weißt doch, dass so was dauern kann. Warum kommst du nicht mit rein? Dann mache ich dir was zu essen.«

Tristan schüttelte den Kopf. »Vielleicht später. Ich muss noch nach Goliath sehen. Ich glaube, es geht ihm nicht gut.«

Laila fragte nicht, woher Tristan den Gemütszustand einer Vogelspinne kennen wollte. Stattdessen nahm sie ihr Geschenk und machte sich auf den Weg zurück ins Hotel. Sorge überschattete ihre Gedanken. Die Standuhr am oberen Ende der Treppe schlug zehn, und die vergangene Stunde bereitete ihr physische Schmerzen. Mittlerweile hätten sie längst wieder zurück sein müssen.

Irgendetwas stimmte da nicht.

Enrique

Angestrengt versuchte Enrique, Ober- und Unterkiefer des Bären auseinanderzudrücken. »Hattest du nicht gesagt ›Das wird lustig‹?«

»Können wir das später diskutieren?«, presste Séverin durch seine zusammengebissenen Zähne hervor.

»Ich denke, das lässt sich einrichten.«

Enrique sagte das so leicht dahin, Séverins Körper wirkte jedoch schwer wie Blei. Der Onyxbär hielt seine Hand fest zwischen den Zähnen. Mit jeder Sekunde, die verstrich, erhöhte sich der Druck. Blut rann seinen Arm hinab. Bald würde diese Kreatur Séverins Handgelenk nicht mehr nur mit ihrem Kiefer festhalten.

Sie würde es entzweibrechen.

Wenigstens hatte sich der Adler von Haus Kore bisher nicht eingemischt. Diese besondere Steinstatue reagierte auf »verdächtige Aktivitäten« und würde auch dann zum Leben erwachen, wenn das eigene Objekt nicht betroffen war. Enrique wollte gerade ein Dankgebet murmeln, als er ein leises Krächzen vernahm. Im Gesicht spürte er einen Luftzug, ausgelöst durch das unverkennbare Schlagen von Flügeln.

Na großartig.

»War das der Adler?«, fragte Séverin und zuckte zusammen.

Umdrehen konnte er sich nicht.

»Nein, nein«, antwortete Enrique.

Auf seinem Sockel legte der Adler den Kopf schief. Enrique zerrte an Séverins Arm. Séverin stöhnte auf.

»Vergiss es«, keuchte er, »ich stecke fest. Wir müssen es in den Somnomodus versetzen.«

Das würde Enrique mit Freuden tun, die Frage war nur, wie. Da es zu gefährlich war, Schmiedekunstgeschöpfe unkontrolliert umherwandern zu lassen, waren alle Kunsthandwerker gesetzlich dazu verpflichtet, eine Sicherheitsfunktion einzubauen. Diese zusätzliche Eigenschaft wurde Somno genannt und diente dazu, das Objekt, wenn nötig, in den Ruhemodus zu versetzen. Doch selbst wenn er den Mechanismus fand, war dieser möglicherweise zusätzlich verschlüsselt. Schlimmer noch – sobald er den Bärenkiefer losließe, würden sich die Zähne nur noch tiefer in Séverins Handgelenk graben. Sollten sie jedoch die kritischen acht Minuten überschreiten, wären die Schmiedekunstgeschöpfe ihre geringste Sorge.

Séverin ächzte. »Kein Problem, lass dir ruhig Zeit. Es geht doch nichts über einen langsamen, qualvollen Tod.«

Enrique ließ los. Er atmete tief durch und umrundete den Onyxbären, während er versuchte, das Geflattere des Jadeadlers zu ignorieren. Mit der Hand fuhr er über den Körper des Bären, das schwarze Hinterteil und die zotteligen Pranken. Nichts.

»*Enrique*«, stieß Séverin hervor und sank auf die Knie.

Rote Rinnsale liefen aus dem Maul des Bären. Enrique fluchte leise. Er schloss die Augen. Sie halfen hier nicht weiter. Bei so spärlicher Beleuchtung musste er sich auf sein Gefühl verlassen. Er tastete weiter über Bauch und Hinterbeine des Bären, bis er plötzlich nahe den Tatzen etwas entdeckte. Gemeißelte Einkerbungen, dicht beieinander und in regelmäßigen Abständen, wie eine Gravur. Unter seiner Berührung erwachten die Buchstaben und Wörter zum Leben.

Fiduciam in domum

»Vertrauen in das Haus«, übersetzte Enrique. Er flüsterte die Worte erneut und verschiedene Szenarien gingen ihm durch den Kopf. »Ich ... ich habe eine Idee.«

»Klär mich auf«, brachte Séverin hervor.

Der Bär hob eine seiner schweren schwarzen Pranken und ein Schatten legte sich über Séverins Gesicht.

»Du musst ihm ... vertrauen!«, rief Enrique aus. »Kämpf nicht dagegen an – schieb deine Hand weiter rein!«

Ohne zu zögern, stand Séverin auf und versuchte, die Hand tiefer in den Rachen des Bären zu schieben. Doch sie saß weiterhin fest. Schnaubend warf er sich gegen die Statue. Mit einem hässlichen Geräusch kugelte seine Schulter aus. Jede verrinnende Sekunde fühlte sich für Enrique an wie ein Messerstich. In diesem Moment erhob sich der Adler in die Luft, kreiste an der Decke und schoss mit ausgestreckten Krallen herab. Enrique duckte sich und die Edelsteinkrallen streiften seinen Nacken. Beim nächsten Mal würde er nicht so viel Glück haben. Und richtig: Wieder spürte er die Klauen, doch diesmal packten sie zu, rissen ihn nach oben. Er verlor den Boden unter den Füßen und kniff die Augen zusammen.

»Ruinier mir bloß nicht die Frisur –«, setzte er an, dann wurde er abrupt fallen gelassen. Er öffnete die Augen einen Spalt. Zuerst sah er nur die kahle Decke. Hinter sich hörte er das Schaben von Krallen auf einem Sockel. Er richtete sich vorsichtig auf.

Der Adler war wieder zur Statue erstarrt.

Séverin atmete schwer und stand auf. Er hielt sich das Handgelenk. Mit einer ruckartigen Bewegung renkte er sich die Schulter wieder ein. *Knack.* Enrique verzog das Gesicht. Séverin wischte sich das Blut an der Hose ab und fischte den geschmiedeten Kompass aus dem nun bewegungslosen Bärenmaul. Er ließ ihn geräuschlos in seine Tasche gleiten und strich sich die Haare nach hinten.

»Tja«, sagte er schließlich, »immerhin war es nicht wie auf Nisyros.«

»Mehr fällt dir dazu nicht ein?«, krächzte Enrique und trottete hinter seinem Freund zur Tür. »›Das wird kinderleicht‹, hast du behauptet. ›Das schaffen wir doch im Schlaf‹!«

»Albträume sind auch Teil des Schlafes.«

»Soll das ein Witz sein?«, fragte Enrique. »Ist dir klar, dass deine Hand gerade halb zerfleischt wurde?«

»Ist mir aufgefallen.«

»Du wurdest fast von einem Bären gefressen!«

»Keinem echten Bären.«

»Deine Hand hättest du aber in echt verloren.«

Séverin grinste bloß. »Bis gleich«, sagte er und schlüpfte durch die Tür.

Enrique wartete noch etwas, um Séverin einen Vorsprung zu verschaffen.

In der Dunkelheit spürte er die Präsenz des Ordensschatzes, als würden Tote ihre Blicke auf ihn richten. In ihm loderte Hass auf. Er brachte es nicht über sich, die Unmengen *geborgener* Schätze zu betrachten. Ja, vielleicht war das, wobei er Séverin half, stehlen. Aber die größten Räuber waren die Mitglieder des Ordens von Babel. Sie stahlen mehr als nur Gegenstände. Sie raubten Geschichten, verleibten sich ganze Kulturen ein, schmuggelten die Zeugnisse eines glorreichen Altertums an Bord großer Schiffe, um sie klammheimlich in Länder zu entführen, denen sie gleichgültiger nicht sein könnten.

»Länder, denen sie gleichgültiger nicht sein könnten«, sinnierte Enrique. »Die Formulierung muss ich mir merken.«

Für den nächsten Artikel, den er an die spanischsprachige Zeitung *La Solidaridad* schicken würde, die sich der Reform der spanischen Kolonialpolitik auf den Philippinen verschrieben hatte. Bisher hatte er noch keine wichtigen Leute davon überzeugen können, dass seine Gedanken lesenswert waren. Die heutige Akquisition könnte das ändern.

Doch zuerst musste er diesen Auftrag zu Ende bringen.

Enrique zählte dreißig Sekunden rückwärts, strich die geliehene Dienstbotenuniform glatt, setzte seine Maske auf und trat hinaus auf den schummrigen Flur. Zwischen den Marmorsäulen flatterten Fächer in angeregten Gesprächen.

Pünktlich zu seinem Treffen kam der vietnamesische Botschafter Vũ Văn Đinh um die Ecke. Aus seinem Ärmel lugte ein gefälschter Brief. Obwohl er es höchst ungern tat, war Tristan äußerst gut darin, anderer Leute Handschrift zu fälschen. Die Handschrift der Geliebten des Diplomaten bildete da keine Ausnahme.

Letzte Woche hatten Enrique und der Botschafter in der Bar des L'Éden zusammen etwas getrunken, und während der Diplomat abgelenkt war, hatte Laila ihm den echten Brief der Geliebten aus der Tasche stibitzt. Woraufhin Tristan ihre Schrift nachgeahmt hatte, um dieses Treffen einzufädeln.

Nun begutachtete Enrique die Kleidung des Botschafters. Wie so viele Diplomaten kolonisierter Länder hatte er sich rein äußerlich an den Orden angepasst. Einst hatte es viele Ausprägungen des Ordens überall auf der Welt gegeben, von denen eine jede auf ihre jeweilige Quelle der Schmiedekunst achtgab. Auch wenn nicht alle den gleichen Namen dafür ausgewählt oder diese Macht überhaupt auf die Babelfragmente zurückgeführt hatten. Allerdings existierten diese Ausprägungen nicht mehr. Ihre Schätze waren in fremde Länder gebracht, ihre Kunst verändert und ihre Zünfte vor die Wahl gestellt worden: Kollaboration oder Tod.

Erneut zog Enrique seine Uniform glatt und verbeugte sich dann galant. »Kann ich Ihnen irgendwie behilflich sein, Monsieur?«

Er streckte die Hand aus. In ihm machte sich Panik breit. Bestimmt würde Đinh ihm ins Gesicht sehen und ihn erkennen. Mit den Fingerspitzen streifte er beiläufig Đinhs Anzug.

»Wohl kaum«, sagte der Diplomat kurz angebunden und entzog Enrique seinen Arm. In die Augen sah er ihm nicht ein einziges Mal.

»Wie Sie wünschen, Monsieur.«

Enrique verbeugte sich, überließ Đinh dem Treffen, das nie stattfinden würde, und näherte sich dem Saal. Mit den Fingerspitzen fuhr er sich über Gesicht und Hals. Die Berührung verursachte ein Prickeln. Haut und Kleidung wurden nun in kürzester Zeit von einer dünnen Schicht Farbe überzogen, die ihn nach und nach in den Botschafter verwandelte.

Dank des Spiegelstaubes hatte er nun exakt das gleiche Aussehen wie sein vorheriges Gegenüber.

Spiegelstaub war jetzt schon seit so langer Zeit verboten, dass der Orden es nicht für notwendig erachtete, sich auf Versammlungen dagegen zu wappnen. Séverins Freundschaft mit dem leitenden Beamten der Zoll- und Einwanderungsbehörde hatten sie dabei allerdings nicht bedacht.

Flink bewegte Enrique sich durch die Menge. So wirkungsvoll Spiegelstaub auch war – besonders lange hielt der Effekt nicht an. Er eilte die Haupttreppe nach unten, an deren Fuß sich ein Tezcat-Portal befand. Offenbar stammte der Spiegel noch aus einer Zeit, zu der man das Gefallene Haus noch nicht aus der Französischen Fraktion des Ordens von Babel ausgeschlossen hatte: Seinen Rand zierten immer noch die Symbole aller vier Häuser Frankreichs. Ein Halbmond für Haus Nyx. Dornen für Haus Kore. Eine Schlange, die sich in den eigenen Schwanz biss, für Haus Vanth und ein sechszackiger Stern für das Gefallene Haus. Geblieben waren nur die Häuser Nyx und Kore. Die Blutlinie des Hauses Vanth war offiziell für ausgestorben erklärt worden, während das Gefallene Haus ... gefallen war. Gerüchten zufolge hatte dessen Führungsriege das Fragment des Westens gefunden und versucht, den in der Bibel erwähnten Turm zu Babel wiederaufzubauen. Ihre Absicht war, so die Behauptungen, statt nur eines Splitters göttlicher Macht, die vollständige Macht Gottes zu erlangen. Hätten sie das Babelfragment tatsächlich an einen anderen Ort gebracht, hätte das womöglich den Untergang der westlichen Zivilisation, so wie sie sie kannten, bedeutet. Séverin glaubte nicht, dass an diesen Gerüchten etwas dran war. Seiner Meinung nach hatte der Orden das Gefallene Haus zerschlagen, um mehr Macht zu erlangen. Enrique war sich da nicht so sicher. Man erzählte sich, von allen vier Häusern sei das Gefallene das am weitesten entwickelte gewesen. Selbst die vom Gefallenen Haus geschmiedeten Tezcat-Portale verbargen mehr als die der anderen Häuser. Angeblich waren sie in der Lage, größere Entfernungen zu überbrücken, statt lediglich normale Eingänge zu verdecken. Wie eine Art Transportmittel. Doch was auch immer das Haus einst besessen haben mochte, war in Vergessenheit geraten. Jahrelang hatte der Orden herauszufinden versucht, was aus dem Ring und den wichtigsten Wertgegenständen des Gefallenen Hauses geworden war, aber bisher ohne Erfolg.

Nach heute änderte sich das vielleicht, dachte Enrique.

Durch das Tezcat-Portal erkannte er glitzernde Korridore, gut gekleidete Menschen und das Funkeln von Kronleuchtern in der Ferne. Jedes Mal wieder fand er es beunruhigend, dass er zwar die Leute auf der anderen Seite sehen konnte, sie ihn jedoch nicht. Für sie hing dort nur ein hoher, glänzender Spiegel. Es gab ihm das Gefühl eines Gottes im Exil, einer schalen Allwissenheit: Soviel er von der Welt auch sah, die Welt sah ihn nicht.

Enrique trat durch das Tezcat-Portal und kam in einem der opulenten Flure des Palais Garnier heraus, dem berühmtesten Opernhaus in ganz Europa.

Überrascht sah ein Mann zu ihm auf und starrte dann den Spiegel an, bevor er misstrauisch sein Champagnerglas beäugte.

Die anderen Besucher schlenderten einfach weiter und ahnten nichts von dem geschmiedeten Ballsaal, den der Orden vor ihnen geheim hielt. Aber wie sollten sie auch: Alles, was den Orden betraf, wurde geheim gehalten. Selbst die Einladungen zu Ordensveranstaltungen ließen sich erst mit einem Tropfen Blut des Eingeladenen lesen. Für jeden anderen waren sie nur ein Stück leeres Papier.

Für die Öffentlichkeit war der Orden lediglich Frankreichs Organisation für Denkmalpflege. Niemand wusste von den Auktionen oder den Schätzen tief unter der Erde. Die halbe Bevölkerung glaubte nicht mal an die Existenz eines tatsächlichen Babelfragments. Für sie war das mehr eine Art ausgeschmückter biblischer Metapher.

Während Enrique sich eilig einen Weg durch die Menge bahnte, ließ der Effekt des Spiegelstaubs nach. Er zupfte an seinem Revers und die Dienstbotenuniform, die er nun wieder trug, veränderte sich: Die Fäden ribbelten auf und verwoben sich gleichzeitig neu, bis Enrique in einen eleganten schwarzen Frack gekleidet war. Mit einem Schlenker seines Arms wuchs aus dem geschmiedeten Lederarmband an seinem Handgelenk ein seidener Zylinder, den Enrique sogleich schwungvoll aufsetzte.

Bevor er das Opernhaus verließ, hielt er kurz vor einer Büste aus Verit inne. Diese befand sich dort nicht nur zu Dekorationszwecken, sondern diente dem Aufspüren von versteckten Waffen. Dreißig Gramm Verit wogen etwa ein Kilo Diamanten auf, sodass sich nur Banken und Paläste dieses Gestein leisten konnten. Ein letztes Mal überprüfte Enrique, ob er sein Messer auch wirklich nicht eingesteckt hatte, dann trat er über die Schwelle.

Draußen war es fast ein bisschen zu warm für April. Die Nacht hatte ihre Sterne bereits hervorgeholt. Auf der anderen Straßenseite glomm schwach die Laterne eines schwarzen Hansom Cab. Als Enrique einstieg, begrüßte Séverin ihn mit einem schelmischen Lächeln. Dann klopfte er gegen das Dach der Kutsche und das Pferd trabte los in die Nacht. Aus seiner Manteltasche zog Séverin seine stets griffbereite Nelkendose. Enrique rümpfte die Nase. An und für sich war der Duft von Nelken durchaus angenehm. Würzig und etwas holzig. Doch in den zwei Jahren, die er jetzt schon für Séverin arbeitete, hatten Nelken stets seine Entscheidungsprozesse begleitet. Ihr Geruch verhieß entweder Genuss oder Gefahr. Manchmal auch beides.

»Voilà«, sagte Séverin und übergab ihm den Kompass. Vorsichtig fuhr Enrique mit den Fingern über das kalte Metall, berührte die kleinen Kerben im Silber. Antike chinesische Kompasse unterschieden sich enorm von den westlichen.

Sie bestanden aus magnetisierten Platten, die eine kreisförmige Rille in der Mitte aufwiesen. Dort drehte sich ein löffelförmiger Zeiger hin und her. Ihn überkam ehrfürchtiges Staunen. Das Gerät war uralt, und nun hielt *er* es in der Hand.

»Du musst das Ding nicht gleich verführen«, unterbrach Séverin seinen Gedankengang.

»Ich bewundere es nur.«

»Du liebkost es.«

Enrique verdrehte die Augen. »Der Kompass ist ein Stück Geschichte und das sollte man zu würdigen wissen.«

»Du könntest ihn wenigstens vorher zum Essen ausführen«, sagte Séverin. Er deutete auf den Metallrand. »Nun? Sieht er so aus wie erwartet?«

Enrique wog den Gegenstand in den Händen, begutachtete die Konturen. Als er die Furchen befühlte, bemerkte er eine leichte Unregelmäßigkeit im Metall. Er klopfte kurz auf die Oberfläche, dann sah er auf.

»Er ist hohl«, stieß er atemlos hervor.

Warum ihn das so überraschte, wusste er selbst nicht. Das war von vornherein klar gewesen. Trotzdem erschienen nun vor seinem inneren Auge all die Möglichkeiten, welche die Karte, die sie in seinem Inneren finden würde, eröffnete. Enrique wusste nicht, zu welchem Schatz genau die Karte führte ... nur, dass er wertvoll genug sein musste, um den Orden völlig in Aufruhr zu versetzen. Er vermutete, dass sie den Weg zu den Schätzen des Gefallenen Hauses wies.

»Brich ihn auf«, sagte Séverin.

»*Wie bitte?*« Enrique drückte das Artefakt an die Brust. »Der Kompass ist über tausend Jahre alt. Es muss einen Weg geben, ihn *behutsam* auseinanderzunehmen –«

Da griff Séverin auch schon zu. Enrique versuchte noch, den Kompass zu schützen, war aber nicht schnell genug. Mit einer einzigen raschen Bewegung packte Séverin beide Seiten des Kompasses und ...

Enrique hörte es, bevor er es sah. Ein kurzes, unbarmherziges ... *Knack.*

Aus dem Kompass fiel etwas auf den Kutschenboden. Séverin hob es auf. Als er es ins Licht hielt, hatte Enrique das Gefühl, eine kalte Hand würde ihm die Luft aus der Lunge pressen. Das Objekt aus dem Inneren des Kompasses sah tatsächlich aus wie eine Karte. Die Frage war nur: Wohin führte sie?

Zofia

Abends mochte Zofia Paris am liebsten.

Tagsüber war ihr diese Stadt zu viel. Voller Lärm und Gestank, enger Gassen und durchwoben von hektischen Menschenmassen. Die Dämmerung zähmte die Stadt. Machte sie erträglich.

Während sie zum L'Éden zurücklief, presste Zofia den neuesten Brief ihrer Schwester fest an die Brust. Hela wäre begeistert von Paris. Die Linden auf der Rue Bonaparte würde sie gern mögen – vierzehn an der Zahl. Die Rosskastanien fände sie liebreizend – neun insgesamt. Die Gerüche allerdings würden ihr nicht gefallen – zu viele, um sie zu zählen.

In diesem Moment war Paris nicht schön: Pferdemist nahm dem Kopfsteinpflaster jeglichen Charme, Männer erleichterten sich an Straßenlaternen. Und doch – irgendwie strahlte diese Stadt Leben aus. Nichts stand still. Selbst die Wasserspeier schienen sich von den Dächern zu beugen, als würden sie sich jeden Moment in die Lüfte erheben. Nichts wirkte einsam oder allein. Terrassen waren in ständiger Gesellschaft von Rattanmöbeln, Bougainvilleen in einem satten Violett schmiegten sich galant an graue Steinwände. Nicht einmal die Seine, die sich wie eine Tintenspur durch Paris zog, sah verlassen aus. Tagsüber schipperten Boote darüber, nachts tanzte das Licht der Straßenlaternen auf der Oberfläche.

Zofia schielte immer wieder auf Helas Brief, hangelte sich von Zeile zu Zeile unter dem Licht einer jeden Laterne auf ihrem Weg. Sie hatte den ersten Satz gelesen und konnte nun nicht aufhören. Jedes Wort brachte den Klang von Helas Stimme mit sich.

Zofia, bitte sag mir, dass du zur Weltausstellung gehen wirst! Wenn du es nicht tust, finde ich es heraus. Vertrau mir, Schwesterherz, das Labor wird dich für einen Tag entbehren können. Lern nur ein einziges Mal etwas außerhalb eines Hörsaals. Ich habe gehört, auf der Weltausstellung soll es einen verfluchten Diamanten geben. Und exotische Prinzen! Vielleicht bringst du ja einen mit nach Hause, sodass ich nicht länger die Gouvernante für unseren geizigen Stryk spielen muss. Wie er Vaters Bruder sein kann, weiß der Herrgott allein. Bitte geh hin, tu mir den Gefallen. Du schickst in letzter Zeit so viel Geld – ich mache mir Sorgen, dass du nicht genug für dich behältst. Bist du auch gesund und munter? Schreib mir bald, kleines Licht.

Hela war nicht ganz auf dem neuesten Stand. Zofia war nicht mehr an der Universität. Sie vertiefte ihre Fähigkeiten nur noch außerhalb der Hörsäle. In den letzten anderthalb Jahren hatte sie Dinge zu erfinden gelernt, die an der École des Beaux-Arts unvorstellbar gewesen wären. Noch dazu hatte sie gelernt, ein Sparkonto zu eröffnen. Vorausgesetzt, die von Séverin akquirierte Schatzkarte war tatsächlich so viel wert, wie sie sich erhofft hatten, würde sich darauf bald genug Geld befinden, um Hela das Medizinstudium zu ermöglichen. Zu lernen, wie man die eigene Schwester belog, war Zofia von allen Dingen am schwersten gefallen. Nach ihrer ersten Lüge in einem Brief an Hela hatte sie sich übergeben müssen. Aus Schuldgefühl hatte sie stundenlang geweint, bis Laila sie gefunden und getröstet hatte. Sie hatte keine

Ahnung, woher Laila wusste, was ihr Kummer bereitete. Sie wusste es einfach. Und Zofia, die sich in gewöhnlichen Unterhaltungen nie ganz zurechtfand, war dankbar, dass ihr diese erspart blieb.

Noch ganz in Gedanken an Hela merkte Zofia zunächst nicht, dass plötzlich der Marmoreingang der École des Beaux-Arts vor ihr auftauchte. Sie stolperte und ließ beinahe den Brief fallen.

Das Tor bewegte sich nicht.

Man hatte den Eingang so geschmiedet, dass er vor allen eingeschriebenen Studenten erschien, sobald sie sich bis auf zwei Häuserblocks näherten. Ein erlesenes Beispiel für das Zusammenspiel von Schmiedekunst des Geistes und der Materie. Eine solche Meisterleistung vollbrachten nur diejenigen, die an der École ausgebildet wurden.

Einst hatte Zofia dazugehört.

»Ihr wollt mich nicht«, sagte sie leise.

Tränen schossen ihr in die Augen. Sie blinzelte und erinnerte sich daran zurück, wie es zu ihrem Ausschluss gekommen war. Ein Jahr nach Beginn des Studiums hatte sich das Verhalten ihrer Mitstudenten verändert. Zunächst waren sie von Zofias Fähigkeiten beeindruckt gewesen, doch mit der Zeit fühlten sie sich eher eingeschüchtert. Dann begann das Gerede. Zu Anfang hatte es niemanden interessiert, dass sie Jüdin war, doch das änderte sich. Es kam das Gerücht auf, Juden wären in der Lage, alles Mögliche zu stehlen.

Sogar anderer Leute Schmiedegabe.

Das war natürlich absoluter Humbug, und Zofia ignorierte die Gerüchte. Sie hätte vorsichtiger sein sollen. Doch so war das mit dem Glück: Es machte blind.

Für eine Weile war Zofia wirklich glücklich gewesen. Eines Nachmittags jedoch wurde ihr das Geflüster der anderen zu viel. An diesem Tag brach sie im Labor zusammen. Zu viele Geräusche, zu viel Gelächter. Zu viel Licht, das durch die Vorhänge drang. Sie vergaß den Rat ihrer Eltern, rückwärts zu zählen, um sich zu beruhigen. Im Anschluss war das Gerede nur noch lauter geworden. *Die verrückte Jüdin.* Einen Monat später schlossen sich zehn Kommilitonen mit ihr zusammen im Labor ein. Wieder Geräusche, Gerüche, Gelächter. Zunächst fassten sie sie nicht an. Sie wussten, dass kleine Berührungen, wie die einer Feder auf der Haut, schlimmer für sie waren. An Beruhigung war nicht zu denken, sooft sie auch rückwärts zählte. Oder darum bettelte, dass man sie gehen ließe. Oder fragte, was sie getan hatte.

Letzten Endes war es nur eine winzige Bewegung.

Jemand hatte sie zu Boden getreten. Jemand anderes mit dem Ellbogen eine Glasphiole vom Tisch gestoßen. Sie zersprang, eine Flüssigkeit breitete sich aus und reichte bis an Zofias Fingerspitzen. In der Hand hielt sie noch immer ein Stückchen Feuerstein. Wut flackerte in ihr auf. *Feuer.* Dieser kleine Gedanke, dieser Willensfunke, wie ihr Professor es genannt hatte, wanderte von ihren Fingerspitzen in die Pfütze vor ihr und entzündete die Flüssigkeit. Die Flammen breiteten sich aus, wurden zu einem lodernden Inferno.

Sieben Studenten wurden bei der Explosion verletzt.

Zofia wurde für verrückt erklärt, der Brandstiftung bezichtigt und ins Gefängnis gesperrt, wo sie vermutlich gestorben wäre. Hätte Séverin sie nicht gefunden, befreit und das Unvorstellbare getan: ihr Arbeit gegeben. Er bot ihr einen Weg, wiederzuerlangen, was sie verloren hatte. Einen Ausweg.

Mit dem Finger fuhr sie über das Schwurtattoo auf dem Rücken ihrer rechten Hand. Zum Glück war es nicht dauerhaft. Ihre Mutter würde sich im Grabe umdrehen. Mit einer Tätowierung dürfte sie nicht auf einem jüdischen Friedhof beigesetzt werden. Dieses Tattoo war ein Vertrag zwischen ihr und Séverin, die Tinte geschmiedet, damit keiner von beiden den Schwur würde brechen können, ohne von Albträumen geplagt zu werden. Dass

Séverin statt eines banalen Papiervertrags das Schwurtattoo verwendet hatte – ein Zeichen, dass er sie als ebenbürtig betrachtete –, würde sie ihm nie vergessen.

Zofia machte auf dem Absatz kehrt und ließ die Rue Bonaparte hinter sich. Möglicherweise erkannte der Marmoreingang nicht, wenn ein Student der Hochschule verwiesen worden war, denn er blieb an seinem Platz, bis sie um die Ecke verschwunden war.

Im L'Éden machte Zofia sich auf den Weg ins Sternwartenzimmer. Dort hatte Séverin eine Besprechung angesetzt, sobald er und Enrique von ihrer letzten *Akquisitionsmission* zurückgekehrt waren. Letztlich eine hochtrabende Beschreibung für Diebstahl, so viel war ihr klar.

Die Haupttreppe im Foyer nahm Zofia nie. Sie wollte den ganzen eleganten, herausgeputzten Leuten aus dem Weg gehen, die unten lachten und tanzten. Hinzu kam der Lärm. Deshalb nahm sie den Dienstboteneingang und traf dort auf Séverin. Obwohl er fürchterlich derangiert aussah, grinste er sie an. Ihr fiel auf, dass er sich die Hand hielt.

»Du hast überall Blut.«

Séverin sah kurz an sich hinab. »Nun, das ist mir nicht entgangen.«

»Wirst du sterben?«

»Mit großer Wahrscheinlichkeit, ja, aber nicht sofort.«

Zofia runzelte die Stirn.

»Es geht mir den Umständen entsprechend gut, keine Sorge.«

Sie legte die Hand auf den Türgriff. »Ich bin froh, dass du noch lebst.«

»Danke, Zofia«, sagte Séverin mit einem leichten Lächeln. »Ich komme gleich nach. Es gibt da was in diesem Mnemokäfer, das ich euch zeigen muss.«

Von Séverins Schulter aus krabbelte ein geschmiedeter Silberkäfer unter sein Revers. Mnemospione nahmen Bilder und Geräusche auf und gaben diese in hologrammartigen Projektionen wieder, sofern der Träger dies wünschte. Das bedeutete, sie musste sich auf einen plötzlichen Lichtblitz gefasst machen. Séverin wusste, wie wenig ihr das gefiel. Es brachte ihre Gedanken durcheinander. Doch sie nickte, ließ ihn im Korridor stehen und stieg nach oben.

Das Sternwartenzimmer beruhigte Zofia. Es war geräumig und hatte eine Glaskuppel, durch die das Sternenlicht hereinfiel. Überall an den Wänden standen Planetarien und Teleskope, Vitrinen voll funkelndem Kristall und Regale mit angegilbten Büchern und Manuskripten. In der Raummitte stand ein Tisch, an dessen Schrammen und Macken man die hundert Pläne ablesen konnte, die auf seiner hölzernen Oberfläche Form angenommen hatten. Drum herum waren im Halbkreis einige Sitzmöbel angeordnet. Zofia ging zu einem hohen Metallhocker mit einem verschlissenen Kissen. Ihr Stammplatz. Das Geradesitzen machte ihr nichts aus. Sie mochte es nicht, wenn Dinge ihren Rücken berührten. Auf einer grünen Chaiselongue ihr gegenüber hatte sich Laila ausgestreckt und fuhr gedankenverloren mit dem Finger über den Rand ihrer Teetasse. In einem von Kissen bevölkerten Plüschsessel saß Enrique mit einem Buch auf dem Schoß, in dem er konzentriert las. Die beiden übrigen Plätze waren für Tristan und Séverin reserviert, wobei der eine lediglich ein Kissen war, da Tristan Höhenangst hatte. Der andere war Séverins Lehnstuhl aus dunklem Kirschholz, maßgeschmiedet von Zofia. Sobald eine dem Stuhl unbekannte Person ihn berührte, würden ihm gefährliche Klingen wachsen.

Auf einmal platzte Tristan herein und trug etwas vor sich her.

»Seht mal! Ich dachte schon, Goliath läge im Sterben, aber es geht ihm gut. Er hat sich nur gehäutet!«

Enrique stieß einen Schrei aus. Laila wich an den Rand ihrer

Chaiselongue zurück. Nur Zofia beugte sich vor und inspizierte die gigantische Vogelspinne in Tristans Händen. Mathematiker jagten Zofia keine Angst ein, und Spinnen – oder auch Bienen – waren genau das. Spinnennetze bestanden aus unzähligen Radien und einer logarithmischen Spirale. Auch die lichtstreuenden Eigenschaften der Spinnenseide waren faszinierend.

»Tristan«, schimpfte Laila, »was habe ich dir eben noch zum Thema Spinnen gesagt?«

Trotzig reckte Tristan sein Kinn nach vorne. »Ich soll Goliath nicht mit in dein Zimmer nehmen. Aber das hier ist nicht dein Zimmer.«

Unter Lailas strengem Blick schrumpfte er nun doch ein wenig.

»Kann Goliath bitte für die Besprechung hierbleiben? Er ist keine normale Spinne. Er ist was Besonderes!«

Enrique zog seine Knie bis ans Kinn und schüttelte sich. »Was genau ist an diesem *Ding* so besonders?«

»Nun«, meldete sich Zofia jetzt zu Wort, »die Spinnen, die du sonst so kennst, besitzen Beißklauen, die sich pinzettenartig aufeinander zubewegen. Die der Vogelspinnen der Unterordnung der Mygalomorphae hingegen sind nach vorne unten gerichtet. Das ist schon ziemlich besonders.«

Dazu fiel Enrique nichts mehr ein.

Tristan strahlte sie an. »Das hast du dir gemerkt!«

Was Zofia wiederum nicht besonders erwähnenswert fand. Sie merkte sich meistens, was andere Leute ihr erzählten. Außerdem hatte Tristan ihr schließlich genauso aufmerksam zugehört, als sie ihm die mathematischen Eigenschaften eines Spinnennetzes erklärt hatte.

Enrique wedelte mit der Hand, als wollte er die Vogelspinne verscheuchen. »Bitte, Tristan, nimm sie weg, ich flehe dich an.«

»Freust du dich gar nicht für Goliath? Er war jetzt tagelang krank.«

»Können wir uns nicht für ihn freuen, während uns eine Glasscheibe von ihm trennt? Und ein Netz. Und eine Mauer? Vielleicht ein kleiner Feuerring, nur zur Sicherheit?«, fragte Enrique.

Tristan sah Laila an. Zofia kannte diesen Ausdruck: große Augen, hochgezogene Brauen, erhobenes Kinn und eine leicht zitternde Unterlippe. Lächerlich und doch effektiv, dachte Zofia anerkennend. Laila hielt sich die Augen zu.

»Darauf falle ich nicht rein«, sagte sie streng. »Schau jemand anderen mit deinem Hundeblick an. Goliath kann nicht an der Besprechung teilnehmen. Das ist mein letztes Wort.«

Tristan schnaubte beleidigt. »Schön.« In Goliaths Richtung murmelte er: »Sei nicht traurig, mein Freund, ich mache dir nachher einen Grillenkuchen.«

Sobald Tristan aus der Tür war, wandte Enrique sich an Zofia. »Nach ihrem Duell mit Athene hatte ich ja entschieden Mitleid mit Arachne, doch ihre Nachkommen kann ich leider auf den Tod nicht ausstehen.«

Zofia erstarrte. Menschen und Gespräche waren schon rätselhaft genug, ohne dass all diese zusätzlichen Namen und Begriffe eingeworfen wurden. Enrique verwirrte sie besonders. Der Historiker drückte sich oft sehr gewählt aus, und sie konnte nie sagen, wann er wütend war. Unabhängig von seiner Stimmung trug er stets ein leichtes Lächeln zur Schau. Falls sie jetzt antwortete, würde sie sich nur lächerlich machen. Stattdessen schwieg sie, zog eine Streichholzschachtel aus der Tasche und spielte damit herum. Enrique verdrehte die Augen und wandte sich wieder seinem Buch zu. Sie wusste, was er über sie dachte. Sie hatte es einmal zufällig mitbekommen. *Die ist sich zu fein für uns.*

Sollte er doch denken, was er wollte.

Während die Minuten verrannen, verteilte Laila Tee und Gebäck. Zofia bekam von ihr exakt drei vollkommen runde, helle Butterplätzchen, bevor Laila sich wieder setzte und ihren Blick schweifen ließ. Nach einer Weile kam Tristan zurück und ließ sich mit einem melodramatischen Seufzer auf sein Kissen fallen.

»Zu eurer Information: Goliath ist tief verletzt und lässt ausrichten –«

Doch sie sollten nicht erfahren, wie genau die Vogelspinne ihrem Kummer Ausdruck verliehen hatte. Denn in diesem Moment wurde es schlagartig dunkel und ein Lichtstrahl schoss vom Kaffeetisch aus an die Decke. Langsam erschien das Bild eines metallischen Gegenstandes. Als Zofia aufsah, stand Séverin hinter Tristan. Sie hatte nicht gehört, wie er den Raum betreten hatte.

Tristan drehte sich um und machte beinahe einen Satz, als er Séverin bemerkte. »Musst du dich so an uns anschleichen? Ich habe nicht mal gehört, dass du hereingekommen bist.«

»Das ist nun mal mein Stil«, entgegnete Séverin und schwenkte eine geschmiedete Flüsterglocke.

Enrique lachte. Laila nicht. Stattdessen betrachtete sie Séverins blutigen Arm. Sie wirkte erleichtert, dass es nur der Arm war. Zofia, die bereits wusste, dass es ihm den Umständen entsprechend gut ging, widmete sich nun dem Gegenstand im Lichtstrahl. Ein quadratisches Stück Metall, mit verschnörkelten Symbolen in allen vier Ecken. In der Mitte befand sich ein großer Kreis und darin Reihen kleinerer Quadrate aus aufeinandergestapelten Linien.

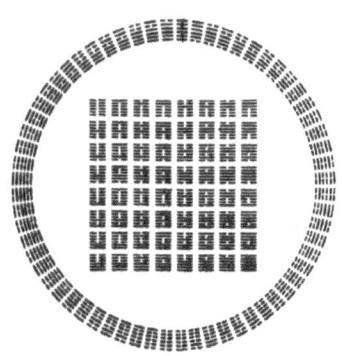

»Und darauf haben wir jetzt wochenlang hingearbeitet?«, fragte Tristan. »Was ist das? Ein Spiel? Ich dachte, wir wären hinter einer Schatzkarte her.«

»Das dachte ich auch.« Enrique seufzte.

»Ich wäre jede Wette eingegangen, dass es die Karte zum Geheimversteck des Gefallenen Hauses ist«, sagte Tristan.

»Und ich dachte an eine, die zu einem alten Buch führt, das der Orden vor Jahren verloren hat«, sagte Laila und wirkte unheimlich enttäuscht. »Zofia, was hast du vermutet?«

»Nicht das da«, antwortete Zofia und zeigte auf das Hologramm.

»Sieht aus, als hätten wir uns alle geirrt«, bemerkte Tristan. »So viel dazu, den Orden zu erpressen.«

»Da wir alle falschlagen, muss jetzt wenigstens keiner von uns das Versuchskaninchen für seltsame Tristan-Toxine spielen«, stellte Laila trocken fest.

»Touché«, sagte Enrique und erhob sein Glas.

»Das nehme ich euch übel«, sagte Tristan.

»Lasst uns nicht so schnell aufgeben«, wandte Séverin ein und lief auf und ab. »Dieses Artefakt könnte trotzdem nützlich sein. Es muss einen Grund geben, warum der Patriarch des Hauses Nyx es haben wollte. Und warum diese Transaktion all unsere Informanten in Alarmbereitschaft versetzt hat. Enrique, könntest du uns eventuell aufklären, worum es sich hier handelt? Oder bist du zu sehr damit beschäftigt, für meine unsterbliche Seele zu beten?«

Enrique verzog das Gesicht und schloss das Buch auf seinem Schoß. Zofia erhaschte einen Blick auf den Buchrücken. Es handelte sich um die Bibel. Instinktiv wich sie ein Stück zurück.

»Dein Seelenheil habe ich schon lange aufgegeben«, erklärte Enrique. Er räusperte sich und deutete auf das Hologramm. »Was ihr hier seht, mag euch wie ein Gesellschaftsspiel vorkommen, doch in Wahrheit handelt es sich um ein Beispiel chinesischer Kleromantie. Das ist eine Form der Weissagung, die zufällige Zahlenkombinationen hervorbringt, welche man dann wiederum als Willen der Götter oder anderer übernatürlicher Wesen interpretiert. Dieses silberne Bild stellt die vierundsechzig Hexagramme des I Ging dar, eines alten chinesischen Orakeltextes, dessen Titel sich grob mit ›Buch der Wandlungen‹ übersetzen lässt. Diese Hexagramme –«, er deutete auf die kleinen Quadrate aus übereinanderliegenden Strichen, angeordnet in Achterreihen, »entsprechen bestimmten kryptischen Begriffen, wie ›das Schöpferische‹ oder ›die Minderung‹. Und angeblich sollen diese Anordnungen das Schicksal vorhersagen.«

»Und was ist mit den Mustern am Rand?«, fragte Tristan.

Die vier Symbole hatten keinerlei Ähnlichkeit mit chinesischen Zeichen oder den Strichen, aus denen die Hexagramme bestanden.

»Was das angeht … bin ich mir noch nicht sicher«, gab Enrique zu. »Diese Zeichen finden sich nirgendwo in der chinesischen Weissagekunst. Vielleicht handelt es sich um eine Ergänzung von einem der Besitzer des Kompasses. Wie dem auch sei, es wirkt nicht wie eine Karte, die irgendwohin führt. Was zugegebenermaßen enttäuschend ist. Doch trotz allem könnten wir einen guten Preis dafür erzielen.«

Laila stützte sich auf die Ellbogen und neigte den Kopf. »Es könnte auch eine getarnte Karte sein.«

Alle verstummten. Séverin zuckte mit den Schultern.

»Wer weiß?«, bemerkte er leise. »Hat jemand eine Idee?«

Zofia zählte die Linien. Dann zählte sie noch einmal. Ein Muster begann sich in ihren Gedanken zu formen.

»Wir haben schon Schlimmeres erlebt«, setzte Séverin betont fröhlich an. »Erinnert ihr euch noch an diesen Isis-Tempel unter Wasser?«

»Sehr gut sogar«, gab Enrique zurück. »Du hattest behauptet, es gäbe dort keine Haie.«

»Gab es auch nicht.«

»Stimmt. Entschuldige bitte«, sagte Enrique. »Es waren mechanische Leviathane mit Rückenflossen.«

»Entschuldigung angenommen.« Séverin neigte den Kopf. »Jedenfalls mussten wir bei dem Code damals auch noch einmal völlig umdenken. Was, wenn wir jetzt vor unseren Augen nicht nur eine Karte haben, sondern auch einen Hinweis darauf, wo sie hinführt?«

Tristan runzelte die Stirn. »Ein Bündel Wahrsagelinien machen noch keinen Schatz, mein lieber Bruder.«

»Linien«, sagte Zofia und spielte abwesend an ihrer Kette herum. »Sind es Linien?«

»*Das*«, rief Séverin aus und deutete mit dem Finger auf sie, »ist genau die Art Umdenken, die ich meine. Stellt die bisherigen Annahmen infrage. Gut mitgedacht!«

»Wir könnten es unter eine andere Lichtquelle halten«, schlug Tristan vor.

»Oder könnten die Symbole in den vier Ecken als Hinweise fungieren?«, fragte Enrique.

Zofia schwieg. In ihrem Kopf begannen sich die Linien langsam vom Metall zu lösen. Sie kniff die Augen zusammen.

»Zahlen«, sagte sie plötzlich. »Wenn ihr die Linien durch Zahlen ersetzt ... wird es zu etwas Neuem. Ähnlich wie bei dem Rätsel mit dem verschlüsselten griechischen Alphabet. Daran erinnere ich mich gut, das war bei der Expedition zur Insel Nisyros.«

Alle fünf schüttelten sich unwillkürlich.

Tristan schlang die Arme um seine angezogenen Beine. »Brrr, ich kann Vulkane nicht ausstehen.«

Zofia rutschte auf die Hockerkante. Endlich konnte sie das Muster klar erkennen.

»Jedes dieser Hexagramme besteht lediglich aus unterbrochenen und durchgezogenen Linien. Ordnet man jeder durchgezogenen Linie die Null zu und jeder unterbrochenen die Eins, bekommt man ein Muster aus Einsen und Nullen. Es sieht aus wie eine Art binäres Zahlensystem.«

»Das sagt uns aber noch nichts über den Schatz«, warf Tristan ein.

»Da wäre ich mir nicht so sicher. In der Antike war man besessen von Zahlen«, gab Enrique zu bedenken. »Wie man deutlich in der Kunst sehen kann. Das bringt mich zu der Frage, was noch dahintersteckt. Vielleicht geht es hier nicht nur um Zahlensysteme.« Er legte den Kopf schief. »Hmm ...«

Dann zeigte er auf die Symbole in den Ecken.

»Séverin, kannst du uns einmal nur die vier Ecken zeigen?«

Séverin modifizierte das Mnemohologramm, sodass sich die vier Symbole in den Ecken abspalteten. Dann verkleinerte er das Bild des I Ging, vergrößerte die Ecksymbole und setzte sie nebeneinander.

»Na bitte, jetzt sehe ich es«, sagte Enrique. »Séverin, würdest du jetzt noch die Anordnung verändern? Das erste Symbol waagrecht drehen und an das zweite setzen. Das dritte Symbol muss unter das zweite und das vierte muss weiter nach links.«

Séverin befolgte Enriques Anweisungen und als er zurücktrat, sahen sie ein neues Symbol:

»Das Auge des Horus«, entfuhr es Enrique ehrfürchtig.

Ein Anflug von Neid durchzuckte Zofia.

»Wie ...«, setzte sie an, »wie hast du das gesehen?«

»Genauso, wie du Zahlen in den Linien erkannt hast«, antwortete Enrique selbstgefällig. »Gibs zu, du bist beeindruckt.«

Zofia verschränkte die Arme. »Nein.«

»Meine strahlende Intelligenz blendet dich.«

Zofia wandte sich Hilfe suchend an Laila. »Sag ihm, er soll aufhören.«

Nach einer knappen Verbeugung wandte Enrique sich wieder dem Hologramm zu. »Das Auge des Horus, auch bekannt als *Udjat*-Auge, ist ein altägyptisches Symbol für königliche Macht und Schutz. Im Laufe der Zeit gingen die meisten Horusaugen verloren –«

»Nein«, unterbrach Séverin. »Sie gingen nicht verloren. Sie wurden *zerstört*. Während Napoleons Ägyptenfeldzugs entsandte der Orden eine Delegation, die ausdrücklich mit dem Auffinden und Beschlagnahmen von Horusaugen beauftragt war. Haus Kore schickte die Hälfte seiner Mitglieder auf diese Mission, weshalb sich heutzutage die meisten geschmiedeten ägyptischen Artefakte im Besitz von Haus Kore befinden. Falls irgendein geschmiedetes Horusauge diesen Feldzug heil überstanden hat, findet es sich sicher dort.«

»Aber warum wurden sie zerstört?«, fragte Laila.

»Das wissen nur der Orden und die Regierung«, antwortete Séverin. »Ich vermute ja, beim Blick durch manche dieser geschmiedeten Horusaugen wurden die Somnomodi von Napoleons Artillerie sichtbar. Wie weit wäre er wohl gekommen, wenn alle Welt gewusst hätte, wie man seine Waffen unbrauchbar macht?«

»Gibt es eine alternative Theorie?«

»Napoleon fühlte sich von den Horusaugen beobachtet und ließ sie deshalb vernichten«, warf Tristan ein.

Enrique lachte.

»Aber warum befindet sich ein Horusauge auf einem I-Ging-Diagramm?« Zofia ließ nicht locker. »Was soll es in diesem Binärcode aus Nullen und Einsen sehen?«

Das ließ Enrique erstarren. »*Sehen.*« Er riss die Augen auf. »Null und Eins … und *sehen*. Zofia, du bist ein Genie.«

Sie zuckte mit den Achseln. »Ich weiß.«

Enrique griff nach der Bibel, die er auf dem Tisch hatte liegen lassen, und blätterte wild darin umher.

»Ich habe vorhin darin gelesen, für diese Übersetzung, an der ich arbeite. Und Zofias mathematische Verbindung passt perfekt«, erklärte er und schien die richtige Stelle gefunden zu haben. »Ah, da haben wir's. 1. Buch Mose, 11:1–9, auch bekannt als die Geschichte vom Turmbau zu Babel. Wir kennen sie alle. Die ätiologische Erzählung, die uns nicht nur erklären soll, warum die Menschen verschiedene Sprachen sprechen, sondern auch, woher die Schmiedekunst stammt. Im Grunde erzählt die Geschichte Folgendes: Die Menschen versuchten, einen Turm zu bauen, der bis an den Himmel reichen sollte, und Gott missfiel das, sodass er verschiedene Sprachen schuf, woraufhin die folgende Sprachverwirrung die Fertigstellung des Bauwerkes verhinderte. Doch er zerstörte nicht nur den Turm.« Enrique hielt inne und begann dann vorzulesen: »… daß sie mußten aufhören die Stadt zu bauen. Daher heißt ihr Name Babel, daß der HERR daselbst verwirrt hatte aller Länder Sprache. Doch der Einfallsreichtum seiner Schöpfung erfreute den HERRN, daß er hinterließ auf der Erde die Steine des Turms, wovon ein jeder von ihm berührt worden war. Und so bargen sie einen Teil der Macht Gottes, des HERRN, die da Etwas aus dem Nichts zu erschaffen vermag.«

Etwas aus dem Nichts.

Das hatte Zofia schon einmal gehört.

»Ex nihilo«, sagte Séverin mit einem breiten Grinsen. »Latein für ›aus dem Nichts‹. Was ist die mathematische Darstellung von Nichts?«

»Null«, sagte Zofia.

»Ergo entspricht die Bewegung von der Null zur Eins der Macht Gottes, da aus dem Nichts *etwas* erschaffen wird. Und die Babelfragmente gelten als Splitter der Macht Gottes. Sie erwecken Dinge zum Leben. Tote können sie selbstverständlich nicht auferstehen lassen und natürlich auch kein tatsächliches Leben erschaffen …«, sagte Enrique.

Zofia bemerkte, wie Lailas Lächeln erstarb.

Enrique rutschte auf die Stuhlkante, ein geheimnisvolles Funkeln in den Augen.

»Wenn *das* hinter dieser Karte steckt, wo ist dann die Verbindung zum Horusauge?«

Laila atmete tief aus. »Du hast gesagt, durch das Horusauge könnte man etwas sehen ... was auch immer die Horusaugen enthüllen, muss also so gefährlich sein, dass man sie vernichten wollte. Aber was ist so gefährlich, dass es ein Weltreich bedroht? Könnte es mit der Macht Gottes zu tun haben? Denn dazu fällt mir eigentlich nur eins ein.«

Séverin sank in seinen Lehnstuhl. Zofia bemerkte ein leichtes Prickeln an den Grenzen ihres Bewusstseins. Sie fühlte sich wie am Rande eines Abgrunds. Als könnten die folgenden Worte ihr Leben verändern.

»Mir auch. Das würde bedeuten«, sagte Séverin bedächtig, »die Karte teilt uns mit, dass der Blick durch die Horusaugen ein Babelfragment enthüllt.«

Séverin

Séverin starrte in das leuchtende Dunkel des Horusauges. Auf einmal war die Luft wie elektrisiert. Fast sah er es vor sich. Etwas Unbekanntes bahnte sich fiebrig seinen Weg durch den dunklen Himmel. Gefletschte Zähne aus Licht hoben sich von den Wolken ab – eine Drohung. Die Erkenntnis brach über ihn herein wie ein Sturm. Er konnte das, was geschehen würde, nicht aufhalten.

Und das wollte er auch gar nicht.

Als er zum ersten Mal von dem Kompass gehört hatte, war Séverin beinahe sicher gewesen, er würde ihn zum verborgenen Schatz des Gefallenen Hauses führen. Dem einzigen Schatz, für dessen Besitz der Orden alles tun würde. Aber das hier … es war, als hätten sie nach einem Streichholz gegriffen und stattdessen eine Fackel bekommen. Der Orden hatte die Jagd nach den Horusaugen geheim gehalten, und jetzt wusste er auch, warum. Sollte irgendwer das Fragment des Westens finden, könnte die gesamte Schmiedekunst versiegen. Und zwar nicht nur in Frankreich, sondern in ganz Europa. Denn ohne das Fragment als Energiequelle wäre die Zivilisation dem Untergang geweiht. Während der Orden über das Geheimnis des Horusauges Bescheid wusste, hatte der Rest der Welt keine Ahnung. Auch die vielen kolonialen Zünfte nicht, die vom Orden gezwungen worden waren abzutauchen. Zünfte, deren Kenntnisse über die Funktionsweise der Babelfragmente denen des Ordens in nichts nachstanden. Séverin konnte sich nur zu gut vorstellen, wozu die Zünfte bereit wären, um an diese Information zu gelangen, und ebenso, wozu der Orden bereit wäre, um es zu verhindern.

»Wir werden aber nicht …«, Enrique brach mitten im Satz ab. »Oder?«

»Das hast du nicht im Ernst vor!«, sagte Laila. Dabei zwickte sie sich laufend in die Fingerspitzen. Das machte sie immer, wenn sie nervös war. Waren ihre Gedanken mit unerfreulichen Dingen beschäftigt, reichte die flüchtige Berührung eines Gegenstands, um ihn zu lesen und eine ganze Flut an Erinnerungen auf sie einstürzen zu lassen. War sie aber mit erfreulichen Dingen beschäftigt, verschwand der Rest der Welt. Ein Phänomen, an das Séverin sich nur zu gut erinnerte. »Wir könnten dabei *draufgehen*.«

Er sah Laila nicht in die Augen, spürte jedoch, wie sie ihn mit ihrem Blick durchbohrte. Stattdessen schaute er zu Tristan, der in jeder Hinsicht sein Bruder war, wenn auch nicht sein leiblicher. Im schummrigen Licht wirkte er sogar noch jünger als sechzehn. Erinnerungen nagten an Séverins Gedanken: Wie sie zu zweit hinter einem Rosenstrauch hockten und die Dornen sich in die weiche Haut an ihrem Hals bohrten. Wie sie sich an den Händen hielten, während der Vater, den sie Zorn nannten, ihre Namen brüllte. Séverin spreizte die Finger und schloss sie kurz darauf wieder. Die längliche, silberne Narbe in seiner rechten Handfläche schimmerte im Licht. Tristan hatte eine, die genauso aussah.

»Hast du das wirklich vor?«, fragte Tristan leise.

Die ganze Zeit waren sie auf der Suche nach einem Artefakt gewesen, das sie als Druckmittel gegen den Orden einsetzen konnten. Ein Artefakt, das dem Orden keine andere Wahl ließe, als Séverin sein verlorenes Erbe zurückzugeben. Und jetzt war er an Informationen gelangt, die einen Traum wahr werden lassen oder sein Todesurteil bedeuten konnten … je nachdem, wie er seine Karten ausspielte. Er griff nach seiner Dose mit Nelken.

»Ich weiß noch nicht genug, um so eine schwerwiegende Entscheidung zu treffen«, sagte er gedehnt. »Aber ich würde gern mehr in Erfahrung bringen und die Möglichkeiten abwägen.«

Tristan fluchte leise. Die anderen sahen bestürzt drein, sogar Zofia starrte mit leerem Blick auf ihren Schoß.

»Dieses Wissen ist gefährlich«, sagte Tristan. »Wir wären besser dran, wenn du Haus Nyx den Kompass einfach vor die Tür werfen würdest.«

»Mag sein, aber die lohnenswertesten Dinge sind nun mal gefährlich«, erwiderte Séverin. »Ich sage ja nicht, wir sollten uns gleich morgen vor die versammelten Ordensmitglieder stellen und ihnen erzählen, dass wir hinter eines ihrer Geheimnisse gekommen sind. Ich habe nicht vor, irgendetwas zu überstürzen.«

Enrique schnaubte. »Klar. Wie sagtest du doch so schön? Es geht doch nichts über einen langsamen und qualvollen Tod.«

Séverin erhob sich. Für eine Entscheidung wie diese wollte er nicht auf Augenhöhe mit den anderen sein. Er wollte, dass sie zu ihm aufsahen. Und das taten sie.

»Überlegt nur mal, was es für uns bedeuten könnte. Es könnte all unsere Wünsche in Erfüllung gehen lassen.«

Enrique schlug die Hand vors Gesicht. »Du weißt aber schon, dass Motten, wenn sie auf ein Feuer zufliegen, auch denken: ›Uuuh, wie hübsch das leuchtet!‹, und dann in Flammen aufgehen?«

»Habe ich schon mal von gehört.«

»Gut. Wollte nur sichergehen.«

»Was ist mit Hypnos?«, fragte Laila.

»Was soll mit ihm sein?«

»Du denkst also, er merkt nicht, dass ihm etwas fehlt? Er ist ziemlich bekannt für … seine Leidenschaft, wenn es um etwas geht, das ihm gehört. Und was, wenn er *weiß*, was wirklich in dem Kompass steckt?«

»Das bezweifle ich«, sagte Séverin.

»Du glaubst also nicht, er könnte es herausfinden?«, fragte Laila.

»Kann er nicht. Er hat ja dich nicht.« Laila machte große Augen. Da erst begriff Séverin und deutete schnell auf jeden Einzelnen von ihnen. »Und dich, und dich, und dich.«

»Ooh …«, brachte Enrique hervor. »Welch rührende Anwandlung! Das werde ich im Leben nicht vergessen. Wie auch? Es dauert vermutlich nicht mehr allzu lange.«

»Außerdem haben Zofia und Enrique eine perfekte Fälschung hinbekommen. Hypnos wird uns nie etwas anhängen können.«

Enrique seufzte. »Mein Gott, bin ich brillant.«

Zofia verschränkte die Arme. »Das bin ich auch.«

»Natürlich bist du das«, beruhigte Laila sie. »Ihr seid beide brillant.«

»Ja, aber ich etwas mehr«, sagte Enrique beleidigt.

Séverin unterbrach die beiden, indem er zweimal kurz in die Hände klatschte. »Jetzt, wo wir das Ding schon mal haben, können wir es uns auch genauer ansehen. Wir machen darüber hinaus noch keine weiteren Pläne. Wir spekulieren auch nicht, was als Nächstes passieren *könnte*. Wir machen *nichts*, bis wir wissen, womit wir es zu tun haben. Verstanden?«

Alle vier nickten, und von einer Sekunde auf die andere war die Besprechung beendet. Gemächlich standen sie auf. Enrique war der Erste, der auf die Tür zusteuerte.

Er blieb vor Séverin stehen. »Denk dran …«

Enrique verschränkte die Daumen ineinander und machte eine seltsam flatternde Bewegung mit den Händen.

»Dass du ein Vogel bist?«

»*Eine Motte!*«, rief Enrique. »Eine Motte, die auf das Feuer zufliegt!«

»Das ist aber eine sehr besorgniserregende Motte.«

»Es ist eine Metapher.«

»Auch die Metapher ist besorgniserregend.«

Enrique verdrehte die Augen. Hinter ihm stibitzte Zofia noch ein paar Plätzchen und stürmte dann an ihm vorbei.

»Wie kommst du eigentlich mit den Sphinxmasken voran?«, rief er ihr hinterher.

»Warum?«, rief Zofia, ohne sich umzudrehen oder den Schritt zu verlangsamen.

»Könnte sie eher früher als später gebrauchen.«

»Mhmmpf.«

Séverin drehte sich um und hielt inne. Obwohl der Raum im Dunklen lag, sammelte sich auch das letzte bisschen Licht aus den Ecken und ließ Laila erstrahlen. Es schien, als könnte die gesamte Welt sich ihrer nicht erwehren … kein Lichtstrahl, kein Augenpaar, kein Molekül. Vielleicht fiel ihm deshalb manchmal das Atmen schwer, wenn er in ihrer Nähe war.

Vielleicht war es aber auch die Erinnerung, die ihm den Atem raubte. Die Erinnerung an eine Nacht, die sie beide geschworen hatten hinter sich zu lassen. Laila war es gelungen. Es war wohl Schicksal, dass er derjenige war, der das nicht vermochte.

Laila stürmte regelrecht auf ihn zu. Normalerweise ging ein unablässiges Leuchten von ihr aus. Sie konnte es nicht ertragen, wenn jemandes Teller leer war, und ging stets davon aus, man hätte Hunger. Sie kannte die Geheimnisse eines jeden Einzelnen von ihnen, auch ohne Gegenstände zu lesen. Im Palais des Rêves machte ebendieses Leuchten den verführerischen Reiz aus, der ihr den besonderen Ruf und ihren Künstlernamen »L'Énigme – *Die Rätselhafte*« eingebracht hatte. Doch heute Abend lächelte sie nicht einmal. Ihre dunklen Augen wirkten so hart wie Steinsplitter.

Oh, oh.

»Kein Mitleid für mich?«, fragte er. Er hob die Hand. »Dabei bin ich doch verwundet.«

»Sehr zuvorkommend von dir, deine Todesstunde noch hinauszuzögern, damit ich sie miterleben darf!«, sagte sie kühl. Je länger sie aber sein Handgelenk betrachtete, desto weicher wurden ihre Züge. »Du hättest dich ernsthaft verletzen können.«

»Das ist der Preis, den man zahlt, wenn man einem Verlangen nachgeht«, sagte er nonchalant. »Das Problem ist nur, dass ich mehr als eines habe.«

Laila schüttelte den Kopf. »Dich verlangt es doch nur nach einer Sache.«

»Ist das so?«

Er hatte sie necken wollen, aber Lailas Haltung änderte sich schlagartig, wurde irgendwie lasziver.

Sie kam näher und ließ ihre Hand an seinem Sakko hinabgleiten. »Ich kann dir sagen, wonach es dich verlangt.«

Séverin hielt ganz still. Sie war so nah, dass er ihre Wimpern zählen konnte. Das Sternenlicht verlieh ihrem Gesicht einen goldenen Schimmer. Er erinnerte sich, wie ihre zarten Wimpern seine Wange gekitzelt hatten, als sie ihn an sich gezogen hatte. Er spürte die Wärme ihres Körpers durch den Stoff seines Hemds. Was hatte sie vor? Laila schob die Hand in die Innentasche seines Sakkos und zog die silberne Dose heraus. Sie ließ den Deckel aufschnappen und nahm eine Gewürznelke heraus. Den Blick immer noch fest auf ihn gerichtet, strich sie mit dem Daumen über seine Unterlippe. Es fühlte sich an wie das Nachleuchten auf der

Netzhaut, wenn man in die Sonne gesehen hatte. Zwei Bilder verschmolzen zu einem: Laila, wie sie damals seine Lippen berührte, Laila, wie sie heute seine Lippen berührte. Das brachte ihn so aus der Fassung, dass er unbewusst den Mund öffnete. Eine Sekunde später spürte er die scharfkantige Nelke auf der Zunge. Laila trat zurück. Kalte Luft nahm ihren Platz ein. Das Ganze hatte nicht länger als ein paar Sekunden gedauert. Ihre Attitüde hatte sich indes kein bisschen verändert – unnahbar und sinnlich, wie die Schauspielerin, die sie nun einmal war. Die Schauspielerin, die sie immer schon gewesen war. Er sah sie vor sich, wie sie im Palais des Rêves eine ganz ähnliche Nummer abzog, wenn sie nach dem Zigarettenetui im Sakko eines Kunden griff, ihm eine zwischen die Lippen steckte und anzündete, nur um sie dann selbst zu rauchen.

»Wonach es dich verlangt …«, begann sie finster, »… ist eine Ausrede, um auf die Jagd zu gehen. Nur könntest du allzu leicht vom Jäger zum Gejagten werden.«

Ihr Rock wirbelte um ihre Knöchel, als sie auf dem Absatz kehrtmachte. Séverin biss auf die Nelke und sah ihr gedankenverloren nach. Sie hatte recht. Er war auf der Jagd. Aber das war sie auch. Keiner von ihnen konnte sich erlauben, aus den Augen zu verlieren, was eigentlich auf dem Spiel stand. Somit war und blieb die Nacht, die sie in den Armen des anderen verbracht hatten, ein Fehler und musste in Vergessenheit geraten. Er wartete noch eine Weile, bevor er sich Tristan zuwandte.

Er wusste, welche Diskussion ihm mit seinem Bruder bevorstand. Darauf hatte er sich vorbereitet, und doch versetzte es ihm einen Stich, als er Tristans feucht schimmernde Augen sah.

»Bringen wir es hinter uns«, sagte er resigniert.

Tristan wandte den Blick ab. »Ich wünschte, du würdest dich mit dem zufriedengeben, was du hast.«

Séverin schloss die Augen. Es ging nicht darum, dass er sich mit etwas *zufriedengab*. Tristan würde das nie verstehen. Er hatte nie die Verheißung einer vollkommen anderen Zukunft gespürt, die einem im nächsten Moment wieder entrissen wird und vor den eigenen Augen zu Staub zerfällt. Er verstand nicht, dass man manchmal das, was einen zerstört hatte, nur zu Fall bringen konnte, indem man Teil davon wurde.

»Es geht nicht darum, sich zufriedenzugeben«, sagte Séverin. »Es geht darum, das Gleichgewicht wiederherzustellen. Um Gerechtigkeit.«

Tristan sah ihn nicht an. »Du hast versprochen, dass du auf uns aufpasst.«

Das hatte Séverin nicht vergessen. Der Tag, an dem er das Versprechen gegeben hatte, war auch der Tag gewesen, an dem er bemerkt hatte, dass einige Erinnerungen von einem gewissen Geschmack begleitet wurden. Damals war sein Mund voll Blut gewesen und sein Versprechen hatte nach Salz und Eisen geschmeckt.

»Gehen wir mal davon aus, dieses ganze Unterfangen bringt uns nicht um. Was passiert, wenn du bekommst, was du willst? Sobald du dein Haus wiedererlangst, bist du Patriarch ...« Tristans Stimme wurde schriller. »Manchmal wünschte ich, du würdest nicht danach streben, Patriarch zu werden. Was, wenn du so wirst wie ...«

»Sprich es ja nicht aus!« Séverin hatte nicht vorgehabt, so kalt zu klingen. Tristan schreckte zurück. »Ich werde *niemals* wie unsere Väter.«

Tristan und Séverin hatten sieben Väter gehabt. Wie gebrauchte Gegenstände waren sie von Vormund zu Vormund weitergereicht worden. Nebenfiguren des Ordens von Babel, die Séverin zu dem gemacht hatten, der er heute war, mit allen Vor- und Nachteilen.

»Teil des Ordens zu sein macht mich noch lange nicht zu

einem von ihnen«, sagte Séverin mit frostiger Stimme. »Ich will mich nicht mit ihnen auf eine Stufe stellen. Ich will nicht, dass sie uns auf Augenhöhe begegnen. Ich will, dass sie den Blick abwenden müssen, dass sie angestrengt blinzeln, wie wenn sie in die Sonne schauen. Ich will nicht, dass sie uns gegenüberstehen. Ich will, dass sie auf die Knie gehen.«

Tristan schwieg.

»Erinnerst du dich noch an mein Versprechen? Ich habe gesagt, ich passe auf dich auf. Ich habe gesagt, ich erschaffe uns ein eigenes Paradies.«

»L'Éden«, sagte Tristan tonlos.

Das Hotel hatte seinen Namen nicht nur in Anlehnung an den Paradiesgarten erhalten. Es war vielmehr die Einhaltung eines Versprechens, das Séverin gegeben hatte, als sie beide noch aufgeschürfte Knie und einen naiven Blick auf die Welt hatten. Als Häuser, Väter und die daraus resultierenden Lektionen noch so unermüdlich gekommen und gegangen waren wie die Jahreszeiten.

»Ich passe auf dich auf«, wiederholte Séverin, dieses Mal leiser. »Immer.«

Endlich entspannte Tristan sich. Er lehnte sich an Séverin, den der blonde Haarschopf in der Nase kitzelte, bis er niesen musste.

»Na gut«, brummte Tristan.

Séverin überlegte, was er noch sagen könnte. Irgendetwas, das Tristan von ihren Plänen ablenken würde.

»Ich habe gehört, Goliath hat sich gehäutet?«

»Tu doch nicht so, als würdest du dich für Goliath interessieren. Ich weiß, dass du ihm letzten Monat eine Katze auf den Hals gehetzt hast.«

»Um ehrlich zu sein, ist Goliath auch ein wandelnder Albtraum.«

Tristan lachte nicht.

IN DEN DARAUFFOLGENDEN anderthalb Wochen belauschte Laila die Ordensmitglieder, die der Palais des Rêves frequentierten, und spitzte die Ohren nach Gerüchten über einen Diebstahl bei der Auktion. Doch alles ging seinen gewohnten Gang. Sogar die gefürchteten Sphinxwächter, die jede Spur eines hausgezeichneten Gegenstands wittern konnten, waren bisher nicht im Umkreis der Stadtresidenzen von Haus Kore und Haus Nyx entdeckt worden.

Alles war gut …

Séverin klammerte sich immer noch an diese Hoffnung, als sein Faktotum mit der Post erschien.

»Für Sie.«

Séverin warf einen Blick auf den Umschlag. Ein verschnörkeltes *H* schmückte die Vorderseite.

Hypnos.

Er entließ sein Faktotum und starrte auf den Umschlag. Auf der Vorderseite waren braune Sprenkel zu sehen, die nach getrocknetem Blut aussahen. Séverin berührte das Siegel. Sofort stach ihm etwas Spitzes in die Fingerkuppe. Ein geschmiedeter Dorn, verborgen in geschmolzenem Wachs. Er stieß einen leisen Fluch aus und zog rasch die Hand zurück, jedoch zu langsam. Ein Blutstropfen war bereits in das Papier des Umschlags gesickert und ließ das verschnörkelte *H* erzittern. Vor seinen Augen entfaltete es sich zu einer kurzen Mitteilung.

Du hast mich bestohlen.

TEIL II

AUSZUG AUS DEN
NEUKALEDONISCHEN BERICHTEN

Admiral Théophile du Casse,

Französische Fraktion des Ordens von Babel

Im Jahre 1863 des Französischen Kaiserreiches

unter der Herrschaft Napoleons III.

Die hiesigen Eingeborenen, die Kanaken, werden unruhig. Durch unsere Übersetzer konnten wir in Erfahrung bringen, dass sie die Schmiedekunst den einheimischen Priestern zuschreiben. Nicht einer ihrer Künstler scheint die Gabe der Schmiedekunst des Geistes zu besitzen, doch sind sie äußerst talentiert, was die Gabe der Materie betrifft, besonders in Bezug auf Holz und Salzwasser. Die Dächer ihrer Hütten schmücken sogenannte *flèches faîtières*, geschnitzte Firstskulpturen, in denen sich ihre von ihnen verehrten Vorfahren aufhalten sollen. Wir entdeckten jedoch eine weitere Funktion dieses Dachschmuckes.

Wie Ihnen bekannt ist, Monsieur, stießen wir an den Ufern des Diahot auf Nickelvorkommen. Während unsere tapferen Kolonialisten das Metall nur unter großen Strapazen fördern können,

75

werden dessen Vorkommen am besten mithilfe dieser vorgeblich heiligen Dachskulpturen aufgespürt. In diesem Zusammenhang muss ich Sie bedauerlicherweise über ein Ereignis in Kenntnis setzen, welches sich letzte Woche zutrug. In den frühen Morgenstunden mühte sich einer meiner Männer, eine der Firstskulpturen von einer Kanakenhütte zu entfernen. Obgleich er die Skulptur erfolgreich herunterbrachte, weigerte sich die in der Hütte lebende Familie uns zu erzählen, wie genau der geschmiedete Dachschmuck für die Suche nach Nickel einzusetzen ist. Es entflammte eine Auseinandersetzung, in deren Verlauf das Familienoberhaupt plötzlich ausrief, manches Wissen sei nicht dazu bestimmt, überliefert zu werden, um sich daraufhin das eigene Leben zu nehmen.

Bisher ist es uns leider nicht gelungen, mehr über die Funktionsweise der Skulpturen in Erfahrung zu bringen.

Doch wir werden die Sache mit aller Beharrlichkeit weiterverfolgen.

Enrique

Séverin hatte Enrique an die geheime Bar des L'Éden bestellt.

Unter anderen Umständen hätte Enrique sich keinen besseren Treffpunkt vorstellen können, doch die schriftliche Aufforderung war ungewöhnlich schroff gewesen. Er durchquerte das Foyer und warf einen Blick auf die große Uhr. Es war erst fünf. Seine Verabredung mit Séverin war um halb sechs, das ließ ihm gerade genug Zeit für ein Getränk.

Rund um das Foyer wand sich ein gigantischer Uroboros: Eine geschmiedete Kupferschlange, die ihren eigenen Schwanz jagte und so Unendlichkeit symbolisierte. Das Kerzenlicht spiegelte sich glänzend auf dem metallischen Körper wider, Erfrischungsgetränke und Blumen steckten zwischen den changierenden Schuppen. Jeden Tag, Schlag Mittag und Mitternacht, bekam die Schlange ihren Schwanz zu fassen und glitzerndes Konfetti regnete von der Decke. Reiche Erbinnen in federgeschmückten Capes und Künstler mit tintenbeschmierten Fingern schlenderten an Enrique vorbei in die Gärten oder den Speisesaal. In einer Ecke steckten Politiker die Köpfe zusammen. Hinter den dichten Rauchschwaden, die aus ihren Pfeifen aufstiegen, waren die Gesichter kaum zu erkennen. Enrique hatte es sich zur Gewohnheit gemacht, die Geräuschkulisse auszublenden. Ohnehin waren zu viele fremde Sprachen zu hören, als dass man allen Gesprächen hätte folgen können. Hier und da schnappte er trotz allem einige Fetzen auf – durch Wüstensonne gehärtete Konsonanten oder von den Wellen in Küstenregionen weich geschliffene Vokale. Für ihn unbekannte Töne, bis ein Ausdruck an seine Ohren drang, den er verstand: »*Magandang gabi po.*« *Guten Abend.* Das war seine Muttersprache: Tagalog. Rasch drehte Enrique sich zu dem Sprecher um, den er sofort erkannte: Marcelo Ponce. Quer durch den Raum fing Ponce seinen Blick auf und hob die Hand zum Gruß.

Zusammen mit Dr. Rizal gehörte Ponce zum inneren Kreis der Ilustrados. Genau wie Enrique waren die Mitglieder dieser Gruppe in Europa ausgebildete Filipinos, die davon träumten, ihr von Spanien bestimmtes Land zu reformieren. Deshalb war er beigetreten. Für sie war er allerdings nur ein weiteres Mitglied … kein Visionär. Niemand, der den Kurs in eine neue Zukunft vorgab, so sehr er sich auch wünschte, zum inneren Kreis zu gehören.

»*Kuya* Marcelo«, sagte Enrique respektvoll.

Dass er den großen Marcelo »Bruder« nennen durfte, erfüllte ihn noch immer mit Ehrfurcht, auch wenn es mehr der Tradition denn allzu großer Nähe geschuldet war.

»*Kuya* Enrique«, erwiderte Marcelo herzlich. Sein Blick fiel auf den Stift in Enriques Hand. »So fleißig? Arbeiten Sie gerade an einem neuen Artikel für *La Solidaridad*? Oder an einer Übersetzung?«

»Ähm, von beidem ein bisschen.« Enrique wurde rot. »Also, falls Sie kurz Zeit haben, könnte ich Ihnen meinen neuesten Text zeigen. Ich –«

»Ganz wunderbar. Weiter so«, sagte Marcelo abwesend. Dabei sah er über Enriques Schulter. »Eigentlich bin ich hier mit jemandem verabredet, der uns vielleicht helfen könnte, eine Petition an die spanische Königin zu richten.«

»Oh«, brachte Enrique hervor. »Vielleicht … vielleicht könnte ich auch dabei helfen?«

Marcelo lächelte. »Ah, natürlich, Enrique Mercado López: Journalist, Historiker und charmanter Spion.« Bevor Enrique antworten konnte, tätschelte Marcelo ihm die Wange. »Wobei – mit diesem Gesicht müsste Ihnen das Spionieren eigentlich leichtfallen. Schließlich sehen Sie kaum aus wie einer von uns. Bis zum nächsten Treffen. *Ingat ka, kuya.*«

Im Vorbeigehen klopfte Marcelo ihm noch kurz auf die Schulter. Obwohl Enriques Gesicht brannte und seine Glieder bleischwer waren, zwang er sich, weiterzugehen.

Schließlich sehen Sie kaum aus wie einer von uns.

Dass Marcelo diesen Satz nicht böse gemeint hatte, machte es fast noch schlimmer. Enrique kam nach seinem Vater, einem Vollblutspanier. Auf den Philippinen galt das für viele als Vorteil. Sie nannten ihn den *Mestizen*. Onkel und Tanten witzelten, dass seine dunkelhäutige Mutter bei seiner Empfängnis wohl nicht im Zimmer gewesen war. Vielleicht ließen ihn die Ilustrados deshalb nicht in ihren inneren Kreis.

Nicht sein Intellekt war unwillkommen.

Sondern sein Gesicht.

ENRIQUE LIESS SICH gegen den Tresen sinken. Schlecht gelaunt sollte man niemals Champagner trinken, und so drehte und wendete er sein Glas nur hin und her. Lustlos beobachtete er die am Rand hochperlenden Bläschen. Mehr einer Krypta als einem Ort der Geselligkeit ähnelnd, lag die kleine, geheime Bar des L' Éden versteckt hinter einem Bücherregal. Über die Wände zogen sich Ranken, deren Knospen sich allerdings nicht zu herkömmlichen Blüten öffneten, sondern je nach Tageszeit zu Teetassen aus feinstem Porzellan oder kristallenen Sektschalen wurden. Überall fanden sich Tristans und Zofias Erfindungen. Wenn das Baupolizeiamt Kristalllüster als zu riskant einschätzte, schmiedete Tristan eben einen aus Mondwinden und Windröschen. Entschieden die Beamten, dass Laternen ein zu hohes Brandrisiko darstellten, sammelte Zofia phosphoreszierende Steine an der bretonischen Küste und schmiedete sie in ein Netz an der Decke, sodass sie einem funkelnden Sternenhimmel glich.

Beim Betrachten dieser Kreationen überfiel Enrique ein Hauch der altbekannten Eifersucht. Schon immer war es sein Wunsch gewesen, die Schmiedegabe zu besitzen. Als Kind war sie ihm wie die reinste Magie erschienen. Heute wusste er, dass es Magie nicht gab – genauso wenig wie Elfen in Wäldern oder Meerjungfrauen in den Ozeanen. Doch es gab diese Kunst, diese Verbindung zu vergangenen Zeiten, zum Schöpfungsmythos selbst, und Enrique sehnte sich danach, ein Teil davon zu sein. Er hatte gehofft, die Schmiedekunst könnte ihn zu einem der Helden machen, die in den Geschichten seiner Großmutter vorkamen. Durch Schmieden konnte man alle Gegenstände auf der Welt verändern. Warum sollte man dadurch nicht die Welt selbst ändern können? Warum sollte nicht er der Architekt, der Schmied dieses Wandels sein? Doch sein dreizehnter Geburtstag kam und ging, und weder die Schmiedegabe des Geistes noch die der Materie rief nach ihm.

Als ihm klar wurde, dass er die Gabe nicht besaß, begann er, sich mit den Themen zu beschäftigen, die für ihn am meisten mit der Schmiedekunst gemein hatten: Sprachen und Geschichte. Er konnte trotzdem die Welt verändern. Vielleicht nicht auf so spektakuläre Weise wie mithilfe des Schmiedens, jedoch auf eine etwas subtilere Art. Indem er schrieb, sprach, Brücken zwischen Menschen schuf.

Als er nach Paris gekommen war, hatte die Parole der Französischen Revolution eine Lücke in seinem Herzen ausgefüllt: Liberté, Égalité, Fraternité.

Freiheit, Gleichheit, Brüderlichkeit.

Diese Worte brachten eine Saite in ihm zum Klingen, genau wie in anderen Studenten, die ihm ähnlich waren und den eisernen Griff, mit dem Spanien die Philippinen seit beinahe dreihundert Jahren umklammert hielt, zu hinterfragen begannen. In Paris hatte Enrique verwandte Geister gefunden. Doch am meisten hatte Séverin sein Leben verändert. Er hatte ihm eine Chance gegeben, seine Qualitäten als Historiker unter Beweis zu stellen, als niemand anders dazu bereit war. Séverin hörte zu, wenn Enrique von seinen Plänen sprach, die Welt zu verändern. Und nicht nur das, er zeigte ihm auch, was genau sich ändern musste. Mit einem älteren Bruder, der dazu bestimmt war, den lukrativen Familienhandel zu übernehmen, und einem anderen, der sich der Kirche verschrieben hatte, stand es Enrique frei, zu tun, was er wollte. Und er wusste, was er wollte … Nur musste er die Ilustrados dazu kriegen, ihn auch zu wollen.

Den Orden mit dem Geheimnis des Horusauges zu erpressen könnte der richtige Weg sein. Enrique ließ seinen Tagträumen freien Lauf: Vielleicht konnten Séverin und er den Ordensmitgliedern klarmachen, dass die Zivilisation auf dem Spiel stand. Einen großen Auftritt hinlegen und sie damit konfrontieren. Das richtige Licht und die richtige Bühne waren entscheidend für jeden dramatischen Höhepunkt. Und Champagner, versteht sich. Séverin würde zum Patriarchen, Enrique würde eine nette Rede über das Wiederaufleben einer Blutlinie halten, man könnte Konfetti regnen lassen, Haus Vanth wäre wiederhergestellt und *natürlich* würde das Haus einen Historiker brauchen. Da kam *er* ins Spiel. Die Ilustrados würden sich um ihn reißen: Endlich hätten sie jemanden an vorderster Front, der ihnen Informationen über den Orden von Babel liefern könnte. Bisher der einzige blinde Fleck in ihrem Spionagenetzwerk. Wenn es erst mal so weit wäre, könnten er und Séverin gemeinsam mit den anderen wahrhaftig die Welt verändern! Sollten sie sich Schwerter anschaffen? Zwar hatte Enrique keine Ahnung, was er damit anstellen sollte, aber ein Schwert zu tragen klang sehr heldenhaft. Vielleicht würden Denkmäler zu ihren Ehren errichtet –

»Na los, gehen wir.«

Enrique zuckte zusammen und ließ sein Champagnerglas fallen. Es zerschellte auf dem Boden.

»Der gute Champagner!«

»Du hast ihn nicht mal getrunken. Bloß vor dich hin geträumt.«

»Aber er lag gut in der Hand …«

»Los jetzt.«

Und damit trabte Séverin auch schon die Treppe zum Bücherregal hoch. Enrique grummelte etwas auf Tagalog, wofür seine Großmutter ihm mit dem Pantoffel eins übergezogen hätte. Normalerweise war Séverin nicht so kurz angebunden. Auf dem Weg durchs Foyer und vorbei am Garten der Sieben Sünden wirkte er angespannt.

Nahe den Ställen fuhr diskret eine Kutsche vor. Im Gegensatz zu den üblichen Kutschen des L'Éden trug sie keinen Schriftzug oder sonstige Kennzeichen. Hinter Séverin kletterte Enrique ins Innere des Gefährts. Der Kutscher schloss die Tür und dunkle Vorhänge schoben sich vor die Fenster.

Unruhig spielte Enrique an den Aufschlägen seines Sakkos. »Darf man erfahren, wo es hingeht?«

Séverin zog ein Kuvert aus der Tasche. Das blutrote Siegel war in der Mitte entzweigebrochen, dennoch war der ins Wachs geprägte Buchstabe *H* klar zu erkennen.

Enriques Herzschlag setzte für einen Moment aus. »Hypnos?«

Kaum hatte er den Namen ausgesprochen, wusste er auch

schon, dass er recht hatte. Allein die Atmosphäre schien seinen Verdacht zu bestätigen. Durch einen Spalt im Vorhang drang ein kalter Lufthauch herein, der ihn frösteln ließ.

Séverin knirschte mit den Zähnen. »Er weiß, dass wir ihn bestohlen haben. Er hat uns um ein Treffen gebeten.«

»*Wie bitte?*«

Er hatte den Plan für wasserdicht gehalten. Keine Spuren. Keine Aufzeichner. Nichts, das auf ihre Anwesenheit im Verwahrungssaal der Auktion hingedeutet hätte.

Als Patriarch des Ordens von Babel konnte Hypnos sie festnehmen lassen. Oder Schlimmeres. Dass er sie um ein Treffen ersuchte, ließ etwas anderes vermuten ... Komplotte, Tauschgeschäfte und Erpressung. Warum ausgerechnet Enrique Séverin begleiten sollte, war ihm nicht ganz klar. War er besonders wertvoll oder besonders entbehrlich?

Über den Patriarchen des Hauses Nyx wusste Enrique nicht viel. Tristan hatte einmal erwähnt, Hypnos und Séverin seien alte Spielkameraden gewesen, damals, als sie noch beide als Erben ihrer Häuser erzogen worden waren. Ein kurzer Blick auf Séverin sagte ihm, dass sie seitdem wohl keinen Kontakt gehabt hatten. Seine Miene war eisern. Mit dem Daumen fuhr er immer wieder über die silbrige Narbe in seiner Handfläche.

»Was, wenn ...« Enrique brachte die Worte *er uns tötet* nicht über die Lippen.

Jedoch schien Séverin sie zu erahnen. »Hypnos ist nicht dumm«, sagte er nachdenklich, »doch wenn er Hand an uns legen sollte, könnte ich genug Dinge ans Licht zerren, die seine Position innerhalb des Ordens ins Wanken brächten.«

»Das mag sein, doch Rache ist nicht mehr ganz so süß, wenn man tot ist.«

Séverin zog sich den Hut tiefer ins Gesicht. »Ich habe nicht die Absicht zu sterben.«

Als die Kutsche zum Stehen kam, beugte er sich vor, um die Tür zu entriegeln. Dabei erhaschte Enrique einen Blick auf den Brief in Séverins bandagierter Hand und runzelte die Stirn.

Das Blatt war leer.

HYPNOS HATTE SEINEN Wohnsitz Erebos getauft, nach dem Ort in der griechischen Mythologie, an dem roter Mohn Seite an Seite mit Albträumen blühte. Lächerlich. Den Spitznamen Hypnos fand Enrique genauso anmaßend. Niemand nannte ein Kind nach dem Gott des Schlafes. Zumindest hoffte Enrique das, um des armen Kindes willen.

Während die meisten Häuser des westlichen Ordens von Babel geschmiedete Objekte jedweder Art sammelten und nutzten, widmete sich Haus Nyx besonders der Sammlung solcher Gegenstände, welche die Gabe des Geistes zur Schau stellten. Hier fanden sich Objekte zur Spaltung von Erinnerungen, zum Eindringen in Träume, zur Beugung des Willens und zum Erzeugen lebensechter Illusionen. Das Schmieden des Geistes unterlag den strengsten Regeln und wurde in Etablissements, die der Unterhaltung dienten, genauso gebraucht wie in Gefängnissen. Als einzige Gabe wurde sie ausnahmslos immer registriert, unabhängig davon, ob sich ihr Träger dem Erlernen der Kunst widmete oder nicht. Einige Geistschmiedetechniken waren sogar verboten. Aus gutem Grund. Noch bis vor zwei Jahrzehnten waren geistmanipulierende Gerätschaften außergewöhnlich beliebt gewesen, vor allem in den südlichen Staaten und Ländern Amerikas, wo wohlhabende Großgrundbesitzer Sklaven hielten.

Vor Enrique und Séverin ragte nun der Eingang zu Erebos empor. Zu beiden Seiten wurde er jeweils von zwei Löwen aus Diorit flankiert. Über der Türschwelle schimmerte ein blassgrüner Streifen aus Verit. Wie am Eingang des Palais Garnier diente auch hier der Veritstein dazu, Waffen und gefährliche geschmiedete Gegenstände aufzuspüren. Selbst ein Stück Verit am Körper zu tragen, war die einzige Möglichkeit, den Stein zu überlisten. Der Effekt war ähnlich dem zweier Magnete, die sich gegenseitig abstießen. Angeblich gab es nichts mit einer vergleichbaren Wirkung, doch Enrique hatte neulich eine Abhandlung über ein nordafrikanisches Artefakt in die Hände bekommen, die ihn an dieser Annahme zweifeln ließ.

»Er ist bekannt für seine Trugbilder«, unterbrach Séverin seine Gedanken. »Versuch, dich auf eine Sache zu konzentrieren und lass dich nicht durch seine Spielchen verunsichern.«

Kaum hatte er das gesagt, öffnete sich das Tor. Ohne zu zögern, schritt Séverin zwischen den beiden Löwen hindurch. Doch als er den Veritstreifen passierte, leuchtete der Stein hellrot auf. Die steinernen Löwen wandten ihm die Köpfe zu und begannen Unheil verkündend zu knurren. Ein bulliger Wachmann erschien.

»Offenbaren Sie Ihre Waffe«, forderte er.

»Verzeihung«, sagte Séverin einsichtig und holte ein kleines Messer aus der Sakkotasche. »Ich führe ständig ein Messer bei mir, um Äpfel zu schneiden.«

Enriques Miene blieb ausdruckslos. Natürlich log Séverin.

»Sie müssen noch einmal durch den Veriteingang –«

»Wir sind bereits spät dran«, unterbrach Séverin. »Patriarch Hypnos wird nicht begeistert sein. Ich versichere Ihnen, dass ich weiter keine Waffen am Körper trage. Sehen Sie, ich stülpe eben meine Taschen um.«

Demonstrativ hob Séverin den Saum seiner Hose an, schüttelte seine Ärmel aus und kramte in seinen Taschen. Ein Kärtchen flatterte zu Boden. Der Wachmann hob es auf und bekam tellergroße Augen.

»Ah, das ist ein Gutschein für zwei Nächte in meinem Hotel. Vielleicht haben Sie davon gehört, es heißt L'Éden.«

Selbstverständlich hatte der Wachmann davon gehört.

»Warum behalten Sie den nicht einfach und lassen mich durch? Oder ich nehme ihn wieder an mich und gehe zum zweiten Mal durch diesen albernen Eingang.«

Der Wachmann zögerte kurz, dann winkte er Séverin durch die Tür. Ohne weiteres Aufsehen folgte Enrique ihm. Für ihn hatte es bisher keinen Grund gegeben, Waffen zu tragen.

Wie er feststellen sollte, war der Name Erebos doch recht treffend gewählt. Kaum hatten sie die Eingangshalle betreten, begann sich diese auch schon zu verändern. Er hätte den Blick weiter auf den Fußboden richten sollen, denn der Parkettboden, ebenhölzerne Säulen mit Goldverzierungen und kostbare Teppiche verwandelten sich plötzlich in einen wilden Wald. Silbriges Dämmerlicht fiel durch vereiste Zweige und der Kronleuchter löste sich in Schneewehen auf. Was vom Teppich noch zu sehen war, wirkte wie mit Puderzucker bestäubt. Die Kälte drang an seine Haut, brannte im Inneren seiner Nase und er konnte den Schnee fast schmecken. Er befand sich in einer Welt aus Eis und Zucker. Vor sich sah er Blutstropfen auf weißer Seide. Nein, kein Blut, Mohnblumen. Sie trieben Knospen, verwelkten, erblühten zu rätselhaften Glyphen. Geheimnisse unter Blütenblättern und Schnee. Wenn er doch nur –

Eine Stimme durchbrach das Trugbild.

»Meine Güte, wie unhöflich von mir.«

Die Bilder schmolzen, im Nu waren Zucker und Mohnblumen passé.

Enrique fand sich auf Knien wieder, die Hände in den scharlachroten Teppich gekrallt, als wollte er ihn zerreißen. Vor ihm ein Paar glänzende Schuhe. Als er den Kopf hob, wurde ihm klar, dass er zuerst hätte aufstehen sollen. Auf ihn herab starrte der Patriarch des Hauses Nyx.

Bis zum heutigen Tag hatte er Hypnos nur von Weitem gesehen. Er kannte den Hautton des anderen, ein sattes Umbrabraun, wie die regenfeuchte Rinde einer Eiche, kannte die krausen, sehr kurz geschnittenen Haare und sogar das außergewöhnlich helle Eisblau seiner Augen. Von Weitem war Hypnos ein schöner Mann. Von Nahem war er atemberaubend. Enrique rappelte sich auf und hoffte, dass Hypnos ihm seine Verwirrung nicht anmerkte. Als er ihn erneut ansah, wirkten die Augen dunkler, die Pupillen größer, als versuchte er im Gegenzug, jedes Detail an Enrique wahrzunehmen.

»Mein lieber Séverin, hätte ich gewusst, mit welch hübscher Gefolgschaft du dich umgibst, hätte ich mich schon früher mit dir getroffen«, sagte Hypnos, ohne den Blick von Enrique zu wenden.

Séverin lachte trocken auf. »Das wage ich zu bezweifeln. Seit zwei Jahren bist du nun Patriarch und noch immer beobachtet der Orden dich auf Schritt und Tritt. Nicht auszudenken, was sie von deinem Treffen mit mir halten werden. So wie ich das verstanden habe, ist es allen Ordensmitgliedern verboten, mit mir zu sprechen, das heißt, sofern sie sich an meine Existenz erinnern. Weiß der Orden, was du gerade tust?«

Hypnos hob eine Augenbraue. »Sollte er es denn wissen?«

Séverin antwortete nicht und Hypnos beließ es dabei.

»Du wolltest ein Treffen. Warum?«, fragte Séverin.

Nach so langer Zeit, dachte Enrique.

Ein Lächeln überzog Hypnos' Gesicht. »Ich wollte meine Diebe treffen.«

»Nun, du hast uns gefunden.«

Hypnos schnalzte mit der Zunge. »*Ich* habe lediglich einen kleinen Teil dazu beigetragen. Den Rest habt ihr ganz alleine geschafft.«

Enrique schüttelte die Nachwirkungen der Illusion ab und stellte sich näher zu Séverin. Etwas in Hypnos' Tonfall machte ihn misstrauisch.

»Wie meinen Sie das?«, fragte er.

»Sieh an, es spricht!« Hypnos klatschte in die Hände. »Ich muss schon sagen, eine nette kleine Fälschung habt ihr mir da hinterlassen – aber der Kompass und mein armer kleiner Bär aus Stein waren über und über mit Blut beschmiert. Nun, da dieses Blut eindeutig dem Dieb gehören musste, führte ich einen kleinen Test durch. Mit ein bisschen Blutschmiedekunst ließ sich der Brief so präparieren, dass ihn niemand mit Ausnahme des Diebes lesen konnte. Jedem, den ich irgendwie in Verdacht hatte, ließ ich diesen Brief zustellen. Wer, so fragte ich mich, würde *mich* bestehlen wollen? Und *warum*? Als mir langsam die Verdächtigen ausgingen, schickte ich ihn dir, Séverin. Natürlich! Der elegante Hotelier, mit einem etwas *zu* makellosen Ruf, seltsamerweise immer in der Nähe, wenn im Orden etwas gestohlen wird. Du siehst also«, fuhr er mit plötzlich ernster Miene fort, »nicht ich habe euch gefunden – ihr habt euch selbst zu mir geführt.«

Enrique kniff die Augen zusammen. Zu spät fiel ihm Séverins Brief ein, auf den er nur einen kurzen Blick erhascht hatte. Die seltsam leere Seite. Kein Wunder, dass er nichts hatte erkennen können.

Ohne mit der Wimper zu zucken, sagte Séverin: »Raffiniert.«

»Auf die Selbstüberschätzung eines Mannes ist doch immer wieder Verlass. Ich dachte mir, dass du den Brief niemandem zeigen würdest.« Hypnos neigte den Kopf. »Wie *niederschmetternd* für dich. Deine Mannschaft im Stich zu lassen und dir die Niederlage einzugestehen. Oh, sieh mich nicht so an, Séverin. Der Orden mag dich in all der Zeit aus den Augen verloren haben, aber ich nicht.«

»Wie schmeichelhaft. Offenbar findest du, ich sei es wert, beobachtet zu werden.«

Hypnos zwinkerte ihm zu. »Bei deinem Gesicht bin ich da sicher nicht der Einzige.«

»Was willst du, Hypnos?«

»Du weißt, was ich euch antun könnte. Ich könnte euch einsperren lassen, exekutieren, teeren und federn, et cetera pp. Die Details ersparen wir uns.« Hypnos hielt inne und lächelte. »Aber ich *will* das nicht tun. Denn in Wahrheit halte ich mich für einen außergewöhnlich großzügigen Menschen. Stattdessen bitte ich nur um zwei Dinge. Erstens: Gebt den Kompass zurück. Zweitens sollt ihr euer Akquisitionstalent auf einen Gegenstand verwenden, nach dem es mich seit Langem verlangt. Im Gegenzug erhaltet ihr, was ihr euch wünscht.«

Séverins Züge hatten sich verhärtet. Der Mund war nur noch eine schmale Linie und in seinen Augen loderte ein Feuer.

Langsam hob Hypnos die Hand. In seinem Babelring, einem schmalen Halbmond, der sich bis zur Mitte seines Handrückens erstreckte, fing sich das Licht. Aus Enriques Blickwinkel sah er aus wie eine Sense.

»*Mon cher*, du und ich hatten schon immer viel gemeinsam«, fuhr Hypnos fort. »Und heutzutage mehr denn je. Sieh uns an. Zwei verwaiste Bastarde nicht-weißer Mütter.« Er beugte sich näher zu Séverin. »Ist es nicht seltsam: Deine Mutter hat kaum Spuren auf deiner Haut hinterlassen. Ganz im Gegensatz zu meiner Mutter. Einer Tochter von Sklaven, die auf der Zuckerrohrplantage meines Vaters auf Martinique arbeiteten. Direkt nach der Geburt verließ mein französischer Aristokratenvater sie. Doch *du* hattest deine Mutter, daran erinnere ich mich gut. Ich muss zugeben, dass mich das sehr eifersüchtig gemacht hat. Sie hatte wunderschöne Haare … was war sie doch gleich? Ägypterin, Algerierin? Auch ihr Name war schön –«

»Wag es ja nicht.« Séverin presste die Zähne aufeinander.

Unbekümmert zuckte Hypnos mit den Schultern und wandte sich an Enrique, als wäre er nur ein ganz normaler Gast an einem ganz normalen Tag.

»Hat er je erzählt, wie der Erbfolgetest des Ordens funktioniert?«

Enrique schüttelte den Kopf.

»Ich zeige es dir, mein Hübscher. Ich darf doch Du sagen?« Hypnos kam auf ihn zu. »Du gestattest?«

Enrique brachte ein Nicken zustande und Hypnos ergriff seine Hand. Mit dem Daumen fuhr er längs über Enriques Handfläche und hielt kurz vor seinem rasenden Puls inne.

»In jedem Babelring steckt ein Kern aus dem Blut der Matriarchin oder des Patriarchen. Aus diesem Blut entspringt unter anderem die Fähigkeit des Ringes, hauszuzeichnen. Sterben die Matriarchin oder der Patriarch, oder möchten sie sich frühzeitig von den Ordensgeschäften zurückziehen, wird das Oberhaupt eines anderen Hauses hinzugezogen, um den Erbfolgetest durchzuführen. Zuerst ritzt man mit dem Ring, der weitergegeben werden soll, eine Linie in die Handfläche des Erben.« Hypnos fuhr langsam mit der Spitze des Halbmonds über Enriques Hand. Durch die Haut fühlte er eine Energie, die wie Blitze durch seine Venen zuckte. »Dann hält man den Ring des Zeugen über den blutbenetzten ersten Ring. Entstammt der Erbe derselben Blutlinie wie Matriarchin oder Patriarch, so färben sich beide Ringe blau. Entstammt der Erbe *nicht* derselben Blutlinie …«

»Bleibt er mit nichts als einer hübschen Narbe zurück«, beendete Séverin den Satz kühl.

Abrupt ließ Hypnos Enriques Hand los.

»Der Orden ist sich nicht zu schade, den Erbfolgetest zu manipulieren«, sagte er und sah Séverin in die Augen. »Es ist durchaus vorgekommen, dass er von Familien durchgeführt wurde, die einen Erben durch jemand anderen ersetzen wollten.«

»Aus welchem Grund würden sie einem Ordensoberhaupt sein Erbe verwehren wollen?«, fragte Enrique.

An seinen Fingern zählte Hypnos die Gründe ab. »Es mag ihnen missfallen, wie das Kind denkt oder sich verhält, oder wen es liebt oder –«

»Oder der Orden mag seine Blutlinien am liebsten möglichst rein«, fiel ihm Séverin mit emotionsloser Stimme ins Wort. »Zwei Erben, die so offensichtlich nicht ihrem Ideal entsprechen, wären doch ein Ding der Unmöglichkeit. Da ist die einfachste Lösung, einen dem anderen vorzuziehen.«

Hypnos biss die Zähne zusammen. Seine betonte Lässigkeit war auf einmal verschwunden. Reue breitete sich nun auf seinem hübschen Gesicht aus. »Wenn ich mich recht erinnere, hast du mir das vor Jahren schon einmal gesagt.«

»Und wenn *ich* mich recht erinnere, hast du nicht zugehört.«

Hypnos' Wangen färbten sich dunkelrot. »Wie du ganz richtig bemerkt hast, beobachtet der Orden jeden meiner Schritte, seit dem Tag, als mein Vater starb und den Ring an mich weitervererbte. Doch solltest du ein bestimmtes Artefakt für mich beschaffen, werde ich selbst den Erbfolgetest erneut ausführen. Keine gefälschten Ergebnisse diesmal. Und ich kann dir deinen Ring zurückgeben, denn ich weiß, wo er aufbewahrt wird.«

Enrique schien es, als würde sämtliche Luft aus dem Raum gesogen. Séverin sah Hypnos nicht an, während er sprach. »Was soll ich dir besorgen?«

»Ein Horusauge.«

Scharf schnappte Enrique nach Luft.

»Und wo befindet sich dieses Horusauge?«

Einen Moment zögerte Hypnos. »In der Schatzkammer von Haus Kore.«

»Nein.« Séverins Antwort kam prompt. »Keinen Fuß setze ich in das Haus dieser Frau.«

Wen wunderts, dachte Enrique. Die Matriarchin des Hauses Kore musste geholfen haben, das Ergebnis des Erbfolgetests zu manipulieren, der Séverin seinen rechtmäßigen Titel gekostet hatte.

»Kurz vor der Auktion wurde sie hinterhältig überfallen«, erklärte Hypnos. »Ihr Ring wurde gestohlen.«

»Wahrscheinlich jemand aus dem Orden«, sagte Séverin. »Da mischen wir uns nicht ein.«

Wir. Enrique verspürte Stolz. Am liebsten hätte er laut *Jawohl!* gerufen. Doch er schwieg lieber.

»Ich möchte nicht, dass du den Ring findest«, sagte Hypnos. »Darauf sind genug Leute angesetzt. Was ich von euch möchte, geht darüber hinaus. Wie du sicherlich nicht vergessen hast, behüten die Ringe unserer Häuser den Ort, an dem sich das Fragment des Westens befindet.«

Séverin lachte auf. »Und du glaubst, dieser geniale Meisterdieb weiß, wo das Babelfragment ist, und hat nun vor, dort mit dem gestohlenen Ring irgendeine schändliche Tat zu begehen? Soweit ich mich erinnere, braucht es *zwei* Ringe, um das Fragment ausfindig zu machen, nicht *einen*. Euer wertvolles Wissen sollte somit sicher sein.«

Über die genauen Abläufe innerhalb des Ordens hatte Séverin nie viel erzählt. Dass das Wissen über den genauen Aufenthaltsort des Westlichen Babelfragments jedes Jahrhundert an die Häuser eines anderen Reiches weitergegeben wurde, hatte Enrique jedoch einmal aufgeschnappt. Aktuell befand es sich in Frankreich. Falls der Ring des Hauses Kore tatsächlich gestohlen worden war, hieße das allerdings, dass dieses Wissen in großer Gefahr war. Sofern Séverin recht hatte und jemand aus dem Orden der Dieb war, war es vollkommen nachvollziehbar, dass Hypnos das Horusauge lieber stehlen wollte, als danach zu fragen.

Kam die Gefahr aus Haus Kore selbst, war keinem Mitglied des Hauses mehr zu trauen. Und angenommen, der Dieb hatte den Ring wirklich zum richtigen Ort gebracht, würde der Blick durch ein Horusauge das Fragment offenbaren.

»Mit einem einzigen Ring hat das Gefallene Haus die Welt fast aus dem Gleichgewicht gebracht«, erinnerte Hypnos. »Zweifellos haben sie den Preis dafür bezahlt, doch Geschichte wiederholt sich.«

Enrique musste an das Tezcat-Portal im Palais Garnier denken. Ein Bild tauchte vor seinem geistigen Auge auf: Er sah einen Spiegel, den ein Hexagramm zierte und von dem die Vergoldung abblätterte. Das Symbol des Gefallenen Hauses. Etwas an dem Hexagramm ließ ihn nicht los.

»Und – wenn ich so frei sein darf«, fuhr Hypnos fort, »und ich darf, denn ich erlaube es mir – du hast keine andere Wahl, Séverin. Du wirst mir helfen *müssen*.«

»Du kannst mir ruhig mit Gefangenschaft drohen. Ich werde sowieso fliehen. Oder du könntest uns deine Wachen hinterherjagen, doch ich habe bereits eine Zündkugel hier platziert. Dieses Gebäude könnte in Flammen aufgehen, noch bevor du auch nur einen Schritt machst«, entgegnete Séverin.

Enrique unterdrückte ein Lächeln. Das Schauspiel am Eingang: Ein kleines Messer, ohne Widerrede ausgehändigt. Séverin hatte den Wachmann mit der falschen Waffe abgelenkt, während er die richtige versteckt hielt.

»Wann hast du –«

Séverin lächelte. »Ich musste mich doch irgendwie beschäftigen, während du meinem Historiker schöne Augen gemacht hast.«

»Moment mal, war ich etwa nur der Lockvogel?«, fragte Enrique.

»Gibs zu, du fühlst dich geschmeichelt.«

Vielleicht ein bisschen.

Hypnos suchte mit seinem Blick den Raum ab.

»Es hat keinen Zweck.« Séverin winkte ab. »Du wirst sie niemals rechtzeitig finden. Und ich gehe nicht mal in die Nähe dieses Hauses.« Als er sich umdrehte, sagte er: »Vielleicht können wir dieses Gespräch ja ein andermal fortsetzen und zu einem Kompromiss finden. Doch leider müssen Enrique und ich jetzt gehen.«

Hypnos seufzte. »Ich tue das wirklich höchst ungern. Aufbrausende Gemüter, verschleierte Drohungen, *pfui*. Das lässt mich altern, *mon cher*, und das mag ich gar nicht.«

Kaum hatte Hypnos zu Ende gesprochen, stampfte er geräuschvoll mit dem Fuß und ein sich kräuselndes Bild erschien auf dem scharlachroten Teppich. Enrique fühlte sich, als hätte ihm jemand einen heftigen Tritt in die Magengrube verpasst. Vor sich sah er in der Ferne drei Menschen knien. Sie ließen die Köpfe hängen und ihre Hände waren gefesselt, dennoch konnte man sie erkennen.

Laila.

Zofia.

Tristan.

Augenblicklich wurde Séverin blass.

»Nun, *ihr* könntet natürlich weglaufen und überleben. Doch für den Rest eurer Truppe kann ich das nicht garantieren. Ich will dein Wort, dass du den Kompass zurückgibst, einen Weg ins Haus Kore findest und mir dieses Horusauge beschaffst«, sagte Hypnos und hielt Séverin die geschmiedete Feder für ein Schwurtattoo hin. »Willige ein, und ich kann dir dein Haus zurückgeben.«

Séverin rührte sich nicht. »Sind sie am Leben?«

»Kommen wir ins Geschäft?«, fragte Hypnos in singendem Tonfall.

»Sind sie am Leben?«

»Noch, aber das werden sie nicht mehr lange sein, falls du diesen Eid nicht leistest. Wir werden beide daran gebunden sein, Séverin. Ich versichere dir, es ist für alle das Beste. Mit mir zusammenzuarbeiten wird dir gefallen, das verspreche ich! Ich gebe fabelhafte Feste, habe einen hervorragenden Geschmack in Kleidungsfragen und so weiter, und so fort.« Er wedelte mit der Hand. »Und wenn du nicht zustimmst, werde ich ihnen sämtliche Knochen brechen und deinen Namen in die Splitter ätzen lassen. Auf diese Art und Weise wirst du in jedem Fall mit ihrem Tod in Verbindung gebracht.«

Hypnos' Lächeln war messerscharf. »Noch immer unentschlossen?«

Séverin

Zorn war Séverins zweiter von insgesamt sieben Vätern.

Manche Väter blieben ihm Monate. Andere Jahre. Manche hatten Frauen, die von ihm nicht Mutter genannt werden wollten. Manche Väter starben, bevor er sie hassen konnte. Andere starben, weil er sie hasste.

DEN RING SEINES Vaters hatte Séverin zum letzten Mal mit sieben Jahren gesehen. Er war oval, aus angelaufenem Messing mit einer Schlange, die sich selbst in den Schwanz biss. Die Unterseite des Schwanzes war eine Klinge. Nachdem seine Eltern bei einem Feuer ums Leben gekommen waren, hatte die Matriarchin von Haus Kore ihm mit dem Ring seines Vaters in die Handfläche geschnitten. Der Schlangenschwanz war durch seine Haut geglitten wie ein heißes Messer durch Butter. Einen Augenblick lang hatte er das vielversprechende Blau gesehen … das Leuchten, von dem sein Vater so oft gesprochen hatte und das ihn zum rechtmäßigen Erben von Haus Vanth erklärte … doch dann verschwand es, verdunkelt durch das wallende Gewand des Patriarchen von Haus Nyx. Séverin erinnerte sich noch, wie sie miteinander tuschelten, diese Leute, die er einst »tante« und »oncle« genannt hatte. Als sie sich wieder zu ihm umdrehten, verhielten sie sich, als hätten sie ihn nie auf ihren Knien sitzen lassen oder ihm unauffällig einen zweiten Teller Nachtisch zugeschoben. In nicht einmal einer Minute waren sie zu Fremden geworden.

»Wir können dich nicht zu einem von uns machen«, erklärte ihm die Matriarchin.

Er würde nie vergessen, mit welchem Blick sie ihn bedacht hatte ... wie sie es gewagt hatte, ihn mitleidig anzusehen.

»Tante ...«, stieß er aus, doch sie brachte ihn mit einer knappen Bewegung ihrer behandschuhten Hand zum Schweigen.

»So darfst du mich nie wieder nennen.«

»Ein Jammer«, hörte Séverin seinen einstigen Onkel sagen. »Aber wir können nicht mehr als einen zulassen.«

Später informierte ihn ein Komitee von Anwälten darüber, dass man sich um ihn kümmern würde, bis er volljährig war und an das geerbte Vermögen von Haus Vanth herankäme. Denn auch wenn er von Ursprungs wegen nicht der Erbe sein sollte, tauchte sein Name gleichwohl auf jeder Urkunde und jedem Vertrag auf und machte ihn somit zum Eigentümer des Nachlasses.

Séverin trauerte weniger um seinen Vater als vielmehr um den Tod von Kahina. Sein Vater hatte ihm nicht erlaubt, sie »Mutter« zu nennen, und in der Öffentlichkeit hatte sie ihn mit »Monsieur Séverin« angeredet, aber am Abend ... wenn sie sich in sein Zimmer stahl, um ihm ein Schlaflied zu singen, flüsterte sie ihm, stets ins Ohr: »Ich bin deine Ummi. Und ich hab dich sehr, sehr lieb.«

Am ersten Tag bei Zorn weinte Séverin. »Ich vermisse Kahina.« Zorn nahm keine Notiz von ihm. Am zweiten Tag hörte Séverin nicht auf zu weinen und sagte: »Ich vermisse meine Kahina.«

Zorn hielt mitten im Gang zum Leibstuhl inne und drehte sich um. Seine Augen waren so hell, dass die Pupillen darin manchmal farblos wirkten. »Sag ihren Namen noch einmal.«

Séverin zögerte. Aber er liebte ihren Namen. Ihr Name klang genauso, wie sie roch … nach Früchten aus einem Märchengarten. Beim Aussprechen ihres Namens erinnerte er sich immerfort daran, wie sie sich über ihn gebeugt und ihr schwarzes Haar wie ein Vorhang über seinem Kopf gehangen hatte. Er hatte dann immer so getan, als wäre es schon Schlafenszeit und somit Zeit für eine Geschichte.

Als er ihren Namen erneut aussprach, verpasste Zorn ihm eine Ohrfeige. Er tat es wieder und wieder und forderte ihn so lange dazu auf, »Kahina« zu sagen, bis der Name seiner Mutter einen blutigen Beigeschmack bekam.

»Sie ist tot, Junge«, hatte Zorn gesagt, als er mit ihm fertig war. »Ist zusammen mit deinem Vater im Feuer verreckt. Ich will diesen Namen nie wieder hören.«

Zorns Bastard wohnte zwar auch im Haus, wurde von ihm aber nicht wie ein eigener Sohn behandelt. Der Junge war jünger als Séverin und hatte große, graue Augen. Wenn in Zorn die Wut hochkochte, war es ihm gleich, an welchem der beiden Jungen er sie ausließ.

Im Arbeitszimmer bewahrte Zorn einen Phoboshelm auf, einen Gegenstand der Geistschmiedekunst, der dem Träger die schlimmsten Albträume entlockte und diese wieder und wieder abspielte …

Nachdem Zorn den Jungen den Helm angelegt hatte, sah er zu, wie sie schrien. Bis auf gelegentliche Schläge wurde er sonst nicht handgreiflich.

»Eure Vorstellungskraft fügt euch mehr Leid zu, als ich es je könnte«, sagte er einmal.

Eines Tages rief Zorn nach dem anderen Jungen. Bis zu dem Zeitpunkt hatte Séverin bereits herausgefunden, dass sein Name Tristan war. An jenem Tag sah er Tristan im Schatten kauern. Keiner von ihnen rührte sich.

»Hast du ihn gesehen?«, wollte Zorn von ihm wissen.

Séverin hatte eine Wahl. Er traf sie.

»Nein.«

Daraufhin nahm Zorn ihn mit.

Am nächsten Tag rief Zorn nach beiden Jungen. Séverin war gerade draußen und schlenderte umher. Zorns Schritte drangen laut an sein Ohr, und fast hätte er ihn erwischt, wenn Séverin das zaghafte Zupfen an seinem Ärmel nicht bemerkt hätte. Der schweigsame Junge versteckte sich in den Rosensträuchern. Sein Schoß war voller Blumen. Er rutschte zur Seite, um Séverin Platz zu machen.

»Ich passe auf dich auf«, flüsterte Séverin.

ICH PASSE AUF DICH AUF.

Ein einfaches Versprechen.

Ein einfaches Versprechen, und nicht einmal das konnte er halten.

Jedes Mal, wenn er blinzelte, sah er sie. Zofias helles Haar, dreckverkrustet. Tristan, der auf dem Boden hockte und vor- und zurückschaukelte … und Laila. Laila, die Zucker im Haar haben sollte, keine Glasscherben. Laila, die er …

Er krallte die Fingernägel in seine Handfläche, während er den Kutscher anschrie, ob es nicht schneller ginge. Enrique saß neben ihm und war nur noch ein Schatten seiner selbst. Er murmelte etwas vor sich hin und zählte die Perlen an seinem Rosenkranz ab. Als sie am L'Éden ankamen, sprang Enrique, ohne zu zögern, aus der Kutsche. »Ich sehe drinnen nach ihnen.«

Séverin nickte und rannte in den Garten der Sieben Sünden.

Er blieb nicht stehen, bis er Tristans Werkstatt in Neid erreicht hatte. Tristan saß mit dem Rücken zu ihm. Vornübergebeugt. Den Kopf auf der Brust. Sein Arbeitstisch war mit kleinen Pflanzenhalmen und zerrupften Blütenblättern übersät … die Materialien, aus denen er so unermüdlich seine Miniaturwelten zusammensetzte.

Séverin konnte nicht mehr atmen. Hatten sie ihn erwürgt? Ihn als grausamen Scherz aufrecht hingesetzt? Falls ja, was war mit Laila und Zofia? Lagen sie tot in der Küche und im Labor? Oder …

Da drehte Tristan sich um.

»Séverin?«

Séverin taumelte.

»Ist dir schlecht? Ist wieder irgendwas mit dem Schlafwandler in Zimmer sieben? Letzte Nacht bin ich ihm über den Weg gelaufen, als er *nackt* durch den Dienstbotenflügel gewandert ist. Wenn es das ist, kann ich dich gut verstehen …«

»Die anderen«, krächzte Séverin. »Geht es … geht es ihnen …«

Tristan runzelte die Stirn. »Laila und Zofia habe ich gerade noch in der Küche gesehen. Wieso? Was ist los?«

Séverin zog ihn in eine spontane Umarmung.

»Hab ich irgendwas nicht mitbekommen?«, japste Tristan.

»Ich dachte, du wärst tot.«

Tristan lachte. »Warum das denn?« Als er aber Séverins erschöpften Gesichtsausdruck bemerkte, stutzte er. »Was ist passiert?«

Séverin erzählte ihm alles, angefangen bei Hypnos' Angebot … bis hin zu der Belohnung, die am Ende auf sie wartete.

»Haus *Kore*?« Tristan spuckte das Wort regelrecht aus. »Nach allem, was sie …«

»Ich weiß.«

»Wirst du auf das Angebot eingehen?«

Séverin hob die Hand und zeigte ihm den groben Schnitt des Schwurtattoos. »Ich habe keine Wahl.«

Tristans Miene war unergründlich.

Nach einer gefühlten Ewigkeit sah er auf seine eigene Handfläche. Die silbern schimmernde Narbe sah genauso aus wie die von Séverin. Keiner von beiden wusste, woher Tristan sie hatte. Aber es war auch nicht wichtig.

Schließlich legte Tristan seine Hand auf Séverins, sodass die Narben aufeinanderlagen. Dann sagte er: »Ich passe auf dich auf.«

EINES DER GRÖSSTEN Geheimnisse des Gefallenen Hauses war der Treffpunkt ihrer Versammlungen.

Man erzählte sich, der Schlüssel zu diesem Ort und dem verlorenen Schatz läge in den Knochenuhren, von denen einst jedes Mitglied des Hauses eine besessen hatte. In den fünfzig Jahren, seitdem die Mitglieder des Hauses aus dem Orden verstoßen und zum Tode verurteilt worden waren, war es niemandem gelungen, das Rätsel der Uhren zu knacken. Mittlerweile hielt man das Rätsel nur noch für ein Gerücht, das die Zeit zu einer Art Mythos gemacht hatte. Das hinderte die Leute aber nicht daran, die Knochenuhren erwerben zu wollen. Jüngst waren die Uhren zu so etwas wie Sammlerstücken geworden.

Eine der wenigen noch existierenden stand in Séverins Bücherregal.

In der ganzen Zeit, die Séverin die Knochenuhr nun besaß, hatte sie keines ihrer Geheimnisse preisgegeben. Allerdings blieb die Uhr manchmal um sechs Minuten nach zwei stehen, was ihm ziemlich merkwürdig vorkam, wenn man bedachte, dass auf der gesamten Uhr nur zwei Worte zu finden waren: *media nocte.*

Mitternacht.

Séverin betrachtete sie häufig, wenn er nachdachte.

Vor fünfzig Jahren hatte man sich nicht vorstellen können, dass irgendetwas dazu imstande war, das Gefallene Haus zu vernichten. Doch jetzt ... für Séverin war die Uhr eine Warnung. Alles konnte zu Fall gebracht werden. Türme, die am Himmel kratzten,

Häuser, mit Geldbeuteln tiefer als die eines gesamten Imperiums, sogar die vorbildlichsten Seraphim, die einst in Gottes Gunst standen. Und Familien. Familien, die einem Liebe schenken sollten. Nichts war unbesiegbar, mit Ausnahme der Veränderung.

Séverin betrachtete noch immer das Ziffernblatt, als ihn ein Brief von Hypnos erreichte. Er riss den Umschlag auf, überflog die erste Zeile und runzelte die Stirn.

Sei ehrlich – du hättest das Gleiche getan.

Die Knöchel an seiner geballten Faust traten weiß hervor.

Bevor du diese Nachricht ins Feuer wirfst, hoffe ich, dass du auf den Funken Verstand hörst, der unter deiner Wut vergraben liegt. Wir sind jetzt Partner, und auch wenn ich einen Schwur nicht immer auf die fairste Art und Weise erzwinge, halte ich mich doch stets an ihn. Und du auch, wie ich weiß.

Sag mir, wobei ich helfen kann.

Séverin hasste dieses Wort. *Helfen.* Er hasste, dass Hypnos dieses Wort mit dem Versprechen, den Erbfolgetest zu wiederholen, auf den Plan gerufen hatte.

Manchmal wünschte er, sich nicht an ein Leben vor dem Orden erinnern zu können. Er wünschte, jemand mit der Geistschmiedekunst könnte die Erinnerungen an den Wurzeln packen, aus ihm herausreißen und in tausend Stücke zerlegen. Sie plagten ihn. Nicht die Menschen, aber die Schatten der Eindrücke – Feuer, das die Umrisse seiner Finger erleuchtete; eine Katze mit flauschigem Schwanz, die am Fußende seines Bettes schlummerte; Orangenblütenwasser auf Kahinas Haut; ein honiggetränkter Löffel, der ihm in die wartende Hand gedrückt wurde; Wind im Gesicht, als er in die Luft geworfen und von warmen Armen wieder aufgefangen wurde; Worte, die sich immer tiefer in seiner Seele verankerten wie wachsende Wurzeln im Sonnenschein: »Ich bin deine Ummi. Und ich hab dich sehr, sehr lieb.« Séverin schloss fest die Augen. Er wünschte, er wüsste nicht, was er verloren hatte. Vielleicht würde sich dann nicht jeder Tag so anfühlen. Als ob er einst hatte fliegen können, bevor der Himmel ihn abgeschüttelt hatte und ihm nichts weiter geblieben war als eine Erinnerung an die Flügel.

Séverin ließ die Schultern kreisen. Seine Finger hinterließen feuchte Abdrücke auf Hypnos' Nachricht. Schließlich knüllte er sie zusammen. Er wusste, was er tun würde. Was er tun musste. Beim Verlassen des Arbeitszimmers schmerzten seine Schulterblätter.

Als sehnten sie sich nach dem Gewicht von Flügeln.

DURCH DIE MILCHGLASSCHEIBE der Küchentür sah er schemenhaft, wie sie alle um einen der hohen Tische herumstanden. Er hörte das Klirren von Knochenporzellan und das Klappern von Silberlöffeln auf Untertassen. Das knusprige Auseinanderbrechen von Plätzchen. Er konnte sie sich deutlich vorstellen. Zofia, die ihr Plätzchen sorgfältig in zwei Hälften schnitt und beide in den Tee tunkte. Enrique, der immer wieder fragte, warum sie ihre Plätzchen sezierte. Tristan, der über den zu heißen und zu wässrig schmeckenden Tee nörgelte und fragte: »Laila, hast du auch Kakao?« Laila. Laila, die sich wie eine Sylphe zwischen ihnen hin und her bewegte und sie mit diesem Blick ansah, der zeigte, dass sie ihre schlimmsten Geheimnisse kannte, ihnen aber trotzdem verzieh. Laila, die immer Zucker in den Haaren hatte.

Er konnte sie alle wittern, und das machte ihm Angst.

Er legte die Hand auf den Türgriff. Die Schwurtattoos auf seiner rechten Hand blitzten auf. Sie alle standen in seinem Dienst, aber er war derjenige, der an sie gebunden war.

Er war derjenige, der immer zurückbleiben würde. Bald hatte Zofia ihre Schulden abbezahlt und war reich genug, ein neues Leben aufzubauen. Bald würde Enrique dem inneren Kreis der Filipino-Visionäre beitreten und aus dem L'Éden ausziehen. Bald würde auch Laila gehen. Als sie ihm ihren Dienst angeboten und ihre Geschichte anvertraut hatte – so wie er ihr seine –, hatte sie ihm erzählt, dass sie nach etwas suchte und gehen würde, wohin auch immer ihre Suche sie führen mochte.

Blieb nur noch Tristan. Der Einzige, der aus freien Stücken hier lebte.

Wenn sie aber das Auge des Horus erst einmal akquiriert hatten …

Dann wäre Hypnos gezwungen, den Erbfolgetest noch einmal durchzuführen, und dieses Mal würde ihn niemand überlisten. Haus Vanth würde wiederauferstehen. Als Patriarch hätte er den anderen mehr zu bieten als nur die Beziehung zu ein paar reichen Leuten. Dann könnte er Zofias Schwester eine medizinische Ausbildung ermöglichen, Enrique Zugang und Informationen zu den Ilustrados verschaffen, Laila bei der Suche nach dem alten Buch helfen und sein Versprechen an Tristan halten.

Er könnte ihnen mehr bieten als gerade einmal so viel, dass sie sich bis zur nächsten Akquisition über Wasser halten konnten. Er konnte ihnen so viel bieten, dass sie blieben.

Die vier starrten ihn an, als er eintrat. Den leeren Teetassen nach zu urteilen, hatten sie schon eine ganze Weile auf ihn gewartet. Einen schier endlosen Augenblick später schenkte Laila ihm Tee ein. Auch wenn ihre Haare ihm die Sicht versperrten, wusste er, dass sie lächelte. Er hasste dieses Wissen. Noch vor zwei Jahren hätte er so etwas nicht einmal für möglich gehalten.

Damals war Laila gerade erst zu seiner Spionin im Palais und zu einer seiner Pâtissières in der Küche geworden. Eines Tages war sie einfach in sein Arbeitszimmer geplatzt, die Haare mehlbestäubt, und hatte ihm einen glänzenden, bunten Früchtekuchen gebracht. Da hatte sie bereits das halbe Personal um den kleinen Finger gewickelt und ihm mehr Akquisitionen gesichert, als er je allein hätte bewältigen können. Dass sie ihre Freizeit meistens in der Bibliothek oder in der Küche verbrachte, hätte ihn gar nicht weiter gestört. Wenn sie ihm nur nicht ständig ihre neuesten Kreationen angedreht und ihren Senf zu jeder Kleinigkeit dazugegeben hätte, während er versuchte zu arbeiten. Noch schlimmer war, dass sie keine Gegenleistung dafür verlangte. Sie hatte ihm immer einen Klaps auf die Hand gegeben, wenn sie ihm eine Torte auf den Schreibtisch gestellt und er versucht hatte, sie zu bezahlen.

»Na los, probier mal!«, hatte sie an jenem Tag gesagt, seinen Stuhl zurückgezogen und ihm einen Bissen hingehalten.

Weil sie so unerwartet hartnäckig blieb – wie ein Traum, der immer wiederkehrte –, war er zu verdattert, um ihr deutlich zu machen, dass er verdammt noch mal nichts Süßes wollte. Mit den Fingern hatte sie seine Lippen auseinandergeschoben, und die Aromen waren auf seiner Zunge explodiert. Vielleicht hatte er sogar gestöhnt. Er wusste es nicht mehr.

»Schmeckst du das?«, hatte sie geflüstert. »Ich habe Yuzu-Zesten aus den Obstgärten verwendet statt Zitronenschalen, und Vanilleschoten statt Vanilleextrakt. Die Glasur ist aus selbst gemachter Hibiskus-Marmelade, nicht aus langweiliger Aprikose. Was sagst du dazu? Schmeckt es nicht traumhaft?«

Das war das erste Mal, dass er ihr Lächeln *gespürt* hatte. Wie Licht, das durch geschlossene Augenlider drang. Er hatte geblinzelt, die Augen geöffnet und gesehen, wie sich ihre Lippen zu einem halbmondförmigen Lächeln geformt hatten. Seitdem erinnerte er sich jedes Mal, wenn sie lächelte, an den Geschmack der Obsttorte – an das intensive Aroma von Hibiskus und milder Vanille. Unerwartet und süß.

Enrique hüstelte und Séverin kehrte in die Realität zurück.

»*Na endlich*«, sagte Enrique. Er ließ rasch das letzte Plätzchen in seinem Mund verschwinden. »Das ist die Strafe dafür, dass du so spät bist.«

Séverin zog einen Stuhl heran. Er spürte die erwartungsvollen Blicke aller Anwesenden auf sich. Natürlich ergriff Laila als Erste das Wort.

»Séverin ... was machen wir jetzt? Enrique hat uns erzählt, was passiert ist.«

Enrique errötete schuldbewusst und trank schnell einen Schluck Tee.

»Du bist an Hypnos *gebunden*«, sagte Laila.

Séverin dehnte die Finger und sah zu, wie sich die Narbe spannte.

»Was jetzt passiert, liegt nicht mehr in meiner Hand«, sagte er. »Das hier ist nicht wie unsere bisherigen Akquisitionen. Es wird noch viel gefährlicher. Und falls ihr einen anderen Weg einschlagen wollt, nehme ich es euch nicht übel. Ich würde sogar die Schwurtattoos außer Kraft setzen und euch entsprechend bezahlen.«

Séverin traute sich nicht, sie anzusehen. Eine Weile saßen sie stumm da, bis Enrique auf einmal schicksalsergeben seufzte.

»Ich bin dabei«, sagte er.

»Ich auch«, schloss Laila sich an.

Zofia nickte ebenfalls zustimmend.

Tristan schluckte schwer, die Augen auf den Tisch gerichtet. Er war der Letzte, der Séverins Blick erwiderte und nickte.

Ein scharfer Schmerz schoss durch Séverins Brust. Es waren keine körperlichen Beschwerden, eher ein Bohren in seinem Inneren, das von ihm Besitz ergriff. *Hoffnung.* Er ließ sich nichts anmerken. Stattdessen zwang er sich zu lächeln.

»Gut. Also dann. Um das Auge des Horus aus der Schatzkammer von Haus Kore zu entwenden, müssen wir uns auf zwei Dinge konzentrieren. Zuerst müssen wir herausfinden, wo genau in der Schatzkammer sich das Auge befindet. Dazu benötigen wir die Katalogmünze. Um diese zu erlangen, werden wir einem alten Freund einen Besuch abstatten müssen: dem Kurier von Haus Kore. Dank Laila wissen wir genau, wo er sich morgen aufhalten wird.«

»Im Palais des Rêves«, sagte Laila lächelnd.

Enrique quiekte. »Moment mal! Echt? Da will ich auch hin! Das wird das Fest des Jahres!«

Zofia runzelte die Stirn. »Was ist so toll an einem Fest?«

»Wer hat denn gesagt, ich könnte irgendwen von euch da reinschmuggeln?«, fragte Laila.

»Halt, stopp … Wie genau willst du den Kurier von Haus Kore dazu bringen, sich von seiner Katalogmünze zu trennen?«, fragte Enrique. »Wir konnten sie auch nicht finden, als wir sie für die Auktion brauchten.«

»Genau da kommen die Sphinxmasken ins Spiel, mit freundlicher Unterstützung von Zofia. Ich gebe mich als Sphinx aus. Aber ich werde noch jemanden brauchen, der sich als Sûreté-Agent verkleidet.«

Die Sûreté war die Detektivabteilung der Polizei. Sie waren die Einzigen, die befugt waren, Ordensmitglieder festzunehmen, um sie zu befragen. Séverin drehte sich zu Tristan um, der einen lauten Seufzer von sich gab.

»Warum *ich*?«

»Du hast das perfekte Gesicht.«

»Was ist an meinem Gesicht so verkehrt?«, wollte Enrique wissen. »Kann ich nicht mitkommen?«

»Er will aus freien Stücken mit!«, hob Tristan hervor. »Warum kann er nicht mitgehen?«

»Weil meine Wahl auf dich gefallen ist.«

»Séverin findet mich nicht hübsch«, jammerte Enrique.

»Séverin! Sag ihm, dass er hübsch ist«, sagte Laila.

Séverin verschränkte die Arme. »Zofia, sag ihm, dass er hübsch ist.«

Zofia sah nicht einmal von ihrem Tee auf. »Persönlich bin ich noch unentschlossen, urteilen wir aber basierend auf der Objektivität, dann ist dein Gesicht, dem Prinzip des Goldenen Schnitts zufolge, auch bekannt als *Phi*, was ungefähr 1,618 entspricht, mathematisch betrachtet recht ansprechend.«

»Mir geht das Herz auf«, brummte Enrique.

»Wir brauchen Tristan«, sagte Séverin. »Wir brauchen ein ehrliches Gesicht. Eins, dem man sofort vertraut.«

Ein dumpfes Geräusch war zu hören, als Tristan gegen das Tischbein trat. Ein winziger Wutausbruch konnte nur bedeuten, dass sie ihn schon halbwegs überzeugt hatten. Tristan sah ihn finster an.

»Wird es tagsüber stattfinden?«

»Abends.«

»Was ist mit Goliath?«

Alle seufzten.

»Goliaths Essensplan muss genauestens befolgt werden. Er will seine Heuschrecken um Punkt zwölf Uhr. Nicht früher und nicht später. Wer füttert ihn?«

»Ist Goliath nicht schon groß genug?«, fragte Laila.

»Wahrscheinlich ist er derjenige, der alle Vögel aus dem Garten frisst«, meinte Enrique. »Habt ihr gemerkt, dass keine mehr da sind?«

Tristan räusperte sich. »*Wer füttert Goliath?*«

Ergeben hob Enrique die Hand. »Ich.«

Aber Tristan war noch nicht fertig. »Wenn ich das hier machen soll, müsst ihr mir *alle* bei meinem nächsten Miniaturprojekt helfen.«

Erneutes Stöhnen.

Tristan verschränkte die Arme. »Schön, dann mache ich es eben nicht …«

»*Du hast gewonnen*«, schaltete Séverin sich ein.

Zufrieden schlürfte Tristan seinen Kakao.

»Den genauen Standort des Auges herauszufinden wird sich als schwierig genug erweisen, aber dann wäre da noch Haus Kore selbst. Das Frühlingsfest ist in zwei Wochen, und Tristan ist der Einzige von uns, der schon unzählige Male die Landschaftsgestaltung bei Haus Kore übernommen hat, also kümmert er sich um die Gegebenheiten der Ländereien.«

»Was ist mit den Einladungen?«, fragte Enrique. »Die wurden doch schon vor Monaten ausgehändigt.«

»Darum kümmert sich Hypnos«, räumte Séverin ein. »Für irgendwas muss er ja gut sein.«

»Unsere Ausrüstung kommt nicht am Verit vorbei«, gab Zofia zu bedenken.

»Sie hat recht«, stimmte Enrique zu. »Die werden uns schon am Haupteingang abfangen. Die einzige Sache, die Veritgestein außer Kraft setzt, ist Veritgestein. Und es hat wohl niemand ein Steinchen übrig, mit dem man das Problem umgehen könnte.«

Séverin steckte sich eine Nelke in den Mund.

»Oh nein«, sagte Enrique. »Ich mag es nicht, wenn du das tust. Was ist denn jetzt schon wieder?«

»Hattest du nicht mal von einem nordafrikanischen Artefakt gesprochen, das ähnliche Eigenschaften aufweist.«

Enriques Augen weiteten sich. »Ich hatte ja keine Ahnung, dass du mir zuhörst.«

»Überraschung!«

»Aber … äh … ja … es gibt da ein Artefakt, das ich untersuchen wollte, allerdings befindet es sich hinter Schloss und Riegel. Es ist Teil der Ausstellung über kolonialen Aberglauben der Exposition Universelle.«

»Sehr gut.«

Enrique blinzelte. »Moment mal. Willst du etwa, dass *ich* dort einbreche?«

»Natürlich nicht …«

»Gott sei Dank.«

»… Zofia wird dich begleiten.«

»*Was?*«, riefen Zofia und Enrique wie aus einem Munde.

»Ich arbeite allein«, sagte Zofia.

Enrique verdrehte die Augen. »Die meisten Frauen würden Mord und Totschlag begehen, um mit mir allein zu sein.«

»Ich habe gelernt, dass man nicht nur Menschen ›totschlagen‹ kann«, sagte Zofia. »Zum Beispiel sagen die Leute, sie würden ihre ›Zeit totschlagen‹. Vielleicht schlagen diese Frauen, auf die du dich beziehst, auch nur ihre Erwartungen tot.«

Tristan prustete seinen halben Kakao wieder aus. Dann sah er auf die Uhr und erbleichte.

»Ich muss gehen«, sagte er. »Mein Auftrag ist abgabefällig.«

Enrique seufzte. »Und ich muss noch ein bisschen zu dem Artefakt recherchieren. Zofia, eigentlich kannst du direkt mitkommen. Du musst schließlich auch Bescheid wissen.«

Zofia blickte ihn finster an, rutschte dann aber doch von ihrem Stuhl und ließ Séverin und Laila allein in der Küche zurück. Séverin nahm seine Tasse Tee in die Hand. Er war froh, dass die Küche hell war und der breite Tisch zwischen ihnen stand. Obwohl sich die Ereignisse jenes Abends nicht wiederholt hatten, kam es ihm jedes Mal vor, als ob seine Gedanken über den Rand einer Klippe stolperten, wenn er mit ihr allein war … Bilder, die er besser vergessen sollte, schlugen ihm dann wie geisterhafte Wellen entgegen.

»Laila.«

»*Madschnun*«, sagte sie.

Nur Laila nannte ihn *Madschnun*, oder *der Wahnsinnige*. Normalerweise drückte ihr Tonfall so etwas wie Zärtlichkeit aus, heute aber war er kühl.

Séverin sah sich in der Küche um. Laila mochte eine gemütliche, übersprudelnde Unordnung an ihrem Arbeitsplatz. Fleckige Rezepte an den Wänden. Gesprungene Schüsseln, von denen sie behauptete, sie hätten sich mit Glück vollgesogen und seien daher neuen Schüsseln vorzuziehen. Von der Decke schwingende und aneinanderklappernde Holzlöffel mit eingravierten Namen der Menschen, die ihr wichtig waren. Aber heute sah alles blitzblank aus. Nichts stand herum. Alles war weggeräumt. Es war das Gegenteil von Glück.

»Du lernst es nie«, sagte sie und nippte an ihrem Tee. »Unter Umständen hätten wir das verhindern können, wenn du mich die Nachricht hättest lesen lassen.«

»Der Brief war geschmiedet, du hättest ihn auf keinen Fall ...«

»Das *Siegel* war geschmiedet. Das Papier an sich war ganz gewöhnlich. Ich hätte dir sagen können, wo es schon überall gewesen ist, in wie vielen Häusern es war, bevor es seinen Weg zu dir gefunden hat. Ich hätte dir sagen können, dass es eine Falle ist.«

Sie war im Recht, das wusste er. Aber hätte er den Brief allen gezeigt, hätte er auch zugeben müssen, dass er sie in Gefahr gebracht hatte.

»Was sollte ich denn tun?«

»Mir vertrauen«, erwiderte sie. »So wie ich dir vertraut habe.«

Dieses Vertrauen war auch der Grund, warum es zwischen ihnen weder einen Vertrag noch ein Schwurtattoo gab. Vor zwei Jahren hatte Laila ihm das Leben gerettet, indem sie die Taschenuhr eines Hoteliers las. Er hatte Séverin umbringen wollen, um an das Grundstück zu gelangen. Laila hatte Séverin ihre Fähigkeit anhand eines alten Uroboros-Anhängers bewiesen, ein Erbstück seines Vaters ... wodurch ihr ein tiefer Einblick in sein Innerstes gewährt wurde. Im Gegenzug vertraute sie ihm auch ihre Geheimnisse an. Statt die Informationen gegen ihn zu verwenden, gab sie ihm ihrerseits eine Waffe an die Hand. So war alles gekommen. Lächelnd hatten sie sich gegenübergestanden, während die vernichtenden Details bedrohlich zwischen ihnen hingen.

Mit Ausnahme von der zu Tristan war die Verbindung zwischen Laila und ihm die tiefste, die er je gehabt hatte.

»Du machst eine viel zu große Sache daraus«, sagte Séverin.

Ein Blick auf Laila genügte, um ihm zu zeigen, dass er etwas Falsches gesagt hatte.

»Es geht um mein Leben, Séverin«, sagte sie steif. »Das ist eine recht große Sache für mich.«

Er errötete. »So habe ich das gar nicht gemeint …«

»Es ist mir egal, wie du das gemeint hast. Aber es ist mir nicht egal, wenn etwas meine Suche behindert«, sagte Laila aufgebracht. »Auch nicht, wenn es dein Ego ist.«

Immer wieder fing Laila von der Suche nach dem geschmiedeten Buch an, das Antworten auf ihre Existenz geben sollte. Dabei kannte nicht einmal Laila dessen Inhalt. Der Eifer und die Unnachgiebigkeit, mit der sie sich sonst für die Menschen einsetzte, die sie liebte, zeigte sich auch bei der Suche nach diesem Buch. Nichts konnte sie davon abhalten. Nicht die Familie, die sie in Indien zurückgelassen hatte, und bald auch nicht mehr die Familie, die sie hier gefunden hatte.

»Ich bitte dich doch nur darum, uns so zu vertrauen, wie wir dir vertrauen«, sagte sie. »Weißt du, was ich bin?«

»Sauer?«, riet er und lächelte schwach.

Laila fand das nicht komisch. »Ich bin ein Mittel zum Zweck. Ich weiß das. Und du weißt es auch.«

»Hör auf, dich so …«, hob er an.

Aber Laila schnitt ihm das Wort ab. »Und trotzdem weigerst du dich, Gebrauch von mir zu machen, obwohl ich dich ausdrücklich darum bitte. Es kommt mir so vor, als müsste ich deinem Gedächtnis wieder ein bisschen auf die Sprünge helfen.«

Ihre Hand schnellte vor und packte ihn am Handgelenk.

»Laila ...«, warnte er sie.

»Du hast heute Morgen die Nelkendose über deine Ärmel geschüttet. Du hast eine von Zofias Zündkugeln in Hypnos' Eingangshalle versteckt. Du hast fast eine Stunde auf die Knochenuhr in deinem Büro gestarrt. Willst du noch mehr? Ich kann noch mehr«, sagte Laila mit brüchiger Stimme. »Dieser Anzug wurde von einer Frau angefertigt, die in den Stoff geschluchzt hat, weil sie schwanger und unverheiratet ist. Dieser Anzug ...«

»*Hör auf*«, sagte er und stand so rasch auf, dass sein Stuhl gegen das Glas hinter ihm stieß.

Er sah hinunter auf ihre Hand, die noch immer sein Handgelenk umfasste. Keiner von beiden rührte sich. Ihr Atem war flach und ging viel zu schnell. Seitdem sie vor zwei Jahren beschlossen hatten zusammenzuarbeiten, hatte sie nichts mehr von ihm gelesen. Durch ihre Berührung fühlte er sich schrecklich entblößt. Er musste hier weg. Sofort.

»Du bist kein Mittel zum Zweck. Nicht für mich«, sagte er, ohne sie anzusehen. »Wenn du aber so darauf bestehst, dann mach dich ruhig nützlich. Setz mich auf die Gästeliste für das Palais des Rêves.«

ALS DER ABEND näher rückte, vernahm Séverin laute Geräusche vor seiner Bürotür. Das war nichts Neues. Er schenkte ihnen nicht sonderlich viel Beachtung und konzentrierte sich lieber auf die Papiere vor sich. Aus irgendeinem Grund hatte er den Duft von Zucker und Rosenwasser in der Nase. Lailas Parfüm, das sie in einem Rosenquarzflakon aufbewahrte. Morgens und abends zog sie den kristallenen Glasstöpsel über ihre Handgelenke und ihren bronzefarbenen Hals. Es war ein dezenter Duft ... einer, den er erst richtig wahrgenommen hatte, als seine Lippen ihren Hals berührt hatten.

Séverin zwickte sich in den Nasenrücken.

Verschwinde endlich aus meinem Kopf.

Auf der einen Seite seines Schreibtisches lag der Lageplan von Haus Kores palastartigem Anwesen. Auf der anderen ein Muster der von Zofia entwickelten Sphinxmasken. Plötzlich fiel im Korridor ein Name: »L'Énigme!«

Oh nein!, dachte Séverin.

»Lassen Sie uns in Frieden«, rief eine gebieterische Stimme.

Uns?

Séverin stieß den Stuhl zurück und war drauf und dran, die Tür abzuschließen, als Laila – die man als L'Énigme verkleidet nicht mehr als sie selbst erkannte – eintrat. Séverin war ihr noch nie als L'Énigme begegnet. Er ging nie ins Cabaret. Aber er wusste, was man sich über ihre Wirkung aufs Publikum erzählte. Wenn er sie jetzt so ansah, waren die Gerüchte ein Witz, verglichen mit der Realität. Der Pfauenkopfschmuck und die Maske verliehen ihr ein mythisches Aussehen. Edelsteinfarbene Federn fielen ihr über den Rücken. Blass schimmernde Seide schmiegte sich um ihre Beine, so geschmiedet, dass es aussah, als würde ein steter Wind sie begleiten. Ihre Bluse war kaum mehr als ein Korsett aus Perlen.

Laila ging ein paar Schritte auf ihn zu und hielt lange genug inne, damit die Leute, die sich vor der Tür versammelten, mitansehen konnten, wie sie mit der Hand über seinen Arm strich.

»Ich wollte dich überraschen«, sagte sie mit samtiger Stimme. Dann wandte sie sich wieder der offenen Tür zu und blickte auf die Menschenansammlung, die alles neugierig verfolgte. »Muss das wirklich vor Publikum sein?«

Irgendjemand zog die Tür zu.

Sobald sie ins Schloss gefallen war, entzog Séverin sich ihrer unmittelbaren Nähe. Er warf einen Blick auf die geschlossene Tür. Dahinter brodelte wahrscheinlich gerade die Gerüchteküche.

»Was ...?«

Mehr brachte er nicht zustande.

»Du hast mich gebeten, dich auf die Gästeliste zu setzen. Voilà!«

Laila schwang sich elegant auf einen der Lehnstühle und nahm den Kopfschmuck ab. Bei ihrer Berührung schrumpften die Pfauenfedern zu einem grünen, engen Seidenband mit Bernsteinanhänger zusammen. Sie legte sich die Haare zu einer Seite über die Schulter und fummelte am Verschluss ihrer Kette herum.

»Sie geht dauernd auf«, sagte sie missbilligend. »Ich glaube, Enrique hat sie nicht richtig zugemacht. Hilfst du mir?«

Sie war vollkommen entspannt. Der Streit zwischen ihnen war beendet. Es war nicht ihre erste Auseinandersetzung gewesen, und es würde auch nicht die letzte sein, und so kam auch keiner von ihnen auf die Idee, sich zu entschuldigen. Séverin trat hinter sie.

»Erklär mir, wie ich durch diesen Auftritt einen Platz auf der Gästeliste bekomme«, sagte er und nahm den Verschluss.

»Jeder Kurtisane wird genehmigt, einen Liebhaber einzuladen, der sich während der Vorstellung in ihrer Garderobe aufhält«, sagte sie. »Und heute Abend bist du der Glückliche.« Er rutschte mit den Fingern ab, und Laila verkrampfte sich.

»Ich habe unsere Abmachung nicht vergessen«, fügte sie hinzu.

Vor anderthalb Jahren hatte er zu ihr gesagt: »Wir können das nicht noch einmal tun.«

Und sie hatte mit »Ich weiß« geantwortet.

Er hatte ein Haus zurückzuerobern und seine Zukunft aus der Dunkelheit zu befreien. Zwar hatte er sich auch vorher schon mit jungen Frauen im Bett vergnügt, aber im Vergleich zu der einen Nacht war das nichts gewesen. Nichts, was ihn, wenn auch nur für einen Moment, hatte vergessen lassen, wer er war. Wer er sein sollte.

Keine Laune war es wert, seine Zukunft aufzugeben.

Seitdem hatte keiner von ihnen die Abmachung je wieder erwähnt. Beide taten so, als wäre nie etwas gewesen, und es klappte. Sie arbeiteten zusammen, waren Freunde und machten einfach weiter.

»Es ist nur ein absichtlich gestreutes Gerücht«, fügte Laila rasch hinzu. »Ich werde mich den Abend danach um eine andere Begleitung kümmern, damit niemand dich mit mir in Verbindung bringt.«

Er wusste nicht, warum seine Gedanken immer noch an den Worten »heute Abend« hingen.

Als er ihre Kette verschlossen hatte, streifte sein Daumen ihren Nacken. Laila erschauderte und wich seiner Berührung aus. Die Narbe, die sich an ihrer Wirbelsäule entlangzog, lugte unter dem Kragen hervor.

»Deine Hände sind eiskalt«, nörgelte sie. »Was für ein Liebhaber hat so kalte Hände?«

»Einer, der Temperatur durch Talent ausgleicht.«

Es sollte ein Scherz sein, aber seine Stimme klang rauer als beabsichtigt. Laila drehte sich auf dem Stuhl um. Ohne nachzudenken, wanderte sein Blick zu ihren rot bemalten Lippen. Sie schien sich in Eile zurechtgemacht zu haben. In ihrem Mundwinkel war ein blasser weißer Fleck. *Zuckerstaub.* Hatte sie vorher noch gebacken und die Zeit aus den Augen verloren? Oder war es Absicht? Eine Einladung, von ihr zu kosten?

Ein rotes Leuchten auf seinem Schreibtisch ließ sie auseinanderfahren.

Laila zuckte erschrocken zusammen. Ihre Hand klebte am Rand des Schreibtisches fest.

»Ich muss aus Versehen drangekommen sein.«

Séverins Schreibtisch war ein Schmiedekunstgegenstand, der nur seinem Handabdruck gehorchte. Sobald andere Menschen ihn im aktivierten Zustand berührten, blieben sie daran kleben. Er presste die flache Hand auf den Jadetisch. Das rote Glühen erlosch und Laila riss die Hand zurück. Séverin wusste nicht, was er sagen sollte. Die Luft war so voll von ihr, dass es kaum mehr zum Atmen reichte.

»Das Wort, das du suchst, *Madschnun*, ist ›Danke‹«, sagte Laila und erhob sich.

Dann ging sie auf die Tür zu. Doch bevor sie die Tür öffnete, berührte sie ihr grünes Seidenband mit dem Bernsteinanhänger. Der geschmiedete Kopfschmuck entfaltete sich, legte sich geschmeidig über ihr Gesicht und verbarg den Ausdruck, der sich kurz zuvor noch darauf gezeigt hatte. Séverin setzte sich wieder an den Schreibtisch.

Das Wort, das du suchst, Madschnun, *ist ›Danke‹.*

Laila behielt fast immer recht – was er vor ihr nicht einmal unter Todesqualen zugeben würde.

Aber heute lag sie falsch.

Laila

Allmählich bekam Laila Panik.

Erstens blieben ihr weniger als zwei Stunden bis zu ihrem Auftritt im Palais des Rêves. Zweitens hatte sie ihr neues Abendkleid noch nicht vom Couturier abgeholt, und bestimmt hatte sich wieder eine Schlange vor ihrer Lieblingsschneiderei gebildet. Drittens konnte sie ihr geschmiedetes Halsband nirgends finden, und sie weigerte sich, ohne es zu gehen. Es enthielt ihren Pfauenfederschmuck, und wenn sie es nicht trug, könnte sie erkannt werden.

Sie schüttelte die hauchdünnen Schleier ihres Himmelbetts aus und schleuderte die Kissen beiseite.

»Wo ist es nur?«, murmelte sie vor sich hin. »Hast du es vielleicht?«

»Warum wird *mir* immer die Schuld in die Schuhe geschoben?«, wollte Tristan wissen.

Er lag bäuchlings auf ihrem Schlafzimmerboden. Sein Kinn war auf eins ihrer Kissen gebettet, während er ihre Parfümflakons sorgfältig in einer Reihe vor sich aufstellte. Laila erkannte jeden einzelnen, bis auf einen: einen runden Glasflakon mit schwarzen Kügelchen.

»Du könntest dich mal nützlich machen und mir helfen«, murrte sie. »Was machst du überhaupt hier? Du hast doch ein eigenes Zimmer.«

»Ich untersuche hier etwas«, gab er zurück.

»Kannst du nicht auch woanders etwas untersuchen?«

»Wenn ich in Zofias Labor gehe, hält sie mir einen Vortrag in Mathe. Wenn ich in Enriques Arbeitszimmer gehe, hält er mir einen Vortrag in Geschichte.«

»Was ist mit Séverin?«

Tristan zog eine Grimasse. Laila wusste, was das zu bedeuten hatte: Die beiden Jungs waren immer noch zerstritten. Typisch.

»Du weißt, dass er sich nur um dich sorgt, oder?«, fragte Laila.

Tristan ging nicht darauf ein. Er griff nach einem ihrer Fläschchen, zog den Stöpsel heraus, roch daran und verzog das Gesicht.

»Das hier riecht nach sterbendem Wal.«

Laila riss ihm den Parfümflakon aus der Hand.

»Ich mag den Duft«, sagte sie gekränkt.

Fieberhaft suchte sie weiterhin den Boden ab. Dort waren Stoffreste von ehemaligen Seidenkostümen, aus denen sie Vorhänge machen wollte, Körbe mit unfertigen Halsketten, eine ellenlange Reihe von Schuhen sowie einige Skizzen von ihr, die Künstler während ihrer Auftritte angefertigt hatten.

Nervös zupfte sie an einer Haarsträhne. »Ich kann nicht ohne mein Halsband gehen. Ich dachte, es wäre genau …«

Ein blass schimmernder Gegenstand direkt hinter Tristan erregte plötzlich ihre Aufmerksamkeit. Laila hob ihn vom Boden auf und schwenkte ihn vor Tristan hin und her.

»Tristan! Es lag *direkt* neben dir. Hast du keine Augen im Kopf?«

Er blinzelte und blickte sie erstaunt an. »Tut mir leid?«

»Es tut dir nicht leid«, schnaubte sie.

Schwungvoll drehte sie sich um, rutschte aus, verlor den Halt …

und fiel. Tristan versuchte sie aufzufangen, war aber nicht schnell genug. Dumpf schlug sie mit dem Kopf auf dem Boden auf. »Laila! Gehts dir gut?«, rief er und bettete sie sachte auf ein Kissen.

Als sie versuchte, sich aufzurichten, stieß sie gegen den runden Glasflakon mit den kleinen schwarzen Kügelchen.

»Mein Experiment!«, schrie Tristan.

Der Flakon zerbrach. Die schwarzen Kügelchen rollten jedoch nicht wie erwartet über den Boden, sondern hüpften hoch in die Luft und blieben dort hängen. Mit offenem Mund starrte Laila auf die schwebenden Kügelchen über ihr. Keine Sekunde später fielen sie auf sie nieder. Laila versuchte, ihr Gesicht abzuschirmen, aber eines schaffte es dennoch in ihren Mund. Sofort spuckte sie es wieder aus. Um sie herum bildeten sich Tintenwolken und hüllten sie in undurchdringliche Schwärze.

»*Tristan!*«, kreischte sie.

Direkt vor sich hörte Laila ein Poltern, hatte aber keine Ahnung, wer oder was das Geräusch verursachte. Doch dann drang die unverkennbare Stimme von Tristan an ihr Ohr: »Oh, oh.«

EINE STUNDE SPÄTER saß Laila in ihrer Kutsche und rieb sich den tintenbefleckten Daumen.

Wie sich herausgestellt hatte, waren die schwarzen Kügelchen Tristans neueste Schmiedekunsterfindung. Eine Kombination aus der Tinte eines Tintenfischs und der Zellulose von Pflanzenzellen. Nahm man sie in den Mund und spuckte sie wieder aus, lösten sie einen nachtähnlichen Effekt aus. Daher auch der Name: Nachthappen. Sie hüllten eine Person komplett in Tinte und nahmen ihr für fast zwanzig Minuten die Sicht. Wenn man sie gegen Feinde einsetzte, konnten sie äußerst nützlich sein. Nicht nützlich waren sie allerdings, wenn man nur wenige Stunden später vor großem Publikum auftreten sollte. Zum Glück war Zofia zur Stelle gewesen und hatte eine chemische Lösung hergestellt, mit der man die Tinte wegwischen konnte. Enrique hatte auch »geholfen«, die meiste Zeit allerdings nur darüber gelacht, dass Tristan die ganze Zeit im Kreis gerannt und »Tutmirleidtutmirleid« gerufen hatte.

Während die Kutsche über das Kopfsteinpflaster der Straße rumpelte, sah Laila aus dem geöffneten Fenster. Mit dem Kopfschmuck und der Maske erkannte man sie sofort. Auch die Kutsche mit dem schmiedeeisernen Schweif in Form von Pfauenfedern kündigte sie an. Sie mochte es so. In einer Gestalt auffällig zu sein, ermöglichte ihr, in anderen unauffällig zu bleiben.

Paris erwartete Drama von L'Énigme. L'Énigme verbrannte den Schmuck ehemaliger Liebhaber (eigentlich raffiniert gefälschte Edelsteine aus Glas von Zofia). L'Énigme hatte Rivalinnen (Freundinnen, die sich bereit erklärt hatten, sich in der Öffentlichkeit zu vorher abgesprochenen Zeiten eine Szene mit ihr zu liefern). L'Énigme war eine Prinzessin, die wegen ihrer Liebe zu einem britischen Adligen ins Exil geschickt worden war; eine Dämonin, die man auf die Straßen von Paris losgelassen hatte. L'Énigme war eine herzlose Charmeurin, die nicht des Geldes wegen tanzte. Sie tanzte, weil ihr das Geräusch eines brechenden Männerherzens mehr Freude bereitete als das Klimpern von Münzen.

L'Énigme war Laila, aber Laila war nicht L'Énigme.

Die Kutsche kam vor Nummer sieben in der Rue de la Paix zum Stehen, der Adresse eines renommierten Couturiers in Paris. Auch andere Kutschen hielten dort. Frauen in den unterschiedlichsten Aufmachungen, mit Federhüten und edelsteinbesetzten Réticules stiegen aus und hielten sich gerade lang genug draußen auf, dass die Menge sah, welches Gebäude sie betraten.

Obwohl es für Frühling ungewöhnlich kalt war, ließ Laila den schwarzen Nerz bewusst langsam über ihre Schulter gleiten. Zum Vorschein kam der juwelenbesetzte Träger ihres Kostüms *La Nuit et les Étoiles.* Die Nacht und die Sterne.

Die Dämmerung legte einen Samtschleier über die Rue de la Paix. Leise Musik mischte sich unter das Hufgetrappel. Aus der Entfernung sah die Säule auf der Place Vendôme wie eine Nadel aus, die in den Himmel gestochen und ihn des Regens beraubt hatte. Das Licht der Laternen wurde von den öligen Straßen angezogen und malte goldene Streifen auf das Kopfsteinpflaster. Die Menschen drängten sich um Laila. Über dem Jubel und den Begeisterungsrufen wurden Fragen laut.

»L'Énigme! Haben Sie schon gehört? La Belle Otero hat gestern Abend auf der Bühne Pfauenfedern verbrannt!«

»L'Énigme!«, rief ein Mann. »Stimmt es, dass Sie und La Belle Otero nicht mehr miteinander reden?«

Laila lachte und hielt sich dabei die behandschuhte Hand vor den Mund. Ihre geschmiedeten Schlangenringe wanden sich um ihre Finger. »La Belle Otero kann sicher sagenhafte Dinge mit ihrem Mund anstellen. Reden gehört nicht dazu.«

Die Leute schnappten nach Luft. Einige schimpften über sie. Wieder andere lachten und wiederholten ihre Worte. Laila schenkte ihnen keine Beachtung. Es lief genau, wie Carolina und sie es geplant hatten. Carolina, die man in der Öffentlichkeit nur als La Belle Otero kannte, hatte sich diese Beleidigung höchstselbst ausgedacht. Das Sternchen des Folies Bergère war eine erstaunliche Darstellerin, aber eine noch brillantere Strategin, wenn es um das Erlangen der öffentlichen Aufmerksamkeit ging. Vor einem Monat hatten sie sich diesen Plan gemeinsam bei einer Tasse Tee einfallen lassen. Laila nahm sich fest vor, Carolina demnächst eine Schachtel von der getrockneten Ananas zu schicken, die sie so gern mochte.

Im Salon schritt Laila zielstrebig über den Parkettboden und an den hohen Spiegeln vorbei. Sie hörte die Gerüchte, die man sich hinter ihrem Rücken leise zuraunte: »Hast du gehört, wer ihr neuester Liebhaber ist?«

Alle ihre »Liebhaber« waren entweder erfunden oder männliche Freunde, denen sie einen Gefallen tat, weil sie kein Interesse daran hatten, mit Frauen ins Bett zu steigen. Von diesem Grundsatz wich Laila nicht ab, seitdem sie nach Frankreich gezogen war.

Nur einmal hatte sie dagegen verstoßen.

Mit Séverin.

Nur einmal hatte sie der Verlockung nicht widerstanden. *Was machte das eine Mal schon aus?* An diesem Gedanken hatte sie festgehalten, als sie ihn an sich gezogen hatte. Begierde war das eine: Was sie aber in jener Nacht gefühlt hatte, war ein Sog gewesen ... Die Art von Sog, der die Sterne davor bewahrte, vom Himmel zu fallen. So unermesslich stark, wie sie es sich nie hätte träumen lassen.

Es war ein Fehler gewesen.

Im Salon schwebten Schmiedekunstkleider über einen kristallinen Laufsteg. Die Stoffe knitterten und dehnten sich, als steckte ein unsichtbarer menschlicher Körper darin. Couturiers standen auf Leitern und hoben riesige, starre Reifröcke in allen erdenklichen Farben sowie Stoffballen geschmiedeter Seide in die Höhe. Sie konnten jegliches Aussehen annehmen, vom spätabendlichen Herbsthimmel bis hin zur schummrigen Dämmerung mit vereinzelt schwach leuchtenden Sternen.

Ihr Couturier nahm sie in Empfang.

»Ist meine Abendrobe fertig?«, fragte sie.

»Sehr wohl, Mademoiselle! Sie werden sie lieben! Ich habe die ganze Nacht daran gearbeitet.«

»Und sie wird auch ganz sicher zu meinem Kostüm passen?«

»Aber ja«, versicherte er ihr.

Auch wenn sie weiterhin im Sternennachtkostüm auftreten würde, brauchte sie für das Revolutionsjubiläum im Palais des Rêves ein zusätzliches Abendkleid. Der Couturier geleitete sie zu einer Garderobe, an deren Decke sich ein geschmiedeter Champagnerlüster drehte. Ein Glas löste sich und schwebte in ihre Hand. Laila nahm es an, trank aber nicht.

»Voilà«, sagte der Mann.

Er klatschte in die Hände und ein Kleid glitt in den Ankleideraum. Es war aus elfenbeinfarbenem Satin, besaß Puffärmel, einen halbmondförmigen, mit kleinen Perlen bestickten Ausschnitt und war mit gitterartiger Spitze überzogen, die schnörkeligen Eisenornamenten glich. Vorsichtig berührte sie das Kleid. Sofort verzogen sich die Ornamente und gingen nahtlos in ein neues tintenschwarzes Blumenmuster über.

»Exquisit«, hauchte sie.

»Und perfekt abgestimmt auf die Exposition Universelle«, fügte er hinzu. »Ich habe das Gitterwerk des Tour Eiffel nachgebildet. Ich lasse Mademoiselle nun ein wenig Zeit, mein Handwerk zu begutachten. Sollte Mademoiselle das Gewand gefallen, so wäre ich hocherfreut, wenn sie in Erwägung zöge, es beim Verlassen des Geschäfts zu tragen.«

Laila wusste bereits, dass ihre Antwort Ja lautete. Heute Abend aber gab sie sich ganz ihrer Rolle als Diva hin.

Sie zuckte mit den Achseln. »Ich werde mir ein Bild machen und anschließend entscheiden.«

Der Couturier verbarg seine Grimasse hinter einem gut einstudierten Lächeln. »Sehr wohl.«

Mit diesen Worten ließ er sie allein. Als sie sich sicher sein konnte, dass er gegangen war, stellte Laila das Champagnerglas auf einen kleinen elfenbeinfarbenen Tisch und zog sich aus. Sie wünschte, hier würden weniger Spiegel hängen.

Sie mochte den Anblick ihres Körpers nicht.

Die Spiegel reflektierten tausendfach ihren vernarbten Rücken. Vorsichtig tastete Laila über ihrer Schulter nach der Narbe und zwang sich, ihren eigenen Körper zu lesen. Jedes Mal, wenn sie es versuchte, passierte nichts. Jedes Mal atmete sie erleichtert auf.

Sie konnte nur Gegenstände lesen. Keine Menschen. Bedeutete das, sie war ein lebendiges Wesen? Oder schwieg ihr eigener Körper, so wie jeder geschmiedete Gegenstand schwieg?

Diese Frage hatte sie ihrer Mutter in Indien jeden Abend gestellt. Bevor sie ins Bett gegangen war, hatte ihre Mutter das Narbengewebe auf ihrem Rücken immer mit Mandelöl eingerieben.

»Irgendwann wird sie verblassen«, sagte sie.

»Werde ich dann echt sein?«, fragte Laila daraufhin.

Bei dieser Frage hielt ihre Mutter jedes Mal inne. »Du bist echt, mein Mädchen. Du wirst geliebt.«

Die Hände ihres Vaters waren nicht immer so zärtlich gewesen. Manchmal hatte er nicht gewusst, was er mit ihr anfangen sollte. Mit seinem von Hand gefertigten Kind.

Vielleicht hatte es daran gelegen, dass sie ihren Eltern kein bisschen ähnelte. Sie besaß die dunklen Augen eines Schwanenjunges, von dem unheimlichen Schwarz eines Tieres, und Haare, die glänzten wie das nasse Fell einer Rohrkatze. Das waren auch genau die Bestandteile, aus denen der *Jaadugar* sie zusammengesetzt hatte. Ein aus dem Nest gestohlenes Schwanenküken und ein unglückseliges, wildes Tier, das nicht mehr aus einem Graben herausgekommen war.

Der Rest von ihr war einem Kindergrab entnommen.

In Indien wurden die Menschen mit der Schmiedegabe Magier genannt. *Jaadugars.* Zu einem gewissen Preis führten sie schwierige Schmiedekunstverfahren durch. Von den *Jaadugars* von Pondicherry erzählte man sich, sie seien besonders bewandert in obskurer Kunst, weil sie ein uraltes Buch in einer Sprache besaßen, die heute nicht mehr gesprochen wurde. Gerüchten zufolge enthielt das Buch die Geheimnisse der Schmiedekunst – Geheimnisse, deren Macht mit der der Götter konkurrierte.

Der *Jaadugar*, den ihre Eltern aufgesucht hatten, besaß die Fähigkeit, aus geschwächten Körpern einen neuen zu schmieden.

Er war sogar in der Lage, eine Seele hervorzulocken und ihr eine neue Hülle zu schenken. Genau darum hatten ihre Eltern ihn gebeten, als sie ihre Tochter – eine Totgeburt – zu seiner Hütte außerhalb des Dorfes gebracht hatten.

Jahre später erfuhr Laila, dass sich ihre Seele für immer aufgelöst hätte, wenn sie auch nur eine Stunde später bei dem *Jaadugar* aufgetaucht wären. Ihre Mutter erinnerte sich immer wieder gerne daran, während ihr Vater es lieber vergessen hätte.

Sie hatten um eine Tochter gebeten und sich ein wunderschönes Mädchen vorgestellt, und herausgekommen war sie. So rot und weinerlich wie jedes Neugeborene. Sie hatte sich umwerfend entwickelt, zugegeben, aber die Narbe auf ihrem Rücken würde sie für immer tragen. Wie eine Naht.

Als ihre Mutter schließlich starb, veränderte sich ihr Vater. Er ging ihr aus dem Weg, nahm seine Mahlzeiten allein in seinem Zimmer ein und wechselte kaum ein Wort mit ihr, außer wenn sie direkt vor ihm stand. Laila merkte, dass ihr Vater Angst vor ihr hatte, und machte es sich zur Gewohnheit, etwas um ihre Hände zu wickeln, damit sie ihn mit ihrer Fähigkeit nicht verschreckte. Ihre Mutter nannte es Gabe. Für ihren Vater war es der Preis für ihr Dasein, denn von einer vergleichbaren Gabe hatten sie noch nie gehört. Erst als Laila sechzehn wurde und ihre Freunde sich alle auf ihre Hochzeiten vorbereiteten oder einer Verlobung zustimmten, stellte sie ihren Vater zur Rede.

Eines Abends zeigte sie ihm die Armreifen, die ihre Mutter ihr hinterlassen hatte. »Vater, darf ich die hier tragen, wenn du meine Hochzeit arrangiert hast?«

Ihr Vater saß im Dunkeln, den Blick in die Ferne gerichtet. Als er sie ansah, lachte er.

»*Hochzeit?*«, fragte er. Er deutete auf ihren Körper. »Der *Jaadugar*, dessen Werk du bist, sagte, es hielte nicht länger als bis zu deinem neunzehnten Geburtstag, Kind. Wozu sollte ich also eine

Ehe arrangieren? Außerdem bist du eine Anfertigung und nicht echt. Wer würde dich schon nehmen?«

Diese Worte hatten Laila zum Aschram der *Jaadugars* getrieben, doch der Mann, der sie erschaffen hatte, war längst tot, und das geheimnisvolle Buch war aus ihrer Obhut gestohlen und zu einem Ort namens Paris gebracht worden … von einer Vereinigung, bekannt unter dem Namen Orden von Babel.

Laila hatte seitdem sämtliche Gegenstände, die ihr etwas über den Aufenthaltsort des Buches hätten verraten können, nach Spuren abgelesen, aber bisher war ihre Suche erfolglos geblieben. Hätte sie doch nur direkten Zugang zum Wissen des Ordens. Mit Sicherheit würde sie es dann sofort finden. Aber solange sie keinen Patriarchen an ihrer Seite hatte, war es aussichtslos. Die Akquisition des Horusauges könnte das jedoch ändern. Was für eine Ironie des Schicksals, war doch ausgerechnet der Patriarch, der ihr helfen konnte, der Einzige, bei dem sie je vergessen hatte, dass sie nur ein Produkt mit beschränkter Gültigkeitsdauer war. Noch ein Grund mehr, so zu tun, als wäre in jener Nacht nichts geschehen.

Keine Ablenkung war es wert zu sterben.

Laila betrachtete ihre Narbe im Spiegel. Vorsichtig tastete sie mit den Fingern an den unebenen Rändern entlang. Manchmal fragte sie sich, ob sie sich an ihrem neunzehnten Geburtstag einfach in der Mitte aufspalten und zu einem Haufen glänzenden Fells und abgenutzter Knochen zusammenfallen würde, während der Schein eines Mädchens wie Rauch in der Luft verpuffte.

Wenn sie das Horusauge akquirierten, müsste sie es nie herausfinden.

Laila machte ihr Kleid zu und verbarg damit die Naht auf ihrem Rücken. Sie verließ das Geschäft mit der eindrucksvollen Robe, unter deren Satinstoff die Träger ihres Sternennachtkostüms funkelten.

DAS PALAIS DES Rêves auf dem Boulevard de Clichy machte seinem Namen alle Ehre. Der Palast der Träume. Von außen sah er aus wie eine Schmuckschatulle. Vom Dach schraubten sich Lichtstrahlen in den Himmel. Die steinerne Fassade des Palais zeigte eine geschmiedete Illusion aus perfekten Wolken im Dämmerlicht, die weich anmutend in einem abendlichen Violett über die Balkone zogen. Ganz egal, wie oft Laila das Palais sah, war sie doch immer wieder ganz verzückt. Als atmete sie keine Luft ein, sondern den Nachthimmel selbst. Als surrten Sterne durch ihre Adern. Als verwandelte der Zauber der Musik und Illusionen sie von Tänzerin in Träumerin.

Laila verschaffte sich über eine Geheimtreppe Zugang zum Palais. Drinnen grüßte sie ein Wachmann, der einen silberfarbenen Leuchtstift in der Hand hielt.

»L'Énigme«, sagte er ehrfürchtig.

Laila hielt still, während das Licht des Leuchtstifts über ihre Pupillen glitt. Dieses Vorgehen war Vorschrift und musste bei jeder Person, die das Palais betrat, durchgeführt werden. Der Stift zeigte an, ob jemand durch Geistschmiedekunst manipuliert worden war. Die Schmiedekunst des Geistes war eine gefährliche Gabe und noch dazu eine sehr beliebte Methode unter Mördern. So konnten sie einem Unschuldigen die Schuld in die Schuhe schieben.

An ihr war jedoch nichts Verdächtiges festzustellen, und so betrat sie das Palais. Als sie den vertrauten Duft der Bühne einatmete, fühlte sie sich sofort wohl. Gewachstes Holz, von der Decke hängende, mit Nelken gespickte Orangen, Talkpuder und Gummi. Geschickt entworfene Dachluken filterten das Sternenlicht. Die Decke wölbte sich wie eine Höhle über der Bühne. Champagnerlüster geisterten geräuschlos über die Köpfe der Menge hinweg und funkelten wie zerbrochene Sternbilder aus Glas, die leidenschaftliche Tänzer unter ihren Füßen zermalmt hatten.

Unter dem Gewölbe auf der breiten Bühne gab die Sängerin La Fée Verte ein Lied über die Revolution zum Besten. Das hauchdünne grüne Kleid wehte sachte nach hinten, und die filigranen Perlmuttflügel auf ihrem Rücken öffneten und schlossen sich gemächlich. Der beißende Geruch von Absinth hing in der Luft. Ihre glühendsten Bewunderer prosteten ihr zu, die rauchenden Kelche mit der Spirituose gefüllt. Die Kulisse war seltsam … sie zeigte nicht die Bastille, ebenjene Festung, die von den Revolutionären gestürmt worden war, sondern die Katakomben von Paris. Das Beinhaus, das die Knochen von Millionen Menschen beherbergte – bedeutende und ungeheuerliche Stimmen der Revolution. Es war ein schauriger Anblick: Grinsende Totenschädel reihten sich aneinander, Oberschenkelknochen bildeten Torbogen und Kreuze. Es war ein Memento. Jeder Sieg hatte auch seinen Preis.

Auf der ersten Ebene des Palais befanden sich die Garderoben. Jeder Star hatte seine eigene, die genau auf seine Bedürfnisse zugeschnitten war. Laila ließ ihren Blick von oben über die Menge schweifen, bis sie entdeckte, wonach sie suchte. Der Kurier von Haus Kore. Er sah befangen aus, wie er dort in dem samtgepolsterten Sessel saß. Vor ihm auf dem Tisch stand eine Schüssel mit schokoladenüberzogenen Erdbeeren. Laila lächelte. *Sie haben meinen Rat also befolgt.*

In einer Ecke stand reglos eine Sphinx, genau wie Séverin und sie es vorhergesehen hatten. Bei größeren Festivitäten setzte das Palais immer zwei von ihnen ein, falls jemand versuchen sollte, ein Ordensmitglied zu bestechen oder hausgezeichnete Schätze hinauszuschmuggeln. Heute aber würde die zweite Sphinx erst in einer Stunde auftauchen, dank Zofia und Tristan, die sich an den geschmiedeten Arbeitsplänen der Sphinxe zu schaffen gemacht hatten. In der Zwischenzeit übernahm eine andere »Sphinx« den Wachtposten: Séverin. Tristan begleitete ihn als Sûreté-Agent. Sie wollten dem Kurier einen Köder unterschieben. Etwas, das den Eindruck erweckte, hausgezeichnet zu sein, und somit die Aufmerksamkeit einer Sphinx auf sich zog. Dann würde man den Kurier des Diebstahls bezichtigen und ihn zu einer Zelle führen, woraufhin er sich all seiner persönlichen Habseligkeiten entledigen müsste – inklusive der Katalogmünze, die den Standort des Horusauges kannte –, anschließend würde man ihn »verhören« und wieder freilassen.

Simpel.

La Fée Verte hatte gerade unter donnerndem Applaus ihre Vorstellung beendet. Als Nächstes war Laila an der Reihe.

Sie öffnete die Tür zu ihrer Garderobe. Drinnen flackerten die Flammen auf den Kerzenstummeln. Das schummrige Licht gab dem Zimmer einen goldenen Schein und eine schläfrige Atmosphäre. Auf einer kleinen Anrichte neben dem Toilettentisch lag ein Strauß weißer Rosen.

Und auf ihrer burgunderroten Chaiselongue …

Ein junger Mann. Er lag auf der Seite und zupfte gedankenverloren die Blütenblätter von einer Rose. Als er sie bemerkte, hob er den Kopf und lächelte. Im Gegensatz zu seiner dunkel schimmernden Haut waren seine Augen von auffallend blasser Farbe.

»Oh, guten Abend, *ma chère*«, sagte er.

»Wer sind Sie?«

Der junge Mann stand auf und verneigte sich. »Hypnos.«

»Ah.« Laila hob das Kinn. »Und was willst *du* hier?«

Hypnos lachte. »Und schon liege ich dir zu Füßen! So gebieterisch! Ich möchte wetten, Séverin wird gern ein bisschen herumkommandiert, nicht wahr?«

Bei Séverins Namen straffte Laila die Schultern.

»Was hast du mit ihm gemacht?«

Hypnos klatschte kurz in die Hände und seufzte.

»Ach du meine Güte, dir liegt etwas an ihm! Und warum auch

nicht? Der Junge verkörpert alles märchenhaft Böse. Den Wolf im Bett. Den Apfel in der Hand der Hexe.«

Er zwinkerte.

Lailas Wangen glühten. »Mir liegt nichts …«

»Es kümmert mich nicht, ob es nun so oder so ist«, sagte Hypnos und machte eine abfällige Handbewegung. Sein Lächeln zeigte, wie gefährlich ein offenes Geheimnis sein konnte. »Deswegen bin ich nicht hergekommen, Herzchen. Ich fürchte nur, wir müssen schnell handeln. Sonst sind Tristan und Séverin in spätestens einer Stunde tot.«

Zofia

Zofia kaute auf einem Streichholz. Ihre Augen ruhten auf dem Eingang einer Glas-und-Stahl-Konstruktion, die aussah wie ein übergroßes Gewächshaus. Darin befand sich die Ausstellung über kolonialen Aberglauben. Sie zeigte Beispiele früher Schmiedekunst aus den französischen Kolonien in Übersee. Jeden Moment musste die Schicht des Wachmannes enden. Genau dann würden sie und Enrique hineinschleichen, das Artefakt stehlen, von dem Enrique glaubte, dass es den Effekt von Verit aufheben würde, und sich danach wieder mit den anderen im L'Éden treffen.

»Mein Gott, diese Warterei ist vielleicht einschläfernd«, beschwerte Enrique sich.

Zu dieser fortgeschrittenen Uhrzeit befand sich kaum mehr jemand auf dem Champ de Mars außer Vagabunden, Bettlern und ein paar verirrten Touristen, die schon einen Blick auf die Weltausstellung erhaschen wollten, bevor sie eröffnete. Während der letzten Monate hatten die Vorbereitungen für die Weltausstellung das Stadtbild verändert. Jeden Tag nahm Paris neue Formen an. Über Nacht wuchsen bunte Zelte aus dem Boden und der Singsang fremder Sprachen mischte sich unter das sonore Summen elektrischer Lichter.

Doch nichts faszinierte Zofia so sehr wie der imposante Eiffelturm, der offizielle Eingang zur Weltausstellung dieses Jahres 1889. In den Zeitungen war zu lesen, Wissenschaft und Schmiedekunst ebneten gemeinsam den Weg in ein neues industrielles Zeitalter. Für Zofia jedoch waren das nicht zwei verschiedene Dinge. Schmieden war für sie keine geheimnisvolle göttliche Macht, die den Menschen über altertümliche Objekte zuteilwurde. Für sie war es eine Wissenschaft, die man einfach noch nicht vollkommen verstanden hatte.

Aus den Augenwinkeln betrachtete sie den Respekt einflößenden Eiffelturm. Von einigen wurde er ein moderner Turm zu Babel genannt. Beide Türme waren ohne die Schmiedekunst erbaut worden und beide markierten den Beginn eines neuen Zeitalters. Allerdings hatte man den Turm Babels errichtet, um den Himmel und somit Gott zu erreichen. Zofia war nicht sicher, welche Art Gott die Welt heutzutage zu erreichen suchte.

»Weshalb braucht der Wachmann so lange?«, brummte Enrique. »Er hätte schon um acht draußen sein sollen. Jetzt ist es fast neun.«

»Vielleicht besitzt er keine Uhr?«

Enrique starrte sie entgeistert an. »Hast du gerade einen *Witz* gemacht?«

»Ich weise dich auf eine Schwachstelle in deiner Beobachtung hin.«

Langsam atmete Enrique aus. »Wenn ich nur daran denke, dass ich stattdessen heute Abend im Palais des Rêves hätte tanzen können …«

»Aber sie wollten dich nicht mitnehmen, weißt du nicht mehr? Séverin meinte, du hättest nicht das richtige Gesicht.«

»Danke für die Erinnerung.«

»Gern geschehen.«

Hinter der Ausstellung für Schmiedekunst erhoben sich die Spitzen steinerner Tempel, Palmenkronen und die seidenen Zeltdächer der kolonialen Pavillons an der Esplanade des Invalides. Nach der Maschinenhalle und dem Eiffelturm sollte sie die Hauptattraktion der Weltausstellung werden. Laut den Zeitungen befand sich dort auch ein »N****dorf mit beinahe 400 Afrikanern in ihrem natürlichen Lebensraum«.

Der Ausdruck »natürlicher Lebensraum« störte Zofia. Würde man ihn nicht eher für Tiere benutzen? Menschen waren doch keine Tiere. Es kam ihr falsch vor, dass sie nur dort waren, um angestarrt zu werden.

»Geschmacklos.« Erst als sie ihre eigene Stimme hörte, merkte sie, dass sie laut gedacht hatte.

»Wie bitte?« Enrique folgte ihrem Blick zu den Zeltdächern und er verzog das Gesicht. »Das ist Teil von Europas ›Zivilisierungsmission‹«, sagte er leise.

Zofia kannte die Definition des Wortes »zivilisieren«, doch sie verstand nicht, warum man es in diesem Zusammenhang gebrauchte. In der Schule bedeutete »zivilisieren«, die Menschen von einem niedrigen auf einen hohen Entwicklungsstand zu bringen. Aber Zofia hatte Bilder in Reiseführern gesehen: die herrschaftlichen Tempel, die komplexen Erfindungen, die technischen und medizinischen Erkenntnisse. Sie hatte gelesen, was alles entdeckt und angewandt worden war, lange bevor es in europäische Gefilde gelangt war.

»Das Wort passt nicht.«

In Enriques Augen stahl sich ein Ausdruck, der Kummer mit etwas Undefinierbarem mischte.

»Ich weiß.«

Zofia erkannte, was noch in seinem Blick lag: Verständnis.

Plötzlich ließ sie ein Geräusch in der Gasse hochschrecken.

»Eine Sphinx«, zischte Enrique leise. »Stillhalten!«

Zofia rührte sich nicht, als im Laternenlicht die vertraute reptilienartige Gestalt auftauchte. Aufgabe der Sphinxe war es, gestohlene hausgezeichnete Gegenstände im Auftrag des Ordens aufzuspüren und wiederzubeschaffen. Als die Sphinx an ihrem Versteck vorbeischlich, duckten sich Enrique und Zofia noch weiter in den Schatten. Dem Jäger hinterher humpelte ein Dieb mit seltsam angewinkeltem Arm: Sein gebrochenes Handgelenk lag blutend im Rachen der Sphinx.

Zofia wandte den Blick ab. Sobald eine Sphinx jemanden überführt hatte, übernahm die geschmiedete Krokodilsmaske die Kontrolle. Ihr Träger bewegte sich unmenschlich schnell und die Kiefer drangen mühelos durch Haut und Knochen. Oder was auch immer sich zuerst in ihrer Reichweite befand.

Der Mann hatte noch Glück, dass die Sphinx nur sein Handgelenk erwischt hatte.

Gerade war die Sphinx mit ihrer Beute weit genug weg, da hörte Zofia ein Scheppern im Ausstellungsgebäude. Der Wachmann hatte seine Schicht beendet und die Tür öffnete sich. Nachdem er abgeschlossen hatte, presste er die Handfläche auf eine Glasscheibe, die kurz bläulich aufleuchtete. Der Mann sah sich um. In den Ecken hatten Bettler ihr Nachtlager aufgeschlagen. Magere Katzen huschten vorbei und verschmolzen mit den Schatten.

Enrique zog sein altes Hemd und den abgewetzten Mantel zurecht. »Denk dran, was Séverin gesagt hat: Es darf auf keinen Fall nach einem gezielten Diebstahl aussehen.«

»Keine Sprengkörper«, zitierte Zofia gelangweilt.

»*Keine* Sprengkörper.«

Sie erwähnte nicht, dass sie vorsichtshalber ihr Feuerband, Brandsetzer und Streichhölzer eingesteckt hatte. Nur für den Fall.

Enrique zog sich eine Maske über den Kopf. Der Wachmann lief los in Richtung Straße. Das Licht der Laternen spiegelte sich auf seinem Zylinder. Enrique wankte auf ihn zu und schwenkte eine leere Weinflasche, die er im Müll gefunden hatte.

»He, Sie da«, rief er. »Haben Sie vielleicht ein bisschen Kleingeld?«

Der Wachmann zuckte zusammen. Zofia zog sich weiter unter das Vordach zurück. So sah sie Enrique zwar nicht mehr, doch sie konnte ihn immer noch hören. Die Rempelei. Das wütende Rufen des Wachmanns. Münzen, die auf den Boden fielen. Enriques gelallte Antwort, die von den Gebäuden widerhallte.

Jetzt war sie dran.

Zofia kroch durch den Müll. Auch sie war als Bettlerin verkleidet. Wenn auch ein bisschen gepflegter als Enrique. So zu tun, als wäre sie jemand anderes, war einfach, ja, sogar erleichternd. Es gab eine Rollenbeschreibung. Sie hielt sich daran. Punkt.

»Monsieur«, rief sie.

Der Wachmann beschleunigte seinen Schritt.

»Monsieur, Sie haben etwas fallen lassen!«

Während sie darauf achtete, mit der Substanz an ihren Händen nicht mehr zu berühren als unbedingt notwendig, rannte sie ihm nach. Der Mann drehte sich um und warf einen Blick auf die Silbermünzen in ihrer Hand.

»Merci«, sagte er und nahm die Münzen widerwillig entgegen.

Um kleiner und kindlicher zu wirken, beugte Zofia die Knie, hielt dann still und schenkte ihm ein hoffnungsvolles Lächeln. Falls das nicht wie geplant verlief, gab es immer noch Plan B. Unter einem hohen Kragen war ihre Kette versteckt. Wie Eissplitter fühlte sie die gefährlichen Anhänger auf der Haut.

»Für deine Mühen«, sagte der Wachmann barsch und warf eines der Silberstücke zu Boden.

Schnell ergriff Zofia seine Hand und umschloss sie mit beiden Handflächen. »Tausend Dank, Monsieur«, quietschte sie, »ich danke Ihnen vielmals!«

Rasch zog der Mann seinen Arm zurück und lief durch die Nacht davon. Zofia sah ihm nach und betrachtete dann ihre Handflächen. Die Masse daran war Gel der Sia, ein geschmiedetes Material, das man im alten Ägypten entwickelt hatte. Es diente zum Konservieren von Abdrücken, besonders Handabdrücken. Normalerweise war das Sia-Gel leuchtend blau und eiskalt, doch Zofia hatte die Zusammensetzung geändert, sodass es nun farblos war und menschliche Körpertemperatur annahm. Gerüchteweise hatten Mitglieder des Gefallenen Hauses das Gel der Sia weiterentwickelt, sodass es sich nicht nur an Abdrücke erinnerte, sondern auch Abdrücke auf Personen *hinterließ*, mit deren Hilfe man sie angeblich orten und verfolgen konnte. Doch diese Erfindung – sofern es sie gegeben hatte – war mit dem Gefallenen Haus untergegangen.

Am Eingang zur Ausstellungshalle trat nun Enrique aus dem Schatten. Sein Bettlerkostüm hatte er gegen einen schlichten schwarzen Anzug und einen Zylinder eingetauscht.

»Hast du alles?«

Zofia hob die Hand. Während Enrique Wache stand, presste sie ihre Handfläche mit dem Gel gegen die Scheibe. Sie leuchtete mattblau. Übereinstimmung. An der massiven Tür lösten sich die Schlösser um die eisernen Ketten und fielen als klirrender Haufen zu Boden.

Von innen wirkte die Halle mit den geschmiedeten Artefakten viel größer. Vor ihnen erstreckte sich ein langer dunkler Gang, nur vereinzelt erhellt durch schwache Lampen vor den Ausstellungsstücken. Obwohl der Bau von außen aus Stahl und Glas war, würde auch tagsüber kein natürliches Licht hineinfallen, da monumentale Wandgemälde die Fenster verdeckten. Im hinteren Teil hingen lange Bahnen aus Brokat, so seidig und schimmernd, dass sie beinahe feucht wirkten.

Enrique zog einen kugelförmigen Aufspürer – eine ihrer eigenen Erfindungen – aus der Tasche und warf ihn in die Luft. Während er in langsamen Spiralen zu Boden trudelte, erhellte sein Licht jeden Winkel der Halle.

Sie wirkte leer, doch Zofia hatte kein gutes Gefühl. Es war beklemmend hier, trotz der Größe des Areals.

»Niemand hier«, sagte sie. »Und auch keine Aufzeichner. Also los –«

Als sie einen Schritt vorwärts machte, packte Enrique sie von hinten und zog sie ruckartig zu sich heran.

»Lass mich *los*!«

»Ganz ruhig, Phönix«, murmelte Enrique ihr ins Ohr. »Sieh auf den Boden.«

Die Kugel blieb neben einem der vielen Schaukästen liegen. Von dort aus beleuchtete sie mit rötlichem Licht ein Gitternetz, das sich über den gesamten Boden erstreckte.

»Sie haben die Aufzeichner im Boden versteckt?«

»Ziemlich schlau«, bemerkte Enrique. »Wir werden vorsichtiger sein müssen als gedacht.«

Zofia wandte den Blick zur Tür, auf deren anderer Seite die Ketten lagen. Damit der zweite Wachmann sich verspätete, hatte Enrique der Besitzerin des Bordells, welches der Mann für gewöhnlich aufsuchte, etwas Geld zugeschoben. Das sollte ihnen etwa zwanzig Minuten Zeit verschaffen. Mehr als genug – wären die Aufzeichner in den Wänden versteckt gewesen.

Stattdessen befanden sie sich nun im Fußboden.

»Es ist alles in Ordnung, solange wir das rote Licht nicht berühren«, sagte Enrique.

Er ging voran. Vorsichtig trat er zwischen die Streifen aus rotem Licht. Zofia folgte ihm und achtete genau darauf, nur dort hinzutreten, wo Enriques Füße zuvor gewesen waren. Nach fünf Minuten bekam sie Wadenkrämpfe. Die Zwischenräume wurden schmaler. Ihre Füße passten kaum noch hinein. Sie stellte sich auf die Zehenspitzen und streckte die Hände aus, um das Gleichgewicht zu halten. Enrique tat es ihr nach.

»Wir sind fast da«, flüsterte er. »Wir sind jetzt am siebten Kasten vorbei und es muss beim neunten sein.«

Die Dunkelheit lastete schwer auf Zofia. Sie hielt den Blick starr auf ihre Füße gerichtet. Natürlich war sie nicht in einem abgeschlossenen Labor. Das wusste sie. Und meinte doch zu fühlen, wie etwas sie berührte. Sanft wie eine Feder, mit der jemand über ihre Haut fuhr. Ihr Magen verkrampfte sich. *Du bist nicht eingesperrt.* Nun sah sie doch auf. Sie musste den Himmel sehen, musste sich vergewissern, dass sie keine Steinwände umgaben, dass die Vitrinen und Sockel keine Kommilitonen waren und das elektrische Summen kein Gelächter.

Keinen halben Meter vor ihr hielt Enrique an. »Wir haben es geschafft! Ich kann das Artefakt sehen –«

Da rutschte Zofias Schuh weg und die rote Linie riss entzwei.

Lichtstrahlen schossen von der Decke. Vor der Ausstellungshalle schrillten Sirenen in die Nacht.

Enrique drehte sich zu ihr um. *»Was hast du gemacht?«*

Erschrocken sah Zofia sich um, doch ihr Blick traf nicht Enrique oder die schwarze Säule, auf der das Artefakt ausgestellt war, sondern den Mann, der hinter ihnen an der Wand lehnte. In der Dunkelheit war er eins mit den Schatten gewesen, doch nun enttarnte das grelle Licht seine Anwesenheit. Prüfend kniff er die Augen zusammen, verzog den Mund zu einem Grinsen und bewegte die Hand. Licht brach sich in einer erhobenen Klinge.

»Pass auf!«, schrie Zofia.

Der Mann stieß zu. Enrique konnte gerade noch ausweichen. Zofia ließ sich von ihrem Instinkt leiten. Im sozialen Umgang mit anderen Menschen hatte sie Schwierigkeiten. Sie wusste nie, wie sie sich verhalten sollte. Aber zu kämpfen war etwas ganz anderes. Dabei ging es um Muster, darum, Muskelbewegungen vorherzusehen. *Das* konnte sie. Sie griff nach ihrer Kette. Bei ihrer Berührung verschoben sich die Anhänger.

Mit einem Satz war Enrique bei ihr.

»Hol das Artefakt«, kommandierte Zofia.

Er sah von ihrem Gesicht zur Kette und zog nur kurz die Brauen hoch. Dann kam der Angreifer auf sie zu. Zofia riss den Ellbogen hoch und traf seine Nase. Noch bevor er einen Schmerzensschrei ausstoßen konnte, verpasste sie ihm einen rechten Haken. Der Mann knurrte und schlug sie mit dem Handrücken ins Gesicht. Sie wich zurück. Ihre Wangen brannten. Entschlossen schlug sie die Hacken zusammen und Stahlsporen fuhren aus ihren Schuhen. Als der Mann sich wieder auf sie stürzte, trat sie zu, schlitzte seine Kniescheiben auf, sodass er sich vor Schmerzen krümmte und zu Boden sinken ließ.

Sobald er außer Gefecht war, lief sie zu Enrique, der damit beschäftigt war, das quadratische Artefakt von seinem Holzsockel zu lösen. Hinter sich hörte sie ein Stöhnen. Der Mann hatte sich aufgerappelt. Als er schwerfällig auf sie zukam, blitzte eine goldene Kette aus seinem Kragen hervor.

»Dummes Mädchen«, zischte er und griff in seinen Umhang. Doch Zofia zerrte an ihrer Kette und warf ihm einen der Anhänger ins Gesicht. Aus chemischer Sicht enthielt er nichts weiter als einen Oxidator für Metalle plus Metallpulver, doch Zofia hatte ihn so geschmiedet, dass er nicht bloß kurz aufleuchtete. Sie hatte dem Anhänger ihren Willen aufgezwungen, ihn ermutigt, aus der Luft selbst Energie zu ziehen. Und so sprühte er nun Funken und entflammte, loderte ins Gesicht ihres Angreifers. Mit den Händen versuchte er vergebens, den Anhänger abzuwehren.

»Ich habs!«, rief Enrique.

»*Arrêtez!*« Am Eingang waren drei Wachmänner erschienen.

Die drei Kämpfenden fuhren herum. Der Fremde grinste erneut und griff nach seinem Hut, den er in Richtung einer der Wachen schleuderte. Zofia bemerkte einen seltsamen Schimmer auf der Hutkrempe. Sobald ihr klar wurde, *was* da glänzte, fuchtelte sie mit den Armen und schrie, um den Mann zu warnen: »Achtung! Das ist eine Klinge!«

Zu spät. Die Hutkrempe glitt über den Hals des Wachmannes. Blut färbte sein Hemd. Seine Kameraden stürzten hinzu, um ihm zu helfen.

»Nein!«, schrie Zofia. »Nein!«

Der Messerwerfer umfasste ihr Handgelenk. Sie versuchte, sich herauszuwinden, doch er war zu stark. Mit der freien Hand griff sie stattdessen nach seiner Goldkette. Als die Kette unerwartet nachgab und riss, geriet er ins Straucheln und auch Zofia wurde zu Boden geworfen.

»Ihr wisst nicht, was ihr aufzuhalten versucht«, keuchte der Fremde. »Das ist der Beginn eines neuen Zeitalters. Eine *wahrhaftige* Revolution.«

Bedrohlich pirschte er auf sie zu, seine Gestalt verdunkelte Zofias Blickfeld. Sie krabbelte rückwärts, versuchte verzweifelt, an das geschmiedete Feuerband unter ihrem Kragen zu kommen. Sie zog es ab, rollte es zusammen und warf es dem Mann entgegen. *Entzünde dich!*, befahl sie dem Band in Gedanken.

Flammen leckten aus dem Feuerband und die Luft flimmerte vor Hitze. Rot und wutverzerrt sah Zofia das Gesicht des Mannes durch das Feuer.

Enrique half ihr auf. Seine Stimme drang wie von Weitem an ihr Ohr. »Los, beweg dich.« Der Ausgang war nah. Ein Schritt vor den anderen. Rennen. Die heftig schwingenden Flügel der Glastüren. Ihre Absätze auf dem Pflaster. Der Geruch des Feuers noch in der Nase. Im Mund ein metallischer, salziger Geschmack – sie hatte sich auf die Zunge gebissen – und in den Ohren hallte das letzte Wort des Angreifers nach: »Revolution.«

Laila

Laila bekam nicht mehr genug Luft.

Hypnos' Worte ließen ihre Gedanken durcheinanderwirbeln. *Sonst sind Tristan und Séverin in spätestens einer Stunde tot.*

»Was kann ich tun?«

Hypnos klatschte in die Hände. »Ich liebe es, wenn man mir diese Frage stellt!«

Lailas Augen wurden schmal. »Warum hast du nicht …«

Aber Hypnos beachtete sie nicht, sondern ging durch das Zimmer auf den großen vergoldeten Spiegel zu, der auf ihrem Toilettentisch thronte.

»Gestatte mir, dir zu zeigen, was sich in diesem Moment unten im Palais abspielt.«

Hypnos presste seine Hand auf den Spiegel und die Oberfläche kräuselte sich. Sie reflektierte nun nicht mehr Lailas Garderobe, sondern zeigte das Publikum im Zuschauerraum. Männer zündeten sich Zigarren an. Kellnerinnen bahnten sich ihren Weg durch die Menge. Sie trugen Papierflügel, über und über beschrieben mit den Worten der französischen Verfassung: *Liberté, Égalité, Fraternité.* Laila warf Hypnos einen misstrauischen

Blick zu. Nur die Kurtisanen und Tänzerinnen des Palais wussten, wozu der Spiegel imstande war.

Er erwiderte ihren Blick und zuckte mit den Achseln.

»Ich bitte dich, *ma chère*, dies ist nicht die erste Tänzerinnengarderobe, in die ich eingeladen wurde.«

Eine Bewegung im Spiegel hielt Laila davon ab zu antworten. Eine Sphinx.

»Mit einer Sphinx haben wir gerechnet«, sagte Laila unbehaglich. »Das ist keine Überraschung ...«

Hypnos deutete auf den Spiegel. Eine zweite Sphinx kam durch den Osteingang herein. Sie schritt auf und ab. Am nächstgelegenen Tisch saß der Kurier von Haus Kore. Zunächst war Laila erleichtert. Vielleicht waren Séverin und Tristan früher eingetroffen als beabsichtigt. Vielleicht hatte Tristan dem Kurier den Köder gerade zugesteckt.

»Das ist bestimmt Séverin ...«, hob sie an.

Aber dann, genau nach Plan, trat eine dritte Sphinx durch den Westeingang. Neben ihr lief ein Sûreté-Agent in unverkennbarer Uniform. *Séverin und Tristan.*

Tristan entdeckte den Kurier von Haus Kore am anderen Ende des Raumes.

»Nicht!«, rief Laila.

Noch während sie es sagte, wusste sie, dass es zwecklos war. Auf der anderen Seite konnte sie niemand hören.

Sobald die beiden weiterliefen, könnte sie sie nicht mehr sehen. Der Spiegel zeigte nur einen bestimmten Ausschnitt des Publikums. Gerade sah es aus, als wollte Tristan einen Schritt nach vorn machen, da riss ihn etwas nach hinten. Eine Gruppe von Männern stand plötzlich von ihrem Tisch auf und versperrte die Sicht auf Tristan und Séverin. Als die Männer aus dem Weg gingen, erhaschte Laila einen Blick auf ihre Freunde, die sich hinter einer breiten Marmorsäule versteckten. Jeden Augenblick konnten die zwei echten Sphinxe die Hochstapler entdecken. Ein brutales Bild blitzte vor ihren Augen auf. Séverin und Tristan, die mit dem Gesicht nach unten in einer Blutlache lagen.

Laila wirbelte zu Hypnos herum. »Du musst sie warnen! Außerdem bist du doch ein Patriarch des Ordens. Kannst du die Sphinxe nicht zurückpfeifen?«

»Sobald ich meinen Wohnsitz verlasse, werden alle meine Aktivitäten aufgezeichnet. Am Ende jedes Monats erhält der Orden einen Bericht«, sagte Hypnos und tippte sich an den Kragen, an dem ein Mnemospion in Gestalt einer Motte befestigt war. Kein Wunder, dass er hierhergekommen war. Alle Garderoben waren so geschmiedet, dass die Aufnahme solcher Geräte unterbrochen wurde.

Vor der Tür brach ein Trommelwirbel los – ihr Zeichen, die Bühne zu betreten. Laila betrachtete Hypnos' extravagante Kleidung, angefangen bei der Armbanduhr und der Mnemomotte bis hin zu den halbmondförmigen Manschettenknöpfen an seinen Ärmeln.

»Sind alle deine Accessoires hausgezeichnet?«

Mit einem blasierten Lächeln strich er über die stilgerechte Halbmondbrosche. »Selbstverständlich. Nicht, dass sie noch unter das gemeine Volk geraten. Welch Verschwendung!«

Laila kam eine Idee. Sie löste den Verschluss ihres Abendkleids, und das Kerzenlicht verfing sich in ihrem Sternennachtkostüm.

Hypnos' Augenbrauen schossen in die Höhe. »Grundgütiger«, sagte er. »Ich kann es dir nicht mal verübeln. Ich bin mir meiner Wirkung auf Frauen durchaus bewusst. Doch sollten meine angeheuerten Kompagnons dafür nicht mit dem Leben bezahlen.«

»Deine Tugendhaftigkeit ist bei mir sicher.« Laila zwinkerte. »Was hältst du davon, wenn wir für ein bisschen Drama sorgen?«, fragte sie und ließ das Kleid nun vollends zu Boden gleiten. Der geschmiedete Pfauenkopfschmuck kitzelte auf ihrer Haut.

Hypnos ließ die Zähne aufblitzen. »*Drama* ist mein zweiter Vorname, Schätzchen.«

L'ÉNIGME TRAT NICHT wie geplant auf.

Sie trat gar nicht auf.

Laila nahm die Haupttreppe anstelle des Treppenabgangs, der direkt auf die Bühne führte. Sie hatte niemandem Bescheid gesagt – weder dem Inspizienten oder den Musikern noch den anderen Tänzerinnen. Was auch nicht weiter schlimm war. Von ihrer Lehrmeisterin, einer großen Kurtisane, hatte Laila gelernt, dass sie sich einzig und allein an ihre Instinkte und die richtige Farbauswahl zu halten hatte. Heute Abend hielt Laila sich an beides.

Oben an der Treppe blieb sie stehen. Mit der einen Hand umfasste sie eine halb leere Flasche Champagner. In der anderen hielt sie Perlenketten, ein Paar Smaragdohrringe und zwei halbmondförmige Manschettenknöpfe. Die beiden Sphinxe hatten ihre Posten noch nicht verlassen. Tristan und Séverin waren nirgends zu sehen.

»Hypnos!«, kreischte sie.

Die Köpfe des Publikums wandten sich zu ihr um. Abrupt verstummten Horn und Klavier. Hypnos saß an einem Tisch, den Arm um einen gut aussehenden Mann gelegt. Als er zu ihr aufsah, lächelte er schelmisch.

Laila ging ein paar Stufen hinunter und schwang dabei ausladend die Hüfte, während das Licht auf ihr paillettenbesetztes Korsett fiel. Seit sechs Monaten hatte sie ihren Liebhabern keine Szene mehr gemacht. Sie war es den Leuten schuldig.

Behutsam nahm Hypnos den Arm von der Schulter des Mannes.

»Du hast mich betrogen«, rief sie.

Hypnos stand auf und erhob die Hände. »Meine Teuerste, ich kann das erklären …«

Laila warf die Champagnerflasche nach ihm. Im hohen Bogen flog sie durch die Luft. Ein paar Leute duckten sich. Andere beeilten sich, sie aufzufangen, schafften es aber nicht. Die Champagnerflasche krachte auf den Boden und sandte ein Meer aus glitzernden Scherben über das Parkett. Die Sphinx, die der Bühne am nächsten stand, hob den Kopf. Ihre Nasenflügel bebten.

»Sie hat mir nichts bedeutet!«, rief Hypnos und fiel auf die Knie.

»*Sie?*«, wiederholte Laila. »Ich rede von *ihm*.«

»Oh.« Hypnos zuckte zusammen. »Er hat mir auch nichts bedeutet?«

»Genug! Ich habe die Nase voll!«, verkündete Laila. »*Das wars!*«

Sie zerriss die Perlenketten und ließ sie von der Treppe auf das Publikum regnen. Während die Menge nach den Perlen tauchte, hob nun auch die zweite Sphinx den Kopf.

»L'Énigme wird heute nicht auftreten!«, schrie Laila, machte auf dem Absatz kehrt und verschwand wieder nach oben.

Der Inspizient schnaubte verärgert, aber das kümmerte sie nicht. Ihr Vertrag erlaubte ihr, ja, ermutigte sie sogar regelrecht zu einem Wutausbruch und einem abgesagten Auftritt pro Jahr.

Sie machte nur ihre Arbeit.

Sobald Laila wieder in ihrer Garderobe war, berührte sie den Spiegel und verfolgte die Geschehnisse unten im Palais. Séverin und Tristan waren nicht zu sehen. Der Kurier von Haus Kore allerdings auch nicht. Die beiden echten Sphinxe krochen über den Boden und wühlten in den überall herumliegenden Perlen und Schmuckstücken herum, die Hände ganz nass vom Champagner. Unter dem ganzen Tand befanden sich auch Hypnos' hausgezeichnete Manschettenknöpfe und die Halbmondbrosche. Laila

146

war sich ziemlich sicher, dass einer der Manschettenknöpfe zwischen die Dielenbretter gefallen war. Sie würden ewig danach suchen.

Sie stieg aus ihrem Kostüm und wählte ein violettes Kleid aus *Crêpe de Chine*. Das v-förmig zulaufende Mieder und die Öffnungen der ausgestellten Ärmel zierten geschliffene Amethyststeinchen, die so geschmiedet waren, dass sie Mondlicht aufsogen.

Laila nahm sich noch einen kurzen Moment Zeit, um ihren roten Lippenstift nachzuziehen, bevor sie die speziell angefertigte Treppe hinter ihrer Kleiderstange hinabstieg, die zu den Dienstbotenausgängen und den Zellen in den Keller führte. Sie presste ihr Ohr an die Kellertür.

Hinter dem Holz waren nur gedämpfte Stimmen zu vernehmen. Einen Augenblick später scharrte ein Stuhl über den Boden. Dann fiel eine Tür ins Schloss.

Wenn alles nach Plan gelaufen war, hatte Tristan den Kurier von Haus Kore bereits verhört und Séverin den Standort des Horusauges herausgefunden. Laila lauschte immer noch angestrengt, als die Tür plötzlich aufschwang. Sie verlor den Halt, und ihr Kopf stieß gegen eine harte Brust. Sie sah auf. Ein Schrei blieb ihr im Halse stecken. *Eine Sphinx.* Das Maul war weit aufgerissen und die Reptilienaugen sahen aus wie Goldmünzen mit einem Schlitz in der Mitte. Die Sphinx packte Laila mit der einen Hand und zog sich mit der anderen die Maske ab. Darunter kam ein zerzauster Séverin zum Vorschein. Er grinste.

»Da hab ich dich aber kalt erwischt, was?«

»*Großer Gott*«, sagte Laila und legte die Hände auf ihr Herz.

»Nur ein gewöhnlicher Sterblicher, zu Ihren Diensten«, sagte er und verneigte sich.

Die Sphinxmaske hatte seine Haare völlig durcheinandergebracht, und Lailas Hand zuckte bei der Erinnerung an das seidige Gefühl unter ihren Fingern, als sie sie darin vergraben hatte. Rasch schob sie den Gedanken beiseite. Sie kannte alle Teile, aus denen er zusammengesetzt war. Er war List gepaart mit Anmut, vom verschlagenen Lächeln bis hin zu den verstörenden Augen, die Traum oder Albtraum versprachen. Sie hatten die Farbe von Schlaf – samtig wie Zobelpelz mit einem violetten Glanz.

Nun hielt Séverin ihr die Tür auf, und Laila rauschte an ihm vorbei. Die Zelle im Keller war eng, an den Wänden hingen Bücherregale und rostige, aber immer noch scharfe Messer. Tristan stand in der Mitte des Raumes und schälte sich gerade aus der Sûreté-Uniform, um sie durch Frack und Zylinder zu ersetzen. Zur Begrüßung winkte er schüchtern.

Laila warf ihm einen Luftkuss zu. »Und? Habt ihr die Katalogmünze bekommen?«

Séverin grinste. »Ja.«

»Wo ist der Kurier?«

»Trinkt wahrscheinlich irgendwas Hochprozentiges.«

»Habt ihr die Münze behalten oder …«

»Zurückgegeben«, sagte Séverin. »Es gab keinen Grund, sie zu behalten, als wir die Position erst einmal ermittelt hatten.«

»Gut«, erwiderte sie. Langsam hatte sie ein schlechtes Gewissen wegen des Kuriers. Der Gedanke, ihn bei seiner Arbeitgeberin noch mehr in Bredouille zu bringen, behagte ihr gar nicht. »Was ist denn da vorhin mit den Dienstplänen der Sphinxe schiefgelaufen?«

Séverin fuhr sich mit der Hand durchs Haar. »Kann ich dir auch nicht sagen. Zofia hat den Dienstplan einwandfrei manipuliert, und Tristan hat ihn pünktlich abgeliefert. Vielleicht war es ein Schreibfehler. Du hast uns den Hals gerettet. Aber, mal ehrlich … ein inszeniertes Eifersuchtsdrama mit Hypnos?« Er schüttelte sich.

»Ganz im Gegenteil! Es hat sogar Spaß gemacht«, erwiderte

Laila. Séverin schien sich zu versteifen und Laila spürte einen kleinen Anflug von Vergnügen. »Außerdem war er derjenige, der mich gewarnt hat.«

»Hat er das?«, fragten Tristan und Séverin wie aus einem Munde.

»Das habe ich.«

Die drei wandten sich zur Tür um. Hypnos lehnte am Türrahmen. Er hatte seine Mnemomotte zerquetscht und hielt sie hoch, als Zeichen, dass zumindest momentan nichts aufgenommen werden konnte.

Hypnos lächelte Tristan an. »Na so was! Wenn das nicht einer meiner Köder ist!« Mit dargereichter Hand trat er vor. »Wie geht's denn so?«

Tristan verschränkte die Arme. »Ich sollte eine meiner Spinnen auf dich loslassen. Sie sind äußerst giftig, musst du wissen.«

Hypnos sah sich im Raum um. »Sind sie hier?«

Tristan stockte. »Na ja, nein, nicht direkt. Goliath ist gerade beim Essen, und …«

Séverin unterbrach ihn. »Was willst du hier?«

»Wir machen doch gemeinsame Sache, oder etwa nicht?«, fragte Hypnos. Er ließ den Blick durch den Raum schweifen und legte den Kopf schief. »Wo ist eigentlich dieser entzückende Historiker?«

»Erledigt was Geschäftliches«, erwiderte Séverin kurz angebunden. »Und das ist auch das einzige Thema, über das ich mit dir sprechen werde.«

»Ah ja. Nun denn: zum *Geschäftlichen*. War eure Suche nach der Katalogmünze erfolgreich?«

Séverin musterte ihn einen Moment lang. Dann nickte er.

»Wir wissen genau, wo das Horusauge in der Schatzkammer Haus Kores aufbewahrt wird. Jetzt brauchen wir nur noch die Einladungen.«

»Und da komme ich ins Spiel.«

»Außerdem brauche ich eine Gästeliste und den Namen des privaten Sicherheitsunternehmens, das die Matriarchin von Haus Kore für die Festivitäten engagiert hat.«

»So gut wie erledigt!« Hypnos klatschte in die Hände. »Sieht so etwa Zusammenarbeit aus? Wie … hierarchisch!« Hypnos zwinkerte Laila zu. »Hallo, Geliebte.«

»Exgeliebte«, sagte sie, beinahe zärtlich.

Hypnos erinnerte sie an Enrique. Einen Enrique, der seinen Verstand den Großteil eines Jahrzehnts mit Champagner und Zigarrenrauch gefüttert hatte. Séverins Miene verfinsterte sich. Seine Kiefermuskeln mahlten, als würde er gerade zur Beruhigung auf einer nicht vorhandenen Gewürznelke herumkauen. Er stellte sich zwischen Laila und Hypnos.

»Du und ich sollten uns mal unter vier Augen unterhalten«, sagte er zu Hypnos.

»Dann komme ich morgen auf einen Tee vorbei.«

»Es besteht kein Grund für dich, ins Hotel zu kommen.«

Hypnos ließ die Schultern sinken, seine Stimme nahm einen kindlich hohen Klang an. »Ich will aber!« Er grinste und redete normal weiter. »Und ich tue *immer*, was ich will. Ich sehe dich dann morgen.«

Hypnos warf Tristan zwei Luftküsse zu, die Tristan vorgab zu zertrampeln. Dann schob Hypnos sich an Séverin vorbei und beugte sich zu Laila herunter.

»Das Geheimnis deiner Identität ist bei mir gut aufgehoben, L'Énigme. Und bevor ich es vergesse: Dein Kostüm fand ich wirklich entzückend. Es glitzert so schön. Ich bin fast versucht, es selbst mal anzuprobieren.«

Hypnos glitt zur Tür hinaus. Als er weg war, ließ Tristan die Schultern sinken und atmete erleichtert aus.

»Ich will nicht, dass er zu uns ins Hotel kommt.«

Kurz huschte ein kühler, schattenhafter Ausdruck über sein Gesicht. Laila wusste, dass Tristans Beschützerinstinkt Séverin gegenüber sehr ausgeprägt war, aber diesen Blick hatte sie an ihm noch nie gesehen. Eine Sekunde später verzog sich sein Mund jedoch zu einem Lächeln.

»Oh Laila, ich mochte dein Kostüm auch. Du sahst wunderschön aus.«

Laila verneigte sich und sah zu Séverin. Auch er hatte sich sehr bewusst gekleidet. Das seidene Einstecktuch passte farblich zu dem silberfarbenen Schimmer seiner Narbe. An den zweiten Knopf seines Hemds hatte er eine kunstvoll gestaltete Uroboros-Brosche gesteckt, die – das hatte er ihr einmal erzählt – ihm schmerzhaft in die Haut stach. Die abgewetzten Schuhe waren Erbstücke seines Vaters, des längst verstorbenen Patriarchen von Haus Vanth. Lailas Brust zog sich zusammen. Séverin hatte sich in unterschwelligen Schmerz gekleidet. Sie erkannte das, weil sie jeden Abend nach dem Ausziehen etwas Ähnliches tat, indem sie die Finger auf die lange Narbe an ihrem Rücken presste, um ihren eigenen Körper zu lesen. Manchmal war der Schmerz eine Erinnerung daran, wo sie war ... wer sie war ... und was sie sein wollte.

Séverin warf ihr einen wissenden Blick zu, und Laila rang sich ein gequältes Lächeln ab.

»Tristan und Hypnos mochten meine Aufmachung«, sagte sie, eine Hand in die Hüfte gestemmt. »Und von dir kommt kein Kompliment?«

»Ich hatte keine Gelegenheit, es mir genauer anzusehen«, sagte er. Er lächelte, aber es erreichte seine Augen nicht. »Ich war zu beschäftigt damit, dem sicheren Tod zu entgehen. Das lenkt schrecklich ab, weißt du.«

Er konnte sagen, was er wollte, aber sie hatte nicht vergessen, wie er sie gestern gemustert hatte. Wie er dagestanden hatte. Wie sich seine Augen verdunkelt hatten und nur ein schwacher violetter Rand übrig geblieben war. Männer hatten sie schon unzählige Male auf die unterschiedlichste Weise betrachtet, aber bisher hatte ihr niemand das Gefühl gegeben, das sie gestern verspürt hatte. Das so seltene und beinahe schmerzhafte Empfinden, von nur einem Blick ausgezogen zu werden. In dem Moment war sie sich ihrer selbst nur allzu bewusst gewesen – Haut, die sich über die Knochen zog, Seide, die ihren Körper umschmeichelte, ihr Atem, der warme Luft ausstieß. Die Schärfung aller Sinne, die einen lebendig machte.

Aber es machte ihr auch Angst.

Deswegen hatte sie nach der einen Nacht auch gewusst, dass es sofort wieder aufhören musste. Es war sinnlos, über diese intensiven Gefühle nachzudenken, wenn ihre Tage in weniger als einem Jahr bereits gezählt sein würden. Trotzdem erinnerte sie sich. Sie erinnerte sich, dass sie den ersten Schritt gemacht und er derjenige war, der es beendet hatte.

Sie musste hier weg.

»Der Kutscher wartet auf mich«, sagte sie.

Auf dem Weg nach draußen warf sie einen Blick über die Schulter zu Séverin.

»Sieh zu, dass du im L'Éden einen angemessen traurigen Eindruck machst. Als mein Liebhaber solltest du zutiefst erschüttert sein, nicht nur, weil ich dich öffentlich hintergangen habe, sondern auch, weil ich in dem Kostüm einfach fantastisch aussah.«

Seine Reaktion wartete sie nicht mehr ab.

Enrique

Im Sternwartenzimmer ließ Enrique sich in seinen blauen Lieblingssessel fallen. Ein Sturm rüttelte an den Fenstern, und die mit Sternbildern bestickten Vorhänge zitterten wie einzelne Fetzen des Nachthimmels.

»Man hat uns erwartet.«

»Der Revolutionsmann«, ergänzte Zofia leise.

Er sah auf. Zofia hatte sich in dem Lehnstuhl ihm gegenüber zusammengerollt. Natürlich mit einem Streichholz zwischen den Zähnen.

»Was hast du gesagt?«

»Der Revolutionsmann.« Noch immer sah sie ihn nicht an. »Davon hat er gesprochen. Über den Beginn eines neuen Zeitalters. Der Aufspürer hätte ihn wahrnehmen müssen. Hat er aber nicht.«

Das bereitete Enrique auch Sorge. Es schien beinahe, als hätte der Mann sie von irgendwo beobachtet und wäre erst aufgetaucht, nachdem sie die Halle nach Anzeichen von Sicherheitsmaßnahmen oder anderen Menschen abgesucht hatten. Nur dass er unmöglich hätte hereinkommen können. Der Eingang war versperrt gewesen, alle Fenster mit Gemälden verhangen und auch der Ausgang war verschlossen und verriegelt, bis die Polizisten die Tür aufgebrochen hatten. Von den geschmiedeten Artefakten und den Wandgemälden einmal abgesehen, war der Raum leer gewesen. Zofia öffnete ihre Hand und eine Goldkette kam zum Vorschein, daran ein Anhänger, nicht größer als ein Franc-Stück. Sie drehte ihn um und hielt ihn näher vors Gesicht.

»Woher hast du die?«

»Hatte er um den Hals.«

Enrique runzelte die Stirn. Hinter Zofia wanderten die Zeiger der Standuhr langsam auf Mitternacht zu. Ihre akribische Planerei hatte im Sternwartenzimmer Spuren hinterlassen: Überall lagen Lagepläne und Papiere herum, verschiedene Zeichnungen von Horusaugen hingen von der Decke. Bis zum heutigen Tag hatte sich alles angefühlt wie immer, die Planung einer weiteren Akquisitionsmission: Nachforschungen und Neckereien bei Tee und Gebäck.

Bis der Mann ihn mit dem Messer bedroht hatte.

Da hatte ihn schlagartig eine kalte Gewissheit überfallen: Vielleicht wollte jemand verhindern, dass sie das Horusauge fanden, notfalls mit drastischen Mitteln. Enrique zog das gestohlene Artefakt aus der Brusttasche seines Sakkos. Seinen Recherchen zufolge hatte man die Metallplatte über dem Eingang einer koptischen Kirche im nördlichen Afrika gefunden. Er wog sie in seiner Hand. Sie war aus Messing und hatte schartige Kanten. Als er mit dem Daumen über die Oberfläche fuhr, fühlte er feine Rillen, doch durch die Patina waren sie nicht gut zu erkennen. Auf der Rückseite ließen Einkerbungen vermuten, wo man sie aus dem Fuß einer Marienstatue herausgemeißelt hatte. Glaubte man den Einheimischen, ging von diesem Quadrat ein seltsamer Schimmer aus, sobald jemand mit bösen Absichten die Kirche betrat. Mit Ausnahme von Veritgestein war Enrique kein anderes Material mit derlei Eigenschaften bekannt. Falls dieses Artefakt ein Stück Verit enthielt – oder mehrere Stücke, wobei das eher unwahrscheinlich war –, hatte es vermutlich einfach nur Waffenträger erkannt und enttarnt. Das schloss die bösen Absichten ja nicht aus. Wahrscheinlich hatte man wohl einfach die Personen durchsucht, bei denen die Platte zu leuchten begann, Waffen bei ihnen gefunden und daraus Schlüsse gezogen. Einem jeden Aberglauben lagen gewisse Beobachtungen zugrunde.

»Es ist eine Biene«, unterbrach Zofia plötzlich seine Gedanken.

»Wie bitte?«

Sie streckte ihm den Anhänger des Angreifers entgegen. »Er hat die Form einer Biene.«

»Eine modisch fragwürdige Entscheidung«, kommentierte Enrique gedankenverloren. »Oder vielleicht ein Symbol? Vielleicht ein Sympathisant Napoleons? Ich bin mir relativ sicher, dass Bienen als Symbol seiner Herrschaft galten.«

»Mochte Napoleon Mathematiker?«

»Wie kommst du darauf?«

»Bienen konstruieren vollkommene hexagonale Prismen. Mein Vater bezeichnete sie deshalb als die Mathematiker der Natur.«

»Mag sein. Aber da Napoleon 1821 gestorben ist, könnte es etwas schwierig werden, ihn persönlich zu fragen.«

Zofia blinzelte ihn nur an und Enrique überkam ein leichtes Schuldgefühl. Sie war anders als andere Menschen und Witze waren für sie oft unverständlich. Seine Versuche, geistreich zu sein, mussten auf sie eher seltsam als originell wirken. Zofia zuckte mit den Schultern und legte die Bienenkette zwischen ihnen auf den Tisch.

Gedankenversunken drehte und wendete Enrique die Metallscheibe. »Wo kam dieser Mann her? Hat er schon die ganze Zeit über gewartet oder gab es noch eine andere Tür?«

»Keine Türen außer dem Eingang und dem Ausgang.«

»Ich verstehe einfach nicht, was er wollte. Warum uns auflauern? Wer war er?«

Zofia warf einen letzten Blick auf die Bienenkette, stieß ein unverbindliches »Hmmm« aus und sagte dann brüsk: »Gib mal her.«

»Sagt dir das Sprichwort ›Mit Honig fängt man Fliegen‹ etwas?«

»Was soll ich denn mit Fliegen?«

»Schon gut, vergiss es.«

Enrique gab ihr das Artefakt. »Schön vorsichtig.«

»Das ist nichts als ein Stück oxidiertes Messing«, sagte sie abschätzig.

»Kannst du die Patina entfernen?«

»Klar.« Sie schüttelte das Artefakt. »Hattest du nicht gesagt, darin könnte sich Verit befinden? Sieht eher aus wie die Talismane, die in meinem Dorf verkauft werden. Welchen Grund hattest du zu deiner Annahme? Und welche Quellen?«

»Aberglaube, Geschichten«, antwortete Enrique, bevor er, nur um sie zu ärgern, hinzufügte: »Ein Bauchgefühl.«

Zofia verzog das Gesicht. »Aberglaube ist nutzlos. Und Bäuche haben keine Gefühle.«

Von ihrem provisorischen Arbeitstisch nahm sie eine Lösung und begann die Messingplatte damit zu behandeln. Als sie fertig war, schob sie sie Enrique über den Tisch hinweg zu. Jetzt konnte er das gitterartige Muster erkennen und etwas, das nach Buchstaben aussah. Das war allerdings auch schon alles. Im Sternwartenzimmer hatte man das Kaminfeuer mit Glut bedeckt, sodass es nur noch schwach glomm. Um den Blick auf den Nachthimmel nicht zu trüben, waren Laternen verboten und nur einige wenige Kerzenhalter standen auf dem Tisch. Es herrschte ein schummriges Zwielicht.

»Ich kann kaum etwas erkennen«, beschwerte sich Enrique. »Hast du einen Feuerstein, um das Streichholz anzuzünden?«

»Nein.«

Seufzend sah Enrique sich im Raum um. »Nun, dann werde ich –«

Das unmissverständliche Geräusch eines sich entzündenden Streichholzes ließ Enrique zusammenfahren. Zofia hielt eine kleine Flamme in der Hand. Mit der anderen Hand ergriff sie ein zweites Streichholz und entzündete es an ihrem Eckzahn. Das Feuer ließ ihr Gesicht erstrahlen und ihre weißblonden Haare leuchteten wie die Unterseite einer von Blitzen erhellten Wolke. Seltsamerweise wirkte das Leuchten ganz natürlich: als sollte sie so und nicht anders aussehen.

»Ähm, du hast gerade ein Streichholz mit den Zähnen angezündet«, sagte Enrique.

Sie sah ihn prüfend an. »Und ich werde es noch einmal tun müssen, wenn du nicht gleich eine Kerze anmachst, bevor die hier ausgehen.«

Schnell zündete Enrique die Kerzen an. Eine davon hielt er über die Messingplatte und betrachtete sie genauer. Jetzt ließen sich die Buchstaben entziffern. Es waren fünfundzwanzig an der Zahl, jeder von ihnen in einem kleinen Quadrat. Sie ließen sich sowohl horizontal als auch vertikal lesen.

S	A	T	O	R
A	R	E	P	O
T	E	N	E	T
O	P	E	R	A
R	O	T	A	S

Enriques Herz schlug schneller, wie immer, wenn er kurz vor einer wichtigen Entdeckung stand.

»Sieht aus wie Latein«, sagte Enrique. »*Sator* kann ›Schöpfer‹ bedeuten, vermutlich göttlicher Natur. *Arepo* ist wahrscheinlich ein Eigenname ... wobei, kein bekannter römischer. Vielleicht ägyptisch. *Tenet* bedeutet ›hält‹ oder ›bewahrt‹ ... *Opera* sind die Werke und *rotas* heißt Räder ...«

»Latein?«, fragte Zofia. »Ich dachte, das Artefakt wäre aus einer koptischen Kirche in Nordafrika.«

»Ist es auch«, antwortete Enrique. »In Nordafrika hat sich das Christentum mit als Allererstes ausgebreitet, vermutlich im ersten Jahrhundert. Außerdem hatte Rom Verbindungen nach Nordafrika. Soweit ich mich erinnere, war das heutige Tunesien eine der ersten römischen Kolonien.«

Zofia nahm eine zweite Kerze und hielt sie dicht an die Scheibe.

»Wenn das Veritgestein da drin ist, können wir es dann nicht einfach aufbrechen?«

Enrique entzog ihr die Messingscheibe und umklammerte sie. »*Nein.*«

»Warum nicht?«

»Ich habe es satt, dass Leute Dinge zerstören, bevor ich die Gelegenheit bekomme, sie mir genauer anzusehen«, entgegnete er. »Außerdem sind einige alte Artefakte mit Sicherheitsmechanismen versehen, um ihr Inneres zu schützen. Sieh dir mal diesen Hebel an.« Er deutete auf etwas, das aussah wie ein kleiner Schalter seitlich an der Scheibe. »Wenn wir die Scheibe kaputt machen, zerstören wir also das, was sich darin befindet, vielleicht gleich mit.«

Zofia sank zurück in den Lehnstuhl und stützte den Kopf auf. »Vielleicht finde ich ja eines Tages heraus, wie man Verit bearbeitet.«

Enrique pfiff durch die Zähne. »Dann wärst du die gefährlichste Frau Frankreichs.«

Verit entzweizubrechen galt als unmöglich. Jeder der Steine am Eingang von Palästen, Banken oder ähnlich luxuriösen Gebäuden war unbearbeiteter Verit, der sich nur durch langwierige Abbau- und Reinigungsprozesse von dem umliegenden Gestein lösen ließ. Dies führte dazu, dass kleine Bröckchen Verit nirgendwo auf der Welt zu finden waren, nicht einmal auf dem normalerweise sehr gut ausgestatteten Schwarzmarkt.

»Die Wörter sind immer die gleichen«, bemerkte Zofia.

»Wie meinst du das?«

»Sie sind gleich. Siehst du nicht?«

Konzentriert starrte Enrique auf die Buchstaben und ihm wurde klar, was sie meinte. In der oberen linken und der unteren rechten Ecke befand sich jeweils ein S, neben beiden ein A. Jetzt ergab das Muster Sinn.

»Das ist ein Palindrom!«

»Das ist eine Metallplatte mit Buchstaben drauf.«

»Ja, aber diese Buchstaben kann man sowohl vorwärts als auch rückwärts lesen«, sagte Enrique. »Früher hat man Palindrome als Inschrift auf Amuletten verwendet, um ihre Träger vor Unglück zu schützen. Aber nicht nur auf Amuletten. Ich erinnere mich zum Beispiel, dass man ein altgriechisches Palindrom an der Hagia Sophia in Konstantinopel gefunden hat. ΝΙΨΟΝ ΑΝΟΜΗΜΑΤΑ ΜΗ ΜΟΝΑΝ ΟΨΙΝ. ›Wasche [meine] Sünden, nicht nur [mein] Antlitz.‹ Man hoffte, das Wortspiel würde Dämonen verwirren.«

»Mich verwirren Wortspiele auch.«

»Dazu sage ich jetzt nichts.« Enrique betrachtete erneut die Buchstaben. »Irgendwie kommt mir dieser Satz bekannt vor … Ich habe das Gefühl, ich hätte ihn schon einmal gesehen.«

Mit diesen Worten ging er hinüber zu der kleinen Bibliothek

in einer Ecke des Sternwartenzimmers. Er suchte nach einem bestimmten Werk, das ihm während seiner linguistischen Studien in Alt-Latein untergekommen war.

»Hab ich dich«, sagte er und zog ein schmales Buch hervor: EXKURSIONEN IN DIE UNTERGEGANGENE STADT POMPEJI. Schnell überflog er die Seiten, bis er fand, was er gesucht hatte.

»Ich wusste es! Diese Anordnung nennt man das Sator-Quadrat«, erklärte er. »Um 1748 in den Ruinen Pompejis gefunden, bei Ausgrabungen des spanischen Ingenieurs Roque Joaquín de Alcubierre, im Auftrag des neapolitanischen Königs. Anscheinend wurden die Ausgrabungen finanziell durch den Orden von Babel unterstützt, da man sich die Entdeckung bislang unbekannter Schmiedekunstobjekte erhoffte.«

»Und was kam dabei heraus?«

»Nicht viel, wie es aussieht.«

»Und was bedeutet das Palindrom?«

»Das ist noch umstritten. In der Antike gab es nichts Vergleichbares. Es ist entweder ein Rätsel oder ein Kryptogramm … oder einfach das Werk eines unbekannten Schmierfinken, der kurz darauf von einem gigantischen Vulkan getötet werden sollte … Ich persönlich glaube ja, hier dient es als eine Art Schlüssel. Knack den Code und das Artefakt öffnet sich. Vielleicht gibt es einen passenden mathematischen Ansatz? Irgendwelche Ideen?«

Zofia kaute auf dem Ende eines neuen Streichholzes herum. »Keine Mathematik. Nur Buchstaben.«

Das brachte Enrique auf eine Idee.

»Buchstaben und Zahlen haben eine Menge gemeinsam …«, sagte er langsam. »Aus der Verbindung von Mathematik und der Thora entstand zum Beispiel die Gematrie, eine kabbalistische Methode zur Interpretation hebräischer Schriften. Dabei werden den Wörtern Zahlenwerte zugewiesen.«

Zofia setzte sich auf. »Mein Großvater hat uns früher solche Rätsel aufgegeben. Woher kennst du das?«

»Nun, diese Lehre gibt es schließlich nicht erst seit gestern …«. Wie so häufig schlich sich ein professorenhafter Unterton in Enriques Stimme. Er verspürte den seltsamen Drang, sich in einen Ledersessel zu setzen und eine Katze anzuschaffen. Und natürlich eine Pfeife. »Mathematik wurde lange Zeit als die Sprache des Göttlichen angesehen. Noch dazu beschränkt sich das Verschlüsseln mithilfe alphanumerischer Codes nicht auf die hebräische Sprache allein. Die Araber taten das Gleiche mit den Ziffern des *Abdschad*.«

»Unser *Zeyde* hat meiner Schwester und mir beigebracht, wie man verschlüsselte Briefe schreibt und liest«, sagte Zofia leise. Sie wickelte sich eine hellblonde Haarsträhne um den Finger. »Jedem Buchstaben wurde eine Zahl zugeordnet, entsprechend seiner Position im Alphabet. Das … hat Spaß gemacht.«

Ein winziges Lächeln umspielte ihre Mundwinkel. Noch nie hatte Enrique sie über ihre Familie sprechen hören. Doch gleich darauf wurde ihre Miene wieder ernst. Bevor er etwas sagen konnte, hatte sie schon eine Feder und einige Zettel herangeholt.

»Wenn ich all diese Buchstaben deines Sator-Quadrats nehme, ihre Position im Alphabet betrachte und sie zusammenzähle, bekommen wir das hier.«

$$S\,A\,T\,O\,R \Rightarrow S + A + T + O + R = 19 + 1 + 20 + 15 + 18 = 73$$
$$A\,R\,E\,P\,O \Rightarrow A + R + E + P + O = 1 + 18 + 5 + 16 + 15 = 55$$
$$T\,E\,N\,E\,T \Rightarrow T + E + N + E + T = 20 + 5 + 14 + 5 + 20 = 64$$
$$O\,P\,E\,R\,A \Rightarrow O + P + E + R + A = 15 + 16 + 5 + 18 + 1 = 55$$
$$R\,O\,T\,A\,S \Rightarrow R + O + T + A + S = 18 + 15 + 20 + 1 + 19 = 73$$

»Das erscheint mir wenig hilfreich.«

Zofia runzelte die Stirn. »Berechne die Quersummen. Die erste Zeile ergibt dreiundsiebzig, also sieben plus drei. Ergibt zehn. Nächste Zeile. Fünf plus fünf ist zehn. Alle Zeilen ergeben die Quersumme zehn. Vielleicht geht es auch nicht um die Zehn. Vielleicht sind es auch Einsen und Nullen. Siehst du es?«

»Genau wie beim I Ging.« Enrique war beeindruckt. »Die Bewegung von null zu eins stellt die Macht Gottes dar. *Ex nihilo* und so weiter. Wenn wirklich ein Stück Verit darin wäre, würde das Sinn ergeben. Man glaubte, dieser Stein durchleuchte die Seele, wie es nur eine Gottheit könnte. Nur sagt uns das noch nicht, wie wir das Artefakt öffnen sollen. Moment ... sehen diese Buchstaben aus, als könnte man sie *verschieben*?«

Zofia nahm die Scheibe und neigte sie prüfend mal in die eine, mal in die andere Richtung. Dann drückte sie mit dem Finger auf den Buchstaben *S*. Er ließ sich um ein paar Stellen nach rechts verschieben.

Innerhalb der nächsten Stunde schrieben Enrique und Zofia die Buchstaben auf Papier, schnitten sie aus und versuchten, sie neu anzuordnen. Ab und an wanderte Enriques Blick zu Zofias Gesicht. Wenn sie sich konzentrierte, zog sie die Brauen zusammen und presste die Lippen aufeinander. In der ganzen Zeit, die sie nun schon für Séverin arbeitete, hatte Enrique nie viel mit Zofia zu tun gehabt. Sie war immer entweder zu still oder zu kurz angebunden. Sie lachte fast nie und schien fast immer böse zu gucken. Doch als er sie jetzt betrachtete, kam ihm der Gedanke, dass sie vielleicht gar nicht *böse* guckte. Vielleicht war das einfach ihr Denkergesicht. Als wäre für sie alles eine riesige Rechenaufgabe. Hier, mit den ganzen Zahlen und Rätseln, kam es ihm vor, als würde sie erst richtig lebendig.

»Sprache des Göttlichen, Sprache des Göttlichen ...«, murmelte Enrique vor sich hin. »Aber wie müssen die Buchstaben angeordnet werden? *A* und *O* könnten theoretisch *Alpha* und *Omega* sein, der erste und der letzte Buchstabe des griechischen Alphabets. Als Anfang und Ende symbolisieren sie göttliche Macht.«

»Dann nimm die beiden *As* und *Os* mal raus«, wies Zofia ihn an. »Würde es nicht passen, wenn die beiden extra stünden?«

Enrique tat wie geheißen. Möglicherweise lag es an dem Licht im Zimmer oder daran, dass seine Augen müde wurden, jedenfalls dachte er an zu Hause und murmelte dabei ein kurzes Gebet. Er erinnerte sich, wie er mit seinen Eltern, Lola und seinen Brüdern in der Kirchenbank gekniet hatte, den Kopf gesenkt, während der Priester auf Latein das Vaterunser rezitierte: *Pater Noster, qui es in caelis, sanctificetur nomen tuum …*

»Pater Noster!« Enrique riss die Augen auf. »Das ist es. ›Vater unser‹ auf Latein.«

Sein Blick glitt über die Papierschnipsel, während seine Hände die Buchstaben flink zu einem Kreuz formten:

»Zofia«, sagte er schließlich. »Ich glaube, ich weiß, was zu tun ist.«

Er nahm ihr die Metallscheibe aus der Hand und schob die Buchstaben zu seinem PATERNOSTER-Muster zusammen, die *As* und *Os* außerhalb des Kreuzes. Da öffnete sich das Artefakt in der Mitte und ein gespenstisches Licht schimmerte ihnen entgegen. Zofia zuckte zurück, als die obere Hälfte der Messingscheibe zur Seite glitt und vier kieselgroße Steinchen Verit enthüllte, die ein Königreich hätten aufwiegen können.

Séverin

Séverin war zehn Jahre alt, als er zu seinem dritten Vater kam: Neid. Neid nahm Tristan und ihn auf, nachdem Zorn aus Versehen einen Tee getrunken hatte, der mit Wolfswurz versetzt war. Es war kein angenehmer Tod gewesen. Séverin wusste das, denn er hatte zugesehen.

Neid hatte eine Frau namens Clotilde und zwei Kinder, an deren Namen Séverin sich nicht mehr erinnern konnte. Am ersten Tag bei Neid verliebte sich Séverin in das bezaubernde weiß verputzte Haus und die bezaubernden Kinder, die genauso alt waren wie Tristan und er. Als die Männer mit den Anzügen und Hüten sie vor dem Haus abgesetzt hatten, sagte Clotilde in zuckersüßem Tonfall: »Ihr könnt mich Mama nennen.« Es schnürte ihm die Kehle zu. Er wollte das Wort so gern aussprechen, dass ihm die Zähne wehtaten.

Clotilde gewährte ihnen beinahe eine Woche voller Glück. Tee mit Milch und Plätzchen am Morgen. Liebevolle Umarmungen am Nachmittag. Fasan in goldschimmerndem Fett am Abend. Kakao kurz vor dem Schlafengehen. Zwei Daunenfederbetten auf dem gleichen Flur, wo auch die anderen beiden Kinder schliefen.

Aber noch bevor die Woche um war, hatte er Clotilde und Neid hinter geschlossener Tür streiten gehört. Séverin war gerade auf dem Weg zur Teestube gewesen. In der Hand hielt er Blumen. Tristan und er hatten den ganzen Morgen gebraucht, um sie zu pflücken.

»Ich dachte, sie wären Erben!«, schrie Clotilde. »Du hast gesagt, es wäre unsere Chance, unsere Stellung zurückzugewinnen!«

»Nicht mehr«, sagte Neid mit belegter Stimme. »Einer von ihnen ist unglaublich reich, bekommt aber keinen müden Centime, bis er volljährig ist.«

»Und was sollen wir jetzt machen? Sie von dem mickrigen Obolus des Ordens durchfüttern und einkleiden? Allein das Essen in dieser Woche hat ein Vermögen gekostet! So können wir nicht weitermachen!«

Neid seufzte. »Nein. Nein, das können wir nicht.«

Das war das Ende von Tee mit Milch und Plätzchen, liebevollen Umarmungen am Nachmittag, von schimmerndem Fasan und Kakao am Bett. Das war auch das Ende von »Mama«, denn auf einmal wollte sie lieber Madame Canot gerufen werden. Séverin und Tristan mussten ins Gästehaus umziehen. Die anderen beiden Kinder kamen nicht mehr zu ihnen. Der einzige Segen war, dass man ihnen einen Universitätsgelehrten als Hauslehrer zur Seite stellte. Da Séverin nichts anderes mehr blieb, stürzte er sich ins Lernen.

Nachdem Madame Canot sie ins Gästehaus verlegt hatte, weinte Tristan wochenlang. Séverin nicht. Er weinte nicht, als Neid allein mit seiner Frau und den Kindern das Weihnachtsessen genoss. Und er weinte auch nicht, als Neids Töchter einen Welpen mit seidenweichen Ohren geschenkt bekamen, während Tristan und Séverin nur Schelte erdulden mussten, weil sie ihre engen, kalten Zimmer nicht aufräumten. Er weinte gar nicht.

Aber er beobachtete sie.

Er beobachtete sie ganz genau.

SÉVERIN STARRTE AUF die Knochenuhr.

Er hatte sie von ihrem ursprünglichen Platz im Bücherregal auf den Schreibtisch versetzt, damit er sich besser konzentrieren konnte. Hinter ihm fiel die späte Nachmittagssonne durch die großen Erkerfenster des L'Éden.

Zwei Wochen waren vergangen, seitdem sie die kostbaren Veritsteinchen gefunden und den Standort des Horusauges mithilfe der Katalogmünze ausfindig gemacht hatten. In drei Tagen würden sie zum Frühlingsfest im Château de la Lune, den Landsitz von Haus Kore, aufbrechen. Dort war das Auge des Horus versteckt – das seltene Artefakt und der Schlüssel zum Babelfragment.

Die Akquisition, die alles verändern würde.

Und doch ging ihm eine Sache nicht aus dem Kopf ... Enrique und Zofia hatten von einem Mann erzählt, der ihnen in der Dunkelheit der Ausstellung aufgelauert hatte. Darüber zerbrachen sie sich alle den Kopf. Vor allem Tristan, aber das war nicht ungewöhnlich. Tristan war immer schon der Ängstlichste von ihnen gewesen, machte sich ständig Sorgen, dass sie dem Tode nahe wären, und versuchte stets, einen Ausweg zu finden. Dieses Mal jedoch hatte Séverin keine Nachsicht gezeigt.

Am Abend zuvor hatten sie Fallen im Garten aufgestellt, um das Wesen zu fangen, das die Vögel tötete, und waren anschließend in sein Arbeitszimmer gegangen.

»Und du bist dir sicher, dass es nicht Goliath ist?«, hatte Séverin gefragt.

»Goliath würde so etwas nie tun!«, antwortete Tristan mit hochrotem Kopf. »Aber vergiss mal den Vogeljäger. Was ist mit dem Mann, der Enrique und Zofia fast umgebracht hätte? Séverin, diese Akquisitionsmission ist *gefährlich*.«

»Wann war das Ganze jemals ungefährlich?«

»Vorher war aber nie jemand hinter uns her. Sie könnten uns

wehtun. So *richtig* wehtun.« Tristan machte ein finsteres Gesicht. »Ich wette, es ist Hypnos. Ich wette, er lockt uns in eine Falle. Woher sollte dieser Jemand sonst wissen, dass wir hinter dem Horusauge her sind?«

»Hypnos hat einen Schwur geleistet, dass uns nichts zustößt. Den kann er nicht brechen.«

»Aber was ist, wenn er einen Komplizen hat?«

»Unsere Spione haben alle seine Wachen als ungefährlich eingestuft.«

»Aber anscheinend gibt es jemanden ...«

»... vermutlich aus Haus Kore«, sagte Séverin. »Sie haben Truppen ausgesandt, um nach dem gestohlenen Ring der Matriarchin zu suchen, und vielleicht haben sie Zofia und Enrique versehentlich für die Diebe gehalten.«

»Vor lauter Vorfreude siehst du gar nicht, was sich direkt vor deinen Augen abspielt! Das hier ist eine ganz andere Nummer! Und du willst einfach nicht auf mich hören!«, schrie Tristan. »Also ehrlich! Es geht doch hier wieder nur um dein Ego. Welchen Zweck hat es denn ...«

»*Schluss jetzt!*«

Tristan zuckte zusammen. Erst als Séverin auf seine Hand hinuntersah, bemerkte er, dass er damit auf den Schreibtisch gehauen hatte. Aber er konnte nicht anders.

»Welchen Zweck es hat?«, wiederholte Séverin. »Der Sinn und Zweck ist, zurückzuholen, was uns genommen wurde. Aber das willst du wohl einfach nicht verstehen! Du kanntest nie etwas anderes als Zorn! Im Gegensatz zu mir! Ich hatte eine Familie, Tristan. Eine Zukunft, verdammt noch mal! Und was habe ich jetzt?«

Tristan öffnete den Mund, aber Séverin kam ihm zuvor. »Natürlich habe ich dich«, sagte er.

Tristan beäugte ihn misstrauisch. Abwartend. »Aber?«

Séverin drehte die Handfläche nach oben und sah auf seine silbrige Narbe. »Aber früher hatte ich noch mehr.«

Tristan war aus dem Raum gestürmt. Als Séverin ihm zu seiner Werkstatt gefolgt war, um mit ihm zu reden, war das Tezcat-Portal verschlossen gewesen. Ganz gleich, wie oft er klopfte und in das vergoldete Efeublatt zwickte ... er kam nicht hinein.

Und anscheinend war Tristan nicht der Einzige, der sauer auf ihn war. Laila benahm sich seltsam abweisend, und ganz gleich, wie oft er ihr letztes Aufeinandertreffen im Geiste noch einmal durchging, hatte er immer noch keine Ahnung, was er ihr getan hatte.

Ein Klopfen an der Tür riss ihn aus seinen Gedanken. Er setzte sich aufrecht hin. »Herein.«

Das Erste, was Séverin wahrnahm, war rabenschwarzes Haar. Sein Herz setzte einen Schlag aus. Hunderte von Erinnerungen drängten sich in sein Bewusstsein. Laila, die Woche um Woche unangekündigt in sein Arbeitszimmer kam, mit glitzerndem Zucker in den Haaren und einer neuen Kreation in der Hand, die unbedingt sofort jemand probieren musste.

»Äh ... hallo?«

Enrique stand mit einem Blatt Papier im Arbeitszimmer und sah ziemlich verunsichert aus.

Séverin schüttelte sich. Er sollte mehr schlafen. Auch Enriques Augen wiesen dunkle Ringe auf, und die sonst so tadellos sitzenden schwarzen Haare standen wirr von seinem Kopf ab. Die Schlaflosigkeit machte ihnen allen zu schaffen.

»Was hast du da?«

»Na ja, so wie du mich gerade angesehen hast, komme ich mir vor, als hielte ich das Geheimnis der Weltherrschaft in Händen. Da muss ich dich aber leider enttäuschen.« Enrique grinste breit. »Aus purer Neugier: Für *wen* hast du mich gehalten?«

Séverin verdrehte die Augen. »Niemanden.«

»Sah nicht nach niemandem aus.«

»Enrique. Was gibts?«

Enrique ließ sich ihm gegenüber auf einen Stuhl plumpsen und schob ihm das Stück Papier mit den kritzeligen Notizen über den Tisch hinweg zu. »Du hast um einen Bericht zur Symbolik von Honigbienen gebeten, aber ich kann dir keine besonders bahnbrechenden Erkenntnisse liefern. Nur das, was ich dir vorher schon erzählt habe. Sie tauchen in den Mythologien verschiedenster Kulturen auf, meistens als Boten der Weisheit, wenn man der antiken Auffassung über Honig Glauben schenken darf. Oder als Seelenführer, also als Geschöpfe, die die Seelen der Toten von einer Welt in die andere befördern. In Verbindung mit Frankreich habe ich nur herausgefunden, dass Napoleon Bonaparte sie als Wappentiere genutzt hat, vielleicht um seine Verbundenheit zu den älteren fränkischen Königen zu zeigen, den Merowingern.«

Séverin griff nach seiner Nelkendose. »Das ist alles?«

»Das ist alles«, sagte Enrique. »Wir können ja auch schlecht zurück auf das Ausstellungsgelände, wo wir angegriffen wurden, und uns noch mal umschauen. Da laufen überall Polizisten rum. Ich will damit nicht sagen, dass uns niemand auf den Fersen wäre, aber bei der Kette des Mannes handelt es sich lediglich um einen einfachen Bienenanhänger. Vielleicht hat jemand aus seiner Familie mal für Bonaparte gearbeitet.«

»Vielleicht.«

Enrique musterte ihn. »Verschweigst du mir irgendwas?«

Séverin winkte ab. »Nein, nein. Ich danke dir. Versuch einfach, auch weiterhin alles darüber in Erfahrung zu bringen.«

Enrique nickte und rückte mit dem Stuhl vom Schreibtisch ab. Als er aufgestanden war, blieb sein Blick an einem Gegenstand auf Séverins Schreibtisch hängen. Der Knochenuhr.

»Ist die neu?«, fragte Enrique.

»Alt.«

»Sie ist … ungewöhnlich. Warum sollte jemand so edles Metall zu menschlichen Knochen formen? Das ist ziemlich makaber. Und ist das da ein sechszackiger Stern? Er sieht fast aus wie …«

»Ganz recht.«

Enrique machte große Augen. »Ist sie ein Relikt des Gefallenen Hauses? Woher hast du sie?«

»Sie soll mir eine Warnung sein.«

Enrique trat von einem Fuß auf den anderen. »Du willst doch nicht … ich meine … du hast doch nicht vor …«

»In die Fußstapfen des Gefallenen Hauses zu treten ist das Letzte, was ich will«, sagte Séverin. »Ich suche nur nach dem Horusauge. Ich habe nicht die Absicht, alle Babelfragmente zusammenzufügen, um den Himmel zu erreichen, oder was auch immer das Gefallene Haus vorhatte.«

»Ich frage mich wirklich, was ihr Motiv war«, sagte Enrique leise, den Blick auf die Knochenuhr geheftet.

»Ich glaube, sie dachten, es wäre ihre heilige Pflicht. Und dabei sollen sie über Leichen gegangen sein, zumindest hat man mir das erzählt. Wer weiß. Wen interessiert's. Das Gefallene Haus ist gefallen. Die Knochenuhr ist eine Erinnerung daran.«

»Was für einen erbaulichen Geschmack du doch hast, Séverin.«

»Ich tu mein Bestes.«

Sehnsüchtig starrte Enrique auf die Uhr. Diesen Blick setzte er jedes Mal auf, wenn er einen Gegenstand entdeckte, den er unbedingt untersuchen wollte. Séverin seufzte.

»*Nach* der Akquisition darfst du sie dir anschauen …«

»Sie gehört mir! Hurra! Gewonnen!« Enrique führte einen kleinen Freudentanz auf, strich sein Sakko glatt und beruhigte sich dann wieder. »Sehen wir uns oben?«

»Ja. Sag den anderen schon mal Bescheid. Ich möchte mir mit

euch den Lageplan vom Château de la Lune ansehen. Hypnos kommt auch, mit unseren Einladungen und falschen Identitäten.«

Rote Flecken erschienen auf Enriques Wangen.

»Er kommt ganz schön oft vorbei, oder?« Dann, als wollte er es sich selbst erklären, fügte er hinzu: »Also, ich schätze, das muss er wohl.«

Der Patriarch von Haus Nyx hatte dem L'Éden in letzter Zeit tatsächlich häufig einen Besuch abgestattet, jedoch immer inkognito. Der Orden sähe es gar nicht gern, dass er sich mit ihnen abgab, auch wenn sie Séverin, seitdem er volljährig war, keine Beachtung mehr schenkten. Séverin war das alles nicht geheuer. Sosehr er sich auch wünschte, die anderen würden Hypnos nur ungern in ihrer Nähe haben … war das nicht der Fall. Bei den meisten jedenfalls nicht. Tristan weigerte sich, auch nur ein Wort mit Hypnos zu wechseln. Und irgendjemand hatte ihm einen Streich gespielt und seine Schuhe versteckt, bisher hatte sich allerdings noch niemand dazu bekannt. Hypnos war kein bisschen böse gewesen. Stattdessen hatte er aufgeregt in die Hände geklatscht. *Oh! Ein Streich! Macht man das so unter Freunden?*

Machte man nicht.

Allerdings war Hypnos von dieser Überzeugung nicht mehr abzubringen.

»Wahrscheinlich kommt er hauptsächlich wegen der exquisiten Küche ins L'Éden«, meinte Séverin.

Enrique lachte. »Wahrscheinlich hast du recht.«

Séverin steckte sich eine Gewürznelke in den Mund. Nachdem Enrique gegangen war, öffnete er eine verborgene Schublade seines Schreibtisches und nahm eine Akte heraus, die er aus dem Büro des Gerichtsarztes gestohlen hatte.

Enrique hatte ins Schwarze getroffen. Er verschwieg ihnen tatsächlich etwas: Der Kurier von Haus Kore war tot.

Man hatte ihn mit aufgeschlitzter Kehle in einem Bordell gefunden. All seine Habseligkeiten waren fort, bis auf die Katalogmünze. Entweder hatte man sie ihm aus Versehen gelassen – oder aber mit voller Absicht. Séverin erinnerte sich, wie er und Tristan den Mann verhört hatten. Die Katalogmünze hatte sich nicht irgendwo an seinem Körper befunden, wie sie es vermutet hatten, sondern in seinem Mund, einem Charonspfennig gleich, den man unter der Zunge versteckte, um den Fährmann für die Überfahrt ins Totenreich zu bezahlen. Als der Gerichtsarzt den Mund des Mannes untersucht hatte, hatte er allerdings noch etwas anderes zwischen den Zähnen gefunden:

Eine goldene Biene.

ALLE WARTETEN BEREITS in der Sternwarte.

Tristan schritt auf und ab und drehte dabei ein Gänseblümchen mit goldfarbenen Blütenblättern zwischen den Fingern, ein Prototyp für die Sommerdekorationen des Hotels unter dem Motto »Die Hand von Midas«. Zofia saß im Schneidersitz, ein Streichholz zwischen den Lippen und mit Ascheresten auf dem schwarzen Kittel. Enrique hatte sich über ein Buch gebeugt, durch das er mit Glacéhandschuhen blätterte. Laila lehnte sich auf ihrer Chaiselongue zurück. Ihr Haar war elegant zurechtgemacht, und sie trug ein taubengraues Kleid mit perlenbesetztem Kragen. Träge wirbelte sie mit einer schwarzen Schnur herum. Séverin sah genauer hin. Keine Schnur … ein Schnürsenkel. Normalerweise achtete er weniger auf die Wahl anderer Leute Schuhwerk, aber er war sich ziemlich sicher, dass dieser zu Hypnos' Schuhen gehörte. Laila fing Séverins Blick auf und lächelte verschwörerisch. Sie las Hypnos' Gegenstände. Séverin erwiderte das Lächeln.

»Wo ist Hypnos?«, fragte er und sah sich um.

»Wer weiß.« Tristan machte ein grimmiges Gesicht. »Müssen wir auf ihn warten?«

»Da er unsere Identitäten und Einladungen hat – ja. Das ist das Einzige, was uns noch fehlt.«

Wie auf Kommando flog die Tür auf, und herein kam Hypnos, in grünem Anzug und mit smaragdbesetzten Schuhen.

»Ich habe Geschenke mitgebracht!«, verkündete er.

Ohne von seinem Buch aufzusehen, sagte Enrique: »*Timeo Danaos et dona ferentes.*«

Alle fünf sahen ihn fragend an.

»Was?«, fragte Zofia.

»Das ist aus der *Aeneis*«, erklärte Enrique. »›Ich fürchte die Griechen, auch wenn sie Geschenke bringen.‹«

»Ich bin kein Grieche.«

»Kommt aber aufs Gleiche raus.« Enrique schmunzelte.

»Sind das unsere Einladungen?«, fragte Laila und sah auf die goldenen Karten in Hypnos' Hand.

Hypnos breitete sie auf einem kleinen Tisch aus. »Eine für jeden von euch. Außer für Tristan, der ohnehin vor Ort sein wird, um die Landschaftsgestaltung zu übernehmen. Ich habe es so eingerichtet, dass ihr mit euren Einladungen am Freitag passend zum Mitternachtsmahl hineingelangt. Am Samstag um Mitternacht werdet ihr das Grundstück wieder verlassen, da der Sonntag den Ordensmitgliedern vorbehalten ist.«

»Sehr gut«, meinte Séverin. »Kurz und schmerzlos.«

»Die erste Einladung geht an unseren nicht mehr ganz so jungen fernöstlichen Fachmann für Blumen, der extra aus China angereist ist: Monsieur Chang.«

Hypnos reichte Enrique eine goldene Karte.

Enrique nahm sie nicht entgegen, sondern starrte sie an, als handelte es sich um eine Krankheit. »Bist du verrückt?«

»Ich bin Hypnos.«

»Tja, aber *ich* bin kein Chinese. Ich bin halb Filipino, halb Spanier.« Enrique nahm die Karte. »Das ist wirklich beleidigend!«

Hypnos zuckte mit den Schultern. »Aber auch ungemein praktikabel. Die Matriarchin von Haus Kore hat eine Schwäche für alles, was mit China zu tun hat. Die nächste Einladung geht an unser Nautch-Mädchen, eine prickelnde Bereicherung für die Tanztruppe des Abends.«

Séverin schüttelte den Kopf. Laila mochte als L'Énigme auf der Bühne des Palais auftreten, aber er wusste, dass ihr das Tanzen – die traditionelle Art, die man sie in Indien gelehrt hatte – heilig war. Mit erhobenem Kopf nahm Laila die Karte entgegen, doch auf ihrem Gesicht spiegelte sich Abscheu.

»Da die Tänzerinnen aber eigentlich erst am Morgen nach der Eröffnung der Festivitäten anreisen, wirst du dich zuerst als Dienstmädchen von Haus Nyx ausgeben müssen.«

Laila nickte und presste die Lippen aufeinander. »Ergibt Sinn ...«

»Nein! Tut es nicht! Warum muss sie so tun, als wäre sie eine Ordensdienerin?«, fragte Tristan und sprang auf. »Sie ist kein Teil des Ordens! Niemand von uns ist das!«

»Tristan, Schätzchen«, säuselte Laila gefährlich ruhig. »Wenn du dich in das Gefecht einer Frau stürzt, stürzt du dich vor ihr Schwert.«

Mit hochrotem Kopf setzte Tristan sich wieder hin.

»Nein, wie *herzallerliebst*!«, sagte Hypnos. »Ich nehme an, du möchtest nicht, dass man sie mit jemandem wie mir in Verbindung bringt. Verständlich. Nun ja ... jedenfalls wäre es nicht klug, alle Hilfsmittel, die ihr gegebenenfalls braucht, auf einmal hineinzuschmuggeln. Ich denke, es wäre weitaus besser, die Bürde aufzuteilen. Wie sagt man so schön? Reite nicht nur auf einem Pferd?«

Enrique verdrehte die Augen. »Es heißt: Setz nicht alles auf ein Pferd.«

»Das klingt doch langweilig! Meine Version gefällt mir viel

besser«, sagte Hypnos. Er zog die nächste goldene Karte hervor. »Die nächste Einladung geht an unseren Regierungsvertreter, Claude Faucher. Keine Sorge – alle Gäste sind dazu angehalten, Masken zu tragen, und soweit ich weiß, bin ich ohnehin der Einzige im Orden, den es interessiert, wie du aussiehst.«

Séverin nahm die Einladung entgegen und unterdrückte einen Anflug von Erleichterung und Schuldgefühlen, und – gegen seinen Willen – von blanker Wut. In der ganzen Zeit und nach allem, was er getan hatte, würdigte der Orden ihn nicht eines Blickes. Die Schuldgefühle überwogen jedoch. Die algerische Abstammung mütterlicherseits war nur ansatzweise in seinen Zügen zu erkennen, im Großen und Ganzen kam er immer als Franzose durch. Andere hatten diesen Vorteil nicht.

»Und zum Schluss noch eine Einladung an die russische Baroness Sophia Ossokina.«

Zofia sah sich im Raum um, obwohl Hypnos ihr die Karte entgegenstreckte. »Ich?«

»*Oui.*«

»Ich soll eine *russische* Baroness sein?«

Zofia mochte zwar den Kopf in den Wolken tragen, was Politik betraf, aber unter Zar Alexander hatte Russland für Juden nicht viel übrig, und *sie* hatte für Russland nicht viel übrig.

»Du wirst umwerfend sein«, sagte Hypnos und warf ihr die Einladung in den Schoß.

Mit nunmehr leeren Händen schaute Hypnos auf die anderen hinab, unsicher, was er tun sollte. Er verschränkte die Hände hinter dem Rücken – was lächerlich kindisch wirkte. Bei Tageslicht betrachtet sahen seine smaragdbesetzten Schuhe nicht mehr nach Klasse, sondern eher nach Kitsch aus. Alles an ihm war exakt aufeinander abgestimmt. Aber es nützte alles nichts, wenn man sich in seiner Kleidung wohlfühlte, nicht jedoch in seiner eigenen Haut.

Niemand sah Hypnos an. Oder bedankte sich bei ihm. Séverin verstand das. Die Einladungen mussten ihnen wie blanker Hohn vorkommen. Aber er verstand auch, was Hypnos sich dabei gedacht hatte. Er hatte sich bloß Mühe gegeben, dass alle das Château de la Lune ohne Schwierigkeiten betreten konnten.

»Wenn ihr das Klischee erfüllt, werden sie nicht genauer hinsehen. Wenn ihr Wut verspürt, nutzt sie als Antrieb«, sagte Séverin und sah alle der Reihe nach an. »Vergesst nie, dass man Leute mit genug Macht und Einfluss nicht einfach übersieht. Sie werden schon bald auf euch aufmerksam werden.«

Er schaute Hypnos nicht an, merkte aber, wie er sich etwas entspannte.

»Also … was das Château betrifft«, sagte Séverin und rief den Lageplan als Hologramm auf. Die anderen beugten sich eifrig vor.

Hypnos klappte die Kinnlade herunter. »Woher habt ihr den?«

»Ich habe da so meine Quellen«, sagte Laila und lächelte.

»Ein Vorteil ihrer Legion von liebeskranken Männern«, warf Séverin schnell ein. Er wollte jetzt nicht über Lailas Verehrer reden. »Also … das Landhaus an sich hat nichts, was wir nicht schon mal gesehen hätten. Es gibt zwei Salons, eine große Festhalle, eine Küche, ein Speisezimmer, eine Kapelle, eine Krypta und eine Stiefelkammer. Die Matriarchin von Haus Kore hat spezielle Treppen schmieden lassen, die zum Dienstbotenflügel führen. Die könnten zu einer Herausforderung werden.«

Das Château selbst befand sich auf einem knapp fünfzig Hektar großen Grundstück und war von mehreren kleineren Gebäuden umgeben. Violette Quadrate repräsentierten die Gärten: Obstgärten für Winter und Frühling. Ein Stern markierte das Observatorium, ein Blatt das Gewächshaus – ein riesiges Gebäude –, und eine Handvoll blauer Kreise standen für die Springbrunnen. Ein rotes X zeigte an, wo die Bibliothek lag – der Zielort, an dem das Auge des Horus versteckt war.

»Das sind die Hauptschauplätze«, sagte Séverin. »Tristan, du warst als Einziger von uns schon mal dort. Du hast erzählt, dass sich gewisse Dinge je nach Jahreszeit ändern, zum Beispiel die Anordnung der Zelte und der Vorführungspavillons. Diese hier …« – er deutete auf die abwechselnd rot und schwarz aufleuchtenden Striche in den Gebäuden – »zeigen die Positionen der eingesetzten Wachen. Insgesamt hundert bewaffnete Männer und Frauen. Haus Kore bezahlt extra dafür, dass die Wachen alle acht Stunden ausgewechselt werden. Zwanzig kommen. Zwanzig gehen. Vermutlich, damit niemand lang genug dort ist, um auf dumme Gedanken zu kommen.«

Enrique pfiff durch die Zähne. »Hundert Wachen? Ich habe ja nichts dagegen, ein Fest mit Löchern im Gedächtnis zu verlassen – was meinen *Körper* betrifft, verhält sich das jedoch ein bisschen anders. Ich wollte eigentlich nicht in den Katakomben enden.«

»Du gehst davon aus, dass die Gewehre geladen sind«, sagte Séverin.

»Sind sie das denn nicht?«

»Nur die Hälfte, laut unseres Spitzels bei der Polizei. Ratet mal, welche beiden Orte am besten bewacht werden?«

»Bibliothek und Gewächshaus«, mutmaßte Zofia.

»Korrekt.«

Das waren die beiden Dinge, auf die Haus Kore am meisten Wert legte. Die außergewöhnlichen Gärten und die umfangreiche Sammlung an Kunstschätzen.

»Das wussten wir aber vorher schon«, bemerkte Enrique.

»Auch korrekt«, sagte Séverin. »Was wir aber nicht wussten, war, dass die eine Hälfte der Wachen – die vor der Bibliothek – nur Platzpatronen in den Gewehren hat.«

Enrique zog eine Augenbraue in die Höhe. »Und die vorm Gewächshaus?«

»Komplett geladen.«

»Laut Katalogmünze befindet sich das Horusauge aber in der Bibliothek«, sagte Laila. »Warum bewachen sie dann das Gewächshaus?«

»Diese Frage können wir nur beantworten, wenn wir Zugang zum Gewächshaus bekommen. Tristan?«

Tristan hatte sich bisher merkwürdig still verhalten. Nun aber sah er Séverin an. Seine Augen waren gerötet, und sein Lächeln schien aufgesetzt.

»Dafür kann ich sorgen«, sagte er. »Mit der Hilfe meines lieben Freundes, dem alten ehrbaren Botaniker, Monsieur Ching.«

Enrique stöhnte auf. »Oh, Mann! Es heißt *Chang*! Moment mal ... warum verbessere ich das überhaupt?«

»Was ist mit den Gewehren?«, fragte Hypnos.

Zofia winkte ab. »Meine Erfindungen sind denen überlegen.«

»Und wie kommen wir wieder *raus*?«, fragte Enrique.

»Das überlasst ruhig mir«, sagte Hypnos. »Ich kann mich auf eine Ordensvorschrift berufen, sodass die Matriarchin in ihren am besten gesicherten Räumen etwas für mich hinterlegen muss. Sie wird nicht erfahren, was es ist, dementsprechend könnt ihr mir geben, was auch immer ihr braucht. Fluchtkleidung et cetera.«

»Gut. Aber was ist mit unseren Hilfsmitteln?«, fragte Enrique. »Wir können da nicht einfach bis an die Zähne bewaffnet reinspazieren.«

»Das stimmt«, sagte Zofia besorgt.

»Leider weiß ich dafür auch keine Lösung«, seufzte Hypnos. »Die Matriarchin ist zwar gezwungen, dieses Fest auszurichten, um den Schein zu wahren, trotzdem wird sie, was die Sicherheit betrifft, kein Risiko eingehen, nachdem man ihr den Ring gestohlen hat. Die Eingänge werden alle mit Veritgestein ausgestattet sein. Für Waffen gibt es kein Durchkommen. Außerdem werden auch Sphinxe vor Ort sein.«

Bei diesen Worten musste Laila grinsen.

Sie zwinkerte. »Verlasst euch auf die Torte.«

Séverin nickte. Er wusste genau, woran Laila gearbeitet hatte, um die Sicherheitsmaßnahmen im Haus Kore zu umgehen.

Hypnos jedoch schaute entsetzt drein. »Hab Mitleid mit meiner Figur, *ma chère*.«

Es war ein dummer Kommentar, der nichts mit Lailas Plan zu tun hatte. Vielleicht entlockte er Séverin genau deshalb ein Lächeln. Hinter ihm verzog Tristan gequält das Gesicht.

Séverins Anflug von Humor verschwand.

Er hatte Tristan versprochen, dass der Orden nicht an sie herankommen würde.

Und jetzt sah sich das einer an ... Hypnos – der sich ein Plätzchen von dem Teller nahm, den Laila bestückt hatte. Hypnos – der lächelte und seine ungleichmäßigen Grübchen zeigte. Séverin kannte dieses Lächeln noch aus ihrer gemeinsamen Kindheit. Hypnos – der mitten unter ihnen saß und sie zum Lachen brachte, und das alles, obwohl Séverin mit diesem Schwurtattoo gezeichnet war, das sich wie ein Dolch in sein Herz bohrte.

Hypnos biss in das Plätzchen und nickte Laila wohlwollend zu. »Ein hervorragender Plan! Jetzt können wir alle ...«

Séverin lief es kalt den Rücken hinunter. »Es gibt kein ›Wir‹.«

Seine vier Verbündeten tauschten verwirrte Blicke aus.

Er musste wohl deutlicher werden. »Hypnos, du nimmst unseren Dienst in Anspruch, zum gegenseitigen Nutzen. Du bist keiner von uns.«

Langsam legte Hypnos das angebissene Plätzchen nieder. Ein distanzierter Ausdruck trat in seine Augen. Als er aufstand, sah er niemanden von ihnen an, sondern klopfte imaginäre Krümel von seinem edlen Anzug.

»Nun, angesichts der Tatsache, dass wir uns in einer Geschäftsbeziehung befinden, denke ich, es ist in beiderseitigem Interesse, wenn ich Informationen über die Fortschritte erhalte. Demnach werde ich mich auch weiterhin danach erkundigen«, sagte er eisig. »Ich sehe euch dann in drei Tagen im Château de la Lune. Ach, und Séverin – du warst doch noch nie bei einer Ordensveranstaltung, nicht wahr?«

Das wusste Hypnos genauso gut wie er selbst. Es war ein kleiner, wohlplatzierter Seitenhieb. Er gehörte zum inneren Kreis, während Séverin stets das Waisenkind bleiben würde, das nach einem Schlupfloch suchte, um hineinzugelangen. Es war überflüssig, Hypnos' Aussage zu bestätigen.

»Ich sollte dich vorwarnen. Du wirst das Gefühl haben, zum ersten Mal das Tageslicht zu erblicken«, sagte Hypnos und verzog den Mund zu einem Lächeln. »Und solltest du versagen oder dich erwischen lassen, wird es auch das letzte Mal sein.«

TEIL III

BRIEF DER MATRIARCHIN DELPHINE DESROSIERS VON HAUS KORE

an ihre Schwester, Comtesse Odette, anlässlich ihrer
Amtseinsetzung durch den Orden von Babel

Liebste Schwester,

ich freue mich sehr auf euren Besuch und kann es kaum er-
warten, meinen neuen Neffen kennenzulernen. Du frag-
test, wie ich mich fühle, nachdem mir die Verantwortung für
unser Haus in die Hände gelegt wurde, und ich muss geste-
hen, es sind mehrere Dinge zugleich. Einerseits erfüllt mich
die heilige Pflicht, die mir anvertraut wurde, mit Ehrfurcht.
Gleichwohl empfinde ich eine gewisse Beunruhigung ... Er-
innerst du dich an das Gefallene Haus? Der Name desselbi-
gen wurde aus den Annalen getilgt und seitdem ist es nur
mehr bekannt als das Gefallene Haus. Vater sagte, es sei un-
gefähr zur Zeit meiner Geburt in Ungnade gefallen, und er
zeigte mir einen Brief, den er von dem später hingerichteten
Patriarchen erhalten hatte. Eine Erinnerung daran, dass wir

183

die Reichweite dessen, was wir hüten, nicht ermessen können. Und seine Worte lassen mich nicht los, liebe Schwester, denn er schrieb:

»Sosehr wir das Fragment des Westens vor der Öffentlichkeit schützen, so komme ich doch nicht umhin mich zu fragen, ob wir nicht ebenso die Öffentlichkeit vor dem Fragment schützen ...«

Zofia

Zofia hatte die Angewohnheit, laut vor sich hin zu rechnen. Mathematik beruhigte sie, lenkte sie ab.

»Zweihundertzweiundzwanzig zum Quadrat ist neunundvierzigtausendzweihundertvierundachtzig«, murmelte sie, während sie die Stufen aus Marmor hochstieg.

Die goldene Einladung in ihrer Hand leuchtete wie eine dem Feuer geraubte Flamme. Mit dem Finger fuhr sie über die geschwungenen Lettern: *Baroness Sophia Ossokina.*

»Siebenhunderteinundneunzig zum Quadrat ist ...« Sie runzelte kurz die Stirn. »Sechshundertfünfundzwanzigtausendsechshunderteinundachtzig.«

Sie war wohl ein bisschen eingerostet. Fast fünfzehn Sekunden hatte sie gebraucht, um das auszurechnen. Mittlerweile sollte sie sich besser fühlen.

Tat sie aber nicht.

In einer Stunde fuhr der Zug ab, der sie zum Château de la Lune bringen würde, und um Mitternacht säßen sie bereits beim Eröffnungsmahl. Bei bisherigen Akquisitionsmissionen hatte sie lediglich ein paar Textzeilen auswendig lernen müssen, um sich als eine andere auszugeben. Dieses Mal war damit nicht zu vergleichen. Sie würde die ganze Zeit mitten auf dem Präsentierteller stehen. Was ihr leichter fiele, wäre sie einfach nur eine Zahl für sich. Doch mit Séverin und den anderen war sie Teil einer Gleichung: Scheiterte sie, waren auch die anderen zum Scheitern verurteilt. In der Waagschale lagen Séverin, Enrique, Laila und das ganze Gewicht ihrer Hoffnungen. Dazu Hela, die die Gouvernante für ihre verzogenen Cousins spielte und auf die Freiheit wartete. Und die Szene, die immer wieder vor ihrem inneren Auge auftauchte, ihr Traum, an den sie sich klammerte: eine Straße hinunterzulaufen in dem Gefühl, so zu sein wie alle anderen.

Mit feuchten Handflächen schritt sie durch den Flur bis zu Lailas Gemächern. Sie hatte Laila dort erst einmal besucht und es hatte ihr nicht gefallen. Zu viele intensive Gerüche und Farben. Nicht wie die Küche mit ihren verschiedenen cremefarbenen Schattierungen. Noch bevor sie klopfen konnte, öffnete Laila die Tür. Wie immer mit einem strahlenden Lächeln.

»Bist du bereit?«

Eine Parfümwolke stieg ihr in die Nase. Unwillkürlich trat Zofia einen Schritt zurück, verzog das Gesicht und duckte sich wie ein in die Enge getriebenes Tier.

Laila ließ die Tür offen stehen und verschwand erneut im Zimmer. Weder bat sie Zofia hinein, noch wartete sie eine Antwort ab. Von außen konnte Zofia nur einen kleinen Ausschnitt des Zimmers erkennen. Einen Hauch grüner Seide an den Wänden. Leinenvorhänge vor einem der Fenster, sodass gerade genug Licht ins Zimmer fiel. Nahe der Türschwelle stand ein kleiner Jadetisch. Und darauf ... ein vollkommen rundes, helles Plätzchen.

Zofia machte einen Schritt nach vorne und nahm sich das Plätzchen. Eigentlich wollte sie sofort wieder umkehren, doch dann fiel ihr Blick auf den Toilettentisch. Laila war von Natur aus eher unordentlich. Einmal hatte Zofia versucht, Ordnung in der Küche zu schaffen, musste aber aufgeben, nachdem Laila angedroht hatte, keine Desserts mehr zuzubereiten. Als sie das letzte Mal in Lailas Gemächern gewesen war, hatte Zofia ein völliges Tohuwabohu vorgefunden: Kosmetiktiegel auf dem Boden, an Leuchtern baumelnder Schmuck, das Bett nicht nur ungemacht, sondern auch noch schräg zur Wand stehend, weil Laila es mochte, *vom Sonnenlicht im Gesicht geweckt zu werden.* Zofia hatte das kalte Grausen gepackt.

Jetzt aber sah es hier anders aus. Sie reckte den Kopf weiter vor. Die Tiegel und Tuben auf dem Toilettentisch waren alle fein säuberlich aufgereiht, der Abstand zwischen ihnen gleich groß, genau wie sie selbst es gemacht hätte. Bis auf eine Ausnahme. Ein geradezu ungehörig großes Fläschchen stand in der Mitte einer ansonsten wunderschön abfallenden Linie. Zofia juckte es in den Fingern, es sofort umzustellen.

Links von ihr zupfte Laila an einem langen schwarzen Kleid herum. Auf einer niedrigen Truhe neben dem Toilettentisch lag ein zweites helles Plätzchen. Argwöhnisch betrat Zofia den Raum nun ganz, tapste bis zum zweiten Butterplätzchen und steckte es in den Mund. Jetzt fühlte sie sich … nicht mehr so schlecht. Möglicherweise lag das an dem Plätzchen.

»Ich bin fast fertig mit der Auswahl deiner Garderobe«, sagte Laila. Auf einmal saß sie im Schneidersitz auf dem Boden und bauschte die Schleppe des Kleides auf. »Zwischen dem Mitternachtsmahl am Freitag und dem Mitternachtsball am Samstag wirst du vier Garderobenwechsel brauchen. Und natürlich kannst du deine Kleider in der Zwischenzeit mit jeglichen zündenden Extras ausstatten, die dir so einfallen. Ich denke, das sollte alles in dein Reisegepäck passen.«

Zofias Gepäck war mehr fahrende Werkstatt als alles andere. Komplett verschlossen sah es aus wie ein Stapel lederner Koffer. Öffnete man die »Koffer« jedoch, stellte man fest, dass sie alle zusammenhingen und so geschmiedet waren, dass sie in verschiedenen Fächern einen Chemiebaukasten, Dietriche, Gussformen, Kieselgur, Eisenfeilspäne und eine Auswahl an Säuren enthielten ... und Kleider. Ein kleines kostbares Stückchen Verit am Boden machte das Ganze unauffällig für die Detektoren von Haus Kore.

»Du wirst das schon machen«, sagte Laila leise. »Du hast das Zeug zu einer Baroness. Jetzt musst du nur noch selbst daran glauben.«

Dann nahm sie das Kleid vom Bügel und kam auf Zofia zu. Zofia wich zurück und dachte an die Frauen im Foyer, die immer wirkten, als fühlten sie sich unwohl, während sie in ihren eng geschnürten Korsetts und unbequemen Schühchen über alberne Bemerkungen lachten.

»Na los, probier es mal an«, sagte Laila. »Mein Couturier bei La Maison Worth hat es extra für dich anfertigen lassen. Dahinten ist ein Paravent, da kannst du –«

Doch da band Zofia bereits ihre Schürze los, zog die Schuhe aus und schälte sich aus ihren Kleidern.

Laila lachte und schüttelte den Kopf. »Oder so.«

Den Tonfall kannte Zofia gut. Ihre Mutter hatte ihn ständig an den Tag gelegt, wenn sie fand, dass Zofias Benehmen jeglichen Anstand vermissen ließ. ›Vermissen‹. Einer dieser Ausdrücke, die nicht recht passten. Als hätte Zofia sich von ihrem Anstand trennen müssen, und nun weinten ihm alle bitterlich hinterher. Dabei hatte sie erst mühsam lernen müssen, was Anstand überhaupt bedeutete. Sich öffentlich ausziehen? Schlecht. Zu Hause? In Ordnung. Das hier war doch jemandes Zuhause, warum also nicht? Zu viel Stoff engte sie so oder so ein. Sie verstand auch nicht, weshalb sie sich für ihren Körper schämen sollte. Schließlich war er nur ein Körper.

Trotz allem vermisste sie die Seufzer ihrer Mutter. Nachdem

ihre Eltern beim Brand ihres Wohnhauses ums Leben gekommen waren, hatte Hela alles getan, damit ihre Tage nicht nur von Trauer erfüllt waren. Doch durch die Ritzen in ihrem Leben sickerte immer etwas hinein.

»Sag Bescheid, wenn es dir die Luft abschnürt«, ächzte Laila, während sie das Mieder festzog.

»Nenn mir einen guten Grund für Korsetts.«

»Mode, meine Liebe, lässt sich nicht mit Vernunft erklären. Genauso wenig wie das Universum.«

Zofia wollte protestieren, konnte jedoch nur nach Luft schnappen.

»Eng genug«, verkündete Laila. »Arme hoch.«

Zofia gehorchte. Um sie herum schimmerte ein Meer aus schwarzer Seide. Am Saum schäumten vollkommen runde schwarze Perlen aus Gagat wie Wellen, derart geschmiedet, dass sie auf und ab wogten. Das Muster faszinierte sie.

»Unentdeckt bis 1746 von d'Alembert.«

Laila hielt inne. »Ich kann dir nicht ganz folgen.«

»Na, Wellen.« Zofia deutete auf die Perlenstickerei. »In der klassischen Physik gibt es viele Arten von Wellen. Perfekte hyperbolische partielle Differenzialgleichungen. Es gibt Schallwellen, Lichtwellen, Wasserwellen …«

Während Zofia über Wellen dozierte, vergaß sie das Zimmer um sich herum. Ihr Vater, Physikprofessor in Głowno, hatte ihr beigebracht, in allem die Schönheit der Mathematik zu erkennen. Selbst den Effekt von Wellen in etwas so Komplexem wie einem Musikstück. Sie nahm nicht wahr, wie Laila die Schnüre des Korsetts noch einmal zurechtzog, ihr Schuhe überstreifte oder an ihren Haaren zupfte.

»… und nicht zu vergessen die Longitudinal- und Transversalwellen.« Sie schaute auf. Doch starrte sie nicht in Lailas Gesicht, sondern in ihr eigenes, zurückgeworfen von einem Spiegel. Sie sah nicht aus wie sie selbst: schwarz umrandete Augen, Rot auf Lippen und Wangen. Ein Diadem mit grauen Perlen und einer weißen Feder im kunstvoll aufgesteckten Haar. Sie sah aus wie die Frauen unten im Foyer. Zofia betastete ihre elegante Hochsteckfrisur.

»Sie sehen bezaubernd aus, Baroness Sophia Ossokina.«

Zofia beugte sich vor, betrachtete ihr Spiegelbild. Sie mochte aussehen wie die Damen im Foyer, aber das entsprach ganz und gar nicht ihrem Wesen. Laila hingegen, mit ihrer wellenhaften Eleganz ...

»*Du* solltest dieses Kostüm tragen.«

»Das geht nicht«, entgegnete Laila leise. »Denk dran, was Séverin gesagt hat: Wenn du das Klischee erfüllst und dich den Erwartungen der Leute entsprechend kleidest, dann schauen sie nicht so genau hin, wenn du sie bestiehlst. Allerdings wünschte ich, ich müsste mich nicht als *Nautch-Mädchen* ausgeben.« Bei diesem Ausdruck verzog sie den Mund. »Nautch-Mädchen waren ursprünglich heilige Tempeltänzerinnen. Da, wo ich herkomme, ist Tanz ein Ausdruck des Göttlichen.«

»Wie im Palais des Rêves?«

Laila schnaubte. »Nein, überhaupt nicht wie im Palais. Das bin gar nicht ich auf dieser Bühne da. Und selbst wenn, niemand verdient eine Zurschaustellung meines Glaubens.«

Zofia zupfte an den Fingern ihrer Handschuhe. Die richtigen Worte verdrehten sich auf ihrer Zunge. Laila sah sie besorgt an und legte ihr die Hand an die Wange.

»Oh, Zofia, sei nicht traurig. Jeder verbirgt etwas.«

ZOFIA STIEG ALS Erste in den Zug.

Irgendwie hatte Séverin es arrangiert, dass Zofia, Enrique und er nebeneinandergelegene Abteile erhalten hatten. Der Rest reiste auf anderem Wege an. Tristan war bereits gestern zum Landsitz Haus Kores aufgebrochen, um sich um die Außenanlagen zu kümmern, und Laila fuhr mitsamt einer gigantischen Torte bei Hypnos im Gefolge von Haus Nyx mit. Sie sollten zur gleichen Zeit am Château de la Lune ankommen.

Sobald Zofia in ihrem Abteil angelangt war, riss sie die Samtvorhänge zur Seite. Alleine der Anblick des überfüllten Bahnsteigs und der Dampfschwaden, die aus den Lokomotiven aufstiegen, verursachte ihr Bauchschmerzen. Der Geruch angebrannter Speisen aus Imbissständen stach ihr in die Nase, und beim Betrachten der geschmiedeten Plakate, die über den Bahnsteig schwebten und die verschiedenen Attraktionen der Weltausstellung anpriesen, verspürte sie nichts als Langeweile. In wenigen Tagen war die offizielle Eröffnung.

Abwesend zupfte Zofia an vereinzelten losen Fädchen am Ärmel ihres Kleids. Quer über ihrem Schoß lag der Gehstock, den sie für Enrique geschmiedet hatte. Er war aus poliertem Ebenholz, innen hohl, und der Knauf stellte einen Adler mit ausgestreckten Flügeln dar. Sie seufzte und wünschte, sie hätte wenigstens ihre Tafel dabei. Außer auf Séverin und Enrique zu warten, gab es für sie nichts zu tun. Träge zählte sie die geschliffenen Kristalle des Kronleuchters: einhundertzwölf. Die goldenen Knöpfe in den gesteppten Sitzpolstern aus Satin: siebzehn. Sie war drauf und dran, sich auf den Teppich zu setzen, um die Fransen zu zählen, als sich die Tür zu ihrem Abteil öffnete.

Vor ihr stand ein alter, buckliger Mann mit Altersflecken auf der Glatze. Auf der Schwelle hielt er inne und vollführte eine tiefe Verbeugung.

»Na, was sagst du? Fast drei Stunden hat es gedauert, meine überirdische Schönheit zu übertünchen.«

Zofia blinzelte überrascht. »*Enrique?*«

»Zu Ihren Diensten –« Er sah sie prüfend an. Zofia wäre am liebsten zwischen den Polstern versunken.

Sei wie Laila, flüsterte eine Stimme in ihrem Kopf.

Sie setzte sich aufrecht hin, erwiderte Enriques Blick, hob ganz leicht einen Mundwinkel, senkte den Kopf … Halt, so konnte sie nichts sehen … Oh, und Laila zog manchmal eine Schulter hoch –

»Was in aller Welt machst du da?«

»Ich imitiere menschliches Kokettierverhalten.«

»Wie bitte? Du kokettierst? Mit … *mir*?«

Zofia runzelte die Stirn. Wie kam er denn *darauf*? Sie hatte lediglich gesagt, dass sie das Verhalten anderer imitierte.

»Möglicherweise muss ich noch an der Methodik arbeiten. Ich habe Frauen auch das hier tun sehen. Besser so?«

Sie lehnte sich zurück, und als würde sie etwas davon entfernen wollen, fuhr sie langsam mit der Zunge über ihre Oberlippe.

Enrique blinzelte und schüttelte den Kopf.

Kopfschütteln bedeutete Nein.

Zofia zuckte mit den Schultern. »Na schön, ich werde später weiterüben.«

»Du … brauchst gar nicht mehr so viel Übung.« Enriques Stimme klang etwas tiefer als sonst und er sah ihr nicht ins Gesicht. Sie musste sich furchtbar angestellt haben.

Enrique nahm ihr gegenüber Platz. Wegen des Buckels musste er sich etwas vorbeugen. Im hereinfallenden Sonnenlicht zeigte sich eine hauchfeine Naht entlang seiner Wangen, einziges Anzeichen für seine geschmiedete Maske.

»Sobald es dunkel ist, wird man nichts mehr von der Maske sehen«, sagte Enrique und betastete sein Gesicht. »Das habe ich ausprobiert. Außerdem werde ich nicht raus ins Tageslicht müssen. Offenbar ist mein Botaniker-Alter-Ego nachtaktiv.«

»Das sind Stinktiere auch.«

»Na prächtig.«

In diesem Moment fuhr der Zug mit einem Ruck an. Der Spazierstock auf Zofias Schoß kam ins Rollen. Schnell hielt sie ihn fest und warf ihn dann Enrique zu.

»Der ist für dich.«

Enrique fing ihn auf. »Ist das eines meiner Requisiten?«

»Es ist eine Bombe.«

Erschrocken ließ Enrique den Stock beinahe fallen.

»Vorsicht«, warnte Zofia.

»Eine *Bombe*? Meinst du nicht, du hättest mich vorwarnen sollen?«

»Es ist eine Schein-Bombe.«

»Also eine Attrappe?«

»Nein, im Sinne von Lichtschein. Sie strahlt sehr viel Licht aus.«

»Aha.«

Zofia zeigte auf den Stab. »Innen ist er hohl. Er enthält eine pyrotechnische Mischung aus Metallpulver und Oxidationsmittel, genauer: Magnesium und den Oxidator Ammoniumperchlorat.«

»Und was in drei Teufels Namen soll das bedeuten?«

»Wenn du ihn irgendwo gegenstößt, explodiert er.«

»Klingt übel.«

»Dabei entsteht ein Lichtblitz, der deinen Gegner für die Dauer einer Minute das Augenlicht verlieren lässt. Gebrauch ihn nur im Notfall.«

»Keine Sorge, das habe ich schon in dem Moment beschlossen, als du das Wort ›Bombe‹ erwähnt hast.« Enrique streifte sich sein Sakko ab. Darunter kam der angeschnallte Buckel zum Vorschein. Diese Prothese hatte Zofia letzte Woche hergestellt, nachdem Séverin einen veritabweisenden Behälter entworfen hatte.

»Gib mir mal das Gefäß da«, sagte sie und deutete auf den Buckel. Enrique wandte ihr lediglich den Rücken zu.

»Na los, schnell, gibs mir!«

Da fing Enrique an zu lachen.

Zofia legte den Kopf schief. »Ist rapide Zersetzung durch Säure etwa lustig?«

Abrupt hörte Enrique auf. Sein Körper versteifte sich und er machte ein Hohlkreuz, wie um so viel Platz wie möglich zwischen sich und den Buckel zu bringen. »Ist diese Säure etwa … da drin?«

Zofia nickte.

»Das hätte ich auch lieber gewusst, *bevor* ich mir das Ding auf den Rücken geschnallt habe.«

Da öffnete sich die Abteiltür erneut. Im Gewand eines Regierungsbeamten kam Séverin herein. Am Revers trug er in Gold das Mariannenemblem, Symbol der Dritten Französischen Republik.

»Danke für die Vorwarnung, dass ich mir hier ein Gefäß mit Säure auf den Rücken schnalle. Zofia wollte es übrigens gerade an sich nehmen und meinte zu mir: ›Na los, schnell, gibs mir.‹«

Séverin lachte auf.

Zofia verschränkte die Arme. Sie konnte es nicht ausstehen, wenn Witze gemacht wurden, die sie nicht verstand. Sie wünschte, Laila wäre hier.

»Was ist an Zersetzung so witzig?«

»Nichts.« Séverin wischte sich die Augen. »Das habe ich gebraucht. Na los, gib's ihr. Dann zeigt sie es dir mal so richtig.«

Nachdem beide ein erneutes Lachen unterdrückt hatten, schnallte Enrique vorsichtig den Buckel los und überreichte ihn Zofia. Sie zog eine der Haarnadeln aus ihrer Hochsteckfrisur und öffnete ihn vorsichtig damit.

»Oh, so eine könnte ich auch gebrauchen«, bemerkte Enrique.

»Hast du, in deinem Schuh«, unterbrach ihn Zofia. »Schlag die Hacken zusammen und sie kommt aus dem Absatz.«

Enrique stieß einen bewundernden Pfiff aus. »Gehstock, Säure. Jetzt das hier. Von dem, was du mit Zahlen anfängst, ganz zu schweigen. Zofia, ich mag, wie du denkst.«

Zofia hielt inne, die Haarnadel nach wie vor in der Hand. Noch nie hatte jemand so etwas zu ihr gesagt. Normalerweise war es gerade ihre Art zu denken, die sie in Schwierigkeiten brachte.

Skeptisch verzog sie das Gesicht. »Wirklich?«

Enrique lächelte. Ein echtes Lächeln. Das erkannte sie, weil er genauso lächelte, wenn Laila ihm eine zweite Portion Kuchen zuschob.

»Wirklich.«

Wirklich.

Zofia widmete sich wieder Haarnadel und Schloss, doch in ihrem Magen breitete sich ein wohliges Kribbeln aus. Mit einem leisen *Plopp* öffnete sich der Buckel und zum Vorschein kam ein in Samt eingefasstes Glasröhrchen.

»Piranhalösung«, erklärte Séverin. »Die musst du anwenden, wenn du als Monsieur Ching zum Gewächshaus –«

»Monsieur *Chang*!«

»*Chang*, Verzeihung. Auf jeden Fall beginnt das ganze Spektakel mit dir. Erzähl mir noch mal, was genau du tun wirst.«

»Das ist nicht meine erste –«

»Enrique.«

»Na gut.« Er verschränkte die Arme. »Wir kommen um kurz vor Mitternacht am Château de la Lune an. Hypnos, Zofia und du, *ihr* zieht los und amüsiert euch, wie Reiche das so tun, und obwohl ich ein ehrwürdiger Botaniker bin, der viele der sieben Weltmeere bereist hat und –«

»Enrique.«

»– jedenfalls treffen wir uns dann in deinem Gemach und gehen alles ein letztes Mal durch. Zwischen drei und vier Uhr morgens treffe ich mich mit Tristan im Gewächshaus. Dort öffnen wir den Säurebehälter – der sich offenbar in meinem Buckel befindet –, schlagen Alarm und sorgen dafür, dass das Gewächshaus abgeriegelt wird.«

Zofia gähnte. Das war alles nicht neu.

»So weit richtig.«

»Und damit wir nach der Anwendung von Zofias tödlicher Chemiekeule weiteratmen können, wird Tristan für uns beide Atemschutzmasken besorgt haben. Gegen acht Uhr abends treffen wir beide uns wieder dort und verlassen gemeinsam das Gelände.«

»Exakt.«

»Allerdings weiß ich nicht, warum du dich so auf das Gewächshaus versteift hast. Was glaubst du, befindet sich dort?«

»Also, zumindest kann es schon mal als sicherer Aufbewahrungsort für das Horusauge dienen«, antwortete Séverin. »Aber ich glaube, dass noch mehr dahintersteckt. Warum sonst sollten genau dort *alle* Waffen der Wachen geladen sein statt nur der Hälfte, so wie sonst überall? Das erscheint mir doch ein zu großer Zufall zu sein. Doch vor dem Mitternachtsmahl werde ich keine abstrusen Theorien aufstellen. Hypnos bringt irgendetwas Wertvolles mit. Sagt er zumindest. Nach den Regeln des Ordens kann er einfordern, dass ein Gegenstand, der für ihn von besonderem Wert ist, an den bestgeschützten Ort des Hauses gebracht wird.«

»In die Bibliothek«, bemerkte Zofia.

»Ganz genau. Die Matriarchin von Haus Kore wird keine Wahl haben: Was auch immer es ist, sie muss es sicher verwahren. Während Hypnos damit beschäftigt ist, werde ich ihn und die Matriarchin beschatten.« Séverin zog sein Döschen aus der Westentasche und warf eine Nelke in den Mund. »Zofia, erklär ihm noch mal, wie die Piranhalösung funktioniert.«

»Sie besteht aus Wasserstoffperoxid und Schwefelsäure. Der chemische Prozess ist recht einfach –«

»Nicht so, Zofia.«

Sie holte tief Luft und zeigte auf das Glasröhrchen. »Ich habe das Glas mit schwebendem Titan versetzt. Du musst das Röhrchen nur zerbrechen und im Gewächshaus nach oben, in Richtung Decke werfen. Es wird sehr langsam zu Boden sinken und auf dem Weg nach unten Säure verspritzen. Doch sobald du es einmal zerbrochen hast, berühre es auf keinen Fall noch mal. Es sei denn, du möchtest gerne zersetzt werden.«

Sie fing an zu lachen.

Die anderen beiden starrten sie an.

»Das fandet ihr doch auch so lustig vorhin? Zersetzen!«

Séverin seufzte. »Ach, Zofia.« Er warf einen Blick auf die Uhr und verzog den Mund. »Ich habe noch etwas zu erledigen. Wir sehen uns, wenn wir ankommen. Jeder wird eine eigene Kutsche haben.«

Als sie sich dem Château de la Lune näherten, erinnerte der silbrige Nebel Zofia an den Schimmer des Sator-Quadrats. Sie dachte an das Gefühl, als die Buchstaben sich hatten vor- und zurückschieben lassen, an die Zahlen, die eine vollkommene Kombination aus Einsen und Nullen gebildet hatten. Enrique hatte die Mathematik als Sprache des Göttlichen bezeichnet. Beim Gedanken daran, welche Macht erst das Horusauge innehätte, bekam sie eine Gänsehaut. Diese Macht war wohl nicht mit dem menschlichen Verstand zu erfassen. Doch so war das mit Zahlen. Sie waren nicht wie Menschen, die eine Sache sagten und eine ganz andere meinten. Sie waren nicht wie die unergründlichen Rätsel gesellschaftlicher Konventionen und Konversationen.

Zahlen logen niemals.

Séverin

Als Séverin elf Jahre alt wurde, gaben Neid und Clotilde sie ab. Tristan und Séverin zogen zu ihrem vierten Vater: Maßlosigkeit.

Maßlosigkeit war Séverins Lieblingsvater. Maßlosigkeit zog lustige Grimassen und erzählte noch lustigere Geschichten. Maßlosigkeit entsorgte Kleidung, die er nur einen Tag getragen hatte. Kuchen, an denen auch nur das Geringste auszusetzen war, schmiss er auf die Straße. Edelsteine verschwanden fast so schnell aus den Schaufenstern, wie er lächelte. Hinter seinem Namen steckte nicht mehr als ein angestaubter Adelstitel und ein bisschen Brachland außerhalb der Stadt. Das störte ihn aber nicht.

»Adel ist nur eine moderne Bezeichnung für Diebespack, meine kleinen Goldgruben. Ich verkörpere nur das, was mir von Geburt an mitgegeben wurde, versteht ihr?«

Er nannte Séverin und Tristan nicht beim Namen, weil er Kinder lieber so nannte, wie er sie sah. Aber Namen hin oder her, er gab ihnen regelmäßig zu essen, kümmerte sich um Privatlehrer und sogar um einen Schmiedekunstmeister für Tristan.

Tristan liebte Maßlosigkeit, weil er ihm jeden Abend Gedichte vorlas und ihm versprach, er könne die Welt so formen, wie es ihm gefiel. Séverin liebte Maßlosigkeit, weil er einen Hunger in ihm weckte.

Die Privatlehrer brachten ihm zwar Sprachen und Geschichte bei, aber Maßlosigkeit lehrte ihn, wie man sich richtig ausdrückte und woran man den Dialekt der Reichen erkannte. Er zeigte ihm, wie man sich mit jemandem anhand der Ausdrucksweise auf die gleiche Stufe stellen konnte, wie man Mahlzeiten bestellte und sie wieder zurückgehen ließ. Er lehrte ihn etwas über das Terroir von Wein und wie himmlisch ein Gericht war, das alle Sinne befriedigte.

»Es ist nicht nur das Fett, die Säure und das Salz, meine kleine Goldgrube. Man muss es mit den Augen verschlingen, den Geschmack mit dem Blick kosten. Und unterschätze nie, wie wichtig das Anrichten ist.«

Er brachte ihm bei, wie man aß und nach Dingen hungerte, die außer Reichweite lagen, und wie man stahl, ohne je auszusehen, als fehlte es einem an etwas. Er brachte ihm all seine Kniffe bei und alles, was er wusste, bis er eines Tages seinen abendlichen, fünfzig Jahre alten Tawny-Port mit einer Prise Rattengift zu sich nahm. Am Tage der Beerdigung stahl Séverin eine Flasche Champagner aus Maßlosigkeits Lieblingsrestaurant und stellte sie auf sein Grab.

Von all seinen Vätern dachte er an Maßlosigkeit am meisten.

»Siegreich auszusehen, meine kleine Goldgrube, ist schon der halbe Gewinn.«

SÉVERIN, ENRIQUE UND Zofia standen an den Türen der Eisenbahn. Draußen war es finsterste Nacht, ganz anders als die unschlüssige Mitternacht von Paris. Dort staute sich der Dunst, verschleierte mit den Gaslampen die Sterne und tauchte die Stadt in endlose Dämmerung. Hier konnte Séverin die Natur riechen. Das süßliche Gras und den Lehmboden, der Frühling war noch zu jung, um den Winter zu verdrängen.

Neben Séverin stand Enrique und befühlte seinen falschen Schnauzer.

»Seh ich nicht umwerfend aus?«, fragte Enrique, zupfte an seinem unechten Bart und tastete über die eingefallenen Wangen, Falten und Altersflecken. »Sei ehrlich.«

»›Umwerfend‹ ist ein dehnbarer Begriff. Ich würde eher sagen, dass du ›auffällig‹ bist. Oder dass es unmöglich ist, den Blick von dir abzuwenden.«

»Aaah. Wie bei der Sonne?«

»Ich hatte eigentlich eher an einen verunglückten Zug gedacht.«

Enrique gab ein verletztes *Hrmpf* von sich.

Nach zwei Jahren und zahlreichen Akquisitionen wusste Séverin mittlerweile, wie seine Gefährten mit Angst umgingen. Enrique trug eine Rüstung aus jederzeit einsetzbaren Scherzen. Zofia ertrug ihre mit mechanischer Ruhe, ließ den Blick durch das Eisenbahnabteil schweifen und suchte wahrscheinlich nach irgendetwas, das sie zählen konnte. Inmitten des Schweigens waren die Wünsche der beiden fast greifbar, dehnten sich vor ihm aus und hingen in der Luft.

Noch zwei Tage.

Zwei Tage, dann würden sie das Auge des Horus finden und an sich nehmen. Dann konnte Hypnos das Versteck des Babelfragments schützen – vielleicht sogar den gestohlenen Ring von Haus Kore wiederfinden – und Séverins Erbe wäre gerettet. Laternenlicht erleuchtete die schmutzigen Fenster und tauchte sie in flüssiges Gold. Séverins Narbe juckte. Er blinzelte und sah wieder das Bild der goldenen Honigbiene vor Augen, die man im Mund des toten Kuriers gefunden hatte.

Es klopfte laut an einer Abteiltür. Sein Signal, sich auf den Weg zu machen. Séverin tippte sich an den Hut, sah die anderen beiden jedoch nicht an, als er sagte: »Nach Mitternacht.«

Sie teilten sich auf und steuerten auf unterschiedliche Ausgänge und Kutschen zu. Ihre Wünsche glitten langen Schatten gleich voran.

ER WUSSTE, DASS sie sich Haus Kore näherten, als die Straße sich veränderte.

Sein Vater war mit ihm hierhergekommen, als er sieben Jahre alt gewesen war ... damals hatte Tante Delphine – wie er die Matriarchin von Haus Kore kennengelernt hatte – ihn zum Reiten mitgenommen. »Er ist wie ein Sohn für mich!«, hatte sie gesagt. »Natürlich bringe ich ihm das Reiten bei.« Sie hatte ihn festgehalten, sein Rücken an ihrer Brust, ihr Lachen in seinen Ohren. »Nächsten Sommer üben wir Springen. Na, wie klingt das?«

Aber es hatte keinen nächsten Sommer gegeben. Es hatte nichts mehr gegeben nach dem Tag, an dem sie den Erbfolgetest durchgeführt und seine Hand losgelassen hatte, als würde es sich dabei um fauliges Obst handeln.

»Tante?«, hatte er es noch versucht, aber sie hatte sich nur geschüttelt.

»So darfst du mich nicht nennen! Nie wieder!«

Rasch schluckte Séverin die Erinnerung herunter. Sie gehörte zu einem anderen Leben.

Vor ihm gabelte sich die Straße in fünf Pfade, die wie Flüsse aussahen. Ein Pfad bestand aus glänzendem Hämatit und sah aus wie geriffeltes Silber. Einer war glühend rot und flackerte wie eine Kerze. Ein weiterer war blassblau wie ein wolkenloser Himmel, und der gläserne Pfad daneben sah löchrig aus, als hätten unsichtbare Regentropfen die Oberfläche verbeult. Der letzte Pfad bestand aus Rauch. Am Ende der fünf Pfade breitete sich nebliger Dunst aus und nahm die fantastischsten Formen an – dreiköpfige Hunde, die gähnten und ihre durchscheinenden Zähne fletschten, gigantische Hände, die mit Rauchnägeln über

Berge kratzten, und Frauen, die zerschlissene Tuniken trugen, sich krümmten und schluchzten und schluchzten und schluchzten. Dahinter … nun ja. Séverin hörte Musik. Gelächter.

»Lethe, Styx, Phlegethon, Kokytos und Acheron«, zählte er leise auf.

Die fünf Flüsse im Reich des Hades.

Haus Kore hatte den Landsitz in eine prächtige Unterwelt verwandelt. Wie passend, dachte er, denn dieser Ort war seine persönliche Hölle.

Der Wagenschlag öffnete sich auf dem Fluss Styx. Vor Séverin erhob sich ein kunstvoller Eingang: ein glimmender Jadeschädel irgendeiner mythischen Bestie, in dessen Gebiss sich Veritgestein verbarg. Ein hauchdünner, frostiger Schleier legte sich auf Séverins Haut. Als sie den Verit von Enrique und Zofia ausprobiert hatten, hatte es wie ein Talisman gewirkt.

Es wird funktionieren … Es muss funktionieren.

Auf der linken Seite des Eingangs standen drei Wachen. Das mattgrüne Licht des Steins spiegelte sich in den Spitzen der Bajonette, die über ihre Schultern ragten.

Der erste Wachmann ergriff das Wort. »Monsieur Faucher, wir heißen Sie herzlich willkommen auf dem Landsitz von Haus Kore. Wenn Sie nichts dagegen haben, würden wir Sie gern durchsuchen, bevor Sie durch das Maul treten.«

»In die Höhle des Löwen gewissermaßen.«

Der erste Wachmann lachte nervös. In seiner Hand blitzte ein Leuchtstift auf. »Darf ich?«

»Selbstverständlich.«

Séverin zwang sich, nicht zu zucken, als sich das Licht des Stifts seiner Haut näherte. Jedes Mal, wenn er einen Leuchtstift sah, dachte er an Zorn, der damit überprüft hatte, ob noch eine Spur der Geistschmiedekunst an ihnen haftete. Séverin hatte immer gewusst, wann der nächste monatliche Kontrollbesuch des

Ordens fällig war, denn dann setzte Zorn ihm den Phoboshelm für zwölf kostbare Stunden nicht auf. Es war gerade lang genug, um auch die letzten Reste der Geistmanipulation verschwinden zu lassen … gerade lang genug, dass kein Ordensmitglied Séverins Geschichte jemals glauben würde.

Das vertraute Licht huschte über seine Pupillen und beschwor die Albträume des Phoboshelms wieder herauf. Doch ebenso schnell war es auch schon wieder vorbei. Der Wachmann winkte ihn durch das Veritmaul.

Hinter sich hörte Séverin das Rumpeln von Kutschen. Die anderen kamen alle pünktlich. Sogar Hypnos – dem tiefen Lachen nach zu urteilen. Und das bedeutete, dass auch Laila da war und den riesengroßen Eisschrank vor sich herschob, in dem sich die Torte und die geschmiedeten Hilfsmittel befanden. Durch das im Metall verborgene Veritgestein waren sie unaufspürbar.

Als Séverin den Eingang passierte, hielt er den Atem an … aber das kleine Veritsteinchen in seinem Schuh tat seinen Dienst. Rasch ging er auf eine Anlegestelle zu, die von dichtem Nebel umhüllt war. Zofia und Enrique warteten bereits.

»Herzlich willkommen auf dem Landsitz von Haus Kore«, verkündete eine ruhige, körperlose Stimme. »Bitte beachten Sie, dass jedes Boot nur drei Gäste zugleich transportieren kann.«

Ein längliches Onyxboot erhob sich aus dem Wasser.

Als sie eingestiegen waren, glitten sie auf dem unechten Styx dahin, auf eine Höhle zu. Die Wände hier waren ebenfalls aus Onyx und schimmerten feucht, Stalaktiten hingen von der Decke. Nach nur wenigen Minuten hielt das kleine Boot vor einer weiteren eindrucksvollen Anlegestelle. Auch diese lag in einer Nebelbank, durch die eine riesengroße geschmiedete Doppeltür aus Ebenholz sichtbar wurde, in die das Haupt des dreiköpfigen Hundes der Unterwelt eingelassen war. Die Hundeköpfe fletschten die Zähne und bellten:

»Ein…«

»…la…«

»…dung.«

Dann rissen sie die Mäuler weit auf. Einer nach dem anderen legten Séverin, Zofia und Enrique ihre Einladungen auf die schwarzen Zungen. Die Hundemäuler schnappten zu und die Köpfe verschmolzen wieder mit Holz und Stein. Einen Augenblick später schwang einer der Türflügel auf. Licht, Lärm und Musik schlugen ihnen entgegen und raubten Séverin die Sinne. Die drei standen auf, das Boot unter ihnen fing an zu schaukeln. Wieder erschienen die Hundeköpfe, dieses Mal hing etwas Samtenes zwischen ihren Zähnen.

»Bitte …«

»… Maske …«

»… nehmen.«

Sie taten wie geheißen.

Zofia trat als Erste ein. Dann Enrique. Zum Schluss Séverin. Jetzt gab es kein Zurück mehr.

Hinter der Vorhalle erstreckte sich ein glänzender schwarzer Marmorfußboden und verschluckte das Licht von einem aus Knochen geformten Buntglaslüster. Nichts davon kam Séverin aus seiner Kindheit bekannt vor, und dafür war er in diesem Augenblick dankbar.

Unter dem Lüster wand sich ein filigranes Muster spiralförmig über den Boden, exakt wie ein Perlboot. Ein Geflecht aus kristallenen Ranken und Quarzadern zog sich über die Wände, als befänden sie sich in einer eindrucksvollen Höhle unter der Erde. Gäste mit Masken, gekleidet in Schwarz, Grau und Blutrot, schlenderten durch die Gänge. Der Nachhall eines Gongs war zu hören. Vermutlich hatte es gerade zum Mitternachtsmahl geläutet. Nur die Matriarchin und ein paar Dienstboten waren noch übrig. Die Matriarchin kam auf sie zu. Sie trug ein ochsenblutrotes Kleid und ein Halsband aus schwarzen Diamantdornen. Ihr Gesicht zierte eine goldene Maske.

Er starrte sie eine Sekunde zu lang an und befürchtete schon, sie würde ihn erkennen. Aber das tat sie nicht. Er erinnerte sich an ihre letzte Begegnung. Damals hatte man das bläuliche Glühen des Babelrings – die Farbe, die ihn zum rechtmäßigen Erben bestimmte – von ihm fortgerissen. Das letzte Mal, dass die Matriarchin mit ihm gesprochen hatte, war auch der letzte Moment gewesen, in dem er noch eine Familie gehabt hatte.

»Herzlich willkommen zu unserem Frühlingsfest«, sagte sie mit ihrer rauchigen Stimme und lächelte verkrampft.

Sie hielt ihnen ihre in Samt gekleidete Hand entgegen. Séverin bemerkte, dass der Handschuh an der rechten Hand dick gepolstert war. Nach dem Ringdiebstahl waren ihre Knochen noch nicht vollständig verheilt. Enrique beugte sich über ihre dargebotene Hand und Zofia versank in einem einwandfreien Hofknicks.

Die Matriarchin flüsterte den Dienstboten etwas zu, und umgehend begleiteten sie die beiden in unterschiedliche Richtungen.

Zum Schluss wandte die Matriarchin sich ihm zu. Séverin hatte sich auf diesen Moment vorbereitet, aber die Theorie unterschied sich dann doch von der Praxis. Vor elf Jahren hatte diese Samthand ihn in die Dunkelheit geworfen und ihn seines Titels beraubt. Und jetzt sollte er diese Hand küssen. Ihr danken. Seine eigene Hand zitterte. Die Matriarchin lächelte. Sie musste glauben, er wäre überwältigt und fühlte sich unbedeutend angesichts dieser Pracht. Angesichts *ihrer* Präsenz. Seine Augen wurden schmal. Zögerlich nahm Séverin ihre Hand in seine und drückte ihre gebrochenen Finger.

»Es ist mir wahrhaftig eine Ehre, hier zu sein.« Die andere Hand legte er obenauf und sah zu, wie ihr der Atem stockte und das Lächeln bröckelte.

Eins musste man ihr lassen: Sie zog die Hand nicht ruckartig zurück, sondern ließ sie einfach schlaff sinken. Er lächelte.

Ein bisschen Schmerz hatte noch niemandem geschadet.

~ • ~ • ~

SÉVERIN VERMISSTE DAS L'Éden bereits, als er im Speisezimmer von Haus Kore Platz nahm. Es hatte nichts von dem freundlichen Grün seines Hotels. Hier war die Decke geschmiedet und glich dem Inneren einer Edelsteinhöhle. Blutrote Rubinbrocken und Cabochons aus Smaragd und Jaspis warfen buntes Licht auf die dunklen Tische aus Onyx. Darauf sprossen blumenförmige Kerzen aus gleichmäßig verteilten Schneehaufen. Auch der Boden trug Tristans Handschrift: Ranken wuchsen daraus hervor und trieben Blüten, die sich zu feingliedrigen Weingläsern entfalteten, ganz zur Freude und Bewunderung der Gäste.

Wie erwartet, brachte ihm seine Bedeutungslosigkeit einen Platz in der Nähe des Ausgangs ein, weit entfernt von der Matriarchin. Viele Leute um ihn herum waren oder würden einmal Gäste im L'Éden sein. Vielleicht hätten sie ihn erkannt, wenn sie genauer hingesehen hätten. Taten sie aber nicht.

Nah am Kopfende des Tisches kippte Hypnos froh und munter ein Glas nach dem anderen hinunter. Die Matriarchin hingegen setzte ein säuerliches Gesicht auf, sobald er den Mund aufmachte. In der Mitte des Tisches gab Zofia das formvollendete Bild einer Aristokratin ab: gelangweilt und gnadenlos schön. Die Finger bewegte sie unablässig in einem seltsamen Rhythmus, während sie den Blick durch das Speisezimmer schweifen ließ. *Sie zählte wieder.* Als ihre Blicke sich begegneten, prostete Séverin ihr zu. Sie tat es ihm nach und hielt ihr Glas lang genug in die Höhe, dass die Leute es mitbekamen.

Die Speisen wurden zügig hintereinander serviert: gebratene

Foie gras, Lauchsprossen in reichhaltiger Knochenbrühe, Wachteleier an Sahne in einem essbaren Nest aus geflochtenem Roggenbrot und ein zartes Stück Rinderfilet. Und zu guter Letzt die pièce de résistance: eine Fettammer. Dieser Singvogel war eine seltene Delikatesse. Er wurde erst gefangen und gemästet, anschließend in Armagnac, einem regionalen Weinbrand, getränkt, dann gegart und schließlich am Stück verzehrt. Dabei tropfte die Sauce auf den Teller und hinterließ rubinrote, blutähnliche Streifen auf dem lupenreinen, weißen Porzellan. Die Matriarchin saß am Kopf des Tisches und machte den Anfang. Sie legte sich die purpurrote Serviette auf den Kopf. Die Gäste taten es ihr nach. Séverin griff gerade nach seiner, als der Mann neben ihm leise lachte.

»Wissen Sie, wozu die Servietten gut sind, junger Mann?«

»Ehrlich gesagt, nein. Aber ich bin so modebegeistert, dass ich mich einem Trend nur schwer entziehen kann.«

Wieder lachte der Mann. Séverin betrachtete ihn. Wie alle anderen trug auch er eine schwarze Samtmaske über den Augen. Um den Mund zeichneten sich Fältchen ab und seine Haare waren grau meliert. Die für Séverin sichtbare Haut war blass, dünn und kränklich wächsern. Der senfgelbe Anzug des Mannes war augenscheinlich nicht geschmiedet, der Herr schien also nicht adlig zu sein. Irgendetwas blitzte an seinem Kragen auf, doch er drehte sich weg, bevor Séverin genauer hinschauen konnte.

»Die Servietten sind dazu gedacht«, begann der Mann und legte sich seine auf den Kopf, »damit die Schande, ein solch schönes Geschöpf zu verspeisen, vor Gott verborgen bleibt.«

»Verbergen wir die Schande wirklich oder machen wir uns nur vor, wir könnten uns tatsächlich verstecken?«

Unter der Serviette hoben sich die Mundwinkel des Mannes.

»Sie gefallen mir, Monsieur.«

Séverin sah sich das braune Fleisch auf dem Teller nicht zu genau an. Er wusste, objektiv betrachtet galt der Vogel als Delikatesse. Maßlosigkeit hatte sich immer gewünscht, sein letztes Mahl wäre eine Fettammer. Doch Séverin hatte sie nie auf die Speisekarte des L'Éden gesetzt. Es erschien ihm nicht richtig.

Vorsichtig biss Séverin hinein. Die dünnen Knochen knackten zwischen seinen Zähnen. Der Geschmack des Vogels füllte seinen Mund: zart und saftig, versetzt mit den Aromen von Feigen, Haselnüssen und seinem eigenen Blut, als die winzig kleinen Knochen ihm ins Fleisch schnitten.

Er leckte sich die Lippen und ärgerte sich, dass es so köstlich war.

Auf das Dessert folgte der Brandy, und die Gäste wurden aufgefordert, sich in einen gesonderten Salon zu begeben. Als Séverin sich erhob, sah er, dass Hypnos der Matriarchin etwas zuflüsterte. Ihre Lippen verzogen sich zu einer schmalen Linie, aber sie nickte und sagte etwas zu einem ihrer Dienstboten. Hypnos winkte sein Faktotum aus einer Ecke des Raumes zu sich heran. Der Mann hielt einen schwarzen Kasten in Händen.

Es ging los.

Hypnos berief sich auf die Ordensvorschrift, und nun musste die Matriarchin für den Schutz des Objekts sorgen und die Schatzkammer betreten. Während die anderen Gäste aus dem Speisezimmer strömten, drückte Séverin sich an der Tür herum und tat so, als hätte er soeben jemanden gesehen, den er kannte. Die Matriarchin verließ das Zimmer, mit Hypnos auf den Fersen. Als dieser an Séverin vorbeikam, zog er den linken Mundwinkel nach oben. Das Zeichen, ihnen zu folgen. Séverin gab ihnen noch ein bisschen Vorsprung. Dann, als er gerade hinterhereilen wollte, stellte sich ihm der Mann mit dem senfgelben Anzug in den Weg.

Er schnaufte, Schweiß stand auf seiner Stirn. »Es war mir ein Vergnügen, mich mit Ihnen zu unterhalten, Monsieur …«

»Faucher«, ergänzte Séverin und schluckte seine Verärgerung herunter. »Und Ihr Name war …?«

Der Mann lächelte. »Roux-Joubert.«

Vor dem Speisezimmer befand sich eine große Treppe, die nicht viel Licht durchließ. Drei Durchgänge führten in drei unterschiedliche Säle. Séverin hatte sich die Aufteilung vorher eingeprägt und wusste, wo sich der Eingang zur Bibliothek befand, in der die Schmiedekunstschätze aufbewahrt wurden. Er hielt sich im Schatten auf. Aus dem Lageplan war auch hervorgegangen, wo sich die Mnemospione von Haus Kore aufhielten, sodass er sich nun entgegen ihrer Überwachungsroute bewegte. In einem Saal mit seltsam geformten Spiegeln hielt Séverin inne. Er griff in den Ärmel seines Sakkos und löste die seidenen Nähte, hinter denen sich eine geschmiedete Flüsterglocke von Zofia verbarg. Er läutete zweimal und seine Schritte wurden lautlos.

Zwischen dem Spiegelsaal und der Bibliothek befand sich eine Rotunde mit astrologischen Gerätschaften und einer großen Dachluke darüber. Die Matriarchin, Hypnos und die Dienstboten standen mit dem Rücken zu ihm. Séverin berührte die Wand mit der Schuhspitze und drückte sich dann geräuschlos in eine Nische auf der gegenüberliegenden Seite. Ein feiner, fast unsichtbarer Schmiedekunstfaden aus Glas, der an Séverins Schuh befestigt war, zog sich durch den Saal. Von seiner Nische aus konnte Séverin die anderen hören.

»… einen Moment, ich bringe den Kasten in die Schatzkammer.«

»Selbstverständlich«, sagte Hypnos. »Ich weiß es wirklich zu schätzen … aber ist es nicht ein alter Brauch, die Abmachung mit unseren Ringen zu besiegeln? Sie kennen mich, ich halte mich immer sklavisch daran. Das ist mir praktisch angeboren.«

Der Witz ging auf seine eigenen Kosten, und Séverin lächelte bitter.

»Ich glaube nicht, dass das vonnöten ist«, erwiderte die Matriarchin mit leicht schriller Stimme. »Wir sind doch gute Freunde, oder etwa nicht? Unsere Dynastien reichen weit zurück und unsere Häuser sind die einzigen, die in Frankreich noch übrig sind ... Wir können doch sicherlich auf die Formalitäten verzichten, wo ich Ihnen doch einen Gefallen auf eigenes Risiko tue?«

Mit seinem Kommentar hatte Hypnos sie nur auf die Probe stellen wollen. Die Matriarchin schien den Orden über den Diebstahl des Rings nicht informiert zu haben. Ihre Antwort bestätigte, dass auch sie davon ausging, aus den eigenen Reihen bestohlen worden zu sein.

»Aber selbstverständlich«, sagte Hypnos vergnügt.

»Darf ich offen sprechen?«, fragte die Matriarchin.

Séverin konnte das Zögern in Hypnos' Stimme hören, als er sagte: »Selbstverständlich. Wozu sind gute Freunde schließlich da?«

Die Matriarchin atmete tief durch. »Mir ist bewusst, dass Sie vom Diebstahl meines Rings wissen.«

Hypnos japste übertrieben entsetzt auf, aber die Matriarchin unterbrach ihn.

»Halten Sie mich nicht zum Narren«, schimpfte sie. »Sämtliche Mitglieder meines Hauses, denen ich vertraue, haben danach gesucht ... Ich bitte Sie nicht darum, Ihre eigenen Wachen loszuschicken, um mir bei der Suche zu helfen, aber ich möchte Sie doch bitten, wachsam zu sein. Ich weiß, wir hatten unsere Differenzen, aber das hier ... der Schaden, der damit angerichtet werden könnte, betrifft nicht nur uns allein.«

»Das ist mir bewusst«, sagte Hypnos feierlich.

»Sehr gut«, erwiderte die Matriarchin. »Wenn Sie mich nun entschuldigen würden.«

Séverin vernahm ein Klicken. Die massiven Türen zur Bibliothek wurden geöffnet. Minuten verstrichen. Hypnos tippte ungeduldig mit dem Fuß auf den Boden. Nach genau neun Minuten und fünfundvierzig Sekunden ging die Tür zur Bibliothek erneut auf.

»Können wir?«, fragte Hypnos.

Die Matriarchin gab keine Antwort. Vielleicht hatte sie sich einfach bei ihm untergehakt. Séverin hörte jetzt eilige Schritte, die sich ihm näherten. Sie kamen zurück.

Er klappte seine Taschenuhr auf und entnahm ein wenig Spiegelstaub, den er auf seinen Fingern verteilte. Dann fuhr er damit erst über die Wand hinter sich und anschließend über seine Kleidung. Sie schimmerte und nahm das gleiche Brokatmuster wie die Wand an. Die Tarnung würde nur etwas mehr als eine Minute halten – und länger würde er auch nicht brauchen. Séverin brachte seinen Fuß in Position. Doch die Matriarchin blieb kurz vor dem Faden stehen, als wollte sie verschnaufen.

Das hatten sie nicht mit einkalkuliert.

»Ist es nicht wunderschön?«, fragte die Matriarchin.

»Ja, ja, das ist es ...«

Ungeduld schwang in Hpynos' Stimme mit. Séverins Finger zuckten. Er sah auf die Uhr. Eine weitere Lieferung des Spiegelstaubs hatte er nicht pünktlich bekommen können. Das hier war alles, was ihm blieb. Seine Kleidung schimmerte. In weniger als dreißig Sekunden verschwand die Tarnung wieder. Sie würden ihn entdecken.

Noch zehn Sekunden.

Die Dienstboten gingen vorbei.

Vier Sekunden.

Hypnos geleitete die Matriarchin weiter. Séverin zwang sich zu atmen. Seine Hände durften nicht feucht werden und den Rest des Spiegelstaubs aufsaugen.

Drei Sekunden.

Gleich würde die Matriarchin den Glasfaden erreichen. Séverin hob seinen Schuh an. Sie stolperte. Hypnos fing sie auf, bevor sie fiel. Das Kleid jedoch hatte den Blick auf ihre Schuhe freigegeben. Séverin hielt gebannt Ausschau, ob seine Vermutung bestätigt werden würde, und wurde fündig: Dreck.

»Alles in Ordnung?«, fragte Hypnos.

Er zertrat den Glasfaden und drehte die Matriarchin so, dass sie Séverin den Rücken zuwandte, gerade als die letzten Spuren des Staubs von Séverins Fingerspitzen verschwanden.

ALS SÉVERIN UM halb drei am Morgen sein Zimmer betrat, war sein Bett bereits besetzt.

»So geehrt ich mich auch fühle … raus da!«

Enrique umklammerte ein Kissen.

»Nein. Es ist irre gemütlich.«

»Du weißt, wie sehr ich es hasse, wenn meine Kissen warm werden.«

»Etwa so?« Enrique schmiegte sein Gesicht in die Kissen und umarmte sie.

»Igitt! Kannst sie behalten.«

Neben Enrique lag Tristan auf dem Rücken und starrte an die Decke. Er hatte noch nichts gesagt, seitdem Séverin den Raum betreten hatte. Selbst als Enrique ihm das Kissen ins Gesicht schlug, grunzte er nur und drehte sich auf die Seite. Unter seinen Augen lagen bläulich schwarze Höhlen. Er sah erschöpft aus und ballte die Hände zu Fäusten, wobei er die Nägel tief ins Fleisch grub. So war er manchmal … verloren in seinem eigenen Kopf. Und dann musste entweder Séverin oder Laila ihm die Hände verbinden, damit er sich die Haut nicht aufriss. Nun trat Laila an Tristans Seite und löste behutsam seinen festen Griff. In Bezug auf Tristan hatten sie alle unterschiedliche Methoden. Laila verhätschelte, Enrique stichelte, Zofia belehrte. Séverin passte auf ihn auf.

Für den Streit in seinem Arbeitszimmer hatte er sich nicht bei

Tristan entschuldigt. Alles Ungesagte knisterte zwischen ihnen in der Luft.

Draußen auf dem Gang hallten Schritte wider. Laila legte einen Finger an die Lippen, der Blick düster.

Die Tür öffnete sich. Und herein kam Zofia. Zuallererst trat sie sich die hohen Schuhe von den Füßen. Da Bett und Stuhl schon besetzt waren, ließ sie sich auf den Boden plumpsen.

»Warum mussten wir uns in der Wäsche verstecken, um hier reinzukommen, und sie kann einfach so in dein Zimmer spazieren?«, fragte Enrique.

Zofia rieb sich die Füße. »Wir haben eine Affäre.«

»Eine sehr stürmische, wie man sieht«, sagte Séverin.

Zofia grunzte.

Auf Enriques verdutzten Ausdruck hin fuhr Séverin fort: »Wir haben uns mit Wein über die Abendtafel hinweg zugeprostet und einen tiefen Blick ausgetauscht. Voilà. Die einfachste Art, unbemerkt irgendwo hinzugehen, ist jedem zu erzählen, wo du hingehst. Also. Was habt ihr für mich?«

Knarzend ging die Tür auf. Alle fünf sprangen auf und griffen augenblicklich nach Messern und Feuerbändern …

Hypnos.

Er stand im Türrahmen, grinste und winkte.

»Was machst *du* denn hier?«, fragte Séverin.

»Es geht hier auch um meinen Plan. Ich habe unten mitgeholfen …«

»Du ziehst nur unnötig Aufmerksamkeit …«

»Ganz im Gegenteil! Ich bestätige nur deinen Hang zu sonderbaren Aktivitäten. Ein Gerücht, das ich wohlweislich beim Abendessen gestreut habe. Und wie du gerade sagtest: Die einfachste Art, unbemerkt irgendwo hinzugehen, ist, jedem zu erzählen, wo du hingehst. Würde ich jetzt gehen und mich würde jemand sehen, könnte es … wie hast du es noch gleich ausgedrückt? Ach ja ...« Hypnos strahlte. »Unnötig Aufmerksamkeit auf sich ziehen.«

Séverin sah ihn finster an.

»Na schön. Setz dich, sei still und fass nichts an. Beziehungsweise niemanden.«

Hypnos setzte sich auf den Boden neben Zofia.

Laila ergriff das Wort als Erste. »Ich konnte mich davon überzeugen, dass nur die Gewehre der Wachen entlang des Gewächshauses geladen sind. Und auch, dass die Wachen regelmäßig ausgetauscht werden. Alle acht Stunden werden zwanzig Wachen abgelöst.«

»Und auf den Ländereien vor der Bibliothek?«, fragte Séverin.

»In den Gewehren sind nur Platzpatronen.«

Enrique und Zofia schauten entsetzt.

»Woher willst du das wissen, ohne geschossen zu haben?«

»Ich habe ihre Geschütze und die Garderoben durchsucht. Sie liegen genau neben den Zimmern der Dienstmädchen«, sagte Laila.

»Aber warum lässt die Matriarchin ihre *Blumen* von den besten Männern bewachen?«, wollte Enrique wissen. »Sind ihr die Objekte etwa völlig gleichgültig? Vielleicht haben sie das Horusauge mittlerweile irgendwo anders versteckt ...«

»Nein«, sagte Séverin. »Es ist hier. Auf diesem Gelände.«

»Warum versteckt sie es dann nicht in der Bibliothek, wie sie gesagt hat?«

»Es ist in der Bibliothek«, sagte Séverin und dachte an den Dreck unter den Schuhen der Matriarchin. »Sie hat noch eine andere.«

»Im Gewächshaus?«, fragte Enrique skeptisch.

»Nein«, erwiderte Séverin und grinste. »Darunter.«

»Woher willst du das wissen?«

»Ich habe Dreck an ihren Schuhen bemerkt. Außerdem habt

ihr doch den Lageplan gesehen. Die Ausmaße der Bibliothek sind viel zu gering für die Größe der Sammlung, die sie angeblich beherbergt. Der Zugang zur richtigen Bibliothek muss unterirdisch verlaufen. Und das ist auch der Grund dafür, dass nur die Wachen in den Gärten bewaffnet sind. Und damit kommen wir zu Teil zwei unseres Plans. Enrique und Tristan, seid ihr mit der Piranhalösung so weit?«

Sie nickten.

»Gut. Laila. Was ist mit der Torte?«

Aber Laila hatte gar keine Gelegenheit zu antworten.

»Steht schon parat und kann der Matriarchin morgen Abend als Überraschung präsentiert werden!«, sagte Hypnos. »Ich habe sogar dafür gesorgt, dass sie in ihr Arbeitszimmer gebracht werden wird, wo die Matriarchin den regulären Schlüssel für die Schatzkammer aufbewahrt. Mit dem Ring kann sie sie ja nicht mehr betreten. Das Kostüm für Laila liegt unter dem Polster auf der Chaiselongue. Sobald sie den Schlüssel hat, kann sie das Arbeitszimmer als Nautch-Mädchen verkleidet verlassen und so tun, als hätte sie sich verlaufen. Dann zeigt ihr Séverin, der stets hilfsbereite Gentleman, den Weg, und sie steckt ihm den Schlüssel zu. Er gibt den Schlüssel an Zofia weiter, die ihn nachbildet. Beim Abendessen gibt Zofia mir den Schlüssel, und ich bringe ihn zurück ins Arbeitszimmer. Ich und Séverin nehmen den Hauszugang, während die anderen im Gewächshaus warten. Wenn sie von dort den Eingang zu den Bibliotheksgewölben finden, treffen wir uns am Ende alle dort.«

»Hypnos?«

»Ja?«

»Heißt du Laila?«

Hypnos ließ den Kopf sinken. »… Nein.«

»Laila?«

Laila deutete auf Hypnos. »Was er sagt.«

»Habt ihr alles verstanden?«, fragte Séverin. »Laila holt den Schlüssel. Zofia bildet ihn nach. Ich und Hypnos nehmen den Weg durch die Bibliothek und treffen euch dann also alle in der unterirdischen Schatzkammer. Wir schnappen uns das Auge des Horus und sind nicht später als eine Stunde nach Mitternacht, wenn unser Transport eintrifft, wieder draußen.«

Hypnos, Enrique, Zofia und Laila nickten einstimmig. Tristan, der die ganze Zeit zusammengerollt auf dem Bett gelegen hatte, nickte schließlich auch.

Als Erster verließ Enrique das Zimmer über den Wäscheschacht, ausgestattet mit Flüsterglocken, die seine Geräusche verschluckten. Dann gingen Hypnos und Zofia tuschelnd hinaus. Blieben nur noch Tristan und Laila.

»Bleibst du kurz, Laila?«, fragte Séverin.

Sie runzelte die Stirn, nickte dann aber.

Tristan schlurfte auf ihn zu. Séverin steckte die Hände in die Taschen und sah auf ihn hinab.

»Hör zu …«, begann Tristan.

Gleichzeitig sagte Séverin: »Ich verzeihe dir.«

Tristan hielt inne. »Ich bitte dich nicht um Verzeihung.« Er schluckte schwer, dann sah er auf. Die grauen Augen waren leer. Schlaflos. »Ich traue Hypnos nicht. Ich traue dem Orden nicht.«

Séverin stöhnte auf. »Nicht das schon wieder.«

»Dieses Mal meine ich es wirklich ernst. Es ist nur … ich habe da so ein Gefühl. Bitte, du musst auf mich hören …«

»*Tristan.*« Séverin packte ihn bei den Schultern. »Du bist meine Familie, und ich werde immer auf dich aufpassen. Aber ich kann mir das nicht mehr anhören.«

»Aber …«

»Noch ein Wort und ich werde einen Weg finden, dich von dieser Akquisition abzuziehen und dich sofort wieder ins L'Éden zurückzuschicken. Ist es das, was du willst?«

Tristan schoss die Röte ins Gesicht. Ohne ein weiteres Wort trottete er aus dem Zimmer. Séverin starrte auf die geschlossene Tür.

»Du solltest ihn nicht so herablassend behandeln«, sagte Laila.

Er schloss die Augen und spürte die Müdigkeit in den Knochen. »Er hat mir keine Wahl gelassen.«

»Man hat immer eine Wahl, *Madschnun*.«

Wahnsinniger. Wieder der Name, der nur ihm galt. Aus ihrem Mund klang es wie ein Zauber. Einer, der ihn schützte. Der Licht ins Dunkel brachte.

Als sie näher kam, stieg ihm ihr Duft in die Nase. Zucker und Rosenwasser. Hatte sie das Parfüm mitgenommen? Es über Hals und Handgelenke gestrichen, kurz bevor die Eisenbahn zum Stehen gekommen war? Dieses Rätsel sollten eigentlich andere Männer lösen. Nicht er. Seit jener Nacht war er nicht mehr allein mit ihr in einem Zimmer gewesen …

»*Madschnun?*«, fragte sie und legte den Kopf schief.

»Ich habe nie gefragt, warum du mich so nennst«, bemerkte er, weil er nicht recht wusste, was er sagen sollte.

»Das ist ein Geheimnis, das du dir noch nicht verdient hast.«

Sie lächelte. Ihre Lippen waren rot. Nicht vom Lippenstift, sondern von der Durchblutung. Auf ihrer vollen Unterlippe entdeckte er einen blassen Zahnabdruck. Faszinierend.

»Was muss ich dafür tun?«, fragte er. Seine Stimme war kratzig, weil er zu wenig geschlafen hatte, und es klang schroffer als beabsichtigt.

»Was hast du denn zu bieten?«, neckte Laila.

Ihr Haar hatte sich aus dem Chignon gelöst. So mochte er es am liebsten: ein bisschen wild, ein bisschen samtig. Ganz sie selbst. Seidene schwarze Strähnen lockten sich um ihren langen Hals. Sie strich sich eine hinters Ohr, und Séverin wünschte sich, ein starker Wind würde durchs Zimmer fegen, wenn auch nur, um diese Bewegung noch einmal zu sehen.

»Was hättest du denn gerne, Laila?«, fragte er. »Die Feder eines sagenumwobenen Vogels? Einen magischen Apfel?«

»Ach, bitte«, sagte Laila. »Ich will nichts Doppeltes in meiner Garderobe.«

Séverin hielt inne. Garderobe. Das Wort holte ihn wieder in die Realität zurück. Darüber wollte er mit ihr sprechen. Durch das Eindringen in die Garderobe war sie an die Uniformen der Wachen gekommen.

»Laila, ich glaube, in der Garderobe der Wachen konntest du nur die Uniformen der neuen Wachen lesen. Nicht die derjenigen, die ausgewechselt wurden. Du musst das noch mal überprüfen. Wir können uns keine Überraschungen erlauben.«

Erst sah es so aus, als wollte sie noch etwas sagen. Letztendlich nickte sie aber nur. »Natürlich. Ich werde sofort nachsehen.«

Auch nachdem Laila gegangen war, rührte Séverin sich nicht vom Fleck und blieb an der Wand stehen. Er dachte an die Hand der Matriarchin und dass er ihre gebrochenen Finger hätte zermalmen können, wenn ihm danach gewesen wäre.

Selbst wenn Enrique seine Kissen nicht verdorben hätte, brachte Séverin es nicht fertig, sich in ein Bett von Haus Kore zu legen. Wenn er nun als Kind schon einmal darin geschlafen hatte, sich aber nicht erinnerte? Er schlief im Sitzen ein, den Kopf an der Wand, und träumte vom Knacken der Fettammerknochen und dem Zahnabdruck auf Lailas blutroten Lippen.

Enrique

Enrique hielt seinen Gehstock knapp über dem Boden und achtete sehr genau darauf, die Leuchtbombe nirgendwo gegenkommen zu lassen. Das Gewächshaus befand sich auf der anderen Seite der Grünflächen. Er bahnte sich einen Weg zwischen den Feiernden hindurch: Frauen mit samtenen Miedern und Wolfsmasken, Männer in maßgeschneiderten Anzügen mit Flügeln an den Schultern. Kellner und Kellnerinnen in Fuchs- und Hasenmasken schlängelten sich mit Tabletts durch die Menge, auf denen dampfende Getränke kaleidoskopartige Visionen versprachen. Im Gehen veränderten einige der Kellner plötzlich ihre Größe. Mithilfe geschmiedeter Stelzen in ihren Schuhen schossen sie abrupt in die Höhe und gossen perlenden Champagner in die offenen Münder der begeisterten Gäste. Servierplatten mit ausgehöhlten Granatäpfeln, hellen Küchlein und Austern auf tropfenden Eisschollen schwebten durch die Luft.

Im Gegensatz zu dem Publikum bei Ordensauktionen hatte hier beinahe niemand einen dunkleren Hautton oder fremdartigen Akzent. Trotzdem erkannte Enrique in der aufwendigen Dekoration liebliche und monströse Ornamente, die man aus Geschichten vom anderen Ende der Welt geraubt hatte: geschmiedete Drachen aus den Mythen des Orients, Sirenen mit schläfrigem Blick, *Bhutas* mit rückwärtsgerichteten Füßen. Und obwohl dies nicht seine Geschichten waren, erkannte er sich selbst darin wieder. Verbannt ins Zwielicht, so substanzlos wie Rauch und genauso machtlos.

Er sah nicht mal aus wie er selbst. Geschweige denn wie jemand aus China. Jedenfalls nicht wie die Chinesen, die er bisher getroffen hatte. Er verbarg sich in einer Karikatur und kam ohne Weiteres damit durch. Vielleicht war es verwerflich, diese Verkleidung als Versteck zu nutzen. Doch genau dafür war er ja hier – um sich irgendwann nicht mehr verstecken zu müssen.

Vor ihm ragte nun das Gewächshaus empor. In der Dunkelheit konnte er die seltsamen Symbole ausmachen, die es umgaben. Beispiele Heiliger Geometrie. Selbst der Pfad unter ihm war mit von Kreisen umschlossenen Mosaiksternen bedeckt und in den Bäumen versteckten sich Sternfraktale. Sogar die Dachtraufen der Gebäude auf dem Landsitz Haus Kores sprachen mit ihren Perlbootverzierungen eine uralte, symbolträchtige Sprache.

Kurz bevor Enrique das Gewächshaus erreichte, fühlte er auf einmal eine Hand auf seiner Schulter. »Huch!« Beinahe hätte er einen Satz gemacht. Er wirbelte herum und entdeckte Laila, halb verborgen hinter einem Baum.

»Gut, dass ich dich noch erwische«, sagte sie atemlos und ließ etwas in seine Hand gleiten. »Die hier habe ich in den Uniformen der Wachen gefunden, aber nur bei denen, die das Gewächshaus bewachen.«

Als Enrique die Hand öffnete, sah er bloß ein kandiertes Veilchen.

»Im Moment steht mir zwar gerade nicht der Sinn nach etwas Süßem, aber …«

»*Du* lehnst einen Leckerbissen ab?« Laila riss die Augen auf. »Du musst wirklich nervös sein. Das ist keine Süßigkeit, sondern ein Gegenmittel.«

»Wogegen?«

»Na gegen das Gift.« Laila runzelte die Stirn. »Hat Tristan dir nichts davon erzählt?«

Irgendwo knackte leise ein Zweig. Abrupt wandte Laila den Kopf und stöhnte auf. »Ich muss los. Ich glaube, ich werde verfolgt.«

Enrique verzog das Gesicht. Im Palais war so was für Laila gang und gäbe, doch er hätte nicht gedacht, dass sie sich hier auch damit herumschlagen musste.

»Betrunkene Idioten. Hast du ein Messer?«

»Nicht nur eins.«

Laila legte ihm eine Hand an die Wange und verschmolz dann mit der Nacht.

Rund um das Gewächshaus stiegen warme Dunstschwaden auf. So weit vom Haus entfernt stromerten keine Gäste mehr umher. Verständlich, schließlich konnte man fünfzig Wachen mit funkelnden Bajonetten nicht gerade als einladend bezeichnen. Das Gewächshaus selbst war ein imposanter Bau, mit Milchglasscheiben an den Seiten und einem Dach aus klarem Glas. Ein erdiger, feuchter Geruch stieg daraus empor. An den Wänden bemerkte Enrique ein bekanntes Muster. Das gleiche wie auf dem goldenen Spiegel im Palais Garnier: ein sechszackiger Stern oder Hexagramm, umschlungen von Halbmonden, spitzen Dornen und einer großen Schlange, die sich in den eigenen Schwanz biss. Die Symbole aller vier ursprünglichen Häuser. Irgendetwas an dem Stern wurmte ihn. Er war das Symbol des Gefallenen Hauses, des Hauses, dessen Mitglieder das Babelfragment nicht hatten beschützen, sondern *benutzen* wollten. Angeblich auf göttliches Geheiß. Ihm stellten sich die Nackenhaare auf.

Vor dem Eingang hielt ihn ein Wachmann auf. »Und wen haben wir hier?«

Enrique spielte kurz mit dem Gedanken, eine freche Bemerkung loszulassen, überlegte es sich beim Anblick des Gewehrs allerdings anders. Geladen oder nicht, das Bajonett war ziemlich spitz und scharf.

»Seid gegrüßt«, sagte er mit verstellter Stimme und hielt der Wache seine Zutrittsberechtigung unter die Nase. »Ich bin hier, um Monsieur Tristan Maréchal zur Hand zu gehen.«

»Um diese Uhrzeit?«

»Richtet sich Schönheit etwa nach den Tageszeiten?«, fragte Enrique und hob die Stimme. »Sagen die Götter etwa ›Ach nein, lieber nicht‹, nur weil es schon nach Mitternacht ist? Ich glaube nicht. Mein Beruf – oder vielmehr meine Berufung – kennt keine Uhrzeit. Ich weiß nicht einmal, wie spät es ist. Noch wo ich bin. Wer bin ich? Wer sind *Sie*?«

Der Wachmann hob die Hand. »Ja, ja, schon gut. Ich lasse Sie passieren. Doch ich soll lediglich Monsieur Maréchals Anweisungen Folge leisten. Von Ihnen war nicht die Rede. Zudem hat die Matriarchin angeordnet, dass sich außer Monsieur Maréchal niemand länger als zehn Minuten im Gewächshaus aufhalten darf.«

Nur zehn Minuten? Davon hatte Séverin offenbar nichts gewusst. Die Wache hielt die Tür auf und Enrique trat ins Innere, wo Tristan ihn erwartete und bis zu den Ellenbogen in irgendeiner hässlichen Pflanze steckte.

»Titanwurz!«, rief Tristan entzückt aus.

Auf den ersten Blick wirkte er unbekümmert, doch die bläulichen Schatten unter seinen Augen sprachen eine andere Sprache. Sie enttarnten seine Schlaflosigkeit und die vielen Albträume.

»Nicht mein liebster Kosename, wenn ich ehrlich bin.«

»Nein, *das* hier ist Titanwurz. Sie wird auch Leichenblume genannt.«

»Riecht es hier deshalb so nach Tod und Verwesung?«

»Tja, der Spitzname kommt nicht von ungefähr.« Tristan stand auf.

Hier im Gewächshaus war das Licht viel heller als in Séverins Gemach und zum ersten Mal bemerkte Enrique, wie bleich Tristans Wangen waren. Normalerweise hatte er eine gesunde Gesichtsfarbe und meist ein Lächeln auf den Lippen. Auch wenn er gerade gut gelaunt wirkte, sah er doch völlig ausgezehrt aus.

»Geht es dir gut?«, fragte Enrique und legte ganz vorsichtig den Gehstock zur Seite. Im Moment würde er ihn nicht brauchen.

Tristan schluckte. »Ja, alles gut. Das heißt, es wird alles gut. Bald.«

Bald. Sobald sie erst das Horusauge gefunden hätten. Sobald Séverin als rechtmäßiger Erbe des Hauses Vanth anerkannt wäre und ihnen die Welt zu Füßen läge.

Enrique drückte Tristan aufmunternd die Schulter. »Nur noch ein Tag.«

Tristan nickte nur.

»Was ist das hier?«, fragte Enrique, zog sein Sakko aus und begann, den Buckel loszuschnallen.

»Ein Giftgarten. Ich habe ihn selbst entworfen. Aber es sind keine Spinnen erlaubt. Dumme Haus-Kore-Regeln. Goliath würde es verabscheuen.«

Den Buckel noch halb um die Schulter geschnallt hielt Enrique kurz inne und warf einen Blick auf sein am Boden liegendes Sakko. In der Brusttasche war das kandierte Veilchen. Ein Gegengift. Dass Laila das herausgefunden hatte, wunderte ihn nicht. Aber dass Tristan nicht daran gedacht hatte? Er hätte doch Vorkehrungen treffen können.

Auf den ersten Blick wirkte das Gewächshaus viel zu friedlich, um tödlich zu sein, doch überall um ihn herum entdeckte er Gift: Wolfswurz und Oleander hingen von der Decke aus

Glas und Stahl. Üppig wucherte Efeu, daneben Kirschlorbeer. In den Ecken gedieh Rittersporn in der Farbe eines spätabendlichen Himmels. Todbringende, blasse Rattenfängerflöten wirkten wie verirrte Wolken, die sich in Richtung Himmel wanden, als suchten sie den Weg nach Hause. Enrique versuchte, so wenig Platz wie möglich einzunehmen. Giftpflanzen und Piranhalösung zu kombinieren klang nach keiner besonders guten Idee.

»Wunderschön, oder?«

Enrique schüttelte sich. »Brrr. So schön, dass ich sie aus Neid alle sofort zerstören möchte.«

Tristan gab ihm einen Klaps auf den Arm.

Mithilfe der versteckten Nadel aus seinem Schuh öffnete Enrique den Buckel aus Metall. Er warf Tristan eine kleine Zange und zwei weitere Nadeln zu, die Zofia ihnen eingepackt hatte. Sie machten sich daran, das Fach im unteren Teil zu öffnen und entfernten die Schutzschichten, bis sie die Piranhalösung freigelegt hatten. Beide griffen gleichzeitig nach ihren faltbaren Atemmasken. Tristan goss etwas Wasser in die Brillengläser und Enrique untersuchte sie auf eventuelle Risse. Ein Riss, und sie könnten ein Auge verlieren, ganz abgesehen von der Vergiftung. Oder Schlimmerem.

Mit zitternden Fingern nahm Enrique den kleinen Hammer zur Hand. Wenn er jetzt einen Fehler machte, ätzte er sich wahrscheinlich die Hände weg. Die gute Nachricht: Wahrscheinlich müsste er es nicht mit ansehen, denn sein Augenlicht würde er als Erstes verlieren. Tristan schielte zur Tür.

Ein Sprung im Glas.

Ein zweiter.

Die Phiole brach auf.

Enrique warf sie hoch in die Luft. Jetzt hatten Tristan und er noch vier Minuten, bevor sie in ernsthaften Schwierigkeiten wären.

»Wir sollten –«, setzte er an, doch dann hörte er Tristan um Atem ringen.

Tristan griff nach Enriques Hand. Dabei brach er ihm fast die Finger, so fest drückte er zu. Er wurde leichenblass.

Da klopfte es.

»Was geht da drinnen vor?«, fragte einer der Wachmänner.

»Nichts«, rief Enrique.

»Wir müssen das von Monsieur Maréchal hören. Monsieur, ist alles in Ordnung?«

Tristan zerrte an seiner Brille, dann fegte er sich etwas von der Schulter. Blütenblätter. Panisch deutete er auf die Rattenfänger-flöten. Irgendwo hatte Enrique mal gelesen, dass die Blütenblät-ter bei Berührung hochgiftige Öle absonderten, die in die Haut eindringen konnten. Tristan musste aus Versehen gegen die Blü-ten gekommen sein.

»Monsieur?«, fragten die Wachen erneut. »Sollen wir rein-kommen? Keine Antwort deuten wir als Ja.«

Tristans Gesicht verfärbte sich bläulich.

»Er kann nicht sprechen, weil er zu dicht an eine Giftpflanze herangekommen ist«, rief Enrique und die Rädchen in seinem Kopf ratterten. »Sobald er den Mund aufmacht, atmet er giftige Dämpfe ein und … und stirbt!«

Draußen scharrten die Wachen unruhig mit den Füßen und diskutierten, was zu tun sei. Enrique schüttelte Tristan.

»Versuch, nur *ein* Wort rauszubringen.«

Tristans Augen wurden glasig, dann verdrehte er sie und sack-te in sich zusammen.

»Nein, nein, nein«, murmelte Enrique. Hastig sammelte er das Werkzeug ein und warf es in den Buckel, den er verschloss und nachlässig über die Schulter streifte. Gerade schaffte er es noch, sein Sakko wieder darüberzuziehen.

»Wir kommen jetzt rein!«, rief einer der Wachmänner.

Die Tür öffnete sich einen Spalt. Einen Moment lang fragte Enrique sich, ob er den Rest des Glasgefäßes einfach direkt zertrümmern sollte, doch ohne schwere Verätzungen würde er nicht davonkommen. Mit den Waffen im Anschlag spähten einige Wachen ins Innere.

Einer der Männer trat herein und flüsterte: »War sein Buckel nicht auf der anderen Seite?«

Doch ein zweiter stieß ihn zur Seite. »Monsieur Maréchal! Er ist verletzt.«

Die anderen Wachen verlangten ebenfalls Einlass. Laute Stimmen schallten durch das Gewächshaus.

»Was ist das?«, fragte der erste Wachmann beim Anblick der Piranhalösung, die langsam zu Boden sank.

Dichter Nebel senkte sich über die Pflanzen und schweflige Dämpfe stiegen auf.

»Ich sagte Ihnen ja, wenn er den Mund öffnet, atmet er zu viele giftige Dämpfe ein. Jetzt sehen Sie ihn an. Sie sollten gehen, bevor Sie sich ernsthafter Gefahr aussetzen.«

»Moment mal, diese Flüssigkeit da frisst sich in den Boden!«

»Tut sie das? Höchst ungewöhnlich. Das passiert sonst nicht«, behauptete Enrique.

Der Wachmann kniff die Augen zusammen. »Was ist aus Ihrem Akzent geworden?«

»Akzent?«, wiederholte Enrique und versuchte, wieder in seine Rolle zu finden.

Bedrohlich trat der Wachmann einen Schritt auf ihn zu. »Ihr Schnurrbart löst sich.«

»Ach, das machen die giftigen Dämpfe. Schnurrbärte sind immer als Erstes betroffen.«

Der Wachmann legte den Finger auf den Abzug.

»Nicht doch, halten Sie ein, das ist vollkommen unnötig. Vielleicht haben Sie einfach etwas an den Augen?«

Enrique griff nach seinem Spazierstock. Er konnte den Tod – beziehungsweise die Zersetzung – dieser Wachen nicht verantworten.

»Mit unseren Augen ist alles in Ordnung, alter Mann.«

»Sicher?«, fragte Enrique, hob den Stock über den Kopf und ließ ihn dann zu Boden krachen. Schnell schirmte er seine Augen mit den Armen ab. Aus dem Holzstab schoss ein grelles Licht, gefolgt von einem ohrenbetäubenden Knall. Als Enrique die Augen öffnete, sah er zwei Wachen bewusstlos am Boden liegen. Vorsichtig stieg er über die Männer hinweg, beugte sich hinunter und flüsterte: »Wie geht es Ihren Augen jetzt?«

Doch der Tumult vor der Tür bremste seine Siegesfreude. Zudem breitete sich die Piranhalösung in Windeseile über den Boden aus und lief bis kurz vor die niedergestreckten Wachen. Über Tristans ganzen Körper legte sich ein bläulicher Schimmer und Enrique durchsuchte mit zitternden Fingern sein Sakko, bis er fand, wonach er gesucht hatte: das kandierte Veilchen.

Er schob die süße Blüte in Tristans Mund, hielt ihm die Nase zu und zwang ihn zu schlucken. Dann zog er Bilanz: zwei bewusstlose Wachen, ein völlig ruinierter Schnurrbart und eine komplette Wachmannschaft, die jeden Moment hereinstürmen konnte. Die Hoffnung in ihm war nur noch ein winziger Funken, doch er war entschlossen, ihn wieder zu entfachen. Ihm blieb nichts anderes übrig.

Laila

Laila tastete im Dunkeln umher, sie atmete schnell und flach.

Wenn du in Panik ausbrichst, wird alles nur noch schlimmer.

Sie schmeckte etwas Metallisches und verzog das Gesicht. Der spitze Dietrich hatte ihr innen in die Wange geschnitten. Sie spuckte ihn in die Hand und suchte nach den Scharnieren.

In gewisser Weise war sie an dieser Misere selbst schuld. Drei Wochen zuvor war ihr eine Torte misslungen. Zur Beschwichtigung, oder vielmehr, um sie loszuwerden, hatte Séverin gesagt: »Es ist doch nur eine Torte. Sie enthält nichts Wertvolles.«

»Ach wirklich?«, hatte Laila erwidert.

Daraufhin hatte sie sein hochgeschätztes Schlangensiegel in eine Obsttorte gebacken, ihm auf den Schreibtisch gestellt und eine Notiz danebengelegt: *Du irrst dich.*

Wie sollte sie ihm also vorwerfen, dass er anschließend mit der Notiz zu ihr in die Küche gekommen war, seinen Plan erläutert und dann grinsend gemeint hatte: »Jetzt kannst du es beweisen.«

Und hier war sie nun.

Gefangen in einer Torte.

Als das ganze Konstrukt erst einmal zusammengesetzt war,

war es ein Leichtes gewesen, heimlich in den Tortenboden zu klettern. Lediglich beim letzten Schritt – sich selbst einzuschließen – hatte sie Zofias Hilfe benötigt.

Sie tastete noch immer blind umher, bis sie endlich auf den Verschluss stieß. Ihre Hände waren schwitzig und die Metallnadeln vom Speichel ganz nass, sodass sie ihr immer wieder aus den Händen glitten. Das Einzige, was sie noch hörte, war ihr Herzschlag. Dann rutschte die Metallnadel in eine Kerbe. Sie hielt inne. Und lauschte. Lauschte auf das leise Kratzen des Metalls, auf das gedämpfte Klicken, als sich alles zusammenfügte …

Klack.

Die Schnallen sprangen auf und stießen gegen den Tortenboden. Laila lächelte.

Dann drückte sie. Doch die Klappe wollte nicht nachgeben. Sie drückte fester, aber irgendetwas versperrte ihr den Weg. Sie klemmte die dünne Metallnadel in die schmale Öffnung und stemmte sich dagegen. Die Klappe gab einen Spaltbreit nach, gerade so viel, dass Laila sah, was ihr den Ausgang verstellte.

Der Dienstbote, der die Torte ins Zimmer gerollt hatte, musste sie mit der Klappe ans Bücherregal gestellt haben.

Sie saß fest.

Die Uhr draußen auf dem Gang schlug acht. Das Klingeln der Glöckchen an den Fußgelenken der Nautch-Mädchen hallte durch die Gänge. Ihr Herz machte einen Satz, als das vertraute Zupfen der Sitar aus der Ferne an ihr Ohr drang. Die Musiker stimmten ihre Instrumente für den Tanz. Jeden Moment würde Séverin vor der Tür stehen und auf die verirrte Tänzerin warten, der er den Weg weisen und die ihm den Schlüssel zustecken sollte.

Sie würde sich nie rechtzeitig befreien können.

Laila schmiss sich mit ihrem ganzen Gewicht gegen die Metallklappe, doch sie gab nicht nach. Ein Gong ertönte. Schuhe schlurften an der Tür vorbei.

Wie sie so im Dunklen auf der Seite lag, kam ihr eine Idee. Sie griff nach ihren Babuschen. Erst zog sie die rechte aus, dann die linke, schob sie ineinander und quetschte sie durch den Spalt. Ihre Arme zitterten, als sie sich mit aller Kraft gegen die Schuhe lehnte, um sich vom Bücherregal abzustoßen.

Zuerst geschah nichts. Der Rollwagen bewegte sich keinen Millimeter. Dann gab er etwas nach. Licht fiel durch die Klappe. Laila lehnte sich noch einmal dagegen und schürfte sich den Ellbogen auf.

Die Räder des Wagens quietschten und rollten zurück, sodass sie gerade genug Platz hatte, erst das eine, dann das andere Bein durch die Öffnung zu schieben, bis sie schließlich alle viere von sich gestreckt auf dem Teppich landete. Erleichtert atmete sie aus.

Laila durchsuchte das Innere des Bodens noch einmal nach Haaren oder Stofffetzen, bevor sie zügig alles wieder verschloss. Durch die Tür drangen die Geräusche der Festivitäten. Sie sah sich nach der Chaiselongue um, die in einer Ecke stand. Dort unter dem Polster hatte Hypnos ihr Kostüm versteckt.

Laila schüttelte die Angst ab, die sich um ihre Gedanken schlang. Sie würde schon noch einen Weg finden, Séverin den Schatzkammerschlüssel zuzustecken. Erst mal aber musste sie den Schlüssel finden.

Das Arbeitszimmer der Matriarchin sah aus wie eine riesige kunstvoll ausgearbeitete Bienenwabe. Hunderte aneinandergereihte goldene Sechsecke bildeten Regalwände und standen voll mit Büchern, Pflanzen und Kupferstichen des verstorbenen Ehemanns. An der Decke sah sie ineinanderverschlungene Bänder aus Gold und Purpurrot, ein Gemälde aus unbeweglichen Flammen. Weitab der Fenster stand ein Jadeschreibtisch, ähnlich wie der von Séverin. Das Regal dahinter erstreckte sich vom Boden bis zur Decke und war vollgestellt mit ebenso vielen seltsamen Gegenständen wie Büchern: hohle, mit getrockneten Blumen bepflanzte Totenschädel, auf glattem Bernstein verewigte Pfotenabdrücke, Gefäße über Gefäße mit konservierten Objekten. Sie könnte den Schreibtisch lesen und darauf hoffen, dass ein Bild von einem Schlüssel erschien, der möglicherweise damit in Kontakt gekommen war. Doch ihr Instinkt hielt sie davon ab.

Auf dem Boden fand Laila eine kleine Metallklammer und warf sie auf die Jadeoberfläche. Der Schreibtisch glühte rot auf. Sie presste die Lippen zusammen.

Genau wie Séverins Schreibtisch war auch dieser geschmiedet.

Sie wandte sich zu den Honigwaben um und warf auch dorthin eine Metallklammer. Das Regal änderte die Farbe nicht. Also war es nicht geschmiedet. Das half ihr aber auch nicht, den Schlüssel aus dem Schreibtisch zu bekommen. Wenn er so geschmiedet war, dass er sich ihren Handabdruck merkte – oder ihre Hand daran kleben blieb –, brauchte sie etwas, das diese Funktion außer Kraft setzte …

Séverins Schreibtisch hatte, wie jedes Schmiedekunstgeschöpf, einen Somnomodus, der den Schutzmechanismus abschaltete. Sie musste nur herausfinden, wie man ihn aktivierte.

Manchmal versteckten die Eigentümer irgendwo einen Gipsabdruck ihrer Hände – Séverin hatte einen hinter seinem Bücherregal –, oder es gab einen Wachsfingerabdruck in einem Versteck am Fenster. Höchstwahrscheinlich besaß auch die Matriarchin etwas Vergleichbares. Sie musste es nur finden.

Laila zog einen Ledersessel heran, stellte sich auf den Sitz und ließ ihre Finger über die Regale gleiten. Energie surrte durch ihre Adern, und Kopfschmerzen schränkten ihr Blickfeld ein.

Während Laila das Bücherregal las, zogen Bilder von Verträgen, Rechnungen und Liebesbriefen vorbei, und dann hatte sie ihn: einen Fingerabdruck aus Bernstein. Er war zwischen den Seiten eines Liebesgedichtbands versteckt. Sie ging die Regale nach dem passenden Buchrücken durch, schlug das Buch auf und fand den Abdruck, eingelassen in eine große Bernsteinmünze. Laila sandte ein Stoßgebet zum Himmel und warf die Münze auf den Schreibtisch. Das rote Glühen erlosch.

Sie lächelte und sprang vom Sessel. Die Geräusche vor dem Arbeitszimmer wurden lauter. Hektischer. Es hatte keinen Zweck, den Schreibtisch abzutasten, um herauszufinden, wo der Schlüssel war. Schmiedekunstgegenstände antworteten nicht auf ihre Berührung. Laila zog Schubladen und Schränke auf und wühlte hastig durch die Dokumente.

In einer Schublade im linken Schränkchen lagen Hunderte von Schlüsseln. Laila ließ ihre Hand ins Metall eintauchen und blendete all ihre Sinne aus. Die Schlüssel waren nicht geschmiedet, und so zog erneut ein Bild nach dem anderen an ihr vorüber. Leere Schlafzimmer. Räume des Senats. Ordensauktionen. Und dann … ein dunkles Gewölbe, eine Decke mit aufgemalten Sternen, Büsten, und Hunderte von Reihen seltsamer Objekte. Ihre Augen flogen auf.

Der Schlüssel zur unterirdischen Bibliothek unter dem Gewächshaus.

Laila schnappte sich den Schlüssel und lief hinüber zur Chaiselongue, die dicht bei der Tür stand. Sie hob das Polster an und fand das Kostüm darunter, eingewickelt in ein Tuch. Schnell faltete sie es auseinander. Doch war sie nicht darauf vorbereitet gewesen, welche Gefühle in dem Moment auf sie einstürzen würden, als sie die Kleidung aus ihrer Jugend in Händen hielt. Und auch nicht, wie ihr seelisches Gleichgewicht ins Stolpern geriet und sich angesichts dieser Erinnerungen krümmte. Die Bluse war aus reiner Seide in Papageiengrün mit roten Rändern. Die schweren *Gunghroo*-Glöckchen und die *Jimikki*-Ohrhänger sahen genauso aus wie die ihrer Mutter. Laila hob das Kostüm an die Nase und sog den Duft ein. Es roch sogar nach Indien. Nach einer Mischung aus Kampfer, Färbemittel und Sandelholz. Beim Anblick des Kostüms stieg kalte Wut in ihr auf. Die Stimme ihrer Mutter hallte durch ihren Kopf: *Wenn du dich lebendig fühlen willst, mein Töchterchen, dann tanz! Tanz und du wirst die Wahrheit erkennen.* Laila hatte ihre ganze Seele in die Tänze gelegt, ihren Körper den rhythmischen Beschwörungen und ausdrucksvollen Bewegungen hingegeben, mit denen sie ganze Geschichten erzählen konnte, und das mit nichts weiter als dem eigenen Körper. Es konnte durchaus sinnlich sein. Aber es war immer heilig. Wie ihre Mutter zu sagen pflegte, war es ein *Beweis* dafür, dass sie eine Seele besaß. Dass sie lebendig war.

Für das Publikum allerdings … war es Unterhaltung der etwas anderen Art.

Wie hatte Hypnos es genannt?

Eine prickelnde Bereicherung.

Laila zog sich um und löste die geflochtene Haarkrone, sodass ihr das dichte Haar über die Schultern fiel. Sie schob ihre Dienstmädchenkleidung von Haus Nyx unter das Polster, versteckte den Bernsteinabdruck wieder im Gedichtband und befestigte den Schlüssel an der Innenseite ihrer Bluse.

Der Gong ertönte zum dritten Mal.

Unter der Tür drang kein Licht durch. Falls Séverin auf sie gewartet hatte, war er mittlerweile verschwunden. Die Nautch-Mädchen hatten sich vermutlich schon hinter der Bühne aufgestellt. Wenn sie jetzt hinausstürmte, würde sie nur Aufmerksamkeit erregen. Laila zog sich den Seidenschal über den Kopf und schlüpfte hinaus auf den leeren Korridor. Auch die übrigen Gäste mussten mittlerweile ihre Plätze in dem großen Amphitheater eingenommen haben. Nur sie fehlte noch.

Der Wachmann gähnte, als er sie sah.

»Du bist spät dran«, sagte er gelangweilt. »Der Rest deiner Truppe hat sich schon versammelt.«

»Ich wurde gebeten, ein Solo zu tanzen«, sagte sie und verschränkte die Arme.

Der Mann stöhnte auf und blätterte durch das Programm. »Falls du jetzt da hochgehen kannst ...«

»Nach Ihnen.«

Sie ließ den Blick über die Menge schweifen ... irgendwo musste Séverin sein.

Der Wachmann führte sie zu den Musikern, damit sie sich ein Stück aussuchen konnte. Laila erkannte die Instrumente sofort, und es versetzte ihr einen Stich in die Brust. Die Doppelfelltrommel und die Flöte, die Vina und die hell klingenden Becken.

»Welches Stück sollen wir spielen?«, fragte der Vinaspieler.

Sie spähte durch den Vorhang auf die Menge. Männer in Anzügen. Frauen in Kleidern. Mit Gläsern in den Händen. Ohne Sinn für die Geschichte, die sie mit ihrem Körper hätte erzählen wollen. Ohne Worte, mit denen sie ihre Hingebung hätten beschreiben können.

Sie würde ihnen nicht ihren Glauben vorführen.

»*Jatiswaram*«, sagte sie. »Aber erhöhen Sie das Tempo.«

Einer der Musiker zog eine Augenbraue hoch. »Das Stück ist schon schnell.«

Sie kniff die Augen zusammen. »Denken Sie etwa, das wüsste ich nicht?«

Jatiswaram war das technisch anspruchsvollste Stück und zerlegte die Musik und die Bewegungen in ihre Einzelteile. Ein Tanz, den sie aufführen konnte, ohne all ihre Gefühle hineinzulegen.

Wenige Minuten später räusperte sich der Conférencier. Auf der Bühne wurde es dunkel. »Wir präsentieren Ihnen ein Nautch-Mädchen ...«

Laila blendete den Conférencier aus. Sie war kein Nautch-Mädchen. Sie war eine *Bharatnatyam*-Darstellerin.

Als sie den Gang zur Bühne antrat, verschmolzen zwei ihrer Identitäten miteinander. Sie hatte schon einmal eine Bühne betreten und diese Kleidung getragen. Ein Mann hatte sie als Darstellerin nach Frankreich mitgenommen und das von ihrer Mutter genähte Originalkostüm weggeworfen. Eigentlich sollte Laila einen eigens dafür angefertigten *Salwar Kameez* tragen, und nicht dieses lächerliche Ding, das ihren Bauch und ihr Dekolleté so freizügig zur Schau stellte. Ihre Haare sollten eigentlich mit Blumen geschmückt sein, mit den getrockneten Jasminblüten, die ihre Mutter bei der ersten Aufführung getragen hatte, und ihr nicht offen bis an die Hüfte reichen. Sie sah auf ihre Hände und verspürte einen Stich in der Brust. Ohne Henna fühlte sie sich nackt.

Anerkennendes Gemurmel hob an, als sie die Bühne betrat. Bei ihren Auftritten im Palais mochte sie den Moment am liebsten, wenn sie auf die Bühne ging und die Scheinwerfer noch nicht auf sie gerichtet waren: das Adrenalin, das durch ihre Adern sprudelte, der dunkle Saal, der ihr das Gefühl gab, wie aus dem Nichts aufzutauchen. Doch hier fühlte sie sich wie unter einer Glasglocke. Gefangen. Der Bibliotheksschlüssel zwischen ihren Brüsten fühlte sich wie ein Eissplitter an. Sie ließ den Blick über die Menge schweifen. An jedem Platz stand ein Korb mit Rosenblüten, die man am Ende der Vorstellung auf die Darstellerin regnen ließ.

Noch bevor das Licht auf sie fiel und sie ihn sah, *spürte* sie Séverin. Ein Fleck Kälte in einem sonst warmen Raum. Die Lichter legten seine Augen in Schatten. Alles, was sie sehen konnte, waren seine langen Beine, die er vor sich ausstreckte, und sein Kinn, das er in die Hand stützte wie ein gelangweilter Herrscher. Sie kannte diese Haltung. Die Erinnerung raubte ihr den Atem. Sie dachte an den Abend zurück … an ihren Geburtstag … als sie eine elektrisierende Risikofreude gepackt hatte, wie sie sie sonst nie zuließ. Sie hatte ihn in eine Ecke seines Arbeitszimmers gedrängt, viel berauschter von der Art und Weise, wie er sie angesehen hatte, als sie es von dem Champagner gewesen war. Séverin hatte ihr nichts zum Geburtstag geschenkt, also hatte sie einen Kuss von ihm verlangt, aus dem mehr geworden war …

Laila merkte, dass er sie auf der Bühne entdeckt hatte. Merkte, wie er sich plötzlich versteifte.

Er hatte sie noch nie tanzen sehen … und mit einem Mal ging eine Veränderung in ihr vor. Jetzt fühlte sie sich wie immer vor ihren Auftritten. *Als finge ihr Blut an zu glitzern.*

Er musste genau hinsehen. Tat er das nicht, würde er den Schlüssel nicht rechtzeitig bekommen. Allerdings *wollte* sie auch, dass er genau hinsah.

Es mochte ihr Schicksal sein, von einer Nacht heimgesucht zu werden, zu der sie sich niemals bekannt hatten. Das hieß aber nicht, dass sie alleine leiden musste. Vielleicht war es grausam, aber die Stimme ihrer Mutter hallte durch ihren Kopf: *Betöre nicht ihre Herzen. Bring sie um den Verstand. Das ist viel nützlicher.*

Und das tat sie. Sie glitt in die Anfangspose, die Hüfte herausgestreckt, das Kinn gereckt, sodass es ihren langen Hals zur Geltung brachte. Die Musik setzte ein. Sie stampfte mit den Füßen auf. Die Bewegungen waren so präzise, dass es aussah, als hätte sie ihren Schatten an den Rhythmus genäht.

Tha thai tum tha.

Séverin mochte geschmeidige Eleganz ausstrahlen, wie er dort im Publikum saß, aber sie kannte ihn. Jeder Muskel war angespannt. Starr. Es war eine lauernde Haltung. Sie konnte seine Augen nicht sehen, aber sie spürte seinen hungrigen Blick auf sich. Keine Spur mehr von seinem sonst so beherrschten Lächeln.

Laila verspürte eine gewisse Genugtuung.

Ich werde nicht alleine leiden.

Sie zog die Hand über ihre Brust. Séverin rutschte unruhig auf seinem Sitz herum. Laila hakte den kleinen Finger durch das Loch am Schlüssel. Sie stampfte mit dem Fuß auf und sah auf den

Boden, während sie den Schlüssel zwischen den Armreifen verbarg. Als sie in die Knie ging, lächelte sie in sich hinein.

Neue Energie erfasste sie. Eine Energie, die kraftvoll durch ihr Blut und ihr Bewusstsein floss. Ein Mittel, ihren Weg in einer Welt zu gehen, die versuchte, sie an den Rand zu drängen.

Bring sie um den Verstand.

Sie schwebte auf den Fersen, die Knie in *Nritta* gebeugt, während der smaragdgrüne Plisseerock ihr um die Beine wehte. Die Musik wurde schneller, der Rhythmus drängender.

Ihr Blick glitt zu dem versteckten Schlüssel in ihrer Hand. Séverin bewegte den Kopf. Nur minimal. Aber sie wusste, dass er verstanden hatte. Er griff in den Korb voller Blüten. Um ihn herum taten es ihm die Leute nach.

Die Musik wurde schneller und steigerte sich zum Höhepunkt. Schließlich sah Laila ihm direkt in die Augen und hätte sich fast vertanzt. Séverin wirkte vollkommen aufgelöst. Unter seinem Blick leuchtete ihre Haut. Sie zwang ihren Körper, die Bewegung auszuführen und ließ die Finger hochschnellen … ein Zeichen.

Séverin warf die Blüten in ihre Richtung. Als die anderen Gäste das sahen, machten sie es ihm nach. Blüten aller Art regneten auf sie nieder, verfingen sich wie Schneeflocken in ihren Wimpern und streiften zart ihre Lippen. Am Ende beschrieb Laila einen schwungvollen Bogen mit dem Arm und ließ den Schlüssel los.

Er segelte durch die Luft.

Séverin schnappte ihn mit beiden Händen, als klatschte er. Laila konnte sich seinen Blick genau vorstellen, auch wenn sie ihn nicht sehen konnte. Wie sich seine Augen verdunkelten und sich auf sie hefteten. Laila wusste, sie sollte lieber die anderen Menschen im Publikum ansehen, aber sie konnte ihren Blick nicht vom ihm abwenden, und sie wollte auch nicht, dass er den Blick von ihr abwandte.

Als das Publikum in Applaus ausbrach, bemerkte sie den Mann, der hinter Séverin saß. Er trug einen senffarbenen Anzug und hielt den Körper viel zu still. Laila lief es kalt den Rücken hinunter, als sie die Bühne verließ. Er hatte sich über Séverin gebeugt wie ein Geist ... oder eine Bestie kurz vor dem Angriff.

Zofia

Zofia sah auf die Uhr. Séverin war spät dran. Sie hatte nicht mal mehr eine Stunde, bevor sie sich für den Ball fertig machen musste. Wenn sie bis dahin keinen Abdruck des Schlüssels gemacht hatte, war alles umsonst. Zu blöd, dass die Matriarchin keinen Handabdruck verwendete, um ihre Schatzkammer zu öffnen. Dann hätten sie ihre verbesserte Formel für das Gel der Sia anwenden können. Andererseits fehlten ihr dafür einige essenzielle Zutaten. Sie befanden sich alle in ihrem Labor im L'Éden.

Zofia zwang sich still zu sitzen. In ihrem Zimmer auf und ab zu gehen würde ihr auch nicht helfen. Jede Akquisitionsmission bestand zur Hälfte aus unerträglich langen Wartephasen. Doch immerhin brachte die Warterei sie alle näher ans Ziel.

Nur noch ein Tag.

Ein Tag, dann läge all das hier hinter ihnen.

Um Mitternacht wären sie in der Bibliothek. Da sie schon wussten, wo sich das Horusauge befand, mussten sie es nur noch aus dem Regal nehmen. Eine Kleinigkeit, aber mit weitreichenden Folgen. Mit der Akquisition des Horusauges konnte sich alles ändern … Sie könnte ihre Schulden begleichen und ihrer

Schwester endlich das Medizinstudium ermöglichen. Sobald Séverin Patriarch wäre, gehörte er auch zu den Strippenziehern dieser Welt. Vielleicht vermochte er sogar, sie zurück an die Universität zu bringen.

Als Zofias Eltern noch am Leben waren, hatten sie immer gesagt, Furcht wachse an Orten, die nicht von Wissen erhellt würden. Hätte sie mehr Wissen, würde sie sich vielleicht weniger fürchten. Sie könnte Wissenschaftlerin werden, Professorin … ihre Tage damit verbringen, das dunkle Unbekannte mit dem Licht der Erkenntnis auszumerzen. Sie könnte wie ihre Eltern werden, wie ihre Schwester. Könnte eine Straße entlanggehen oder durch eine Menge spazieren, ohne dieses beklemmende Gefühl des Ertrinkens. Dieses Gefühl, das sie mitunter überkam, nur weil jemand sie fragte, wie ihr Tag gewesen war und sie nicht wusste, wie sie antworten sollte.

Wissen würde sie tapferer machen.

Und tapfer sein wollte Zofia mehr als alles andere.

Aber sie lernte ja bereits, wie man dazugehörte. Oder zumindest so tat. An der gegenüberliegenden Wand stand ihr Schrankkoffer. Ein schokoladenbraunes Kleid hing am Rahmen. Sie würde es auf dem Ball tragen. Um herauszufinden, wie sie sich ohne Lailas Hilfe zurechtmachen sollte, hatte sie ewig gebraucht. Doch irgendwie war es ihr schließlich gelungen.

In diesem Augenblick kam Séverin ins Zimmer und schloss rasch die Tür hinter sich.

Zofia stand auf. »Du bist spät dran.«

Séverin sah nicht aus wie sonst, er wirkte außer Atem, durcheinander. Laila hätte ihm den Schlüssel geben sollen. War etwas schiefgelaufen? Panik überkam Zofia.

»Geht es Laila gut?«

Kaum hatte sie den Namen erwähnt, färbten sich Séverins Wangen.

»Dein Gesicht wird rot.«

Séverin räusperte sich. »Ich habe mich sehr beeilt. Und ja, Laila sieht sehr gut aus. Ich meine, ähm, es geht ihr gut. Nun gut. Also ... alles ist –«

»Gut?«

»Genau.« Séverin streckte ihr den Schlüssel hin. »Sie musste einen anderen Weg finden, mir den Schlüssel zukommen zu lassen.«

Klang plausibel. Aber das allein erklärte noch nicht, warum Séverin so seltsam wirkte. Zofia nahm den Schlüssel und ging damit zum Kamin, wo sie bereits ein Stück Zink geschmolzen hatte. Aus der untersten Schublade ihres Schrankkoffers zog sie eine Gussform und begann, das Wachs für den Abdruck vorzubereiten. Den Wachsabdruck würde sie nachher mit dem Zink ausgießen, um eine Kopie des Schlüssels zu erhalten.

Séverin lehnte sich an die Wand und fuhr sich mit der Hand durchs Gesicht.

»Die Piranhalösung hat wohl funktioniert.«

Es hätte Zofia eher überrascht, wenn die Lösung nicht funktioniert hätte. Immerhin war sie ihr Werk. Und sie war schließlich die Gewissenhaftigkeit in Person.

Séverin fuhr fort: »Soweit ich weiß, wurde das Gewächshaus abgesperrt. Die offizielle Version lautet, dass eine der Wachen aus Versehen die Fenster eingeschlagen hat, sodass der geschmiedete Rauch der Dekorationen zusammen mit den Giftpflanzen eine ungünstige Mischung ergeben hat.«

Tristan und Enrique hielten sich inzwischen vermutlich irgendwo in den weitläufigen Grünanlagen versteckt. Um neun Uhr verloren die Einladungen der beiden ihre Gültigkeit. Unter den Augen der gesamten Sicherheitskräfte von Haus Kore würden sie das Gelände verlassen und offiziell von der Gästeliste gestrichen werden. Danach sollte sie ein Kutscher zu einem wenig bewachten Seiteneingang bringen, und noch vor Mitternacht würde Zofia sie dort treffen.

Sie drückte den Schlüssel ins weiche Wachs.

»Es läuft also alles nach Plan.«

»Mhm.« Séverin wollte schon nach dem Türgriff fassen, hielt dann aber inne. Er sah aus, als wollte er sie etwas fragen, schien es sich dann jedoch anders zu überlegen. »Zur vollen Stunde geht es los.«

ZOFIA ZOG IHR Abendkleid an. In dem samtenen Réticule an ihrem Handgelenk versteckte sie eine Streichholzschachtel und zwei Schlüssel: den echten und das Duplikat, gekennzeichnet durch eine kleine Einkerbung. Eine Maske aus silbrigweißen Schwanenfedern bedeckte die obere Hälfte ihres Gesichts und ging fließend in ihr Haar über. Ein gazeartiges Netz aus dünnen Silberfäden bildete einen filigranen Überzug für ihr Kleid. Damit Laila und sie unbehelligt durch die Dämpfe ins Gewächshaus gelangen konnten, musste sie nur diesen Stoff zerreißen und sie hätten einen reinigenden Luftfilter.

Der große Saal im unteren Teil des Gebäudes hatte sich verändert. Spiegel säumten die Wände und erweckten so den Eindruck, als wäre der Saal unendlich. Daran vorbei stolzierte ein halbtransparenter Greif. Mit dem gefiederten Haupt streifte er ab und zu die Decke. Damen wie Herren kicherten und quietschten, sobald er mit seinem Trugbildschnabel nach ihnen schnappte. Verführerisch schimmernd und leicht schwankend thronte in einer Raumecke eine gigantische achtstöckige Torte, die natürlich niemand anderes als Laila gebacken haben konnte.

Zofia senkte den Blick und versuchte, sich auf den Fußboden zu konzentrieren. Da fiel ihr ein silbernes Spiralmuster ins Auge. Im Kopf verfolgte sie die Linien … Sie kannte dieses Muster. Vorher war es ihr nicht aufgefallen, der schwarze Marmor hatte es zu gut verborgen, bis gerade das Licht des Kronleuchters darauf gefallen war. Das Muster hatte etwas von einem Schneckenhaus. Es war präzise, mathematisch und erinnerte sie an die Goldene Spirale, eine logarithmische Spirale, die auf dem Goldenen Schnitt basierte. Zwei Größen standen im Verhältnis des Goldenen Schnitts, wenn sich deren Gesamtsumme zu ihrem größeren Teil so verhielt wie der größere Teil zum kleineren. Ihr Vater hatte es ihr damals mithilfe des Goldenen Rechtecks erklärt.

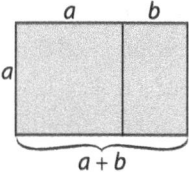

$$\frac{a+b}{a} = \frac{a}{b} \equiv \varphi.$$

In der Mathematik verwendete man für dieses Verhältnis das Symbol *Phi*, in Zahlen ausgedrückt etwa 1,618.

Zofias Vater hatte ihr gezeigt, dass der Goldene Schnitt überall in der Natur zu finden war: In den Windungen eines Perlbootes, auch Nautilus genannt, in Tannenzapfen oder im Inneren einer Sonnenblume. Doch nie hatte sie ihn so stark in einem Haus wahrgenommen. Bis jetzt. Sie blinzelte und ließ den Blick schweifen. Wo sie auch hinsah, entdeckte sie nun Beispiele für den Goldenen Schnitt. In den Türen, der Form der Fenster … Die Gleichung war überall. Das konnte kein Zufall sein. Dahinter steckte Absicht. Aber welche, das erfasste Zofia noch nicht. Gerade als sie einen der Bogen im Mauerwerk näher betrachten wollte, stellte sich ihr ein Mann im senfgelben Anzug in den Weg.

»Der Mann, dem dieser eindringliche Blick gilt, ist zu beneiden. Ich musste einfach herausfinden, wie ich mich an seiner statt fühlen würde, und komme, um mich Ihnen vorzustellen.«

Zofia ging im Kopf schnell durch, was sie andere Frauen hatte tun sehen. Sprach sie ein Mann an, dem sie zuvor nicht vorgestellt worden waren, reichten sie ihm die Hand. Also hob Zofia ihre. Der Mann ergriff sie und führte sie an seine Lippen.

»Ich kenne Sie nicht«, sagte sie.

Er lachte. Trotz der Maske aus kleinen Libellenflügeln konnte Zofia einen Teil seines Gesichts erkennen. Die Haut glänzte ungesund. Noch nie hatte sie einen so blassen Mann gesehen.

»Roux-Joubert«, sagte er und ließ ihre Hand los. »Darf ich Sie um den ersten Tanz bitten?«

Bisher hatte Zofia die umherwirbelnden Paare gar nicht wahrgenommen. Sobald ihr die Gleichung im Fußboden aufgefallen war, hatte sie nur noch Augen für den Goldenen Schnitt gehabt.

»Ich –«

»Bitte«, sagte Roux-Joubert, doch klang er dabei alles andere als flehend. »Ich bestehe darauf.«

Zofia wollte Nein sagen. Doch sie wusste einfach nicht, wie Damen der Gesellschaft sich in so einer Situation verhielten. Wahrscheinlich würden sie affektiert lachen oder hinter einem Fächer ein paar Worte murmeln. Bisher hatten die meisten Gäste sie in Ruhe gelassen, hatten mitbekommen, dass sie nur mit Monsieur Faucher Umgang pflegte, dem hochrangigen Regierungsbeamten. Séverin war ihr Schutzschild gewesen. Sagte sie jetzt Nein, würde auffallen, dass sie sich seltsam verhielt. Panik wallte in Zofia auf, als hätte man sie wieder eingeschlossen. Würde der Rest der Festgesellschaft etwas bemerken? Würde man tuscheln, sich um sie scharen? Würden sie wissen wollen, was mit ihr nicht stimmte, dass sie sich einen einfachen Tanz nicht zutraute?

»Ich fürchte, man beobachtet uns, Baroness«, insistierte der Mann. Seine blutleeren Lippen verzogen sich zu einem spöttischen Grinsen. »Sie wollen mich doch nicht in Verlegenheit bringen?«

Zofia schüttelte den Kopf, und Roux-Joubert zog sie auf die Tanzfläche. Seine Hände waren feucht und eiskalt. Sie versuchte, den Griff zu lockern, doch so schwach und kränklich er auch aussah, er hielt sie eisern fest.

»Woher aus Russland stammen Sie genau, Baroness?«

»Poltawa.«

»Bestimmt ein reizender Ort.«

Roux-Joubert führte sie in eine Drehung und sie nutzte den Augenblick, um sich nach Hypnos umzusehen. Er hätte mittlerweile bei ihr sein sollen. Die Musik wurde schneller, ein frenetischer Rhythmus, der sich in ihren Ohren noch steigerte und eins wurde mit ihrem rasenden Puls. Unter ihren Füßen fühlte sich der Boden an wie brüchiges Eis. Schon unter normalen Umständen war Zofia keine besonders gute Tänzerin. Statt schwerelosem Dahingleiten ähnelten ihre Bewegungen nun, nervös wie sie war, mehr denn je einer verzweifelten Suche nach Halt. Noch einmal drehte Roux-Joubert sie, ihre Hand fest in seiner, da drang durch das Getöse des Orchesters eine vertraute Stimme an ihr Ohr.

»Baroness.«

Hypnos.

Er stand auf einmal hinter Roux-Joubert, eine braune Hand auf der senfgelben Schulter des anderen.

»Sie erlauben?«

Mit zusammengepressten Lippen stieß Roux-Joubert hervor: »Aber natürlich.«

Noch einmal küsste er Zofias Hand. Sie erschauderte unter der eisigen Berührung.

»Baroness … Ich hoffe, wir haben noch einmal das Vergnügen.«

Hypnos begann, sie zu drehen. Seine Hand war warm und trocken.

»Sie sehen bezaubernd aus, *ma chère*«, sagte er.

Andere Paare wirbelten in schwindelerregenden Spiralen um sie herum. Hypnos führte sie in die Mitte des Saales, weg vom wachsamen Blick der Matriarchin. Zofia näherte sich ihm und drehte ihr Täschchen so, dass er den Originalschlüssel herausfischen konnte. Flüchtig fühlte sie seine Finger an ihrem Handgelenk, dann waren sie wieder weg. Ein Lächeln breitete sich auf Hypnos' Gesicht aus. »Im Übrigen war das durchaus mein Ernst, du siehst wirklich *fabelhaft* aus«, flüsterte er ihr ins Ohr. »Ganz im Gegensatz zu deinem Freund da gerade.«

»Das war kein Freund von mir.«

»Bin ich denn dein Freund?«

Zofia war sich nicht sicher, was sie antworten sollte. Immerhin hatte Hypnos vor nicht allzu langer Zeit noch damit gedroht, sie einsperren zu lassen … was nicht gerade nach etwas klang, das Freunde taten. Doch hatte er auch gute Seiten: Er war lustig. Und er behandelte sie nicht anders als alle anderen. Sie sah ihm ins Gesicht. Diesen Ausdruck kannte sie: geweitete Augen, hochgezogene Brauen, ein übertriebenes Grinsen. Er wirkte hoffnungsvoll, sogar ein bisschen verletzlich.

»Wie genau sähe denn so eine Freundschaft aus?«

»Nun ja, jeden Mittwoch zum Beispiel würden wir Satan ein Katzenopfer bringen.«

Fast wäre Zofia gestolpert.

»Zofia, ich habe nur einen Witz gemacht.«

Ihr schoss das Blut in die Wangen.

»Ich mag Witze nicht besonders.«

Hypnos drehte sie. »Nun, dann werde ich das in Zukunft berücksichtigen. Freunde?«

Der Tanz neigte sich dem Ende zu. Nahe der Treppe schlugen

die Uhren die elfte Stunde. Zofia wog ab, bevor sie knapp nickte. »Freunde.«

Nachdem der Tanz zu Ende war, zerstreute sich die Menge langsam. Viele der Einladungen liefen eine Stunde nach Mitternacht aus und diejenigen, die früher aufbrechen wollten, strebten bereits zum Ausgang. Auch Zofia stellte sich in die Schlange für die Verabschiedung und ließ den Blick über die Menge schweifen. Irgendwo musste Séverin sein und an seinem Plan feilen, wie er am besten in die Bibliothek käme, während Hypnos den Schlüssel zurück ins Büro der Matriarchin schmuggelte. Tristan, Enrique und Laila warteten wahrscheinlich schon beim Gewächshaus. Ihre Gedanken wanderten zu dem Mann, der sie zum Tanzen aufgefordert hatte. Roux-Joubert. Seine Berührung hatte sie an etwas erinnert … Nur woran?

»Haben Sie Ihren Aufenthalt hier genossen, Baroness?«

Vor Zofia stand mit leicht besorgtem Gesichtsausdruck die Matriarchin. Zofia zuckte zusammen, suchte nach Worten. Auf dieses Gespräch hatte sie sich vorbereitet, doch der Fußboden und der fremde Mann hatten sie aus dem Konzept gebracht.

»Ja«, antwortete sie hölzern, »und … Sie haben einen sehr hübschen Boden.«

Die Matriarchin blinzelte. »Wie bitte?«

Oh nein. Da war sie wieder, diese Beklemmung, dieses Gefühl, nach einer Treppenstufe zu tasten, die nicht da war. Sie hatte etwas Falsches gesagt. Gerade wollte sie antworten, sie hätte sich versprochen, da erinnerte sie sich an Lailas Rat: schauspielern. Verkörpern, was man zu sein vorgab. Sie richtete sich auf. So anmutig, wie sie konnte, deutete sie auf den Boden.

»Die logarithmische Spirale auf Basis des Goldenen Schnitts«, sagte sie. »Eine der liebsten Gleichungen der Natur.«

»Ah!« Die Matriarchin klatschte in die Hände. »Sie haben ein gutes Auge, Baroness. Mein verstorbener Mann verlieh jedem

Detail in unseren Häusern eine Bedeutung. Darum ist es auch besonders schade, dass ich die Umgebung um das Gewächshaus habe absperren müssen … Das ist wahrlich ein besonderer Anblick.«

Zofia fühlte den Anflug eines schlechten Gewissens. Schließlich war es ihre Schuld, dass man den Bereich des Gewächshauses momentan nicht betreten konnte.

»Oh ja, sehr traurig«, stimmte sie zu.

»Noch viel trauriger, wenn man bedenkt, was meinem Landschaftsgärtner und seinem Kollegen widerfahren ist«, fügte die Matriarchin leise hinzu. »Wirklich schlimm.«

Das Ebenholztor öffnete sich und feuchter Nebel drang herein, der zäh über dem Hämatit-Fluss hing. Zofia wusste, sie sollte sich bewegen, doch sie konnte nicht. Ein Dienstbote beugte sich zu der Matriarchin, um ihr etwas ins Ohr zu flüstern. Zofia fühlte sich, als hätte man ihr sämtliche Luft aus der Lunge gepresst. Sie schluckte, spürte, wie das Korsett sie einengte.

»Wie bitte?«

Die Person hinter ihr in der Schlange tippte ungeduldig mit dem Fuß auf den Boden. Die Musik spielte lauter. Ein Diener stellte sich an ihre Seite.

»Was sagten Sie über den Landschaftsarchitekten und seinen Kollegen?«

Aufbrandender Applaus verschluckte ihre Worte. Soeben hatten sich Feuer speiende Akrobaten wie flammende Blitze von der Decke abgeseilt. Beißender Schwefelgeruch breitete sich aus.

»Wir sehen uns hoffentlich bei der Winterversammlung in Russland«, rief ihr die Matriarchin über den Lärm zu.

Die Person hinter Zofia trat ihr in die Hacken und sie stolperte. In dem Moment fasste der Diener sie recht unsanft am Ellbogen. Man drückte ihr ein Andenken in die Hand und die Matriarchin wandte sich an den nächsten Gast.

Es ging alles so schnell.

Die Türen öffneten und schlossen sich wieder. Das Boot kam, um sie abzuholen und glitt wie von Zauberhand über das stille, geschmiedete Wasser. Niemand sonst war bei ihr.

Wenn man bedenkt, was meinem Landschaftsgärtner und seinem Kollegen widerfahren ist.

Sie fühlte sich, als wränge jemand ihre Gedanken aus. Was war Enrique und Tristan zugestoßen?

Am Anleger angekommen, lief Zofia an der Konstruktion aus Verit vorbei und reichte den Wachen ihre Einladung. Man wünschte ihr eine gute Heimreise. Nach einer Weile fuhr der von Séverin angeheuerte Wagen vor.

»Fahren sie zwei Kilometer geradeaus bis zur zweiten Platanenreihe«, wies Zofia den Kutscher an.

Was auch immer Tristan und Enrique passiert sein mochte, sie würde es bald erfahren.

Draußen vor dem Fenster waberte die Nacht vorbei, während der Kutscher seltsame Abzweigungen nahm, um sie auf sicherem Wege über das Gelände zu kutschieren, ohne dass ihnen ein anderer Wagen begegnete. Die letzten Worte der Matriarchin gingen ihr nicht aus dem Kopf. Wie ging es wohl den anderen? Schließlich verlangsamte die Kutsche ihre Fahrt und hielt an.

»Die Luft ist rein«, versicherte ihr der Kutscher.

Zofia stieg aus. Den Lageplänen des Landsitzes zufolge befand sich zwischen zwei frei stehenden Platanen ein altes Tezcat-Portal, das ihr direkten Zugang zu den Gärten auf dem Grundstück verschaffen würde.

Doch weit und breit war kein Spiegel zu sehen. Nur die beiden Bäume, Seite an Seite, etwas abseits der anderen, drum herum nichts als lauernde Dunkelheit. Zofia drehte sich um. Zu beiden Seiten erstreckte sich die Landstraße. Dahinter dunkle Wiesen. Sie war mutterseelenallein und kein Weg in Sicht. *Vielleicht ist es schlicht zu dunkel*, dachte sie und griff nach einem der Anhänger an ihrer Kette. Mithilfe von Phosphor ließen sich Tezcat-Portale sichtbar machen. Sie zerbrach den Phosphoranhänger und ein blassblaues Licht ging davon aus. Leicht geblendet von dem plötzlichen Leuchten in der Dunkelheit sah Zofia auf.

Nur Zentimeter von ihr entfernt stand eine dunkle Gestalt.

Ein Schrei blieb ihr im Hals stecken. Sie stolperte rückwärts, instinktiv griff sie nach ihrer Kette. Da bemerkte sie, dass die dunkle Gestalt das Gleiche tat. Sie kniff die Augen zusammen. Langsam gewöhnten sie sich an die Dunkelheit. Das Licht in ihrer Hand war nicht allein: Es hatte einen Zwilling in der Hand der Schattengestalt.

Zofia sah sich ihrem Spiegelbild gegenüber.

Sie sah sich selbst.

Faszinierend, dachte sie. Das Wissen, wie man ein Tezcat-Portal herstellte, das nicht wie ein Spiegel aussah, war verloren gegangen, als das Gefallene Haus, nun ja, gefallen war. Doch vor sich sah sie einen Beweis dafür, wozu die Schmiede dieses Hauses in der Lage gewesen waren. Sie hatten nicht nur Blendwerk hergestellt, das echte Durchgänge verbarg, sondern tatsächliche Portale, die dazu fähig waren, Distanzen zwischen zwei Orten zu überbrücken.

Zofia streckte ihre bebenden Finger nach dem Spiegelbild aus. Bei der Berührung gab das Tezcat-Portal nach und schluckte ihre Hand. Auf der anderen Seite fühlte sie dieselbe Luft, Efeulaub streifte ihre Finger. Sie ließ den leeren Phosphoranhänger zu Boden fallen, zerrieb ihn unter dem Absatz und folgte ihrer Hand.

Einmal hindurch, fand Zofia sich in den Gärten Haus Kores wieder. Ohne Gäste wirkten sie unheimlich. Aus der Ferne klang die Musik gespenstisch und schief. Scherben verunzierten den Boden, Gold löste sich von Baumrinden. Direkt hinter den Bäumen konnte Zofia das verlassene Gewächshaus ausmachen. Ein widerlicher Gestank erfüllte die Luft und sie erschauerte. Sorgfältig sah sie sich nach Wachen um, doch Séverins Vorhersage schien zu stimmen: Sie hatten sich an den Rand des Gartens zurückgezogen, um keine giftigen Dämpfe einzuatmen.

Plötzlich fühlte sie eine Hand auf der Schulter.

Sie machte einen Satz.

»Psst, ich bin es bloß.«

Laila.

Zofia drehte sich zu ihr um und runzelte die Stirn. »Was ist mit deiner Verkleidung passiert?«

Laila trug nur eine halbe Bluse und einen Rock, der zu tief auf den Hüften saß. Auf Zofia wirkte es um Längen bequemer als alles, was Frauen sonst so trugen.

Laila lachte auf. »Das *ist* meine Verkleidung.«

»Oh.«

Doch Laila wurde schnell wieder ernst. Ihre Unterlippe zitterte. »Während ich mich versteckt hielt, habe ich einige Gespräche mit angehört. Tristan und Enrique könnten verletzt sein.«

Sie ging los in Richtung Gewächshaus. Zofia folgte ihr.

»Auf dem Dienstbotenflur haben alle darüber geredet, was im Garten passiert ist. Man brachte zwei einbandagierte Männer herein und einer davon trug Enriques Verkleidung.«

In Zofias Magen formte sich ein hässlicher Knoten. Doch es gab nichts, das sie sagen oder tun konnte. Entweder befanden sich die beiden sicher im Gewächshaus.

Oder nicht.

Entschlossen zerriss sie den silbrigen Oberstoff ihres Kleides in zwei Hälften. Eine davon gab sie Laila. Wie Schleier wickelten sie sich den Stoff um die Köpfe, während sie immer weiter auf das Gewächshaus zugingen. Selbst mit den Schutzschleiern brannten ihnen die Dämpfe in den Augen.

Die Tür stand offen. Laila sah sie hoffnungsvoll an.

Doch Zofia war sich nicht sicher. Eine geöffnete Tür musste nicht unbedingt ein Zeichen von Enrique und Tristan sein. Möglicherweise hatte die Matriarchin einfach angeordnet, die Türen zu öffnen, um die Dämpfe entweichen zu lassen.

Zofia ballte die Hände zu Fäusten. *Reiß dich zusammen.* Sie begann, die Dinge um sich herum zu zählen. Zwei Eingangstüren. Vierzehn Eisenstreben. Ein Mond. Sieben Linden. Vier Wasserspeier auf dem Gewächshausdach, die Lippen zu grinsenden Fratzen verzogen. Sechs Statuen mit starren Steinaugen unter sechs dunklen Eichen.

Noch drei Schritte bis zur Tür.

Zwei.

Mit gezücktem Messer ging Laila zuerst hinein. Drinnen hoben sich die großen Fenster als hellere Flächen von den Wänden ab.

Alles war fast vollständig weggeätzt. Vorsichtig tasteten sie sich durch das Gewächshaus und hielten Ausschau nach Bodenveränderungen oder Einkerbungen, die auf eine Falltür hinweisen konnten. Plötzlich drang aus einer der Ecken ein Husten. Laila stürzte vor und warf jemanden zu Boden. Es war ein Wachmann. Gegen die Dämpfe hatte er sich einen Schal um den Kopf gewickelt.

»Sie!«, fauchte Laila und hob ihr Messer. »Sie müssen einer der Männer sein, die sie verletzt haben. Machen Sie sich auf was gefasst!«

Der Wachmann fuchtelte mit den Armen und versuchte panisch, etwas mitzuteilen, was durch den Schal nicht zu verstehen war. Zofia fühlte pochende Rache, rohen Schmerz im Herzen. Sie hatten Tristan und Enrique etwas angetan. Ihren … ihren Freunden.

Da gelang es dem Wachmann, sein Gesicht teilweise von dem Tuch zu befreien. »*Wartetumirnichts!*«

Er stützte die Ellbogen auf, zerrte weiter an dem Schal und sah zu ihnen hoch. Ein gerötetes Gesicht kam zum Vorschein, ein leichtes Lächeln umspielte die Lippen.

Enrique.

»Obwohl ich mich furchtbar geschmeichelt fühle, dass ihr mich rächen wollt – dazu besteht wirklich kein Grund.«

Enrique

Enrique stieß einen Pfiff aus und Tristan trat aus dem Schatten. Sein Blick wanderte zunächst über Zofia, gekleidet in Samt und Seide, dann zu Laila, die … weniger anhatte. Er lief so rot an, dass Enrique ihm sein Tuch ins Gesicht warf.

»Du bist so ein Kleinkind.«

Tristan schnitt eine Grimasse, die jedoch gleich darauf erneut dem furchtsamen Ausdruck wich, der auf seinem Gesicht lag, seit das süße Veilchen ihn aus dem giftverschuldeten Delirium befreit hatte. Enrique machte ihm daraus keinen Vorwurf. Wäre *er* dem Tod nur um Haaresbreite von der Schippe gesprungen, hätte ihn das auch völlig durchgerüttelt. Tristan fühlte sich außerhalb des L'Éden nie wohl, und diese Akquisitionsmission war ihm noch dazu von Anfang an nicht ganz geheuer gewesen. Mittlerweile war er ein nervliches Wrack. Während sie darauf gewartet hatten, ins Gewächshaus zurückzukehren, hatte er beinahe einen kompletten Rosenbusch zerstört, indem er die Blätter abgerupft hatte.

»Ich dachte, ihr wärt tot!«, rief Laila aus, rannte auf beide zu und schloss sie in ihre Arme.

Zofia bewegte sich nicht von der Stelle, sondern zupfte nur an ihrem Kleid herum. Enrique bemerkte, wie sie ihn ansah, mit glänzenden Augen, und dann den Blick senkte. Sie musste nicht angerannt kommen. Er verstand auch so.

»Dieses kandierte Veilchen hat uns gerettet«, erklärte Enrique. »Irgendeine Pflanze hat Tristan vergiftet. Vermutlich war außerdem die Atemschutzmaske defekt und hat ein paar Dämpfe durchgelassen.«

Zofia sah auf. »War sie nicht.«

»Ich weiß, dass du sie hergestellt hast, aber jeder macht mal Fehler«, sagte er beschwichtigend. »Und ich bin ungern derjenige, der dir die Nachricht überbringt, Zofia, aber du bist auch nur ein Mensch.«

»Ach ja? Warum nennt ihr mich dann Phönix?«

Dazu fiel Enrique nichts mehr ein.

Tristan ließ neben ihm die Schultern hängen.

»Was ist dann passiert?«, fragte Laila.

»Ich schätze, die Wachen haben etwas gerochen und den Alarm ausgelöst. Zwei von ihnen kamen rein, wurden außer Gefecht gesetzt und bekamen überall Bläschen. Also haben wir unsere Kleider mit ihnen getauscht und uns dann bis vor einer Stunde versteckt gehalten.«

Laila berührte seine Wange. »Ich bin so froh, dass es euch gut geht. Aber jetzt sollten wir runter in die Schatzkammer. Es ist schon fast Mitternacht. Habt ihr den Eingang gefunden?«

»Ja«, antwortete Enrique. »Nur konnten wir hier drin erst mal nichts machen, bis sich die Dämpfe so weit gelegt hatten, dass wir uns nur durch die Tücher geschützt hereinwagen konnten. Ich wollte lieber kein Risiko mehr mit den Masken eingehen, nach dem, was Tristan zugestoßen ist.«

Tristan schob einige Pflanzenrückstände beiseite und brachte eine flache Metalltür zum Vorschein.

»Seid ihr bereit?«, fragte Enrique. »Bis auf Tristan natürlich.«

Normalerweise hatte Tristan kein Problem damit, Wache zu stehen, doch als er nun die Falltür öffnete, zitterten ihm die Hände.

»Seid vorsichtig«, sagte er.

»Denk einfach dran, was wir machen werden, wenn alles vorbei ist«, entgegnete Laila fröhlich.

»Heißen Kakao trinken?«

»Ooooh, und Kuchen essen«, fügte Enrique hinzu.

Selbst Zofia lächelte.

»Kann Goliath auch dabei sein?«, fragte Tristan.

Die drei anderen stöhnten auf.

Als die Falltür vollständig geöffnet war, sahen sie eine Treppe, die sich in den gähnenden dunklen Abgrund wand.

»Mal ehrlich«, sagte Enrique, während er sich hinunterschob. »Warum kann er Goliath nicht an die Leine nehmen? Er ist fast so groß wie eine Katze.«

»Ich kann dich hören«, mahnte Tristan.

»Gut so. Dann denk mal über Spinnenleinen nach.«

Die Treppe machte einen Bogen zur Seite und schien dann etwa einen Kilometer weiterzuführen. Nach einer Weile drehte Enrique sich noch einmal, um zu sehen, wie weit sie schon gekommen waren und ob er Tristan noch erkennen konnte, doch es war zu dunkel. Dass die Treppe feucht war, machte es nicht besser, die Stufen waren sehr rutschig.

Laila fröstelte. »Es ist eiskalt hier unten.«

Mit klappernden Zähnen stimmte Enrique ihr zu. Langsam näherten sie sich dem Fuß der Treppe. Enrique hatte erwartet, dass sie direkt in die unterirdische Bibliothek führen würde, doch dieser Ort war einfach nur ein gigantischer unterirdischer Saal. Die Höhlenwände glänzten vor Feuchtigkeit und über ihren Köpfen baumelten Wurzeln. Ein feuchter mineralischer Film legte sich auf die Atemwege. In der Mitte des ovalen Raumes erhob sich ein rundes Podest aus Stein. Dreizehn Metallstäbe ragten daraus empor. Sie wirkten auf Enrique fast wie Hebel, wobei er sich nicht vorstellen konnte, was die hier unten für eine Funktion hätten. Außer der kleinen Flamme, die Zofia vor sich hertrug, gab es kein Licht.

»Wo ist wohl die Bibliothek?«

Zofia ließ den Schein der Flamme über die Höhlenwände wandern. Plötzlich wurde das Licht verschluckt.

»Ein Tunnel«, bemerkte Enrique atemlos. »Vielleicht geht es dort zur Bibliothek?«

Mit Blick auf den Eingang zum Tunnel stieg er die letzte Stufe hinab und berührte den Boden. Kaum eine Sekunde verging, da fühlte er es auch schon: Der Untergrund begann zu beben. Enrique trat einen Schritt zurück, bis beide Füße wieder fest auf der untersten Stufe standen.

»Fühlt ihr das auch?« Seine Stimme war plötzlich eine Oktave höher gerutscht.

»*Siehst* du das auch?«, gab Zofia zurück und deutete auf den Gang, in dem auf einmal eine Fackel entflammte. In ihrem Licht konnten sie weit hinten, am Ende des Tunnels, eine Tür aus Bernstein ausmachen.

»Das muss der Eingang zur Bibliothek sein!« Ein Lächeln breitete sich auf Lailas Gesicht aus und leichtfüßig sprang sie die letzten Stufen hinunter.

»Laila, warte!«

Etwas an dem Untergrund war seltsam. Als hätte er ihre Anwesenheit *bemerkt*. Doch Enrique konnte Laila nicht rechtzeitig aufhalten. Mit beiden Füßen landete sie auf dem Boden. Das erneute Beben erfasste diesmal sogar die Treppe. Enrique verlor den Halt und landete unsanft auf der Erde. Zofia kam neben ihm auf. Die Flamme kugelte ihr aus der Hand und über den Boden,

der auf einmal hell erleuchtet wurde. Dafür reichte die Leucht-
kraft von Zofias Anhänger jedoch eigentlich nicht aus.

Langsam hob Enrique den Kopf. Der Tunnel wurde immer
heller. Wo vorher *eine* Fackel gewesen war, waren nun Hunderte. Und nicht nur das. Das Beben hatte eine Ursache. Eine große
Steinkugel rollte durch den Tunnel. Bei jeder Umdrehung nahm
sie das lodernde Feuer der Fackeln auf und erleuchtete somit
die gesamte Höhle. Jetzt erkannte Enrique auch den zerfurchten
Pfad, der sich spiralförmig in die Raummitte wand.

Er sprang auf die Füße. »Wenn ich es mir recht überlege, waren
die Dunkelheit und die Kälte völlig in Ordnung.«

Laila fasste ihn und Zofia am Arm und zog sie zur anderen
Seite des Raumes.

»Wenn wir uns außerhalb seiner Bahn bewegen, kracht der
Feuerball einfach gegen die Wand und wir können in den Tunnel
und zur Tür rennen. Ist ja nicht so, als würde der Boden –«

In diesem Moment brach der Boden auf.

Enriques Schuh verfing sich in einem Riss, der plötzlich zum
Vorschein kam. Der Spalt vergrößerte sich, als wäre der Stein-
boden nichts als eine Eisfläche. Abermals riss es Enrique von
den Füßen. Als er rückwärts von dem Spalt wegzukrabbeln versuchte, rutschte seine Hand weg. Zentimeter von ihm entfernt
tat sich auf einmal ein Abgrund auf. Darunter rauschte ein rei-
ßender Fluss, eisig und dunkel. Der Boden musste so geschmiedet sein, dass er sich wie ein Puzzle zusammenfügte. Oder eben
auseinanderbrach. Unbefugte Eindringlinge würden entweder
durch Feuer oder durch Wasser sterben. Das einzig Gute an dem
langsam näherkommenden Feuerball war, dass sie inzwischen
wenigstens sehen konnten, was um sie herum war.

»Wir bewegen uns«, rief Zofia.

Sie lag ausgestreckt auf einem schmalen Felsstreifen nicht weit
von ihm entfernt. Zu seiner anderen Seite versuchte Laila auf

einem tellergroßen Stück Boden das Gleichgewicht zu halten. Im Tunnel gewann der Feuerball an Geschwindigkeit und bewegte sich in einer Korkenzieherlinie auf sie zu.

Enrique starrte hinunter auf den Fluss. Seine Position hatte sich verändert. Er sah, wie der Raum sich langsam drehte. Alle Bruchstücke des Bodens trieben langsam im Kreis um das Podest in der Mitte.

»Alle geschmiedeten Abwehrmechanismen haben gesetzlich verordnet einen Somnomodus«, rief er über das Getöse von Fluss und Feuerball. »Wir müssen nur herausfinden, wie man ihn aktiviert. Das Podest muss der Schlüssel dazu sein. Laila, du erreichst es als Erste. Sag uns Bescheid, sobald du was entdeckst!«

Mit den Augen suchte Enrique den Raum ab. Das hier war nicht wie im Verwahrungssaal der Ordensauktion. Kein Onyxbär, der seine Zähne in jemandes Handgelenk vergraben hatte. Keine Steinfigur, die er abtasten konnte, um Einkerbungen oder sonstige Hinweise auf den Mechanismus zu finden. Er war zu weit von den Höhlenwänden entfernt, um zu erkennen, ob darauf etwas geschrieben stand. Und die Steinplatten waren – sofern er das erkennen konnte – einfach nur Steinplatten.

»Kopf hoch«, schrie Zofia.

»Das ist gerade nicht der richtige Zeitpunkt für ausgelutschte Motivationssprüche.«

»*Enrique*. Da oben steht etwas.«

Er sah nach oben. Auf dem Weg nach unten hatte er an der Decke außer herabhängenden Wurzeln nichts bemerkt. Doch durch das Licht des Feuerballs ließ sich jetzt mehr erkennen. In die Wurzeln waren Muster geritzt. Präzise angeordnete Buchstaben. Sein Felsstück gewann an Fahrt, sodass Enrique sich ständig drehen musste, um die Wörter zu entziffern.

E? Mut? Surg?

Er kniff die Augen zusammen. Zofia hätte ihm vielleicht helfen können, doch die saß seelenruhig im Schneidersitz auf ihrer Steinscholle, als befände sie sich in der Sternwarte. Ihr Blick wirkte verschwommen, während sie sich im Raum umsah und mit dem Finger langsam eine Spirale in der Luft nachzeichnete. Laila war schon weiter vorne, dichter am Podest.

Immer schneller kreiste Enriques Stück Boden durch den Raum, während es sich ebenfalls dem Podest näherte. Er reckte den Hals, versuchte, die vorbeischießenden Buchstaben zu erkennen, bis er sie endlich entziffert hatte:

EADEM MUTATA RESURGO

»Was steht da?«, rief Zofia.

Es war Latein, und obwohl er nicht sagen konnte, woher, kam ihm der Satz vage bekannt vor …

»Es bedeutet … *Verwandelt kehr ich als dieselbe wieder.*«

»Zofia, Enrique!«, rief Laila. Sie winkte und deutete auf das Podest. »Es gibt dreizehn Hebel, mit Nummern darauf. Sie scheinen mit einer Art … Zahlenschloss verbunden zu sein. Oder etwas Ähnlichem. Ich … Ich kann es nicht besser erkennen, aber ihr kommt gleich darauf zu.«

Hebel.

Das klang irgendwie tröstlich, hieß es doch, das Ganze konnte irgendwie kontrolliert werden.

»Wenn man an den Hebeln Ziffern einstellen kann, könnte es doch sein, dass es hier ein numerisches Muster gibt?«, schlug Zofia vor.

»Ein Code.« Enrique nickte.

Stellten sie die richtigen Zahlen ein, würde der Feuerball hoffentlich zum Stillstand kommen und der Raum wieder in den Urzustand versetzt werden.

»*Verwandelt kehr ich als dieselbe wieder*«, murmelte er vor sich hin und riskierte einen Seitenblick zum Feuerball. Er war auf die doppelte Größe angewachsen und ähnelte nun einer brennenden Kutsche, die sie binnen weniger Minuten überrollen würde.

Zofia fuhr mit dem Finger über den Boden, als zeichnete sie.

»Denk nach, denk nach«, murmelte Enrique und stampfte mit dem Fuß auf.

Ihm war das Gestaltungskonzept von Haus Kore aufgefallen … Formen der Heiligen Geometrie, die in den Bäumen hingen, oder die Spirale auf dem Boden der Empfangshalle. Doch gerade half ihm das wenig. Sich stetig verändernd und doch gleichbleibend? Deutete das auf etwas hin, das sich selbst immer ähnlich blieb?

»Eine Spirale«, sagte Zofia da.

»Was?«

»Wir bewegen uns in einer Spirale.«

Enrique blinzelte. »Danke, Zofia, das ist mir auch schon aufgefallen.«

»Ich meine eine *bestimmte* Spirale«, fuhr sie mit Nachdruck fort. »Sie entspricht der Spirale auf dem Fußboden in der Empfangshalle. Und sie passt zu dem Rätsel. *Verwandelt kehr ich als dieselbe wieder.* Eine logarithmische Spirale. Es bedeutet, *alle* durch den Mittelpunkt verlaufenden Geraden schneiden die Kurve unter dem gleichen Tangentenwinkel –«

Enrique schwirrte der Kopf. Und das nicht nur, weil sich seine Bodenscholle kontinuierlich schneller drehte.

»Es müsste ein wiederkehrendes Muster sein.« Zofia sprach nun sehr schnell. »Etwas, das schon sehr lange existiert. Irgendeine Sequenz oder Abfolge …«

Enrique dachte nach. Selbst das Grollen des Bodens schien einem bestimmten *Rhythmus* zu folgen. Einem Rhythmus, der etwa in der Natur oder der Poesie zu finden war. Sie kamen immer dichter an die Hebel heran. Er konnte das emporragende Podest nun deutlich erkennen.

Auf einer Steinplatte vor ihm duckte Laila sich, sprungbereit, in Richtung Podest.

»Nicht springen!«, rief Zofia.

In diesem Moment ging ein Ruck durch die Steinschollen. Laila taumelte. Ihr Felsstück wurde auf einmal seitlich so stark in die Höhe gedrückt, dass sie hinunterrutschte und sich gerade noch an der Kante festhalten konnte. Ihre Füße baumelten dicht über dem eisigen Fluss. Ein wütendes Beben erschütterte das Gewölbe und der Feuerball legte weiter an Tempo zu. Und damit an Wucht. Von Enriques Standpunkt aus schien es, als käme der Feuerball jeden Moment aus dem Tunnel und durch die Höhle gerollt.

»Es geht mir gut«, stieß Laila hervor und hievte sich zurück auf die Scholle. Doch sie befand sich im unbarmherzigen Sog der Spirale. Konnten sie den Feuerball nicht rechtzeitig anhalten, würde er auf sie zurollen. Laila befände sich direkt in der Schusslinie.

»Das Rätsel hat ein Muster, das Muster ist der Schlüssel ...«, wisperte Enrique. Er fühlte sich seines Atems beraubt. Die Luft wurde heißer, Schweiß rann ihm den Rücken hinunter. »Dreizehn Hebel. Ein Rätsel. Ein Schlüssel. Ein sich bewegender Boden.«

Allmählich begann sich in seinem Kopf ein Bild zu formen. Ihm kam nur eine historische Zahlenfolge in den Sinn, die zu passen schien.

»Die Fibonacci-Folge«, rief er aus. Seine Schläfen pochten.

Enrique erinnerte sich so genau an diese Folge, weil er damals eine bezaubernde Italienerin in seinem Linguistikseminar hatte beeindrucken wollen. Ihr Verlobter war davon überhaupt nicht begeistert gewesen, doch die Zahlen hatte er nie vergessen.

»Eins, eins, zwei, drei, fünf, acht, dreizehn, einundzwanzig«, schoss Zofia hervor. »Jede Zahl ist die Summe der beiden vorherigen Zahlen. Die Folge passt perfekt zum logarithmischen Rätsel.«

Das Podest war in Sichtweite: Dreizehn antike Hebel und gerade genug Platz für zwei Leute.

»Er kommt immer näher«, rief Laila.

Enrique sah auf. Der Feuerball bewegte sich direkt auf Laila zu.

Sie hatte sich weit genug auf ihr Felsstück gezogen, um nicht herunterzufallen, doch sie war gefangen.

»Wir haben den Code, halte durch!«, rief Enrique ihr zu. Als er sich dem Podest weit genug genähert hatte, nickte er Zofia zu.

»Auf drei springen wir. Eins, zwei, *drei* –«

Er sprang. Einen Moment lang war er schwerelos, ohne Boden unter den Füßen, nur einen dunklen, gähnenden Abgrund unter sich. Er streckte die Arme aus, hielt den Atem an, bis er den felsigen Vorsprung unter sich spürte. Neben ihm kam Zofia ins Straucheln. Während er sich erhob, packte er sie gleichzeitig am Arm. Als die Steinkante unter ihren Füßen wegbrach und in den eisigen Fluss stürzte, klammerte sie sich fest an ihn.

»Schätze, es ist der falsche Augenblick, um zu erwähnen, dass ich die Fibonacci-Folge nur bis einundzwanzig kann.«

»Ich kenne das Muster, mehr brauche ich nicht«, sagte Zofia. »Fang ganz links an.«

Auf jedem Hebel gab es eine Reihe für je drei Zahlen und am oberen Ende weitere, kleinere Hebelschalter, um sie zu verändern. In der ersten Reihe ließen sie folgende Zahlen einrasten:

001

Danach kamen:

001

002

003

So ging es weiter – 005, 008, 013 – bis zum achten Hebel. Hektisch bediente er die Schalter: 021.

Laila stieß einen Schrei aus. Der Feuerball hinter ihr loderte wie eine sengende Sonne. Sie wandte ihr Gesicht ab, um sich nicht zu verbrennen.

»Wir sind gleich so weit!« Zofia rannen Tränen die Wange hinunter, während sie sich mit blassen Fingern an den Hebeln zu schaffen machte.

»Vierunddreißig, fünfundfünfzig, neunundachtzig, einhundertvierundvierzig«, murmelte sie. »Zweihundertdreiunddreißig!«

Augenblicklich kam der Boden zum Stillstand. Zofia taumelte und fiel erneut beinahe rücklings vom Podest herunter, doch Enrique fing sie auf. Auch der Feuerball kam urplötzlich zum Stehen und rollte dann langsam rückwärts. Es kühlte merklich ab. Laila krabbelte auf einen anderen Felsen, der jetzt gut für sie erreichbar war. Unter ihnen fügte sich der Boden von selbst wieder zusammen. Stein und Stahl knirschten, bis der Untergrund schließlich wieder ganz war.

Zofia schlug das Herz bis zum Hals. Enrique spürte ihre fiebrige Haut durch seine Leinentunika. Sobald der Raum sich nicht mehr bewegte, löste sie sich jedoch aus seinem Griff und rannte auf Laila zu. Er sank zu Boden und rieb sich die Schläfen.

Als er wieder aufsah, standen beide Mädchen vor ihm und sahen auf ihn herab.

Laila grinste breit und küsste ihn auf die Wange. »*Mein Held!*« Enrique strahlte. Vielleicht war er nicht unbedingt der Held, der zu werden er sich erträumt hatte – bisher hatte er kein Land aus der Unterdrückung befreit und war niemandem auf einem weißen Pferd zur Rettung geeilt –, doch das hier fühlte sich schon ziemlich heldenhaft an. Er wandte sich Zofia zu, um ihr zu gratulieren, aber sie verschränkte die Arme vor der Brust.

»Also, *ich* werde dir keinen Kuss geben.«

Der Ruß auf Armen und Wangenknochen brachte ihre blauen Augen zum Strahlen, wie das Innerste einer Flamme. Ihre Haare leuchteten so hell wie Kerzenlicht. Obwohl Enrique bisher keinen Gedanken an ihren Mund auf seinem verschwendet hatte, wanderte sein Blick nun, da sie es erwähnt hatte, zu ihren Lippen. Sie glänzten bonbonrot … Hastig zwickte Enrique sich in den Nasenrücken. Er musste sich den Kopf angeschlagen haben, denn die seltsamsten Gedanken machten sich darin breit.

»Ich wollte lediglich sagen, dass wir ein gutes Gespann abgeben, Phönix.«

Sie zog einen Mundwinkel nach oben. »Ich weiß.«

Und es stimmte. Ihre Mathematik, seine Geschichte. Sie waren wie eine Gleichung, deren Summe größer war als ihre einzelnen Bestandteile.

Weiter hinten lag der Tunnel nun im Halbdunkel, doch ein Streifen der Bernsteintür war noch immer zu erkennen: Der wahre Eingang zur Bibliothek von Haus Kore. Sie mussten noch ein ganzes Stück Weg hinter sich bringen, doch Adrenalin pumpte noch immer durch seine Venen und verdrängte jeden Gedanken an schmerzende Knochen und Muskeln.

»Was war nun der Code für die Hebel?«, fragte Laila im Gehen.

Zofia räusperte sich. »Eins, eins, zwei, drei –«

»Die Fibonacci-Folge«, schaltete sich Enrique ein. Wenn Zofia jetzt alle Zahlen aufzählte, wären sie morgen noch hier.

»Danken wir Fibonacci«, sagte Laila und legte die Handflächen zusammen.

»Nun ja, Fibonacci kann einen Teil des Ruhms ernten, aber nicht alles. Er war brillant, keine Frage, aber wusstet ihr –«

Zofia stöhnte auf, aber Enrique fuhr unbeirrt fort: »– dass die Fibonacci-Folge bereits mehrere Jahrhunderte vor Christus in Sanskrit-Texten des hinduistischen Wissenschaftlers Pingala auftaucht? Ist das nicht faszinierend?«

Laila runzelte die Stirn. »Wem gebührt also unser Dank?«

»*Mir* natürlich.«

Als sie ans Ende des Tunnels gelangten, lag der Bernsteinein-
gang zur Bibliothek endlich vor ihnen. Mittlerweile war Enriques
Adrenalinrausch abgeklungen und Erschöpfung ergriff von ihm
Besitz.

Doch er wappnete sich für das, was vor ihm lag. Das Horusauge. Während Zofia die Hand nach dem Türgriff ausstreckte,
fragte er sich, ob es möglich war, dass die Zeit sich verlangsamte
und ausdehnte. Ähnlich wie bei einer riesigen Pupille, die sich
weitete, um Licht einzulassen. Denn auf einmal spürte er jede
verrinnende Sekunde auf seiner Haut. Als hingen all seine Träume reif und tief wie Früchte an einem Baum und er müsste nur
die Hand ausstrecken, um sie zu pflücken. Wären Marcelo Ponce
und die anderen Ilustrados jetzt hier, würden sie vielleicht mehr
in ihm sehen als einen aufgeweckten Mestizen: Er wäre ein auf-
strebender Held. Wie Dr. Rizal. Jemand, der das Dunkel erhellte.

Die Tür schwang auf.

Ein warmer Luftzug fegte über sie hinweg und Enrique bekam
eine Gänsehaut. Kaum hatten sich seine Augen an das hellere
Licht gewöhnt, bemerkte er zwei dunkle Gestalten, die bedrohlich im Halbschatten aufragten.

Séverin

Seinen fünften Vater nannte Séverin Hochmut.

Hochmut hatte in den Orden von Babel eingeheiratet. Seine verstorbene Frau war die zweitgeborene Tochter eines Patriarchen gewesen. Doch obgleich sie wohlhabend geboren waren, verloren sie ihren letzten Centime bei einer Investition in weit entlegene Salzbergwerke. So waren sie gezwungen, ihren gesamten Besitz zu verkaufen. Verbitterung wuchs wie eine Kruste um das Heim der Familie. Hochmut zeigte Tristan und Séverin die Sammlungskataloge des Ordens und erzählte ihnen hinter vorgehaltener Hand, welche Gegenstände einmal ihm und seiner Frau gehört hatten. Er zeigte ihnen, wie man sich zurückholte, was einem gehörte. Wie man einen Gurt anfertigte, mit dem man sich vom Dach abseilen und zu den Fenstern herunterlassen konnte, welche Wachen man bezahlen musste, und wie man sich unbemerkt fortbewegte.

Er nahm nie das Wort »stehlen« in den Mund.

»Holt euch, was die Welt euch schuldet, egal mit welchen Mitteln«, hatte Hochmut gesagt. »Die Welt hat ein beschissenes Gedächtnis. Sie wird ihre Schulden nie begleichen, es sei denn, ihr zwingt sie dazu.«

SÉVERIN DACHTE AN Hochmut, als er Hypnos am Eingang zur unterirdischen Bibliothek traf. Hypnos steckte den nachgebildeten Schlüssel in die Bernsteintür. Die Tür schwang auf und gab den Blick auf eine lange Treppe frei, die in die Dunkelheit hinabführte. Séverin hielt kurz inne und senkte den Kopf. Für ihn kam das fast schon einem Gebet gleich. Er flüsterte Hochmuts Worte, die er sich jedes Mal in Erinnerung rief, bevor er sich einen Gegenstand beschaffte: »Ich bin gekommen, mir meinen Anteil zu holen.«

Vor ihnen erstreckte sich die unterirdische Bibliothek in ihrer gesamten Fülle. Der Raum war so groß wie ein Amphitheater, und obwohl alles aus fester Erde bestand, tanzten Unterwasserreflexionen über die Decke. Ein schmaler Graben zog sich um die Bibliothek, wie ein eingebautes Kühlsystem, das die Temperatur in der Schatzkammer regulierte. Aus dem Boden schossen übersichtlich angeordnete Gänge, durch die geschmiedete Laternen und Weihrauchfässer schwebten. Immer mehr Objekte tauchten auf: Karyatiden und Trinkhörner, lädierte Kronen und Kanopenvasen, Spiegel, die mitten in der Luft hingen, und ein azurblauer Krug, aus dem ein nie endender Strom Wein floss.

»Ach herrje! Überall funkelnde Gegenstände«, stöhnte Hypnos und legte seine Hände entzückt auf sein Herz. »Meine Schwäche.«

Könige mochten angesichts dieser Bibliothek auf die Knie fallen. Séverins Aufmerksamkeit galt jedoch nur einer einzigen Sache. Er schritt durch einen Gang auf die hintere Wand zu, wo eine Bernsteintür, ähnlich der, durch die sie soeben gekommen waren, gerade aufschwang. Drei Gestalten betraten den Raum. Ein staunender Enrique. Eine verblüffte Zofia, die ihre Halskette fest umklammerte. Und Laila ... mit fleckigen Schlieren, die nach Asche aussahen. Laila, die immer noch das Tänzerinnenkostüm trug – ein Anblick, den er auch so nicht aus dem Kopf bekommen hätte.

Hypnos winkte zur Begrüßung, beugte sich zu Séverin herunter und flüsterte ihm ins Ohr: »Hör auf zu starren.«

Rasch wandte Séverin den Blick ab. Er griff nach der silberfarbenen Dose in seinem Sakko und steckte sich eine Nelke in den Mund.

»Irgendwelche Schwierigkeiten gehabt?«, fragte er.

»Ja«, gab Zofia trocken zurück. »Ein Feuerball kam auf uns zugerollt, der Boden ist aufgerissen, und wir dachten, Tristan und Enrique wären tot.«

»*Bitte was?*«

»Tristan geht es gut«, beruhigte Laila ihn. »Er ist oben und hält Wache.«

»Sagtest du Fellball?«, fragte Hypnos. »Wie ein flauschiger Welpe? Wie reizend!«

»Sie hat *Feuerball* gesagt.«

»Oh. Das ist entschieden weniger reizend.«

Séverin klatschte in die Hände, und sie verstummten.

»Der Transport für den nächsten Wachwechsel kommt in einer Stunde. Fünf Plätze sind für uns reserviert, damit wir hier rauskommen, also lasst uns anfangen. Wir wissen, dass sich das Horusauge im achten Gang des westlichen Traktes befindet, aber unangenehme Überraschungen sind nicht auszuschließen. Zofia?«

Zofia zerriss die zweite Schicht ihres Kleids. Es zerfiel in fünf Stoffstreifen, die nacheinander zu Boden segelten. Sie wickelte einen Streifen um ihre Hände. Der Stoff passte sich sofort deren Form an und verwandelte sich in ein Paar durchsichtige Handschuhe.

»Schmiedekunstgummi«, sagte sie und hob die Hände. »So nehmen die Objekte die menschliche Berührung nicht wahr.«

Laila erschauderte. »Ja, wir wollen ja nicht kleben bleiben, wenn wir etwas anfassen.«

»Oder unsere Fingerabdrücke hinterlassen«, fügte Enrique hinzu.

»Oder Blut«, sagte Séverin und sah Hypnos dabei finster an. Auf so einen Brieftrick würde er nicht noch einmal hereinfallen. »Enrique?«

Enrique deutete auf die Regale. »Sammlungen sind immer heikel. Manchmal enthalten sie Fälschungen. Das Auge des Horus sollte in etwa handtellergroß sein und eine Pupille aus Glas oder Kristall zum Durchgucken besitzen – eventuell ist sie aber auch über die Jahre ein wenig angelaufen.«

Hypnos schaute einen nach dem anderen an, als sähe er sie gerade zum ersten Mal.

»Ich muss sagen, in diesem Licht seht ihr ziemlich furchterregend aus.«

»*In jedem Licht*«, korrigierte Enrique ihn.

Als alle ihre Handschuhe angelegt hatten, ging Séverin voraus in Richtung des achten Ganges.

»Sobald wir das Horusauge haben, spazieren wir hier raus …«

»Einfach so?«, fragte Enrique plötzlich mit erhobener Stimme. »Aber es ist hausgezeichnet …«

»Schhhh, mein Hübscher«, sagte Hypnos. Er streckte ihm die Hand hin, an der sein Ring – ein heller Halbmond – schimmerte. »Der Ring ist an meine Haut gebunden. Wenn er abgenommen und nicht innerhalb von zwei Wochen auf einen rechtmäßigen Erben übertragen wird, erlöschen die Hauszeichnungen. Und ich bin mir ziemlich sicher, dass die Matriarchin keine Zeit hatte, ihn ihrem unausstehlichen Neffen zu vermachen.«

»Also …« Enrique sah sich um. »*Prinzipiell* … könnten wir momentan einfach alles mitnehmen?«

»Konzentration!«, ermahnte sie Séverin.

Die unterirdische Bibliothek erstreckte sich vor ihnen über schätzungsweise einen Kilometer. Da Haus Kore weltweit die meisten antiken ägyptischen Artefakte besaß, quollen die Regale über vor Schmiedekunstschätzen. Gefunden hatte man sie bei Plünderungen von Pharaonengräbern. Aus den Ruinen eingestürzter Tempel hatte man in Gläsern und Sand konservierte Schriftrollen entnommen. Doch obwohl die Eigentümer und Kunsthandwerker der Artefakte längst verstorben waren, knisterte die Macht noch immer in ihrem Inneren. Glaskäfer, auf deren Panzern Blitze zuckten, krabbelten durch die Regale. Ein- oder zweimal richtete sich ein Teleskopauge auf Séverin, und er sah darin nicht etwa den schmutzigen Boden oder die Schätze, die sich hinter ihm spiegelten, sondern einen Totenschädel über seinem Kopf und eine zerpflückte Rose zu beiden Seiten seines Gesichts. Verstört ging er weiter.

Als sie sich dem achten Gang näherten, kam ein kühler Wind auf. Zofia griff nach ihrer Kette. Laila hielt sich im Hintergrund und ließ die Finger über die Regalbretter gleiten. Sie wandte sich an Séverin und nickte kaum merklich – ein stummes Zeichen: *Die Luft ist rein.*

Séverin betrat den Gang als Erster. Abrupt blieb er stehen. Er hörte, wie die anderen um die Ecke kamen und das Schlurfen ihrer Füße auf einen Schlag verstummte. Enrique, der direkt hinter ihm stand, stöhnte auf.

»Das soll wohl ein Witz sein!«

Der gesamte achte Gang war voll von … Horusaugen. Alle handtellergroß und aus Bronze. Alle mit einer klaren Glaspupille, und alle absolut identisch. Auseinanderhalten konnte man sie nur anhand der Objekte, die dazwischen auf den Regalen standen. Krimskrams, der es nicht wert war katalogisiert zu werden. Silberne Anch-Kreuze baumelten an schmalen Haken, und gesprungene Kanopenvasen standen zwischen Keramikscherben, die über die Regale verteilt waren.

Zofia trat vor. »Nicht alle Horusaugen sind geschmiedet.«

»Woher weißt du das?«, fragte Enrique.

Zofia strich mit dem Finger über ihre Handfläche und sah niemanden an. »Ist einfach so.«

»Sie hat recht«, sagte Laila und zog ihre Hand von einem der Horusaugen.

Hypnos beäugte sie misstrauisch, und Laila deutete auf die Regale. »Es ist doch abwegig, dass so viele Augen geschmiedet wurden und nun einfach hier herumliegen.«

»Da ist was dran«, sagte Enrique. »Also suchen wir nach einem besonderen Auge. Es soll das Babelfragment sichtbar machen, also zeigt es wahrscheinlich nicht den Boden, wenn ihr hindurchseht, sondern etwas anderes.«

Hypnos stöhnte. »Aber das hier müssen *Hunderte* von Horusaugen sein!«

»Noch ein Grund mehr, endlich anzufangen.« Séverin trat vor das erste Regal. »Können wir?«

Es gab fünfzig Abschnitte, zehn für jeden. Séverin machte sich an die Arbeit. Jedes Mal, wenn er seine Schuhe durch das Glas sah, legte er das Auge wieder zurück und nahm das nächste. Und noch eins, und noch eins, und noch eins, und jedes Mal starrte ihm nur der Boden entgegen. Drei Abschnitte. Alles Fälschungen.

Séverin legte gerade eine weitere Fälschung zurück ins Regal, als ein silberfarbenes Tuch zu Boden fiel. Als er es aufheben wollte, rutschten seine Finger einfach über die Oberfläche, als wäre sie aus Eis. So etwas hatte er noch nie gesehen. Noch dazu funkelte es wie ein in den Boden gegossener Spiegel. Mit spitzen Fingern ergriff er die Zipfel, hob es auf und stopfte es in seine Tasche.

Ihm gegenüber hielt Laila, die mit der Hand über die Horusaugen glitt, kurz inne. Ihr Blick wanderte über sein Gesicht, hinunter zu seiner Sakkotasche und verharrte dort für einen Moment. Er konnte wohl nichts vor ihr verbergen.

Séverin räusperte sich. »Enrique? Zofia? Irgendwas gefunden?«

Enrique schüttelte den Kopf. Zofia antwortete nicht. Séverin drehte sich um und wollte sich gerade wieder dem Regal zuwenden, als er sah, wie Laila sich abmühte, an ein Horusauge zu kommen. Ein großes schwarzes Buch hatte sich davor verkeilt. Das untere Ende des Buchrückens schien am Holz festzukleben.

»Ich komm nicht ran!«, sagte Laila. »Das Horusauge ist hinter dem Buch eingeklemmt.«

Séverin konnte nicht genau sagen, warum ihm auf einmal die Haare zu Berge standen. Ihm gefiel nicht, wie das Buch dort im Regal klemmte. Es wirkte zu gewollt. Außerdem hatten die tintenbeschmierten Seiten etwas Beunruhigendes an sich, und die verkohlte Vorderseite des in Leder gebundenen Buchs sah für Tierhaut viel zu glatt aus. Insgesamt war es in der Bibliothek auf einmal viel zu still. Bevor er sie jedoch warnen konnte, hatte Laila das Buch bereits aus dem Regal gerissen. In dem Moment, als sie es von seinem Platz löste, schlug es in der Mitte auf. Eine indigoblaue Rauchwolke stob aus den geöffneten Seiten.

»Schnell, zurück!«, schrie Séverin.

Laila ließ das Buch fallen, und Finsternis brach daraus hervor. Inmitten der Schwärze rutschte etwas Weißes aus den Seiten. Es war eine zierliche, weiße Feder.

Wenn er vorher geglaubt hatte, es wäre in der höhlenartigen Bibliothek bereits zu still gewesen, so hatte er sich getäuscht. *Jetzt* war es still. Alle Geräusche, die sonst so selbstverständlich waren – das Aneinanderreiben von Stoffen, das Flattern von Insektenflügeln, das Plätschern von Wasser –, waren verschwunden. Schatten rauschten aus allen Winkeln der Bibliothek heran und gaben dem Rauch, der aus dem Buch aufstieg, eine neue Gestalt. Eine Schnauze formte sich. Zähne blitzten auf. Pranken schossen unter blutgetränktem Fell hervor. Séverin sah zu Laila. Ihr Mund war zu einem Schrei aufgerissen. Er hechtete zwischen den Beinen des Ungetüms hindurch auf sie zu, gerade als ein tiefes Grollen durch die Bibliothek dröhnte. Alle fünf hoben zögerlich den Blick.

Die Schattenkreatur ragte über ihnen empor, den Kopf weit über die höchsten Regale gereckt. Der Oberkörper hatte die Gestalt eines Löwen, das Hinterteil die eines Nilpferds. Der Kopf in Form eines Krokodils bewegte sich schnappend vor und zurück. Das Ungetüm schlug mit der Pranke auf den Boden.

»In Deckung!«, brüllte Séverin.

Alle fünf rannten zum Ende ihrer jeweiligen Regalreihe.

»Ammit«, rief Enrique laut.

»Was?«

»So heißt das Ding«, sagte er. »Eine Seelenfresserin aus der ägyptischen Mythologie.«

»Wir sind aber nicht in Ägypten!«, jammerte Hypnos. »Was macht sie hier?«

»Ich vermute, sie haben sie hergebracht, um ein mächtiges Horusauge zu beschützen«, sagte Enrique.

»Das würde bedeuten, dass du das echte gefunden hast«, sagte Séverin zu Laila.

Der Boden bebte. Ein Schnüffeln war zu hören.

»Wenn wir zurückgehen und das Auge holen, verschwindet sie vielleicht«, sagte Zofia.

Hypnos unterdrückte ein Lachen. »Wenn du es ausprobieren willst, *ma chère* – tu dir keinen Zwang an! *Ich* geh da nicht raus.«

»Es müssen ja nicht alle von uns gehen«, sagte Séverin.

Er blickte über die Schulter.

Ammit atmete schwer, hatte den Kopf gesenkt, die Augen halb geschlossen. Sie war abgelenkt. Neben ihrer Pranke lag die weiße Feder, die zu Boden gesunken war. Jetzt schritt sie auf und ab. Das Fell aufgestellt, lauerte sie wachsam in der Nähe des Regals mit dem Horusauge.

»Sie beschützt auf jeden Fall etwas«, sagte Séverin.

Sie mussten sie irgendwie von dem Ding weglocken.

»Ihr vier geht auf der anderen Seite der Regalreihe entlang zu dem Horusauge. Gebt mir ein Zeichen, wenn ihr nah genug dran seid. Dann springe ich raus. Ammit wird mir nachjagen. Ihr schließt das Buch und schnappt euch das Auge. Verstanden?«

Alle krochen zur anderen Seite des Regals, außer einer: Laila.

»Du spielst dich viel zu gern als Märtyrer auf, *Madschnun*. Ich lass dich nicht allein.«

Vorerst, dachte er.

»Das könnte dein Grab sein, Laila.«

»Solang ich es selbst entscheiden kann.«

Die beiden lugten durch die Risse in den Regalen. Zofia, Hypnos und Enrique krochen weiter.

Ammit rührte sich nicht. Ihr gesamter Körper war Séverin und Laila zugewandt. Zofia streckte die Hand aus, die Finger nur Zentimeter von dem Buch entfernt. Hypnos und Enrique kauerten links und rechts neben ihr.

Enrique nahm Blickkontakt zu Séverin auf und nickte.

Zofia griff nach dem Buch. Ammits Hals zuckte, als würde sie sich jeden Moment umdrehen. Séverin sprang aus seinem Versteck.

»Hunger?«, rief er.

Das Ungetüm brüllte.

Dampf quoll aus den Nasenlöchern. Es krallte die Pranken in den Boden und stürzte los. Der Boden erbebte. Objekte fielen klappernd von den Regalen. Ein süßlich-fauliger Geruch ging von der Kreatur aus und übertünchte den Duft der Erde. Séverin stemmte die Füße in den Boden. Von Weitem sah er, wie Zofia nach beiden Seiten des Buchdeckels griff und sie zuknallte. Enrique schnappte sich das Horusauge vom Regal.

»Tschühüss!«, rief er und winkte.

Aber Ammit hielt weiter auf Séverin zu.

Zofia runzelte die Stirn, hob den Blick und senkte ihn wieder auf das Buch. Sie klappte es noch einmal auf und wieder zu, aber es geschah nichts. Séverin unterdrückte einen Anflug von Panik. Manchmal reagierten geschmiedete Schutzmechanismen nicht sofort. Noch einen Augenblick, dann würde es bestimmt funktionieren. Es *musste* funktionieren. Ammit kam näher. Séverin konnte ihren stinkenden Atem riechen, als hätte man Fleisch zum Ausdörren in die Sonne gelegt. Er würgte. Ammit holte mit der Pranke aus und riss das Maul auf. Blutbefleckte Zähne glänzten im Licht. Weiter hinten in ihrem Maul entdeckte Séverin eine glühende Mulde in Form einer Feder, die ihn an ein Schloss ohne Schlüssel erinnerte. Séverin hielt inne. Nur für einen Augenblick löste er den Blick von Ammit und suchte den Boden nach der weißen Feder ab, die vermutlich der Schlüssel für den Somno war. Er musste die Feder nur irgendwie in ihr Maul befördern.

Doch er hatte sie eine Sekunde zu lang aus den Augen gelassen.

Ihr Schatten senkte sich über ihn. Noch bevor er die Arme hochreißen konnte, sprang Laila hinter dem Regal hervor und stieß ihn weg – gerade noch rechtzeitig.

Er ächzte und stolperte rückwärts. Laila zog ihn am Arm hinter ein anderes Regal, und Ammit knallte gegen die Wand. Sie schnaubte und schüttelte den Kopf.

»Die Feder«, sagte Séverin. »Hol die Feder.«

Laila stürzte davon, um sie zu holen. Wenige Sekunden später hatte Ammit die Orientierung wiedererlangt. Sie bäumte sich auf und drehte sich von der Wand weg. Séverin kroch vorwärts. Zofia hielt den Speer in der Hand, den sie aus einem der Regale gezogen haben musste. Hypnos war zur Salzsäule erstarrt und Enrique drückte das Horusauge fest an seine Brust. Laila stand der Kreatur am nächsten. In ihren Händen schimmerte die weiße Feder. Ammit fixierte Laila wie fette Beute und legte den Kopf schief. Als würde sie noch überlegen.

Der Rest der Welt war ihm in diesem Moment egal.

Nicht sie.

»Nein … nein, nein, nein«, keuchte Séverin und beeilte sich, wieder auf die Füße zu kommen. Er fuchtelte wild mit den Händen durch die Luft. »Hier drüben!«

Aber Ammit ließ sich nicht ablenken.

Lailas Blick schnellte zu Séverin, dann zurück zu dem Ungetüm. Sie kniff die Augen zusammen. Es bestand keine Möglichkeit, Séverin die Feder zu übergeben. Sie streckte die Hand aus, und die Kreatur rannte los. Wie aus weiter Ferne hörte Séverin die anderen rufen. Er gab nicht einen einzigen Laut von sich, obwohl jede Faser seines Körpers laut aufschrie. Ammit stürzte sich auf Laila und riss sie mit einer Pranke zu Boden. Lailas Gesicht verzog sich vor Schmerz. Sie kämpfte und irgendwie gelang es ihr, die Feder in Ammits Maul zu befördern. Ammits Kopf wirbelte herum und versperrte Séverin die Sicht auf Laila. Ein lautes Brüllen ließ die Regale erbeben, und im nächsten Moment fiel Lailas Hand schlaff zu Boden.

Séverin war wie betäubt. Sein Blick heftete sich starr auf Lailas leblose Hand. Es war albern, wie genau er ihre Hände kannte. Er wusste, dass sie immer kalt waren, auch wenn draußen sengende Hitze herrschte. Er wusste, dass sie eine kleine Brandnarbe auf der Spitze ihres Zeigefingers hatte. Er war bei ihr in der Küche gewesen, als sie aufjaulte, weil sie sich an einer heißen Pfanne verbrannt hatte. Séverin hatte einen Arzt rufen wollen, eine ganze Kolonne von Krankenschwestern. Er hätte sogar den Pfannen den Krieg erklärt … aber Laila hatte abgewinkt.

»Es ist nur eine winzige Verbrennung, *Madschnun*«, hatte sie gesagt und seine Besorgnis lachend abgetan.

»Ich weiß«, hatte er gesagt.

Aber ich kann es nicht ertragen, dich leiden zu sehen.

Ammit warf den Kopf zurück. Die Welt schien auf einmal schwerelos. Risse zogen sich durch ihren Körper, verströmten ein unheimliches blaues Zwielicht. Im nächsten Moment verschwand Ammit in einem gleißend hellen Lichtschein. Laila lag am Boden und rührte sich nicht.

Séverin stürzte auf sie zu, fiel auf die Knie und drückte ihren Körper fest an sich. Sie fühlte sich viel zu leicht an in seinen Armen. Zögernd näherten sich auch die anderen. Er wandte sich nicht um.

»Laila?«, rief er und schüttelte sie.

Mach die Augen auf.

Ihr Kopf rollte auf die Seite, und etwas in ihm zerbrach. Er führte die Lippen an ihr Ohr und flüsterte: »Laila, ich bins, dein *Madschnun.*« *Dein Wahnsinniger*, dachte er, sprach es jedoch nicht laut aus. »Du wirst mich wirklich noch in den Wahnsinn treiben, wenn du jetzt nicht aufwachst ...«

Sie ächzte. Dann schlug sie die unergründlich dunklen Augen auf.

»*Gott* sei Dank«, seufzte Enrique und bekreuzigte sich.

Zofia sah blass und mitgenommen aus. Sogar Hypnos, für den sie alle doch eigentlich nur Mittel zum Zweck waren, hatte Tränen in den Augen. Enrique half Laila auf, und auch Séverin erhob sich. Er klopfte seinen Anzug ab und strich ihn glatt. Noch wagte er nicht, Laila anzusehen.

»Den Göttern sei Dank, dass es Laila und Zofia gibt. Denn mit euch beiden ...« – Séverin deutete auf Enrique und Hypnos – »ist absolut nichts anzufangen.«

Hypnos legte die zitternde Hand an seinen Hals. »Ich hatte Angst. Dir ist doch bekannt, wie sich Angst auf den Teint auswirkt?«

»Klär mich auf.«

Hypnos blinzelte. »Nun ja, *genau* weiß ich das natürlich auch nicht. Jedenfalls tut es ihm nicht gut, so viel kann ich sagen.«

»Immerhin haben wir das Auge, oder?«, bemühte sich Enrique.

Er drehte sich um und wollte Hypnos gerade das Artefakt geben, da streckte Séverin die Hand danach aus.

»Gib es ihm nicht«, sagte er.

»Warum denn das nicht?«, wollte Hypnos wissen.

»Du wirst zuerst den Erbfolgetest durchführen, *danach* kannst du dein Auge haben ...«

Hypnos verschränkte die Arme. »Meine Bedingungen waren ...«

»Dass ich das Auge akquiriere und du mich im Gegenzug wieder als Erben etablierst«, betete Séverin herunter. »Du hast nicht *ein* Mal erwähnt, dass das Auge, sobald wir es haben, sofort in deinen Besitz übergehen müsste.«

Hypnos öffnete den Mund, schloss ihn jedoch gleich wieder. Dann grinste er. Er schien nicht böse zu sein, sondern vielmehr erleichtert.

»Touché.«

Hypnos machte sich auf, den schwarzen Kasten zu suchen, den er in Haus Kores Obhut gegeben hatte. Einige Minuten später kehrte er damit zurück.

»Für euch, meine Lieben.«

Er nahm den Deckel ab. Darin lagen fünf Wachuniformen und die entsprechenden Hüte. Schnell zogen sie sich die Sachen über. Als auch der Letzte seinen Hut gerichtet hatte, machten sie sich auf den Weg zu unterschiedlichen Ausgängen.

»Ich werde dem L'Éden übermorgen einen Besuch abstatten, um mein Versprechen einzulösen«, sagte Hypnos. Er sah einem nach dem anderen in die Augen, als würde er darin etwas suchen. »Ich freue mich darauf, einen zweiten Patriarchen an meiner Seite willkommen zu heißen.«

BIS ZUM TREPPENAUFGANG des Gewächshauses war es nicht weit, aber sogar der kurze Weg dorthin stellte Séverins Geduld auf eine harte Probe. Am liebsten hätte er alles schon hinter sich. Er wollte zum L'Éden, durch das eindrucksvolle Foyer spazieren, seine vernarbte Hand bereitwillig für den Erbfolgetest hinhalten und das Gesicht der Matriarchin sehen, wenn sie ihn zum rechtmäßigen Erben von Haus Vanth erklärte. Er blinzelte und sah die Zukunft vor sich entlang fließen, wie schmackhafter, goldener Honig aus einem Mythos – jede Kostprobe eine Verheißung: ein lächelnder Tristan mit Hosentaschen voll Blumen; ein unter Tausenden von Büchern begrabener Enrique; eine zündelnde Zofia; und eine lächelnde Laila, deren Herzenswunsch in Erfüllung gegangen war. Ein heftiger Schmerz durchfuhr Séverin: vorschnelle, unerprobte Freude, die einfach unkontrolliert in seiner Brust explodierte. Er wusste nicht, wie er damit umgehen sollte. Am liebsten hätte er sie von sich ferngehalten, bevor sie ihn noch mehr vereinnahmte. Auf einmal zupfte Enrique an seinem Ärmel.

»Zofia hat einen Speer.«

Séverin blickte sich um. »Zofia, ich habe doch gesagt, wir nehmen nur das Horusauge mit, nichts anderes.« Er deutete auf den Speer. »Den kannst du nicht behalten.«

Zofia funkelte ihn an. »Du hast ein Silbertuch mitgehen lassen. In deiner Sakkotasche.«

Séverin überlegte kurz. »Du kannst den Speer behalten.«

»Das ist nicht fair!«, rief Enrique. »*Ich* habe nichts mitgenommen!«

»Dafür bekommst du später eine ganz andere Belohnung.«

»Hach ja«, sagte Enrique verträumt. »Erfüllung. Erlösung. *Erdbeeren.*«

»Keine finanziellen Engpässe mehr«, fügte Zofia hinzu.

»Was wirst du tun, Laila?«, fragte Enrique.

»Ach, weißt du. Ich gehe, wohin mein Weg mich führt«, sagte Laila mit geheimnisvollem Lächeln.

Die anderen gingen davon aus, dass sie nach Hause zurückkehren wollte, beladen mit Schätzen aller Art. Nur Séverin wusste, wonach sie suchte. Er wusste, dass Paris nur ein Zwischenstopp auf ihrem Weg war. Dieser Gedanke ließ sein Glück nur noch halb so groß erscheinen, bestärkte ihn gleichzeitig jedoch in seinem Entschluss. Wenn er es zuließ, könnte sie sein Herz verwüsten. *Was für ein dummer Gedanke.* Es ging um Laila. Die berühmte L'Énigme. Wer konnte schon sagen, ob sie ihn überhaupt noch mal wollte?

»Was ist mit Tristan?«, grübelte Enrique. »Was wird er tun?«

Zofia stieß mit dem Speer in die Luft. »Eine Armee von Spinnen zusammenstellen.«

Alle lachten, sogar Séverin, doch seine Freude war gedämpft. Als sie oben an der Treppe angekommen waren, stieß er die Falltür auf.

»Tristan?«, rief Laila.

»Wir wurden von einem Nilpferd angegriffen!«, rief Enrique.

Séverin rührte sich nicht vom Fleck. Er ließ den Blick durch das Gewächshaus schweifen. Irgendetwas stimmte hier nicht. Schwere Dämpfe und dichte Schleier waberten über den säureversengten, dunklen Boden. Ein schwarzes Schimmern erregte Séverins Aufmerksamkeit. Der Nebel lichtete sich. Ein entferntes Fiepen erklang in seinen Ohren. Das Geräusch der Angst, das durch seine Gedanken heulte.

»Tristan«, sagte er leise.

Der Dunst hatte sich nun vollständig verzogen und gab den Blick auf einen kleinen Gartenstuhl frei, den jemand in die Mitte des Gewächshauses gestellt hatte. Darauf saß Tristan – zusammengesunken und mit einem Apparat auf dem Kopf, der Séverin in seine schlimmsten Albträume verfolgte. Ein Metalldiadem, zuckende blaue Lichtblitze: ein Phoboshelm. Zorns Worte klingelten in seinen Ohren.

Eure Vorstellungskraft fügt euch mehr Leid zu, als ich es je könnte.

Wird genug Druck ausgeübt, könnte der Verstand sogar ... Risse bekommen.

Séverin wollte zu Tristan rennen, aber geschmiedete Messer tauchten wie aus dem Nichts in der Luft auf und schwebten bedrohlich an seiner Kehle. Eine Sekunde später wurde ihm das Horusauge aus der Hand gerissen.

»Herzlichen Dank, mein Junge«, vernahm er eine leise Stimme.

Vorsichtig drehte Séverin den Kopf. Roux-Joubert stand vor ihm, zittrig und abgemagert. Er betupfte seine Lippen mit einem fleckigen Taschentuch. Eine Anstecknadel in Form einer Honigbiene zierte sein Revers.

»Wobei – eigentlich habe ich es eurem Freund hier zu verdanken«, sagte er. Er tippte sich an die Schläfe. »Seine Liebe und Angst und sein eigener kaputter Verstand haben es mir leicht gemacht, ihn zu überzeugen, dass er euch rettet, indem er euch verrät. Allerdings hatte er auch ein bisschen Unterstützung von der entzückenden Baroness. Sie hat mich eigenhändig zu euch geführt.«

Zögerlich hob Zofia ihre Hände, das Entsetzen stand ihr deutlich ins Gesicht geschrieben. Roux-Joubert musste ihr irgendetwas untergeschoben haben ... aber wie?

Roux-Joubert verneigte sich. »Vielen Dank, Mademoiselle, für Ihre bereitwillige Teilnahme. Ich habe eine Schwäche für dumme Mädchen.«

Die geschmiedeten Messer flogen nun auf Tristans Hals zu.

»*Aufhören!*«, schrie Séverin.

»Sie wollen ihn also nicht aus seinem Elend erlösen?«, flötete

Roux-Joubert. »Ich muss zugeben, ich war nie so … sagen wir … *nett*, wie ich es hätte sein können. Aber wenn Sie ihn lebend wiederhaben wollen, lassen Sie uns doch eine Abmachung treffen, Monsieur Montagnet-Alarie. Tristan zufolge stehen Sie in Kontakt mit Hypnos, dem Patriarchen von Haus Nyx.«

Séverin sagte nichts.

»Ich interpretiere Ihr Schweigen als Zustimmung«, sagte er mit einem grausamen Grinsen. »Sie werden mich und meinen Kompagnon in drei Tagen um Mitternacht in der Ausstellung über kolonialen Aberglauben treffen und mir den Babelring des Hauses Nyx bringen. Den Ring von Haus Kore besitze ich bereits, und nun würde ich gern meine Sammlung vervollständigen … Kommen wir ins Geschäft?«

Tristan zuckte unkontrolliert. Seine Augen waren fest zusammengekniffen. Eins der Messer fing an sich zu drehen und streifte mit der Spitze den obersten Knopf von Tristans Hemd.

»*Ja*«, sagte Séverin atemlos. »Ja, ich mache es.«

Das Messer verharrte reglos.

Laila, die neben ihm stand, zitterte vor Wut. »Sie werden das Babelfragment niemals finden …«

»*Es finden?*« Roux-Joubert lachte. »Ach, Kleines. Ich weiß doch schon, wo es sich befindet.« Er hustete wieder in sein verdrecktes Taschentuch. »Drei Tage, Monsieur Montagnet-Alarie. Sie haben drei Tage, den Ring zu besorgen. Sonst werde ich Ihre Welt in Schutt und Asche legen und mit ihr alles, was Ihnen lieb und teuer ist.«

Roux-Joubert blickte auf seine Armbanduhr.

»Sie haben einen sehr genauen Plan ausgearbeitet, Monsieur. Besser nehmen Sie jetzt den Wachtransport. Ich möchte ja nicht, dass Sie Ihre Rückfahrt verpassen«, sagte er und winkte; In der Hand das gestohlene Horusauge. »Nicht, wo Sie doch noch so viel zu tun haben.«

»Ich …«

»Sie werden mich aufspüren?«, erriet Roux-Joubert Séverins Antwort und lachte leise. »Nein, werden Sie nicht. Wir verstecken uns seit Jahren, und bisher hat uns niemand gefunden. Wenn die Zeit gekommen ist, werden wir uns selbst zu erkennen geben. Letztendlich ist dies der Beginn einer Revolution.«

TEIL IV

AUS DEN ARCHIVEN DES ORDENS VON BABEL

Die Anfänge des Imperiums
Großmeisterin Marie Ludwig Victor,
Haus Frigg der Preußischen Fraktion
Im Jahre 1828 unter der Herrschaft Friedrich
Wilhelms III.

In alten Zeiten war man sich uneins, ob es sich bei den Babelfragmenten um verschiedene, separate Artefakte handelte oder ob sie einst Teil von etwas Größerem waren … etwas, das hernach auseinandergerissen und über den Boden verschiedener Königreiche verteilt wurde.

Da sie jedoch getrennt voneinander vom Himmel fielen, ist meine tief sitzende Überzeugung, dass sie nicht dazu gedacht sind, vereint zu werden.

Gott hat für alles Seine Gründe.

Laila

Laila stand im Garten der Sieben Sünden.

Tristans Werkstatt inmitten von Neid sah aus wie immer. Da war seine alte Schaufel, deren Holz vom Druck seiner Finger schon ganz dunkel und verformt war. Eine noch unvollständige Miniaturwelt mit einer einzigen goldenen Blume. Das Lineal, das Zofia angefertigt hatte, weil er ungleichmäßige Abstände zwischen seinen Pflanzen nicht mochte. Die Samen von den Philippinen, ein Geschenk von Enrique, das Tristan im Sommer pflanzen wollte. Ein Teller mit einem Plätzchen, das bereits eine dünne Schicht Schimmel angesetzt hatte. Bestimmt hatte er es heimlich mitgehen lassen, als sie gerade nicht hingesehen hatte, war abgelenkt worden und hatte es dann doch vergessen.

Lailas Fingerspitzen prickelten schon, so taub waren sie. Die Kälte ließ sie bläulich anlaufen. Es war zu viel, ihr Körper wehrte sich. Aber Laila konnte nicht aufhören. Was Roux-Joubert über Tristan gesagt hatte, verfolgte sie noch immer.

Seine Liebe und Angst und sein eigener kaputter Verstand haben es mir leicht gemacht, ihn zu überzeugen, dass er euch rettet, indem er euch verrät ...

Kaputter Verstand. Es stimmte schon, dass manche Menschen anfälliger für die Manipulation der Geistschmiedekunst waren als andere, aber Tristan ...

Tristan hasste Hypnos.

Tristan musste sich jedes Mal das Blut von den Händen waschen, wenn er seine Nägel in die Haut gegraben hatte.

Tristan litt.

Schuldgefühle schnürten ihr die Kehle zu.

Der gestrige Tag verschwamm in ihren Gedanken. Der Transport. Die Wachablösung. Die Wachmänner, die als Tristan und Enrique verkleidet auf eine Räderbahre gehievt wurden. Der Kleiderwechsel. Und alles umsonst. Die Kutschfahrt nach Hause, völlig übermüdet und mit leeren Händen.

In der Kutsche hatte Séverin sie der Reihe nach angesehen, während er die folgenden Worte gesprochen hatte: »Diese Akquisitionsmission ist noch nicht abgeschlossen. Wir werden uns das Horusauge zurückholen! Und das werden wir tun, noch bevor die drei Tage abgelaufen sind. Wir werden Tristan aus dem ganzen Schlamassel befreien! Jetzt gilt es zuallererst herauszufinden, wer dieser Roux-Joubert ist und wo er sich versteckt hält. Wir können Tristan nicht retten, wenn wir nicht wissen, mit wem wir es zu tun haben.«

Laila war in Tristans Werkstatt gegangen, um nach Hinweisen auf Roux-Jouberts Aufenthaltsort oder Identität zu suchen. Letztendlich versuchte sie allerdings eher, das Rätsel um Tristan zu lösen. Sie las die gesamte Werkstatt, konnte aber nichts finden. Nichts, das ihr nicht auch vorher schon bekannt gewesen wäre. Seine Freude. Seine Befangenheit. Seine Neugier. Seine *Liebe*. Für sie alle. Besonders aber für Séverin.

Hinter sich hörte Laila das zarte Knacken von Zweigen. Sie wirbelte herum. Séverin hatte die Wachuniform durch einen dunklen Anzug ersetzt. Sein Haar war zerzaust, dunkle Wellen fielen ihm in die Stirn. In der einbrechenden Dämmerung sah er aus wie ein hartnäckiges Überbleibsel der Nacht. Ihr stockte der Atem.

»Und?«, fragte er.

Er blieb an der Türschwelle stehen.

»Nichts«, entgegnete sie.

Laila betrachtete ihn eingehend. Seine Kiefer waren aufeinandergepresst, die Haltung verletzlich. Sie sah seine Augen nicht, konnte sich aber vorstellen, wie es in ihnen loderte.

Laila ging zu ihm. Er blieb vollkommen reglos stehen. Sie merkte überhaupt nicht, was sie da tat, da war es schon geschehen. Sie berührte ihn ... verschränkte ihre Finger mit seinen. Sie hielt ihn ganz fest, auch, als ein Zittern durch seine Hände lief. Als wäre seine Seele zusammengezuckt.

»Ich habe *nichts* gefunden. Verstehst du?«

Sieh mich an, versuchte sie ihm ihren Willen aufzuzwingen. *Sieh mich an.*

Er tat es.

In seinem Blick spiegelten sich ihre Schuldgefühle. Was hatten sie übersehen? Wie hatte jemand wie Roux-Joubert Tristan gefangen nehmen und *verletzen* können? Was hatten sie falsch gemacht? Eine Weile standen sie so da und hielten einander fest. Vielleicht erlaubten sie es sich nur, weil es draußen noch dunkel war und die Erinnerung an diesen Moment bei Sonnenlicht verblassen würde. Oder vielleicht auch, weil sie in dieser grenzenlosen Stille der Ungewissheit den Herzschlag des anderen in den Fingerspitzen spürten und dieser Takt vieles bedeuten konnte, aber eben nicht, dass sie allein waren.

Eine Sekunde verstrich. Zwei. Das Halten und Gehaltenwerden war eine Erleichterung. Doch dann ließ er los. Er ließ immer als Erster los.

Mit brennenden Wangen schob Laila die Hände in die Taschen ihrer Wachuniform.

Séverin deutete mit dem Kopf auf das L'Éden. »Hypnos ist auf dem Weg hierher.«

»Wirst du … erzählst du ihm, dass Roux-Joubert seinen Ring im Austausch für Tristan haben will?«

Séverins Blick wurde kühl. »Willst du damit fragen, ob ich ihn ans Messer liefere?«

Ja.

»Nein, natürlich nicht!«, beeilte sie sich zu sagen. »Das machst du doch nicht, oder?«

Er hob eine Augenbraue. »Sehe ich für dich etwa aus wie ein Wolf, Laila?«

»Das kommt aufs Licht an.«

Seine Mundwinkel zuckten. Der Geist eines Lächelns.

»Ich habe nicht vor, in eine Falle zu tappen«, sagte er. »Allerdings habe ich vor, selbst eine zu stellen.«

IM STERNWARTENZIMMER SASS Hypnos vollkommen versteinert auf seinem Stuhl.

Einen nach dem anderen sah er sie an. Seine Hände lagen auf seinen Oberschenkeln. Mitleid stieg in Laila auf. Obwohl Hypnos der größte von ihnen allen war, sah er aus wie ein kleines Kind. Er ließ die Schultern hängen. Den betroffenen Gesichtsausdruck trug er nun schon, seitdem sie ihm erzählt hatten, was mit dem Horusauge geschehen war. Das hatte ihn allerdings nicht halb so sehr schockiert wie die Nachricht, dass Roux-Joubert einen Tausch vorgeschlagen hatte. Tristan gegen Hypnos' Babelring.

Hypnos verschränkte die Hände fest ineinander. »Also, habe ich das richtig verstanden? Ihr habt mich herbestellt, um mir zu sagen, dass ihr Roux-Joubert meinen Ring überlassen werdet, weil ihr mir nicht in den Rücken fallen, sondern mich lieber frontal angreifen wollt?«

Zofia legte den Kopf schief. »Macht das irgendeinen Unterschied?«

Laila zuckte zusammen. Hypnos blickte zuerst erschrocken, dann verletzt.

»Warum weiht ihr mich überhaupt ein?«, fragte er.

Séverin beugte sich auf seinem Stuhl vor. »Ich weihe dich ein, weil ich mir einen Eindruck davon verschaffen will, ob du bereit wärst, den Köder zu spielen.«

Hypnos sah sie abschätzig an. »Also wollt ihr ... ihr wollt mich gar nicht ausliefern?«

»Damit am Ende zwei Ringe fehlen? Nein!«

Hypnos stand auf. »Es wäre einfacher für euch, euch einfach selbst zu schützen.«

»Das begreife ich jetzt nicht. *Willst* du etwa, dass ich dich ausliefere?«

»Selbstverständlich nicht, *mon cher*! Ich will nur verstehen, was hier vor sich geht.«

Laila runzelte die Stirn. Warum wirkte Hypnos so erfreut? Sie wusste, dass er über Tristans Gefangennahme nicht glücklich war. Sein Gesicht war voller Bedauern gewesen, als er davon erfahren hatte. Sogar sein Sakko hatte sie gelesen, um ganz sicherzugehen. Dinge logen nun einmal nicht. Hypnos hatte mit alledem nichts zu tun.

»Ich kann dir sagen, was hier vor sich geht. Ich brauche dich als Köder«, sagte Séverin und betonte dabei jedes Wort sehr sorgfältig.

Hypnos sah ehrlich erleichtert aus.

»Was hier vor sich geht«, hob Hypnos an, und ein bizarres Grinsen breitete sich über sein Gesicht, »ist, dass ihr mich *gernhabt*. Wir sind *Freunde*. Wir sind Freunde, die einen anderen Freund retten! Das ist ... das ist *fantastisch*.«

Laila hätte ihn am liebsten umarmt.

»Das habe ich nie gesagt.« Séverin war alarmiert.

»Taten sprechen lauter als Worte.«

Enrique, der gerade dabei war, die letzten Teile einer Projektion zusammenzufügen, sah auf und schüttelte den Kopf.

»Es heißt *Taten sagen mehr als Worte*.«

»Wie auch immer. Meine Version finde ich besser. So! Sprechen wir über diese Sache mit dem freundschaftlichen Köder.«

»Nur Köder«, nuschelte Séverin. Er holte seine Nelkendose hervor. »Bevor wir uns irgendeinen Plan zurechtlegen, müssen wir herausfinden, mit wem wir es zu tun haben. Und du musst uns endlich die Wahrheit sagen.«

Hypnos blinzelte. »Die Wahrheit?«

Séverins Nelkendose schnappte mit einem entschlossenen Klicken zu.

»Roux-Joubert hat nicht nur zugegeben, den Ring der Matriarchin gestohlen zu haben, sondern auch, dass er bereits weiß, wo das Fragment des Westens versteckt ist. Wozu dann also das Horusauge? Welche Funktion könnte es noch haben, außer dass es das Babelfragment offenbart?«

»Woher wissen wir, dass er nicht gelogen hat?«, fragte Enrique.

Laila wusste, dass er nicht gelogen hatte. Roux-Joubert hatte sein Taschentuch in den Dreck geworfen, als er gegangen war. Lügen hinterließen immer einen schmierigen Film in ihren Leseeindrücken, während sie abwog, was der Gegenstand tatsächlich gesehen und was die Person gesagt hatte. Bei dem Taschentuch war ihr nichts dergleichen aufgefallen.

»Purer Instinkt«, sagte Séverin souverän, doch sein Blick huschte zur Bestätigung kurz zu ihr. »Aber ich weiß, dass Hypnos lügt. Als wir in der Bibliothek das Horusauge auch nur erwähnt haben, hat er den Blick schon abgewandt. Also, *Freund*, erzähl uns die Wahrheit!«

Hypnos seufzte. »Na schön. Vielleicht war ich nicht ganz offen zu euch, aber das dürft ihr mir nicht ankreiden … Es ist ein Geheimnis, das mein Vater mir kurz vor seinem Tod anvertraut hat. Eigentlich hat er mir nie erklärt, was das Auge des Horus genau macht, aber er sagte, falls der Ring von Haus Kore je geraubt werden würde, sollte ich das Auge finden und es sicher verwahren. Er sagte, das Auge hätte eine gewisse Wirkung auf die Fragmente.«

»Im Sinne von … es zeigt, wo ein Fragment liegt?«

»Ich bin nicht sicher.«

»Er hat nicht gesagt, *welche* Wirkung es hat?«

Hypnos schluckte. »Dazu hatte er keine Gelegenheit mehr.«

»Warum wolltest du dann den Kompass ersteigern?«, fragte Enrique.

»Mein Vater war hinter ihm her«, sagte Hypnos gepresst. »Er sagte, nicht einmal Gerüchte über die Fähigkeit des Auges dürften an die falschen Ohren dringen.«

»Weiß Haus Kore, wozu das Horusauge fähig ist?«

»Nicht ganz«, gab Hypnos zu. »Mein Vater erzählte mir, dass Haus Kore annimmt, das Horusauge gäbe die Somnos sämtlicher Waffen preis, wenn man hindurchsieht. Das sei auch der Grund dafür gewesen, warum die Augen auf Napoleons Feldzügen zerstört wurden.«

»Und der Orden? Weiß der Bescheid?«, fragte Enrique.

»Nein«, sagte Hypnos mit einem Hauch von Stolz. »Das Geheimnis war nur innerhalb der Französischen Fraktion bekannt, und soweit ich das verstanden habe, nur dem Hause Nyx.«

»Was will Roux-Joubert dann mit dem Horusauge, wenn er eh schon weiß, wo sich das Westliche Fragment befindet?«, fragte Laila. »Ganz abgesehen davon, dass er den Babelring von Haus Kore hat und jetzt auch noch deinen haben will.«

Hypnos biss sich auf die Unterlippe und hob den Blick. Er hielt die Hand hoch, an der sein Babelring, ein blassblau schimmernder Halbmond, kurz aufblitzte.

»Mein Ring hütet nicht nur den Standort des Babelfragments …
man sagt, er habe noch eine andere Eigenschaft. Aber ich muss
zugeben, dass ich nicht sicher bin, wie es funktioniert …«

»Was denn?«

»Er, nun ja … er soll angeblich das Fragment des Westens *erwecken.*«

»Erwecken?«, wiederholte Laila langsam. »Wie? Ist ein Babelfragment dann etwas, das unter der Erde schlummert? Ich dachte,
es wäre ein Gesteinsbrocken.«

»Das denken die meisten Menschen, aber in Wahrheit weiß
niemand, wie es aussieht.« Hypnos zuckte mit den Achseln.
»Das ist auch der Grund, warum das Wissen um den Verbleib
des Fragments alle hundert Jahre an einen anderen Häuserkreis
des Westens weitergegeben wird. Der Orden wendet eine gewisse Technik der Geistschmiedekunst an, die die Eingeweihten das
Geheimnis nach einhundert Jahren wieder vergessen lässt. Diese
Manipulation wenden sie auch bei sich selbst an. Das Fragment
ist nicht dazu bestimmt, dass man je ein Auge auf es wirft.«

Alle schwiegen, bis Enrique das Wort ergriff. »Aber du weißt
zum Beispiel auch nicht, ob man zum Erwecken des Westlichen
Fragments beide Babelringe benötigt oder nur einen?«

Hypnos schüttelte den Kopf. »Der Orden hat nie Näheres dazu
preisgegeben. Einigen Geschichten zufolge sind es drei Ringe.
Anderen zufolge nur einer. Wer weiß das schon? Die Babelfragmente sind seit Tausenden von Jahren nicht in ihrer Ruhe gestört
worden. Niemand würde es wagen.«

»Was ist das letzte Mal passiert, als jemand ein Fragment gestört hat?«, fragte Laila.

»Habt ihr je von Atlantis gehört?«

»Nein«, sagte Zofia.

»Da habt ihr es.«

»Es ist eine mythische Stadt«, sagte Enrique.

»Nun ja, *heutzutage.*«

»Wir wissen aber noch immer nicht, was Roux-Joubert mit dem Fragment des Westens vorhat«, sagte Séverin. »Die Letzten, die versucht haben, das Fragment aufzuspüren, waren die Mitglieder des Gefallenen Hauses. Sie wollten alle Fragmente vereinen. Womöglich will Roux-Joubert ihnen nacheifern. Allerdings weiß ich nicht, warum das Gefallene Haus es ursprünglich versucht hat. Du etwa?«

»Ja«, seufzte Hypnos und sah sich im Raum um. »Aber vorher brauche ich Wein. Ich kann das Ende der Zivilisation nicht ohne Wein besprechen.«

»Du kannst nachher was bekommen«, sagte Séverin.

Hypnos brummte. »Das Gefallene Haus glaubte, die Schmiedekunst sei ein Zweig der Alchemie. Ihr wisst schon, Materie verformen und Dinge in Gold verwandeln und so. Das ist aber nur das halbe Geheimnis. Viel wichtiger noch war die Theurgie.«

»Und das ist was?«, fragte Zofia.

Enrique presste die Hände auf die Augen. »*Theurgie* bedeutet ›das Werk der Götter‹.«

Zofia runzelte die Stirn. »Also wollte das Gefallene Haus verstehen, wie man göttliche Werke vollbringt?«

»Nein«, sagte Séverin. Ein grimmiges Lächeln verzog seine Lippen. »Sie wollten zu Göttern werden.«

Laila erschauderte. Stille senkte sich über den Raum, das einzige Geräusch war das metallische Klicken von Séverins Nelkendose.

»Wir werden Tristan nicht finden, solange wir keine Ahnung haben, wer Roux-Joubert ist«, sagte er. »Wir wissen, dass er weder dem Hause Nyx noch dem Hause Kore angehört. Beim Mitternachtsmahl hat die Matriarchin ihn keines Blickes gewürdigt, und er saß auch nicht bei den Mitgliedern der Häuser. Also müssen wir davon ausgehen, dass er entweder ein Außenstehender ist oder aber ein Handlanger irgendeines Ordensmitglieds. Und wir wissen auch, dass er Zugang zur Exposition Universelle hat, weil er dort die Übergabe machen will.«

»In drei Tagen«, sagte Enrique. »Genau an dem Tag, an dem die Exposition Universelle eröffnet wird.«

»Und?«, fragte Zofia.

»Und damit sorgt er auch gleich für Publikum«, erwiderte Séverin. »Irgendetwas hat er an dem Tag vor. Ihr habt ihn gehört. Sein ganzes Geschwafel über eine ›Revolution‹? Welchen besseren Schauplatz als die Weltausstellung könnte er sich aussuchen, um eine anzuzetteln?«

Hypnos spielte es herunter. »Das muss noch gar nichts heißen!«

»Wir wissen auch, dass Roux-Joubert eine Anstecknadel in Form einer Honigbiene trägt«, sagte Enrique.

»Na und? Ich trage heute Unterwäsche. Das ist wohl kaum von Bedeutung.«

Zofia legte die Stirn in Falten. »Warum beziehst du dich speziell auf *heute* …«

Enrique schaltete sich rasch ein und unterbrach damit ihr Geplänkel. »Der Mann, der uns in der Schmiedekunstausstellung in die Quere gekommen ist, hat auch eine Kette mit Bienenanhänger getragen.«

Die besagte Kette baumelte an Lailas Hand. Zofia hatte sie ihr gegeben, als sie noch auf Hypnos gewartet hatten. Die Kette selbst war nicht geschmiedet, zumindest nicht direkt. Irgendetwas daran drang zu Laila durch. Doch die Bilder, die in ihrem Kopf eigentlich eine klare Form annehmen sollten, waren verschwommen, als hätte jemand mit Öl darübergewischt. Irgendwer hatte das Ding manipuliert. Das Einzige, was sie mit Sicherheit sagen konnte, war, dass der Ort, an dem Roux-Joubert sich befand, unterirdisch lag. Sie spürte lichtlose Kälte. Feuchte Wände. Sah schmutzverkrustete Fingernägel. Und ein Symbol aus Licht ... gezackt. Wie ein Stern.

»Roux-Joubert besitzt außerdem eine mächtige Schmiedegabe«, fügte Zofia widerstrebend hinzu. »Er hat es irgendwie geschafft, das Sia-Gel zu manipulieren. Normalerweise bildet das Gel Handabdrücke nach, aber es gibt Mittel und Wege, es als Zielsuchmechanismus zu missbrauchen. Das muss er herausgefunden und uns so aufgespürt haben.«

»Aber wer sagt denn, dass es *seine* Gabe ist?«, fragte Laila. »Er könnte auch einen Handlanger haben.«

Enrique schauderte. »Vergesst nicht den Gentleman mit dem Klingenhut, der uns in der Ausstellung aufgelauert hat. Sie könnten zusammengehören. Was wissen wir noch?«

»Er hält sich unterirdisch auf«, sagte Laila.

Alle vier drehten sich zu ihr um. Hpynos stützte sein Kinn auf die Hand und sah sie durchdringend an. »Und woher wollen wir das wissen?«, fragte er.

»Ich muss euch nicht alle meine Quellen verraten«, sprang Séverin schützend bei. »Denkt nach. Seid ihr Roux-Joubert schon mal irgendwo begegnet?«

Hypnos schüttelte den Kopf. »Tut mir leid, *mon cher*, aber den Namen habe ich noch nie gehört. Selbstverständlich könnte ich jederzeit nach Erebos zurückkehren und nachforschen. Mein Haus birgt viele Geheimnisse.«

Enrique räusperte sich. »Da ist noch etwas ... wegen der Bienen ... allmählich glaube ich, es ist kein Zufall, dass sowohl er als auch der Mann in der Ausstellung eine bei sich trugen.«

»Nicht schon wieder«, stöhnte Hypnos. »Es ist doch nur ein Symbol ...«

Laila zischte leise. Sie sah förmlich vor sich, wie Enrique sein Schwert zog.

»Nur ein Symbol?«, wiederholte Enrique. »Menschen sterben

wegen Symbolen. Menschen *hoffen* wegen Symbolen. Das sind nicht bloß Striche. Sie verkörpern Geschichte. Kultur. Tradition!«

Hypnos errötete und zupfte an seiner Weste.

Enrique wandte sich an Séverin. »Kannst du mal für Verdunkelung sorgen?«

Séverin schnipste und Vorhänge rauschten von oben über die Erkerfenster. Er schnipste noch einmal und ein schwarzer Lichtschutz schob sich vor die Glaskuppel der Sternwarte.

Hypnos schnaubte. »Und ihr nennt *mich* dramatisch.«

Enrique schenkte ihm keine Beachtung und glättete seinen Ärmelaufschlag. »Ich habe mich jetzt schon eine gewisse Zeit mit der symbolischen Bedeutung der Honigbienen beschäftigt. Aber erst vor Kurzem konnte ich eine Verbindung zwischen Roux-Joubert und dem Mann in der Ausstellung herstellen. Beide haben von Revolution gesprochen. Beide hatten Honigbienen bei sich. In der Geschichte waren Bienen immer wieder Gegenstand von Mythen, und ich denke, ich bin da auf etwas gestoßen …«

»Normalerweise könntest du dich doch jetzt kaum noch bremsen«, bemerkte Laila.

Enrique seufzte. »Hoffen wir einfach, dass ich falschliege.«

Er legte eine kleine Projektionskugel auf einen Beistelltisch. Als er sie berührte, tauchten zwei Bilder direkt nebeneinander auf. Es schienen Mnemoausschnitte aus Lehrbüchern oder von Ausstellungsstücken zu sein.

Das erste Bild zeigte eine quadratische goldene Tafel. Darauf war eine geflügelte Frau abgebildet. Von der Hüfte aufwärts war sie ein Mensch, von der Hüfte abwärts eine Biene. Das zweite Bild zeigte das verblasste Gemälde einer Hindugöttin mit einer massiven Krone, aus deren Schein Tausende von Bienen schwärmten.

»Bienengottheiten sind in der Mythologie keine Seltenheit«, sagte Enrique. »Das Bild, das ihr hier seht, ist eine Abbildung einer der Thrien, einer Dreiergruppe von Bienengöttinnen –

Triaden sind ein wiederkehrendes Motiv. Diese hier beherrschten die Gabe der Weissagung. Das andere ist eine Abbildung von Bhramari, der hinduistischen Göttin der Bienen. Spreche ich das richtig aus, Laila?«

»Es heißt Bhraa-ma-ri, Betonung auf der ersten Silbe«, verbesserte sie ihn liebevoll.

Enrique notierte es sich und fuhr fort: »Interessant ist, was das Honigbienenmotiv möglicherweise mit Frankreich in Verbindung bringt. Es galt nämlich als Emblem für Napoleons Herrschaft. Warum er seine Macht allerdings anhand einer Biene darstellte, ist umstritten.«

Das Bild an der Wand zeigte nun Bienen, die auf einen reich verzierten Samtumhang gestickt waren.

»Einige sagen, er wollte keine Mittel für die Renovierung aufwenden, nachdem er in den Tuilerienpalast gezogen war, wollte aber auch das Emblem der französischen Monarchie – die stilisierte Fleur-de-Lis – nicht überall um sich haben. Also hat er sie einfach umgedreht. Auf diese Weise sah das Symbol aus wie eine Biene. Das wäre eine Erklärung.«

Séverin richtete sich auf. »Glaubst du, Roux-Joubert steht in irgendeiner Verbindung zu Napoleon?«

»Möglich«, erwiderte Enrique. »Napoleon hat tatsächlich einige Feldzüge durch Nordafrika und den Mittleren Osten angeführt, um die Gebiete auszukundschaften. Seine Truppen bestanden aus mindestens zweihundert Sachverständigen, darunter mehrere Linguisten, Historiker, Ingenieure und Vertreter des Ordens von Babel, durch die ihm eine Reihe von Schmiedekunstfertigkeiten zur Verfügung standen. Die Entdeckungen …« Enrique machte eine Pause und drückte auf den Mnemospion, um das Bild zu wechseln. »… waren erstaunlich.«

Das nächste Bild zeigte eine dunkle Steintafel, die über und über mit Schriftzeilen bedeckt zu sein schien.

»1799 hat die Forschertruppe den Stein von Rosetta entdeckt und damit ein weltweites Interesse an ägyptischen Artefakten ausgelöst. Viele dieser geschmiedeten Instrumente und Objekte sind direkt in den Besitz von Haus Kore übergegangen. Und Bienen waren im alten Ägypten heilig, weil sie angeblich aus den Tränen des Sonnengottes Ra entstanden. Aber ich denke, der eigentliche Grund, warum sie für den Orden von Babel von solchem Interesse waren, sind die Waben.«

»Waben?«, fragte Laila. Honigwaben waren köstlich, aber ihr war schleierhaft, warum unter den antiken Objekten ausgerechnet diese das Interesse des Ordens geweckt haben sollten.

»Ich habe nicht daran gedacht, bis mir Zofias Worte wieder einfielen.«

»Meine Worte?«

Rote Flecken erschienen auf Zofias Wangen.

»Du warst diejenige, die die vollkommenen sechseckigen Prismen der Honigwaben erwähnt hat.«

»Was ist denn an Sechsecken so toll?«, fragte Hypnos.

»Geometrisch gesehen haben hexagonale Prismen die effizienteste Form, weil sie die geringste Wandfläche benötigen.« Zofias Stimme war plötzlich heller geworden. »Honigbienen sind die Mathematiker der Natur.«

»*Das hier*«, sagte Enrique und änderte noch einmal das projizierte Bild, »ist ein Hexagon.«

»*Ich*«, sagte Hypnos, sichtlich gelangweilt, »bin ein Mensch.«

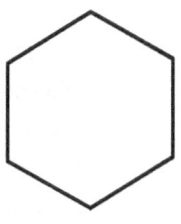

Séverins Kiefer klappte nach unten. »Jetzt kann ich es auch sehen.«

»Was sehen?«, fragte Hypnos.

Séverin stand auf. »Verlängert man die Linien, erhält man ...«

Enrique lächelte grimmig. »Ganz genau.«

»Dann erhält man *was*?«, wollte Laila wissen, doch dann änderte sich das Bild, und sie sah, was sich aus den verlängerten Linien des Sechsecks ergab:

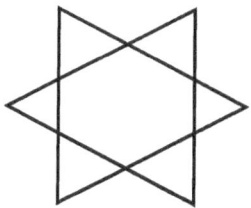

Lailas Herz setzte einen Schlag aus. Sie erkannte das Symbol von den verschwommenen Bildern wieder, die ihr die Halskette geliefert hatte. Mit einem Mal fühlte sich der Anhänger in ihrer Hand eine Spur kälter an als der Rest der Kette.

»Es ist ein Hexagramm«, sagte Enrique. »Wir wissen, dass es ein uraltes Symbol ist, das in den unterschiedlichsten Kulturen alle möglichen Bedeutungen angenommen hat, aber es ist auch ...«

»... das Emblem eines Ordenshauses«, beendete Séverin den Satz und starrte auf den sechszackigen Stern. Gedankenverloren rieb er mit dem Daumen über die längliche silbrige Narbe in seiner Handfläche. »Ein Haus, das eigentlich nicht mehr existieren dürfte.«

Hypnos krallte die Finger in die Armlehne. »Du glaubst doch nicht ...«

Séverin unterbrach ihn mit einem Nicken. Ein beklommener Ausdruck lag in seinen Augen.

»Das Gefallene Haus hat sich wieder erhoben.«

Zofia

Zofia konnte sich nicht konzentrieren. Bei jedem Blinzeln hallten die Worte Roux-Jouberts in ihrem Kopf wider: »Ich habe eine Schwäche für dumme Mädchen.«

Dumm.

Nur ein Wort, es hatte kein Gewicht, keine Ordnungszahl, keine chemische Struktur, mit deren Hilfe es eine Verbindung eingehen konnte, nichts, was es greifbar machte. Und doch tat es weh. Zofia kniff die Augen zusammen und umfasste die schwarze Kante ihres Labortisches so fest, dass ihre Knöchel weiß wurden. Das Wort fühlte sich an wie ein Schlag ins Gesicht. In Głowno hatte sie ihrem Lehrer einst eine physikalische Frage gestellt. Seine Antwort lautete: »Wer weiß, wenn du dein Pult anzündest, zeigt dir vielleicht der Rauch die Antwort.«

Also hatte Zofia ihr Pult angezündet.

Damals war sie zehn.

Im Prinzip hatte sich nichts geändert, als sie an die École des Beaux-Arts gekommen war. Sie war zu wissbegierig, zu jüdisch, zu seltsam. So seltsam, dass ihre Kommilitonen nicht davor zurückgeschreckt waren, sie im Labor einzuschließen.

Aber noch nie war jemand durch ihre Art zu denken verletzt worden. Oder eher, wie sie nicht dachte.

Tristan hingegen? Wie er in diesem Stuhl hing, mit schwebenden Messern an seinem Hals … das hatte *sie* ihm angetan. Tränen brannten ihr in den Augen. Sich durch mathematische Rätsel zu arbeiten war für sie ein Spaziergang. Gespräche dagegen waren Labyrinthe. Und in ihrem Versuch, darin ihren Weg zu finden, hatte sie Roux-Joubert direkt zu ihrem Versteck im Gewächshaus geführt.

Mit ihr stimmte etwas nicht.

»Zofia?«

Hastig blinzelnd sah sie auf. Im Türrahmen stand Séverin, in der Hand ein silbernes Stück Stoff.

»Darf ich reinkommen?«

Sie nickte. Das war es jetzt. Er würde ihr nahelegen, das L'Éden zu verlassen. Ihr mitteilen, dass sie hier nicht mehr willkommen war, nach dem, was sie getan hatte. Doch er tat nichts dergleichen. Stattdessen schob er ihr über den Tisch hinweg den silbrigen Stoff zu. Zofia erkannte das Tuch, das er aus der Bibliothek von Haus Kore gestohlen hatte. Sachte berührte sie es. Es fühlte sich an wie kühle Seide, besaß aber eine seltsame *Schwere*, als erwidere es den Druck ihrer Hand.

»Wir haben noch zwei Tage, bis wir Roux-Joubert mit Hypnos' Ring in der Schmiedekunstausstellung treffen müssen.«

»Gibst du ihm den Ring?«

»Ich werde ihm den Ring zumindest zeigen.«

Zofia runzelte die Stirn. »Und worin liegt der Unterschied?«

»Überlass das mir. Die anderen arbeiten daran, herauszufinden, wo sich das Gefallene Haus versammelt. Ich verspreche dir, wir werden ihnen weder Tristan noch den Ring überlassen.«

Zofia ließ den Kopf hängen. Alle hatten eine Aufgabe. Nur sie nicht.

»Und für dich habe ich auch einen wichtigen Auftrag.«

»Wirklich?«

»Klar, du bist der einzige Phönix, den ich habe.« Séverin lächelte leicht. »Das hat Roux-Joubert übersehen. Was uns einen Vorteil verschafft, meinst du nicht? Noch ist er ahnungslos. Aber nicht mehr lange.«

Zofia ballte die Hand zur Faust. Sie hatte das Gefühl, in ihrem Bauch loderte eine Stichflamme auf. *Nicht mehr lange.* So musste sich Rache anfühlen. Sie dürstete danach.

»Was soll ich tun?«

Séverin deutete auf den silbernen Stoff. »Kannst du herausfinden, wozu er gut ist? Ich habe das Gefühl, er könnte nützlich sein.«

»Ja«, sagte Zofia hastig. »Das kann ich.«

Sobald sie das Stück Stoff in der Hand hielt, hörte der Rest der Welt auf zu existieren. Man hätte ihr Labor in Brand stecken können, sie hätte es nicht bemerkt. Wenn sie sich ihrer Arbeit widmete, gab sie alles. Ein neuer Rhythmus rauschte durch ihr Blut: Sie war *nicht* dumm. Sie würde Tristan nach Hause holen. Sie würde *keine* Fehler mehr machen.

Es war schon später Abend, als Zofia von ihrer Arbeit hochsah. Ein Klopfen. Herein kam Laila, mit einem Tablett voller Proviant: Ein Teller mit Essen, eine Tasse dampfender Tee und ein einzelnes rundes Plätzchen.

»Du hast den ganzen Tag nichts gegessen.«

Das war Zofia völlig entgangen, doch beim Anblick der Leckereien begann ihr Magen laut zu knurren und gedankenverloren legte sie ihre Hand auf den Bauch.

»Iss«, kommandierte Laila und stellte das Tablett auf Zofias Tisch ab.

Eine Ecke ragte über die Tischkante. Zofia konnte kaum hinsehen. Es störte ihren Sinn für Ordnung und machte sie ganz kribbelig.

»Guck mich nicht so an. Ich stelle das Tablett erst woanders hin, wenn du fünf Bissen genommen hast.«

Gehorsam steckte Zofia fünf Gabeln voll Essen in den Mund. Dann deutete Laila auf die Tasse. »Trink.«

Zofia trank.

Erst jetzt räumte Laila das Tablett beiseite. Sie stellte es auf eine andere Ablage und richtete es ordentlich aus, ohne dass irgendwelche Ecken oder Kanten überstanden, im rechten Winkel zur Wand.

»Irgendwelche Fortschritte?«

Zofia warf einen Blick auf den Stoff. So langsam hatte sie das Gefühl, diese Aufgabe nicht vollständig innerhalb des L'Éden lösen zu können.

»Er funktioniert ähnlich wie ein Tezcat-Portal. Die einzelnen Fäden sind aus Obsidian.«

Laila neigte den Kopf. »Sieht er deshalb aus wie ein Spiegel?«

Zofia nickte. »Aber er kann noch mehr.« Sie kramte in ihrer Werkzeugkiste und zog ein sehr scharfes Messer hervor.

»Ähm, Zofia –«

Zofia rammte das Messer in den Stoff. Er zerriss nicht. Stattdessen *verformte* er sich, als würde er den Stoß absorbieren.

Laila stieß einen Fluch aus. »Was in aller Welt?«

»Er stößt Materie ab«, erklärte Zofia. »Keine feste Materie kann eindringen.«

Laila fuhr mit dem Finger über den Stoff.

»Was hat Séverin damit vor?«

Zofia kaute auf ihrer Unterlippe. Sie war noch nicht sicher, ob sie diese Frage beantworten konnte. Dafür müsste sie erst noch etwas in den dunklen Hallen der Schmiedekunstausstellung überprüfen. Kein Ort, den sie mit Vergnügen weiter erkunden wollte.

»Haben die anderen schon den Treffpunkt des Gefallenen Hauses gefunden?«

Laila seufzte. »Noch nicht. Sie glauben, dass sich die Antwort in der Knochenuhr verbirgt. Angeblich soll sie irgendwie auf den richtigen Ort hinweisen. Verlorene Liebesmüh, wenn du mich fragst. Ich finde, wir sollten einfach die Weltausstellung im Auge behalten und genau beobachten, wer kommt und geht.«

Zofia dachte an den Mann, der Enrique und ihr aufgelauert hatte. Der Aufspürer hatte seine Anwesenheit nicht angezeigt, und beide Eingänge waren kontrolliert worden, was bedeutete, er musste auf anderem Weg hineingelangt sein. Ihr war nichts aufgefallen, was der Angreifer zur Tarnung benutzt haben könnte, doch während der Untersuchung des Obsidianstoffes war ihr der Gedanke gekommen, dass sie vielleicht etwas übersehen hatte.

»Das wird nichts bringen.«

»Warum nicht?«

»Sie benutzen einen anderen Weg.«

»Das ist unmöglich. Es gibt nur einen Eingang und einen Ausgang. Und beide führen auf dieselbe Straße.«

Zofia griff nach ihrer Streichholzschachtel und der Kette mit den Phosphoranhängern und steckte beides in die Taschen ihres schwarzen Arbeitskittels. Sollte sich die Theorie, die sich in ihrem Geist zu formen begann, als richtig erweisen, durfte sie keine Zeit verlieren. Immerhin zählte Tristan auf sie.

Zofia war schon auf dem Weg zur Tür, als Laila sich ihr in den Weg stellte.

»Wo willst du hin?«

»Zur Weltausstellung. Ich muss einen Weg in die Ausstellung über kolonialen Aberglauben finden. Zur Not klettere ich über Zäune und schalte Wachen aus oder tue, was immer nötig ist –« Sie kämpfte gegen die aufsteigende Panik.

»Zofia«, sagte Laila beruhigend. »Lass mich dir helfen. Wir kommen da rein und wieder raus, hoffentlich auch ohne über Zäune klettern zu müssen.«

Zofia sah sie verwirrt an. »Wir?«

»*Oui.*« Laila zwinkerte ihr zu.

»Wie?«

»Du hast deine Talente ... und ich habe meine.« Lailas kritischer Blick fiel auf Zofias Arbeitskleidung. »Aber du musst dich umziehen.«

»Warum?«

»Wir, meine Liebe, besitzen zwar keine klassische Rüstung. Doch auch Schönheit kann eine Rüstung sein. Vertrau mir.«

ZOFIA WAR GANZ kribbelig.

»Ich hasse es«, sagte sie im Brustton der Überzeugung und zerrte an dem Kleid, in das Laila sie gesteckt hatte.

Zumindest die Farbe war ganz hübsch. Blassrosa. Es hatte Rüschen an Mieder und Ausschnitt, die sie zugleich kitzelten und kratzten.

»Mode ist eine Form der Kunst«, deklarierte Laila und schritt entschlossen voran.

»Ich komme nie wieder hier raus.«

»Um genau zu sein, würden manche den Prozess des Ausziehens auch als Kunstform ansehen.«

Zofia murrte vor sich hin, hielt jedoch weiter Schritt. Es war fast Nacht. Auf der Seine tanzten Lichter und über der Stadt ragte der Eiffelturm empor, der Eingang zur Weltausstellung. Zofia hatte zugesehen, wie sie den Turm gebaut hatten, vom Fundament bis zur Spitze. Er war ein kühnes, gigantisches Geflecht aus Nieten und Stahlbolzen. Niemand würde ihn als schön bezeichnen, doch das kümmerte Zofia nicht. Schönheit berührte sie nicht. Der Eiffelturm jedoch brachte eine Saite in ihr zum Klingen. Er war so plump. Die Straßen in Paris wirkten stets wie von geschickter Hand zusammengenäht, und *La Tour Eiffel* war die unansehnliche Nadel, die alles zusammenhielt. Er durchbohrte die Stadt der prachtvollen Boulevards, eleganten Kuppeln und der von Götterstatuen gesäumten Gebäude. Er würde sich nie ins Gesamtbild einfügen, immer herausstechen. Zofia hatte das Gefühl, falls der Eiffelturm sprechen könnte, würden sie sich prächtig verstehen.

Ein gutes Stück hinter dem Eiffelturm erstreckte sich die Esplanade des Invalides. Selbst in der Dunkelheit ließ ihr der Anblick fast den Atem stocken. Es war, als wäre sie nicht länger in Paris. Verschwunden waren die breiten Boulevards und gemütlichen Cafés mit ihren Korbstühlen. Hier standen Zelte an den Straßen, auf dem Bürgersteig waren Tische mit Wasserpfeifen aufgebaut. Verschleierte Frauen und Männer in langen Gewändern liefen über das Kopfsteinpflaster.

Laila zeigte auf den Brunnen, das glockenförmige Minarett und die blau gefliese Moschee. Drum herum befanden sich Teesalons und Restaurants. Gerüche unbekannter Speisen lagen so dicht in der Luft, dass Zofia versucht war, die Zunge herauszustrecken.

»Wir sind jetzt auf der Straße von Kairo«, raunte Laila ihr zu.

Obwohl Paris bereits voller Touristen war, hatte die Weltausstellung ihre Tore noch nicht offiziell geöffnet. Bis auf die wenigen Wohlhabenden, die vorab Eintrittskarten erworben hatten, war niemand auf den Straßen. In kleinen Gruppen patrouillierten Wachen, um sicherzugehen, dass niemand unbefugt das Gelände betreten hatte. Auf der anderen Straßenseite entdeckte Zofia einen solchen Trupp, der sich auf sie zubewegte.

»Ganz ruhig«, wisperte Laila. »Du siehst aus wie alle anderen. Als gehörtest du hierher. Es gibt also für sie keinen Grund, dich zu verdächtigen. *Unter gar keinen Umständen* solltest du weg-rennen.«

Ein Wachmann schlenderte auf sie zu. Zofia hatte erwartet, er würde seine Fragen an Laila richten, doch stattdessen tat er, als wäre sie Luft.

»Mademoiselle, ich fürchte, Sie und Ihr Dienstmädchen sollten sich hier nicht aufhalten«, sagte er zu Zofia. »Möglicherweise ist es nicht sicher. Letzte Woche gab es hier einen Vorfall. Wir müssen Sie bitten, sich in einen anderen Bereich der Weltausstellung zurückzuziehen.«

Laila wurde ganz starr.

»Sie ist nicht mein Dienstmädchen«, sagte Zofia automatisch.

Da zuckte Laila zusammen und Zofia wurde klar, dass sie das nicht hätte sagen sollen. »Ich meine –«

Ein zweiter Wachmann kam auf sie zu, die Brauen zusammengezogen.

»Mademoiselle, wie ist Ihr Name?«, fragte der Erste wieder.

»Ich … Ich …«

Zofia zupfte nervös am seidenen Überstoff ihres Kleides. Im Ärmel war ihre Streichholzschachtel versteckt. In den Schuhsohlen scharfe Sporen. Doch die wollte sie nicht einsetzen.

Da sprang Laila ihr bei. »Meine Herrin gibt ihren Namen nicht einfach so heraus, als wäre er ein billiges Andenken!«

Der erste Wachmann wirkte verdattert. »Ich wollte nicht unhöflich sein.«

»Sie sollten sich trotzdem entschuldigen«, rügte Laila.

»Die Sache ist die … auf sie passt die Beschreibung einer Person, die mit dem erwähnten Vorfall in Zusammenhang steht. Ein Fräulein, ungefähr ihre Körpergröße, weißblonde Haare. Diese Farbe sieht man nicht oft.«

»Sie ist eine seltene, kostbare Blume.« Laila zupfte an Zofias Ärmel. »Lassen Sie uns gehen, Mademoiselle.« Und zu dem Wachmann gewandt: »Wir haben uns einfach verlaufen, das ist alles.«

»Wenn sie nur noch einen Moment warten könnten, damit mein Kollege bestätigen kann, dass sie nicht die Frau ist, die wir suchen. Es tut mir furchtbar leid, doch so kurz vor der Eröffnung müssen die Regeln sehr strikt eingehalten werden.«

Plötzlich erkannte Zofia den zweiten Wachmann, der auf sie zukam. Er hatte seinen toten Kameraden im Arm gehalten, nachdem der durch den Mann mit dem Klingenhut getötet worden war. Als der Wachmann sie sah, erstarrte er. Automatisch griff er nach der geschmiedeten Waffe an seinem Gürtel.

Zofia packte Laila am Arm.

»Lauf!«, schrie sie und sprintete die Straße runter.

Laila zögerte nicht, sondern rannte hinterher. Zofia schlug das Herz bis zum Hals. Hinter sich hörte sie die Wachen rufen. Laila riss Zelte mit und warf Tische um, um den Wachen Hindernisse in den Weg zu legen.

»Hier entlang«, rief Laila und zog Zofia in eine der schmalen Seitengassen.

Noch immer lautes Rufen. Zofia flog an einem Tisch mit Gewürzen vorbei und warf ganze Berge Zimt und Pfeffer zu Boden. Eine Reihe fremdsprachiger Flüche verfolgte sie, doch es war keine Zeit, sich zu entschuldigen. Zofia folgte Laila durch die verwinkelten Gassen zwischen den Pavillons der Kolonien, bis sie an eine dunkle Ecke gelangten.

Am anderen Ende der Gasse veränderten sich die Straßen erneut.

Von Kairo kamen sie in ein annamitisches Dorf. Vor ihnen entfalteten sich Holzhütten mit spitzen, strohgedeckten Dächern. Eine bunte Rikscha fuhr mit wehenden Bändern auf ein großes, mit Palmwedeln geschmücktes Theater zu. Die Straße hinunter konnte Zofia den dunklen Torbogen der Ausstellung über kolonialen Aberglauben erkennen.

Und hinter sich hörte sie die schnellen Schritte der Wachen.

Laila fuchtelte wie wild mit den Armen. »Der Rikschafahrer sieht mich nicht.«

Die Schritte kamen näher. Zofia hatte eine Idee. Sie zog die Streichhölzer aus dem Ärmel, entzündete eines an ihren Zähnen und hielt es an die äußerste Schicht ihres Kleids. Dann sprang sie mitten auf die Straße, riss die brennende Stoffbahn ab und schwenkte sie wie eine flammende Flagge.

Abrupt bremste der Rikschafahrer.

»Mich hat er gesehen«, stellte Zofia fest und trat rasch das Feuer mit den Füßen aus. Der Rest des Kleids bestand aus geschmiedeter, feuerfester Seide und schimmerte weiter, als wäre nichts gewesen.

Laila stand vor Staunen der Mund offen, dann verzog sie ihn jedoch zu einem Grinsen. Sie wedelte mit einem Säckchen voller Münzen.

»Für deine Dienste. Und dein Schweigen.«

Der Fahrer, ein Junge nicht älter als dreizehn, entblößte einige Zahnlücken, als er lächelte. Gerade als die Wachen um die Ecke kamen, sprangen Zofia und Laila in die Rikscha.

»Runter mit dir«, zischte Laila.

Zofia sank in ihrem Sitz nach unten. Die Rikscha war im Grunde nicht mehr als ein überdachtes Dreirad. Doch es konnte sie zur Schmiedekunstausstellung befördern.

Laila raunte dem Fahrer Anweisungen zu. Erst als sie volle Fahrt aufgenommen hatten, ließ sie sich schwer atmend in den Sitz fallen.

»Siehst du? Was habe ich dir gesagt?«

Zofia umklammerte die Sitzkante. »Dass manche Leute Ausziehen als Kunstform ansehen?«

»Nein, nicht das«, erwiderte Laila. Der Fahrer bekam ganz rote Ohren. »Ich meinte, auch Schönheit könnte eine Rüstung sein.«

Zofia überlegte einen Moment. »Ich mag Kleider trotzdem nicht.«

Laila lächelte bloß.

IM INNEREN DER Schmiedekunstausstellung herrschte nur gedämpftes Licht. Die einzige Beleuchtung befand sich unter den Podesten mit den Artefakten. Zofia hielt sich dicht an der Wand.

»Wonach suchen wir? Nach einem weiteren Eingang? Einer versteckten Tür?«

Zofia schüttelte den Kopf. »Nach uns.«

Sie griff nach einem Phosphoranhänger und dachte daran, wie er das Tezcat-Portal auf dem Landsitz von Haus Kore sichtbar gemacht hatte. Dieser besondere *Spiegel* war ein Geschenk des Gefallenen Hauses gewesen. Und wenn das Gefallene Haus hinter dem Diebstahl des Kore-Rings stand, hatten sie beim letzten Mal vielleicht etwas Entscheidendes übersehen. Was, wenn sie die ganze Zeit durch einen verdeckten Spiegel beobachtet worden waren?

Um ein verstecktes Tezcat-Portal zu enttarnen, brauchte es Phosphor. Zofia zerbrach den Phosphoranhänger und hielt ihn vor sich. Er sah aus wie eine abgebrochene blaue Flamme.

»Nicht vor der Flamme gehen«, mahnte Zofia.

Laila nickte. Vorsichtig liefen die beiden am Rand der Ausstellung entlang. Zofia ließ das Licht aus dem Phosphoranhänger über die brokatbespannten Wände wandern. Auf der linken Seite fand sich nichts. Sie näherten sich der Stelle, wo der Mann mit dem Bienenanhänger ihnen aufgelauert hatte, als wäre er der Tapete entsprungen. Langsam glitt das Licht über den Brokatstoff, die goldenen Stickereien glänzten, als plötzlich –

Laila sog scharf Luft ein.

Die Wand veränderte sich. Zuerst sah Zofia nur den Stoff, doch dann geriet die Oberfläche in Bewegung, wurde flüssig und silbrig. Ein Tezcat-Portal. In seiner Oberfläche sah sie Lailas Spiegelbild.

»Hier kommen sie durch.«

Enrique

Enrique hing kopfüber auf seinem Sessel.

Entnervt stöhnte er auf. »Es ergibt einfach keinen Sinn.«

Hypnos, der auf dem Kirschholzlehnstuhl neben ihm saß, erhob sein beinahe leeres Weinglas. Sein drittes Glas, wenn Enrique sich recht erinnerte.

»Versuch es mit Wein.«

»Der hilft mir auch nicht weiter.«

»Stimmt, aber daran erinnerst du dich nachher nicht mehr.« Hypnos leerte sein Glas nun vollständig und stellte es zur Seite. »Wieso hast du eigentlich einen Sessel? Ich möchte auch einen!«

»Weil ich hier wohne.«

»Hmpf.«

Manchmal konnte Enrique kopfüber besser denken. Es half ihm, den Boden unter sich zu sehen. Den Teppich, bedeckt mit all den Unterlagen, die sie über das Gefallene Haus zusammengesucht hatten. Und mittendrin, in einem kleinen Glaskasten: die Knochenuhr.

Ein gefundenes Fressen für Symbolisten und Historiker gleichermaßen. Keine gewöhnliche Uhr, obgleich sie ein Ziffernblatt und Zeiger besaß, welche die verschiedenen Stunden des Tages anzeigten. Verschlungene Symbole erstreckten sich außen über die gesamte Uhr. Ziselierte Jungfrauen, die ihre Gesichter verschleierten, grinsende Bestien, die unter silbrigem Laub verschwanden, und Grabkammern, die sich im einen Augenblick öffneten und im nächsten schlossen, sodass man sich unwillkürlich fragte, ob wohl etwas daraus entwichen war. Zunächst hatte Enrique vermutet, dass all diese geschmiedeten Bilder etwas bedeuteten, aber nach stundenlanger Beobachtung war er sich da nicht mehr so sicher. Symbole trugen Bedeutung, natürlich, doch man konnte sie ebenso gut dazu verwenden, das Auge des Betrachters zu verwirren. Noch wollte er das Hypnos allerdings nicht mitteilen.

Sein ganzes Leben lang hatten Symbole für ihn eine Quelle des Trostes bedeutet. Sie erschienen ihm wie Geschichten, die über die Jahrhunderte hinweg zu ihm sprachen. Und doch wirkte alles an dieser Uhr auf ihn wie blanker Hohn. Um es noch schlimmer zu machen, bemerkte er unweigerlich jedes Mal, wenn er sie ansah, wie die Zeit verging. Jede kostbare Stunde, die Tristans Leben in der Waagschale lag.

Ein lauter Seufzer unterbrach seine Gedanken.

»Wie soll ich unter diesen Umständen denken?«, fragte Hypnos. »Wo bleibt der Wein?«

»Du könntest zur Abwechslung mal Wasser trinken«, kam es von der Tür. Séverin war eingetreten.

»Wasser ist langweilig.«

Für einen Außenstehenden sah Séverin nicht anders aus als sonst. Eleganter Anzug. Unterschwellig gereizt, ohne es zu sehr zu zeigen. Als wäre diese kleine Panne kein Grund zur Besorgnis. Doch je näher er kam, desto mehr sprangen einem gewisse Details ins Auge: Leicht gebeugte Schultern, Schatten unter den Augen, Tinte an den Fingern und kleine lose Fäden an den Manschetten.

Séverin ging auf dem Zahnfleisch.

Er machte zwei Schritte ins Sternwartenzimmer, dann blieb er stehen.

»Findest du etwa keinen Sitzplatz?«, fragte Hypnos.

Enrique richtete sich auf. Natürlich hatte Hypnos nur einen Scherz gemacht. Es gab eine Reihe freier Sitzgelegenheiten. Doch auf Enrique wirkten sie wie rastlose Geister: Das Kissen auf dem Boden, auf dem Tristan hätte sitzen sollen – Goliath in der Tasche versteckt. Die grüne Samtchaiselongue, auf der Laila ihre Teetasse schwenken würde wie eine Königin ihr Zepter. Der hohe Hocker mit dem zerschlissenen Kissen, auf dessen Kante Zofia sitzen und geistesabwesend mit einer Streichholzschachtel spielen würde. Und natürlich Séverins Platz, der Lehnstuhl aus Kirschholz, den Hypnos gerade besetzte.

Séverin entschloss sich zu stehen.

Enrique sah an ihm vorbei zur Tür. »Wo sind die Mädchen?«

Séverin fischte einen Zettel aus der Jackentasche. »Sie wollen einer Sache in der Schmiedekunstausstellung auf den Grund gehen.«

»*Wie bitte?*« Enrique setzte sich kerzengerade hin. »Da wimmelt es nur so vor Sicherheitspersonal. Und falls Mitglieder des Gefallenen Hauses dort sind –«

Hypnos lachte leise. »*Mon cher*, hättest du erwartet, dass sie dich um Erlaubnis fragen?«

»Natürlich nicht.« Enrique lief rot an.

»Ah«, machte Hypnos. »Vielleicht verletzt es dich dann, dass man dich nicht eingeladen hat? Hmmm, ich frage mich, welche der beiden Schönheiten dir wohl den Kopf verdreht hat …«

»Können wir einfach weiter unsere Arbeit machen?«

»Ist es Laila, die leibhaftige indische Tempelgöttin?«

Enrique verdrehte die Augen. Séverin hingegen wurde ganz starr.

»Oder doch die kleine Eiskönigin?«

»Keine von beiden«, entgegnete Enrique scharf.

Doch schon während er die Worte aussprach, kam ihm eines der letzten Male in den Sinn, die er sich mit Zofia in diesem Raum befunden hatte. Gemeinsam hatten sie den Code des Sator-Quadrats geknackt. Sie gaben eben einfach ein gutes Gespann ab. Aber dann dachte er an Zofia in diesem Zugabteil, Kerzenschimmer auf ihrem Haar, ihre Finger, die am Ausschnitt ihres Kleids entlangwanderten, als sie – *ausgerechnet* – kokettieren geübt hatte.

Enrique gab sich einen Ruck. In seinem Kopf vermischten sich zu viele Eindrücke. Tristans geschlossene Lider, der leere Blick der Figuren auf der Knochenuhr, der würzige Geruch von Hypnos' Haut und Lichtreflexe auf Zofias Haaren.

»Wann wollten sie zurück sein?«

»So in einer Stunde«, antwortete Séverin. »Was gibt es Neues von der Knochenuhr?«

»Nichts«, brummte Hypnos.

»Habt ihr mal die Glashaube abgenommen?«

»Wozu?«, fragte Enrique. »Sie ist so schon empfindlich genug. Vielleicht heißt sie deshalb Knochenuhr. Schwache Knochen und so. Einmal habe ich die Haube angehoben und sie mit Glacéhandschuhen berührt. Und da ist direkt die Versilberung abgeblättert.«

»Na gut.« Séverin klang nicht allzu überzeugt und wandte sich an Hypnos. »Was ist mit einer Spur zum Gefallenen Haus?«

»Nichts, was wir nicht schon ausgiebig diskutiert hätten. Die Mitglieder des Gefallenen Hauses dachten, es wäre ihre heilige Pflicht, den Turm zu Babel wieder aufzubauen. Diese gedachten sie zu erfüllen, indem sie ...« Hypnos hielt inne, kniff die Augen zusammen und hielt sich ein Pergament vors Gesicht. »... ›sich die Macht der Toten zunutze machten‹. Was auch immer das bedeuten soll. Es klingt sowohl makaber als auch furchtbar rückständig.«

»In jedem Fall haben sie ein Faible für kryptische Botschaften«, bemerkte Enrique und deutete vielsagend auf die Knochenuhr.

Selbst auf der Höhe ihrer Macht hatten die Mitglieder des Gefallenen Hauses nie preisgegeben, wo sie ihre Treffen abhielten. Nur die berüchtigten Knochenuhren, ihre geschmiedeten Kommunikationsmittel, verwiesen auf den Treffpunkt. Angeblich enthielten die Knochenuhren auch eine todsichere Methode für Nichtmitglieder des Hauses, sie im Notfall aufzuspüren. Doch in Enrique erhärtete sich langsam der Verdacht, dass es sich dabei lediglich um ein Gerücht handelte.

»Woher wissen wir überhaupt, dass Roux-Joubert sich am ursprünglichen Versammlungsort des Gefallenen Hauses aufhält?«

Séverin spielte mit dem Bienenanhänger in seiner Hand. »Für ihn ist das sicher eine Frage der Ehre. Als erfüllte er ein Vermächtnis.«

Hypnos schnaubte. »Er und wer noch? Du hast gesagt, der Mann habe die ganze Zeit von sich als ›wir‹ geredet. Aber der Orden hat ein sehr scharfes Auge auf alles, was auch nur im Entferntesten nach Rekrutierung für das Gefallene Haus aussieht. Der damalige Patriarch wurde hingerichtet. Allen anderen wurde freigestellt, entweder den Tod zu wählen oder sich einer starken Behandlung durch die Schmiedekunst des Geistes zu unterziehen, um jedwede Erinnerung an das Gefallene Haus auszulöschen.«

»Aber viele der Mitglieder müssen einen Großteil ihres Erwachsenenlebens im Dienst des Gefallenen Hauses verbracht haben. Hätte die Geistschmiedekunst sie nicht –«

»In einen Schatten ihrer selbst verwandelt?«, beendete Hypnos seine Frage. »Korrekt. Weshalb eine frappierende Anzahl der Mitglieder den Tod wählte. Fanatiker.«

»Einige müssen wohl entkommen sein«, überlegte Séverin. »Vielleicht haben sie sich in den Untergrund zurückgezogen?«

»Also, wenn du mich fragst, handelt es sich hier um einen intelligenten, dennoch derangierten Mann und seinen Handlanger mit dem Klingenhut, von dem ihr gesprochen habt. Die Mitglieder des Gefallenen Hauses zeigten gerne Stärke, sie traten immer in Rudeln auf, als wären sie Wölfe oder dergleichen. Glaubt mir, wenn er mehr als diesen einen Schergen an seiner Seite hätte, dann hätte er sie alle zu seiner kleinen Vorstellung im Gewächshaus mitgebracht.« Das schien sogar Séverin einzuleuchten. Er nickte bedächtig, während Hypnos fortfuhr: »Warum in aller Welt sollte überhaupt irgendjemand einen Klingenhut tragen wollen? Was passiert, wenn er verrutscht und man sich versehentlich das Gesicht aufschlitzt? Grauenhaft.«

Enrique bekreuzigte sich rasch. »Wenn das so weitergeht, finden wir jedenfalls weder Roux-Joubert noch seinen Gehilfen. Nichts an dieser Uhr ist auch nur im Entferntesten hilfreich. Nicht mal die Inschrift.«

Er deutete auf die einzigen Worte, die direkt unter der Sechs-Uhr-Marke eingraviert waren: *media nocte*.

Mitternacht.

»Wahrscheinlich nur der Name des Uhrmachers«, vermutete Séverin.

»Da wäre ich mir nicht so sicher … es könnte eine Anweisung sein, um uns darauf hinzuweisen, wie wir uns die Uhr anzusehen haben.«

»Kann ich die Uhr nur einmal ohne Schutzglas sehen?«, fragte Séverin.

»Nur, wenn du versprichst, sie nicht kaputt zu machen.«

»Versprochen.«

Enrique sah ihn prüfend an, dann deutete er mit dem Kopf zur Uhr. Vorsichtig hob Séverin das Glasgehäuse an und betrachtete die Uhr mit ihren von Silberfolie überzogenen Figurenornamenten aus der Nähe.

Und dann versetzte er der Knochenuhr kurzerhand einen Stoß. Sie kippte zur Seite.

Hypnos quietschte, Enrique sprang auf.

»*Was hast du getan?*«

»Ich tu, was ich will. Schließlich gehört die Uhr mir.«

»Aber du hast es *versprochen*!«

»Stimmt. Aber ich hatte die Finger gekreuzt.«

Hypnos legte theatralisch die Hand aufs Herz. »Nicht doch! Er hatte die Finger gekreuzt!«

Enrique warf Hypnos einen vernichtenden Blick zu. »Séverin. Du könntest gerade ein Symbol oder einen wichtigen Hinweis zerstört haben, was bedeutet, dass wir Tristan vielleicht niemals finden wer –«

»Du hattest vier Stunden«, unterbrach ihn Séverin. »Und du bist brillant. Wenn es irgendeinen Hinweis gegeben hätte, hättest du ihn gefunden. Hast du aber nicht. Das ist für mich Beweis genug, dass es an der Uhr in ihrem momentanen Zustand nichts zu entdecken gibt.«

»Ich …« Enrique zögerte.

Er fühlte sich zugleich geschmeichelt und übervorteilt. Doch beim Anblick der umgeworfenen Knochenuhr überwog sein Entsetzen. Silberstaub lag in der Luft, winzige Partikel, die sich von der empfindlichen Folie gelöst hatten, mit der die Figuren überzogen gewesen waren. Die Uhr glänzte im Abendlicht, das scharfe Schatten auf ihren Korpus warf.

»Jetzt hast du es tatsächlich geschafft«, sagte Hypnos zu Séverin. »Ihm fehlen die Worte.«

»Ach Hypnos, halt den Mund –«, setzte Séverin an. Enrique blendete beide aus. Langsam und mit klopfendem Herzen kroch er auf die Uhr zu. Ihr Gehäuse hatte ein neues Muster, wie Tinte, die durch Rillen im Holz lief. Worte aus Licht, Silber und Schatten. Die abgeblätterte Silberfolie hatte ein blasses Material freigelegt. Schmutzig weiß. Wie … wie …

Hypnos strauchelte. »Mein Gott, ist diese Uhr aus *echten* Knochen?«

Séverin kniff die Augen zusammen. »Da steht etwas geschrieben.«

Die bis eben noch verdeckte, verschlungene lateinische Inschrift war kaum zu entziffern. Enrique beugte sich noch weiter über die Uhr, seine Finger schwebten über den Worten. So schnell es ging, übersetzte er:

Ein Leben lang begleit ich dich
Doch nur in harten Zeiten zeig ich mich
Meine Summe bringt es an den Tag
Was diese Welt zu sein vermag

Als Enrique zu Séverin aufschaute, erkannte er in seinen Augen ein Funkeln, das kurz vorher noch nicht da gewesen war. Alle drei setzten sich nun auf den Boden um die Uhr. Hypnos mit angezogenen Knien, Séverin in den Schneidersitz, die Arme verschränkt. Enrique streckte die Beine aus, während er, vollends in seinem Element, mit Notizbuch und Stift das Rätsel noch einmal abschrieb. Das war der erste Fortschritt seit Stunden und er gab ihm neuen Elan, wie Sonnenlicht, das durch seine Adern strömte.

»Meine Summe …« Séverin überlegte laut. »Das ist vermutlich doppeldeutig und kann sich sowohl auf die Antwort auf das Rätsel als auch auf die Uhr selbst beziehen. Vielleicht hat es mit den Stunden auf dem Ziffernblatt zu tun?«

»Vielleicht, aber die Uhr geht nur bis zwölf«, wandte Hypnos ein. »Welche zwölf Dinge, die dich ein Leben lang begleiten, zeigen sich in harten Zeiten?«

So begannen zwei der quälendsten Stunden in Enriques ganzem Leben. Zuerst war die Rede von Zähnen. Doch Séverin schmetterte den Vorschlag direkt ab. »Wer besitzt denn bitte nur zwölf Zähne?«

Gemeinsam gingen sie mehrere Antwortmöglichkeiten durch, doch nichts schien zu passen. Die Minuten verrannen. Unverändert lag die Knochenuhr am Boden. Séverin hatte sich in sich zurückgezogen und spielte mit den Fransen an Tristans Kissen. Hypnos war zwischendurch aufgestanden und hatte nach Wein verlangt – vergebens.

»Knochen hin oder her – die Uhr ist dämlich.«

Abrupt hob Séverin den Kopf. »Was hast du gerade gesagt?«

»Ich meinte, die Uhr ist vielleicht aus Knochen, vielleicht auch nicht, aber in jedem Fall dämlich.«

»Knochen …«

»Wenn wir nicht bald etwas essen, bin ich auch nur noch Haut und Knochen«, murmelte Hypnos.

Enrique überlegte. »Könnte das passen? Als Antwort?«

»›Ein Leben lang begleit’ich dich‹«, rezitierte Hypnos. »Stimmt. Alles andere wäre besorgniserregend. Obwohl ich der Meinung bin, das einige Leute tatsächlich ohne Rückgrat geboren werden. Mal sehen, was haben wir als Nächstes? ›Doch nur in harten Zeiten zeig ich mich.‹ Hm. Das wiederum passt nicht so gut.«

Enrique schwieg. Die harten Zeiten hatten auch ihn zunächst davon abgebracht. Knochen zeigten sich einem nicht einfach so – wie Geister. Doch Hypnos' Kommentar hatte ihn auf einen Gedanken gebracht: Sehen konnte man Knochen sehr wohl. Das hatte er auf den Philippinen festgestellt. Er hatte seinen Vater auf den Ritten durch die Provinzen Capiz und Cavite begleitet, um die Produktion auf ihren Reisfeldern zu überprüfen. Auf den Straßen, vor den weiß getünchten Kirchenwänden und Häusern, hockten die Bettler, die aussahen, als würde sie der nächste

Windstoß davonwehen. Ob jung oder alt, der Ausdruck in ihren Augen war immer der gleiche: matt und leer. Die Gesichter derjenigen, denen das Leben die Hoffnung genommen hatte. Dort waren ihm Kinder begegnet, mit Rippen, die scharf durch ihre Hemdchen stachen, mit kantigen Ellbogen, dreckverkrustet. Und mit Augen, unnatürlich groß in ihren vom Hunger gezeichneten Gesichtern.

»Ich denke schon, dass es passt«, sagte er leise.

Hypnos warf ihm einen fragenden Blick zu. Da Enrique gerade nicht die geringste Lust hatte, sich zu erklären, fuhr er fort: »Die nächsten beiden Verse passen auch. Wir wissen, dass das Gefallene Haus einige makabre Interessen verfolgte. Möglicherweise schloss das den Gebrauch von Knochen mit ein. Die Zeile ›Was diese Welt zu sein vermag‹ könnte sich auf ihre speziellen Interessen beziehen und muss nicht notwendigerweise für alle Menschen auf der Welt etwas Positives sein. Bleibt die vorletzte Zeile: ›Meine Summe bringt es an den Tag.‹ Vielleicht die Anzahl der Knochen im menschlichen Körper? Wie viele gibt es, wenn wir schon dabei sind?«

»Zweihundertundsechs«, antwortete Séverin wie aus der Pistole geschossen.

Enrique verzog das Gesicht. »*Möchte* ich wissen, woher du die Antwort kennst?«

Auf Séverins Gesicht zeigte sich ein wölfisches Grinsen. »Das bezweifle ich.«

»Aber wie stellt man zweihundertsechs auf einer Uhr dar?«

Séverin lachte leise, als erinnerte er sich an etwas. »Sechs Minuten nach zwei. Zwei – null – sechs. Zweihundertsechs.«

Wie aufs Stichwort starrten alle drei die Uhr an. Ihr schien auf einmal eine Art Energie zu entströmen. Enrique überkam das beunruhigende Gefühl, die Uhr ahnte auf irgendeine Art und Weise, dass sie ihr bald ihr Geheimnis entlocken würden.

Behutsam bewegte Enrique die Zeiger. Hypnos und Séverin waren unbemerkt näher gerückt. Plötzlich sah er das Bild vor seinem inneren Auge, wie von ferne: drei Jungen, die im Kreis vor einer knöchernen Uhr knieten, vom Licht hinter ihnen mit scharfen, lebendig wirkenden Schatten versehen. Er fühlte den Faden der Begierde, der sie alle zusammenhielt, sodass sie in diesem Moment nichts voneinander unterschied.

Enrique wartete gespannt.

Wartete darauf, dass sich eine geschmiedete Macht vor ihnen manifestieren würde. Doch er fühlte nichts.

»Es funktioniert nicht«, stellte Hypnos fest. »Lagen wir falsch?«

Enriques Herz setzte kurz aus. Hoffentlich nicht. Allerdings –

»Wir haben uns nicht an die Anweisung gehalten«, bemerkte Séverin und zeigte auf die Gravur unter der Ziffer Sechs: *media nocte*. Mitternacht.

»Aber bis Mitternacht dauert es noch Stunden!«

Séverins Blick schweifte ab. Er rieb sich über die Narbe in der Handfläche und griff schließlich nach der Dose mit seinen Nelken. Nachdenklich steckte er eine in den Mund und kaute darauf herum. Augenscheinlich nahm er die Anspannung der beiden anderen nicht wahr.

»Zumindest werden bis dahin die Mädchen zurück sein.«

Kurz darauf verließ Séverin die Sternwarte. Er hatte sich noch um Hotelangelegenheiten zu kümmern. Enrique und Hypnos blieben alleine zurück. Enrique war unschlüssig. Was nun? Letztendlich kehrten sie zu ihrer vorherigen Aufgabe zurück und suchten nach Hinweisen in den Überresten alter Dokumente. Der Abend tauchte sie in Schatten. Essen wurde bestellt und verzehrt, ohne dass sie auch nur von ihrer Arbeit aufgesehen hätten. Taten sie es doch einmal, dann starrte ihnen die Knochenuhr entgegen, selbstgefällig, lauernd. Der Blick durchs Zimmer ließ Enrique eine seltsame Aura spüren, die sich auf alles darin Befindliche gelegt hatte. Auf die überall verteilten Polster, Tristans Sitzkissen – unter einen Stuhl geschoben, damit sich niemand versehentlich daraufsetzen konnte.

»Warum hilfst du uns eigentlich?« Die Worte waren schon aus Enriques Mund gepurzelt, bevor er sie zu Ende gedacht hatte.

Hypnos sah auf, sein Ausdruck leicht verletzt. »Erscheint es so abwegig, dass ich meine eigenen Gründe haben könnte, den Babelring wiederzuerlangen?«

»Das ist keine Antwort auf meine Frage. Du könntest auch von zu Hause aus Nachforschungen anstellen. Man sagt, die Bibliothek von Haus Nyx suche ihresgleichen. Du müsstest nicht hier sein.«

Einen Moment lang schwieg Hypnos. Schließlich faltete er die Hände im Schoß. »Wenn ich jemanden an meiner Seite hätte … Jemanden, der mir ähnlich ist … dann wäre das Leben im Orden vielleicht … einfacher.«

Das hatte Enrique nicht erwartet. »Du *willst*, dass Séverin Patriarch wird?«

Hypnos nickte. »Als wir klein waren, dachte ich immer, wir würden zu Königen heranwachsen, die gemeinsam über ein ganzes Reich herrschen.« Er zog die Brauen zusammen. »Erzähl ihm bloß nicht, dass ich das gesagt habe.«

Enrique tat, als verschlösse er seinen Mund mit einem Schlüssel. Hypnos wirkte sichtlich erleichtert. Er war so jung, noch nicht gezeichnet vom Leben, und doch wirkten seine eisblauen Augen uralt.

»Wenn ich ehrlich bin, brauche ich einen Verbündeten«, gab Hypnos zu. »Jemanden, der versteht, was es heißt, in zwei Welten zu leben. So wie ich. Ich habe es versucht und bin gescheitert. Ich kann nicht gleichzeitig der Nachfahre karibischer Sklaven und der Sohn eines französischen Aristokraten sein, selbst wenn ich im Inneren beides *bin*. Ich musste eine Entscheidung treffen.

Vielleicht hatte dabei der Orden seine Hand im Spiel. Doch niemand erzählt dir, dass die Welt dich nicht immer so wahrnimmt, wie du es gerne hättest, auch wenn du dich für eine Seite entscheidest. Du kannst deinen Namen ändern. Deine Augenfarbe. Kannst einen Mythos um dich herum erschaffen und darin leben, sodass du zu niemandem gehörst, nur zu dir selbst. Doch letztendlich kannst du nicht aus deiner Haut.«

Enrique schluckte. Er wusste ganz genau, wie sich das anfühlte. Dieses Gefühl, als würde die eigene Haut einen verraten. Dass seine Träume nicht zu seinem Gesicht passten und deshalb niemals in Erfüllung gehen würden. »Das verstehe ich gut.«

Hypnos schnaubte und lehnte den Kopf zurück an die Sofalehne. Durch die schimmernden Lichtreflexe auf seinem Hals wirkte er wie ein Seraph, der ein Dasein in üppigem Sonnenschein geführt hatte. Von jeher gut aussehend, verlieh ihm das Licht nun eine vergoldete, überirdische Schönheit. Früher hatte Enrique gebetet, sein Körper möge sich nicht gleichermaßen von Männern wie von Frauen angezogen fühlen. Bis ihm sein zweitältester Bruder – dazu bestimmt, Priester zu werden – erklärt hatte, Gott unterliefen keine Fehler, wenn er jemandes Herz gestaltete. Noch hatte Enrique seine Beziehung zum Glauben nicht abschließend für sich geklärt, doch die Worte seines Bruders hatten bewirkt, dass er sich nicht mehr hasste. Er wandte sich nicht mehr ab von dem, was in ihm war, sondern versuchte es anzunehmen. Dennoch hatte er bis zum Studium gewartet, bevor er mehr unternahm, als hübsche Jungen nur anzusehen. Daran erinnerte er sich jetzt, während er Hypnos betrachtete … zu versunken in Gedanken, um zu bemerken, dass es seinem Gegenüber auffiel.

Hypnos fuhr sich mit dem Daumen über die Lippen. »Habe ich da was?«

»Nein, nein.« Hastig wandte Enrique sich ab. Und meinte zu hören, dass Hypnos etwas murmelte, das wie *schade* klang.

MITTERNACHT RÜCKTE NÄHER.

Inzwischen waren Laila und Zofia zurückgekehrt und sie hatten sich über ihre Entdeckungen in Bezug auf die Knochenuhr und das Tezcat-Portal ausgetauscht. Nun saßen alle zusammen im Sternwartenzimmer und warteten. Die Stühle hatten ihre gespenstische Aura verloren, wenn sich auch alle andere Plätze suchten als sonst. Nur Tristans Kissen blieb unberührt.

In diesen letzten Minuten meinte Enrique, alles überdeutlich wahrzunehmen: die Hitze, die Hypnos' nur *etwas* zu nahe liegende Hand ausstrahlte, den Glanz auf Zofias Flammenhaaren, als sie sich hinunterbeugte, um ihre neueste Erfindung zu begutachten … Selbst die Zuckerkristalle auf dem Plätzchen, das Laila ihm zugeschoben hatte, und Séverins kaum gezügelte, kalte Wut, mit der er die Knochenuhr anstarrte. Enrique, der sein Leben lang davon geträumt hatte, wie sich Magie anfühlen würde, glaubte, es herausgefunden zu haben: Mythen und alte Schriften verbanden sich mit Sternenlicht, das die Atmosphäre verzauberte. Sie fühlte sich an wie der süße Schmerz der Hoffnung, die man mit Freunden teilt.

Schlag Mitternacht brachten sie die Zeiger in Position: sechs Minuten nach zwei.

Es gab einen Lichtblitz.

Laila wich zurück, doch Zofia beugte sich neugierig vor.

»Sie funktioniert wie ein Mnemospion«, stellte sie fest.

Das Bild aus der Uhr erfüllte den Raum und verdrängte das Sternenlicht.

Ein Saal voller Knochen. Grinsende, aufeinandergestapelte Schädel. Festgetretene Erde, der Boden eines menschenleeren Auditoriums mit einem Muster ähnlich der logarithmischen Spirale in Haus Kore. Enrique hatte das Gefühl, er könnte den Ort *riechen*. Gigantische Kreuze aus Oberschenkelknochen und ein unheimlicher See, in den von Stalaktiten mineralische Tränen heruntertropften. Endlich hatten sie den geheimen Versammlungsort des Gefallenen Hauses gefunden. Den Ort, der mit der Schmiedekunstausstellung verbunden war und an dem Tristan irgendwo gefangen im Dunkel lag.

Enrique wusste nicht, wer es zuerst aussprach, doch bei den Worten stellten sich ihm die Nackenhaare auf. Sie wehten über ihn hinweg wie ein kalter Hauch: »Das Gefallene Haus wartet in den Katakomben auf uns.«

Séverin

Séverin nannte seinen sechsten Vater Habgier. Habgier war ein charmanter Dieb mit verschwindend geringem Vermögen. Er setzte Séverin gern als Wachtposten ein, während er seinen »Erledigungen« nachging. Einmal verschaffte Habgier sich Zugang zum Haus einer wohlhabenden Witwe. Er räumte eine Vitrine leer, die bis oben hin gefüllt war mit wertvollem Porzellan und fein gearbeiteten Glaskunstwerken. Dann aber entdeckte er oben auf der Vitrine eine Uhr aus Jade. Séverin stand draußen und beobachtete die Straße. Als er das regelmäßige Klappern von Pferdehufen hörte, pfiff er. Doch Habgier bedeutete ihm, still zu sein. Er versuchte, an die Uhr zu kommen. Dabei rutschte die Leiter unter ihm weg, die schwere Uhr fiel auf seinen Kopf, und er war tot.

Habgier brachte ihm bei, nicht zu hoch hinauszufliegen.

SÉVERIN PLATZIERTE EINE Gewürznelke auf seiner Zunge und kaute gemächlich darauf herum, während er die Informationen noch einmal durchging.

Sie wussten, wo sich das Gefallene Haus versteckte: In den Katakomben.

Und sie wussten, was das Gefallene Haus wollte: die Babelfragmente vereinigen.

Alles Weitere war nur eine Frage der Zeit.

Als das Licht der Knochenuhr erlosch, seufzte Hypnos. »Streng genommen sind alle Hausoberhäupter dazu angehalten, den Orden über sämtliche Aktivitäten des Gefallenen Hauses zu unterrichten.«

»Streng genommen?«, echote Séverin. »Streng genommen wissen wir nicht, ob Roux-Joubert womöglich ein Handlanger eines Ordensmitglieds ist.«

»Deswegen sagte ich ja ›streng genommen‹«, setzte Hypnos nach. »Ich *muss* es dem Orden mitteilen, aber sie haben nie gesagt, *wann* ich es ihnen mitteilen muss. Bestimmt kann ich das auch noch tun, *nachdem* wir Roux-Joubert gefunden haben.«

»Wie hinterlistig!«

»Ich habe mir da ein Beispiel an jemandem genommen.«

»Glaubt ihr wirklich, jemand aus dem Orden steckt hinter alledem?«, fragte Enrique. »Würden sie dann nicht den eigentlichen Zweck des Ordens untergraben?«

»Unterschätz nie die Heimtücke der Menschen«, warf Laila leise ein.

Wie alle anderen hatte auch sie ihren üblichen Platz auf der samtgepolsterten Chaiselongue vermieden. Stattdessen saß sie auf dem Boden gegen ein Bücherregal gelehnt und hatte die Schleppe ihres grünen Seidenkleids über die Beine gezogen. Während sie sich den Nacken rieb, verschwanden ihre Finger im Kragen. Vermutlich befühlte sie die Narbe, die sie als eine Art Naht betrachtete. In ihren Augen war sie dadurch mehr Stoffpuppe als Mensch, doch für Séverin war es eine einfache Narbe. Narben machten Menschen zu dem, was sie waren. Sie waren sichtbare Spuren, die die Fäuste des Leids hinterlassen hatten, und für ihn waren sie auch ein Zeichen, ganz und gar menschlich zu sein. Ungebeten trat ihm eine Erinnerung vor Augen. Er erinnerte sich daran, wie er die Narbe berührte. Sie war kalt wie Glas und ebenso glatt. Er erinnerte sich daran, wie Laila sich bei seiner Berührung verkrampfte, und wie er die Narbe von oben bis unten mit Küssen bedeckte. Er hatte ihr so gern zeigen wollen, dass er ihre Bedeutung erfasste und es nicht von Belang war. Nicht für ihn.

Plötzlich sah Laila auf und ihre Blicke trafen sich. Ein Hauch von Rot legte sich auf ihre Wangen, und er fragte sich, ob auch sie sich erinnerte. Doch sie wandte den Blick ruckartig wieder ab.

»Wie lautet der Plan?«, fragte sie.

Séverin zwang sich, die anderen anzusehen. »Wir schleichen uns zum Versammlungsort des Gefallenen Hauses in die Katakomben und holen uns das Horusauge und den Ring von Haus Kore zurück.«

»Ich bezweifle, dass er den Ring dort irgendwo auf dem Boden herumliegen lässt«, sagte Laila. »Er wird ihn doch bestimmt tragen?«

Hypnos wackelte mit den Fingern. »Kann er nicht. Er mag es ja geschafft haben, ihn der Matriarchin zu entreißen, der Ring ist aber trotzdem noch mit ihr verbunden.«

Séverin nickte und fügte hinzu: »Wenn wir durch das Horusauge sehen, erfahren wir, wo das Fragment versteckt ist. Da wir mittlerweile davon ausgehen können, dass niemand aus Haus Kore in den Diebstahl verwickelt ist, werden wir die Matriarchin sofort im Anschluss über den Verbleib des Fragments unterrichten. Auf diese Weise kann der Orden Leute zu dessen Schutz abstellen und Roux-Joubert und seinen Komplizen außer Gefecht setzen.«

»Wie kommen wir in die Katakomben?«, fragte Laila.

»Ganz normal wie sonst auch.«

»Aber sie könnten durch das verborgene Tezcat-Portal in der Ausstellung entwischen«, stellte Hypnos fest.

Zofia zog das Silbertuch hervor und schwang es hin und her.

»Nein, können sie nicht.«

»Willst du mich *damit* beeindrucken?«, fragte Hypnos erschrocken.

»Dieses Tuch ist undurchdringlich«, sagte Zofia.

»Das stimmt«, sagte Laila. »Sie hat auf das arme Ding eingestochen.«

»So erstaunlich diese Tatsache sein mag, ist es trotzdem kaum größer als ein Taschentuch«, bemerkte Hypnos.

»Ich weiß«, erwiderte Zofia. »Ich kann es vervielfältigen.«

»Dann also *hundert* Taschentücher? Ich zittere vor Angst.«

»Solltest du auch.«

»Zofia, wenn du die Größe des Silbertuchs verändern kannst, frage ich mich, ob du auch mal mit einer anderen Sache herumexperimentieren könntest.«

Séverin holte einen Mnemospion aus seiner Tasche. Er war klein, leicht und seine Oberfläche fühlte sich kalt an. Trotzdem konnte der Schmiedekunstkörper einem menschlichen Auge gleich Bilder aufnehmen und in die Luft projizieren.

»*Ein Mnemospion?*«, stöhnte Enrique. »Was sollen wir denn damit? Den Moment vor unserem unvermeidbaren Tod aufnehmen? Eigentlich wollte ich kein Andenken daran haben.«

»Vertraut mir einfach.«

»Vielleicht sollte ich doch nicht mitkommen«, sagte Hypnos. »Ich könnte als euer Kontaktmann auf der Straße fungieren, oder …«

»Warst du nicht vorhin noch Feuer und Flamme wegen unserer Zusammenarbeit?«, fragte Séverin.

»Das war, bevor ich gemerkt habe, wie gleichgültig euch eure Sterblichkeit zu sein scheint.«

»Wenn du dich an den Plan hältst, wird deine Sterblichkeit unberührt bleiben.«

Hypnos blickte äußerst misstrauisch drein. »Wie lautet denn dieser besondere Plan, *mon cher*?«

Bevor Séverin antworten konnte, zündete Zofia ein Streichholz an ihren Zähnen an. »Krokodilzähne.«

Alle vier wandten sich zu ihr um. Séverin lachte. Zofia hatte erraten, was er vorhatte.

»Zwei Dumme, ein Gedanke.«

Zofia runzelte die Stirn. »Ich bin nicht dumm.«

INZWISCHEN BRANNTE SÉVERINS Mund, und trotzdem griff er nach der nächsten Gewürznelke. Er wusste nicht mehr, wo er zum ersten Mal davon gehört hatte, dass dieses aromatische Kraut dabei helfen sollte, sich Dinge einzuprägen. Vielleicht von einem Hotelgast, der ihm am Abend der Abreise ein Geschenk hinterlassen hatte. So war es ihm zur Gewohnheit geworden. Erinnerungen machten ihm grundsätzlich zu schaffen. Er konnte den Gedanken nicht ertragen, ihm könnte irgendetwas entgangen sein, und er wollte nicht, dass die Zeit seine Erinnerungen verzerrte, denn er glaubte nicht, dass er dann noch objektiv sein könnte. Aber genau das musste er. Denn nur, wenn er völlig objektiv blieb, konnte er herausfinden, wo er die falsche Abzweigung genommen hatte. Während er sich einen Weg durch das prachtvolle Foyer des L'Éden bahnte, ging er zum tausendsten Mal im Geiste die letzten Momente mit Tristan durch. Tristan hatte versucht, ihn vor irgendetwas zu warnen, aber Séverin hatte ihn einfach fortgeschickt. War es direkt danach passiert? War Tristan zur Tür hinaus und dem Gefallenen Haus geradewegs in die Arme gelaufen? Hatte er versucht, sich selbst bewusstlos zu schlagen, als sie ihm den Phoboshelm gezeigt hatten – so wie damals bei Zorn? Klar und deutlich drangen Roux-Jouberts Worte durch Séverins Kopf, und für einen Augenblick wünschte er, die Gewürznelken würden nicht einmal halb so gut funktionieren, wie sie es taten. *Seine Liebe und Angst und sein eigener kaputter Verstand haben es mir leicht gemacht, ihn zu überzeugen, dass er euch rettet, indem er euch verrät …*

Die Schuldgefühle bildeten sich in seinem Magen zu einem Klumpen. Er hätte auf ihn hören sollen.

Séverin stand am Fuße der großen Treppe, die ins Foyer führte, und ließ seinen Blick über das L'Éden schweifen. Tristan war nicht mehr hier, und jetzt war er ganz allein. Plötzlich vernahm er hinter sich ein dünnes, schrilles Stimmchen.

»Mama?«

Séverin versteifte sich.

Er drehte sich um und entdeckte einen kleinen Jungen, der einen schäbigen Teddybären im Arm hielt. Selten übernachteten Kinder mit ihren Eltern im L'Éden. Alles, was als familienfreundlich galt, hatte er ausdrücklich untersagt und war damit bisher auch erfolgreich gewesen. Für einen Moment war er vom Anblick des Kindes ganz gefesselt. Wo er sonst hinging, bekam man nur selten kleine Kinder zu Gesicht. Und er hatte vergessen, dass er selbst einmal so klein und so vollkommen verloren gewesen war.

»Mama?«, rief das zarte Stimmchen noch einmal.

Was war mit den Eltern des Jungen? Hatten sie vor, ihn auszusetzen … *hier?*

Dicke Tränen rollten über das kleine Gesicht, und Séverin musste sich beherrschen, damit er ihn nicht anschrie.

Warum weinst du denen hinterher, die dich nicht wollen?, hätte er am liebsten gebrüllt. *Du schaffst es auch ohne sie!*

Dann aber rauschte eine Frau an ihm vorbei, hob den Jungen auf den Arm und lachte. »Schätzchen, hast du nicht gehört, dass ich nur kurz etwas mit dem Concierge besprechen wollte?«

Der Junge schüttelte den Kopf und schniefte. Seine Mutter drückte ihn fest an sich. In dem Moment wurde Séverins Eifersucht lebendig, nistete sich in seinem Herzen ein und kroch durch seine Adern. Selbstverständlich war der Junge nicht ausgesetzt worden. Selbstverständlich hatte man ihn nur kurz aus den Augen verloren.

»Was ist nur los mit mir?«, murmelte er und wandte sich von dem Jungen und seiner Mutter ab.

Über das Meer von Gästen hinweg fing sein Faktotum seinen Blick auf und gab ihm ein Zeichen. Séverin wartete an der Treppe und nickte dem einen oder anderen Gast grüßend zu, bis sein Angestellter neben ihm auftauchte. In einer Hand trug er eine kleine Schachtel, die er auf Armeslänge von sich hielt. Der Ekel stand ihm ins Gesicht geschrieben.

»Monsieur, wir finden bestimmt jemand anderen für diese … Pflicht.«

Séverin nahm die Schachtel entgegen. Darin zirpte und hüpfte eine Handvoll brauner Grillen herum. »Ich ziehe es vor, das selbst zu erledigen.«

»Wie Sie wünschen, Monsieur.«

Aus dem Augenwinkel sah er einen Gepard geschmeidig durchs Foyer springen. »Und bitte richten Sie der Marchesa de Castiglione aus: Falls Imhotep noch einmal irgendjemandes Pudel fressen sollte, übernimmt das Hotel nicht die Verantwortung dafür.«

Sein Faktotum seufzte. »Ja, Monsieur. Kann ich sonst noch etwas tun?«

Séverin ballte die Hand zur Faust. »Die Gäste mit dem Kind … sagen Sie ihnen, dass ihr Zimmer renoviert werden muss. Suchen Sie ihnen eine vergleichbare Unterkunft. Im Savoy, zum Beispiel.«

Sein Faktotum sah ihn verblüfft an. »Wie Sie wünschen, Monsieur.«

SÉVERIN STAND AM Eingang zu Tristans Werkstatt, kniff in das goldene Efeublatt am Tezcat-Portal und blieb gleich darauf wie angewurzelt stehen.

Er war nicht allein.

Über einen Glaskasten gebeugt sah er im Kerzenlicht Lailas Silhouette. Sie sang ein Schlaflied, mehr schlecht als recht, und ließ Grillen in Goliaths Behausung fallen. Jetzt wünschte er wirklich, jemand anders hätte das hier übernommen. Er hasste es, sie so zu sehen … wie sie alltäglichen Dingen nachging und sich scheinbar ein Leben aufbaute, von dem sie kaum erwarten konnte, es hinter sich zu lassen.

Er machte einen Schritt auf den Tisch zu. Um sie herum leuchteten Tristans Miniaturwelten. Sprösslinge, die sich vor einem gemalten Himmel absetzten. Gärten, in denen Porzellanblüten Staub ansetzten. Zwischen ihnen sah Laila aus wie eine Ikone. Die Haare hatte sie sich seitlich über die Schulter gelegt, und er bildete sich ein, den Zucker und das Rosenwasser zu riechen, das sie sich in die Halsbeuge gestrichen hatte.

Um sie nicht zu erschrecken, wollte Séverin die Schachtel mit den Grillen abstellen. Doch er platzierte sie zu nah am Tischrand, sodass sie beinahe abgerutscht und hinuntergefallen wäre. Séverin fing sie gerade noch auf, stach sich dabei aber den Daumen an einem verborgenen Dorn.

Laila wirbelte herum. »*Madschnun?* Was machst du hier?«

Séverin zuckte zusammen und deutete auf die Schachtel mit den Grillen. »Wie es aussieht, das Gleiche wie du. Aber du scheinst es ohne Verletzung überstanden zu haben.«

»Zeig her«, sagte sie und kam auf ihn zu. »Ich weiß, dass er hier irgendwo Verbände herumliegen hat.« Laila kramte in den Schubladen, bis sie einen Streifen Gaze und eine Schere gefunden hatte. »Einen Moment lang habe ich dich für den schwer zu fassenden Vogelmörder gehalten, der das Gelände unsicher macht.«

Séverin schüttelte den Kopf. Es war ein Ärgernis, aber womöglich war der Übeltäter nur eine Katze.

»Da muss ich dich leider enttäuschen«, sagte er. Er brachte den pulsierenden Finger an seine Lippen und wollte gerade daran lutschen, wie er es sonst immer bei Schnittwunden tat, da schlug Laila ihm die Hand weg.

»Du könntest dir eine Infektion einfangen!«, schimpfte sie. »Jetzt halt still.«

Sie griff nach seiner Hand. Séverin tat wie geheißen. Er hielt ganz still, als hinge sein Leben am seidenen Faden. In dem Moment war er sich ihrer Präsenz nur allzu bewusst. In der Luft. Auf seiner Haut. Sie neigte den Kopf, um den Stoff festzubinden, und ihre Haare strichen über seine Fingerspitzen. Séverin konnte nichts dagegen tun, er zuckte zusammen. Laila sah auf. Aus unheimlich dunkel schimmernden Augen, die ihn an einen Schwan erinnerten, blickte sie ihn eindringlich an. Ein Mundwinkel hob sich leicht.

»Was ist los? Hast du Angst, ich könnte dich lesen?«

Sein Puls preschte davon. Sie hatte ihm erzählt, sie könnte nur Gegenstände lesen. Keine Menschen. *Unter keinen Umständen.* »Das kannst du gar nicht.«

Laila zog eine ihrer schmalen Augenbrauen hoch. »Ach nein?«

»Das ist nicht witzig, Laila.«

Laila hielt inne. Einen Herzschlag. Zwei. Schließlich verdrehte sie die Augen. »Keine Sorge, *Madschnun.* Vor mir bist du sicher.«

Damit lag sie falsch.

IN DEN NÄCHSTEN achtzehn Stunden schlief niemand von ihnen. Enrique wälzte so lange Bücher in der Bibliothek, dass Laila sein Bettzeug hinüberschicken ließ. Hypnos sah man kaum noch ohne einen edlen Tropfen in der Hand – *umso besser kann ich nachdenken!* –, und er verbrachte viel Zeit damit, sich mit seinen eigenen Spionen, Komplizen und Wachen zu besprechen. In der Zwischenzeit machte Zofia ihrem Spitznamen alle Ehre und verschwand den halben Tag hinter einem Vorhang aus Rauch. Und Laila ... Laila sorgte für ihr Wohlbefinden. Ihre Hände waren die ganze Zeit beschäftigt ... schenkten Tee ein, reichten Speisen herum, wuschelten müden Köpfen durch die Haare, strichen über die Ränder unterschiedlicher Gegenstände, während sie so beruhigend und wissend lächelte wie immer.

Es verging ein Tag, dann zwei. Mitternacht rückte näher.

Weit entfernt von all dem Glanz und Glitzer senkte sich Dunkelheit über die staubigen Straßen. Bettler schliefen zusammengekauert in irgendwelchen Nischen, dürre Katzen strichen um die Häuserecken. Séverin und Laila schritten gemächlich nebeneinanderher und hatten die Schultern hochgezogen, um neugierigen Blicken zu entgehen. Séverin hatte nie das Bedürfnis verspürt, den Katakomben einen Besuch abzustatten. Er wusste, dass es sich dabei um ein Beinhaus mit Überresten von *Millionen* von Menschen handelte. In der Wiege der Erde lagen die Körper von Herzoginnen und Aristokraten, von Leuten, die der Pest zum Opfer gefallen oder deren Köpfe mit dem Fallbeil der Guillotine vom Rumpf gehackt worden waren. Unzählige namenlose Menschen, die heute nur noch grauenerregende Gänge und Bogen aus grinsenden Totenschädeln und aufgerissenen Mäulern bildeten.

Laila schlotterte, als sie näher kamen. Langsam zupfte sie sich die Handschuhe ab und streckte die Hand nach dem Metallgitter aus, das den Eingang umgab. Sie schloss die Augen, dann nickte sie verbissen. *Roux-Joubert war hier.* Eine gewisse Ruhe erfasste Séverin. Er dachte an die Geschichten über die Unterwelt, die er als Kind gehört hatte. An die Sage von Orpheus, der sich umgesehen und alles verloren hatte. Das würde ihm nicht passieren. Er würde hinab- und wieder hinaufsteigen und dabei nichts weiter als ein bisschen Zeit verlieren. Er schluckte seine Zweifel hinunter und betrat die Treppe. Über seinem Kopf verkündete eine in Stein gehauene Inschrift:

Arrête! C'est ici l'empire de la mort.
Halt! Hier beginnt das Reich des Todes.

⤳ TEIL V ⤳

Die Anfänge des Imperiums
Großmeisterin Hedvig Petrovna,
Haus Dažbog der Russischen Fraktion
Im Jahre 1771 unter der Herrschaft der Kaiserin
Jekaterina Alexejewna II.

Wir dürfen die Grenzen unseres Wirkens nicht aus den Augen verlieren.

Wir beschützen und behüten. Wir spielen nicht Gott.

Unsere Babelringe tragen die Macht in sich, die Fragmente zu enthüllen. Doch scheinen einige unter uns vergessen zu haben, dass uns diese Macht keine Göttlichkeit verleiht. Mich dünkt, wir hätten sie besser Wachsflügel genannt. Eine Warnung für all diejenigen, die zu erreichen trachten, was ihnen nicht bestimmt ist. So wie Ikarus, Sampati, Kua Fu und Bladud. Sie alle wollten zu hoch hinaus und stürzten ab. Ihr Sturz sollte uns eine Lehre sein. Aus ihren am Boden zerschmetterten Knochen lesen Nekromanten das Schicksal, welches jene heimsucht, die vergessen.

Zofia

Zwei Stunden vor Mitternacht

Feindselig starrte Zofia ihr Bett an. Darauf lagen drei verschiedene Kleider. Ein schlichtes dunkles, ein helles und eines mit kunterbunten Stickereien. Irgendwie war ihr klar, dass sie noch mehr Details hätte bemerken sollen, aber was genau das sein sollte, würde sie so schnell nicht herausfinden, also versuchte sie es erst gar nicht. Stattdessen ergriff sie die Nachricht, die mit einer Nadel an einen der Ärmel gesteckt worden war: eine Liste in Lailas fein säuberlicher Handschrift.

> **Schritt 1:** *Zofia, kämm dir die Haare. Eigentlich wollte ich dir helfen, bevor ich losmusste, aber ich konnte dich nicht finden. Kann es sein, dass ich dich vorhin im Flur hinter dem Blauregen gesehen habe?*

Ein Anflug von Schuldgefühl überkam Zofia. Sie war dort gewesen, hatte aber die Bürste in Lailas Hand gesehen und auf dem Absatz kehrtgemacht.

Schritt 2: Ich habe dir drei Kleider bereitgelegt. Das Dunkle lenkt dich am wenigsten ab, weil es keine asymmetrischen Rüschen oder dergleichen hat. Das Helle ist das Bequemste. Und falls du sehr nervös bist, zieh das bestickte an, dann kannst du die Nähte zählen, während du wartest.

Zofia kämmte sich die Haare und griff dann nach dem bestickten Kleid.

Schritt 3: Auf deinem Toilettentisch findest du ein Töpfchen Rouge und eins mit Kajal. Benutze sie nur, wenn du möchtest. Kosmetik ist das, was du daraus machst: Sie kann betonen, verstärken, dir als Rüstung dienen et cetera.

Zofia starrte diesen letzten Absatz an. Sie konnte nicht sagen, warum, aber er beruhigte sie. Auf ihrem Toilettentisch befand sich kaum etwas außer der Waschschüssel und einem sauberen Handtuch, also entdeckte sie die beiden Döschen sofort. Zu Hause hatte sie nie viel Zeit damit verbracht, sich um ihr Gesicht oder ihre Frisur zu kümmern. Das führte nur zu Frustration. Wenn sie Hilfe brauchte, hatte sie sich immer an Hela gewandt. Doch Hela war nicht hier. Noch nicht zumindest. Und wenn der Plan heute Nacht schieflief, würde sie es auch nie sein.

Sobald sie angezogen war, überprüfte Zofia noch einmal sämtliche Taschen und Röcke. Ihre gesamte Garderobe war mit geschmiedeten Extras versehen – das Kleid mit der Stickerei bildete keine Ausnahme. Auch ihre Pelisse war aus geschmiedeter Schwefelseide, die in Flammen aufgehen konnte – parfümiert, damit sie die Nase nicht beleidigte – und genau wie Hypnos' und Enriques Schuhe hatte sie auch ihre eigenen unter anderem mit

Klingen ausgestattet. In ihrem Réticule verstaute sie den Mnemospion und den Obsidianstoff. Mit klammen Fingern zog sie die Stoffkordeln zusammen. Gerade als sie das Zimmer verlassen wollte, bemerkte sie ein schwaches Leuchten auf dem Nachttischchen. Sie hielt inne. Eine Mondwindenblüte, von Tristan so geschmiedet, dass sie Sternenlicht speicherte und ihr als Nachtlicht diente, wenn sie Hunger bekam und sich in die Küche schleichen wollte. Unermüdlich arbeitete Tristan an solchen botanischen Neuentwicklungen, genau wie Zofia ständig an ihren Erfindungen arbeitete. Unwillkürlich lächelte sie und dachte an Tristans neueste Kreation: Nachthappen. Ein Tintengeschoss, das jemanden vorübergehend erblinden lassen konnte, wie Laila zu ihrem Leidwesen bereits festgestellt hatte.

Zofia strich vorsichtig über die Mondwinde. Die letzten Tage hatte sie im Labor übernachtet und die Blume nicht auf die Fensterbank gelegt. Doch noch immer schimmerte sie und tauchte ihren Nachttisch in ein sanftes Leuchten. Vorsichtig hob sie die Blüte hoch und steckte sie zuoberst in ihr Réticule. Tristan ohne Blumen war eine seltsame Vorstellung. Normalerweise hatte er immer welche in der Hand oder der Tasche. Er würde eine für den Heimweg brauchen.

Zofia machte sich auf den Weg ins Foyer. Das Licht der geschmiedeten Fackeln an den Wänden erschien ihr zu hell. Sie rieb sich die Arme. Es brannte beinahe auf der Haut. Normalerweise ging sie nicht durch die Flure, auf denen sie anderen Leuten begegnen könnte. Doch Séverins Anweisungen waren überdeutlich gewesen: *Achte darauf, dass man dich sieht.*

Bei dem Gedanken wurde ihr schwindelig. Widerstrebend blieb sie auf dem Treppenabsatz stehen und lugte nach unten. Einen Moment lang hatte sie den Eindruck, die Treppe führte nicht in einer sanften Diagonalen nach unten, sondern als steiler Abgrund. Sie schwankte.

»Alles in Ordnung, Phönix?«

Enrique war an ihrer Seite aufgetaucht und hatte den Arm um ihre Taille gelegt. Hastig zog er ihn nun weg.

»Entschuldige. Es sah aus, als würdest du fallen.«

Zofia griff nach dem Geländer. »Das sah nicht nur so aus.«

Sie musterte Enrique. Auch seine Kleidung war sorgfältig ausgesucht. Eine Rüstung, nicht auf den ersten Blick erkennbar. Doch ihr Blick enttarnte natürlich sofort die eigenen Erfindungen: Knöpfe, die zu Murmeln werden und jemanden zu Fall bringen konnten, ein Taschentuch, dass sich in einen eisernen Schild verwandelte. Ihr Blick wanderte nach oben, zu seinem Gesicht. Die letzten fünfhundertfünfzig Tage hatte sie mindestens einmal am Tag dieses Gesicht gesehen. Es hatte sich nicht groß verändert. Objektiv gesehen ein hübsches Gesicht. Natürlich waren ihr die Blicke aufgefallen, die ihm folgten, wenn er einen Raum durchschritt. Doch nun nahm sie selbst ihn … anders wahr. Aufmerksamer.

»Ähm, Zofia?«

Sie blinzelte. Unbewusst hatte sie die Hand gehoben, um sein Gesicht zu berühren. Nachdenklich ließ sie die Hand sinken.

»Dein Gesicht ist anders.«

Enrique klopfte sich auf die Wangen. »Inwiefern? Gut oder schlecht anders? Sehe ich wenigstens noch gut aus?«

Ein warmer Schauer durchfuhr sie. Seltsam. Etwas unangenehm, aber nicht schmerzhaft. »Ja«, antwortete sie schlicht und stieg die Stufen hinunter.

Sie bahnten sich einen Weg durch das Foyer. In einer Ecke saßen türkische Prinzen um ein Schachspiel. An ihnen vorbei lief eine Frau mit Haaren wie Wolken aus schwarzer Tinte, der Saum ihrer scharlachroten Ärmel war so lang, dass sie über den Boden schleiften. Um den Empfangstresen hatte sich ein Pulk aus Gästen gebildet. Schlüssel wechselten Hände und klimperten dabei gegen die Handgelenke der Gäste wie Schoßhündchen, die sich ein Leckerli verdienen wollten.

»Wie lange müssen wir hier unten bleiben?«, fragte Zofia.

»Nur bis die Uhr zehn schlägt.«

Zofia sah zur großen Standuhr nahe dem Eingang des L'Éden. Noch zehn Minuten.

»Wo ist Hypnos?«

»Wer suchet, der findet, *ma chère*.«

Wie aufs Stichwort war Hypnos neben ihnen erschienen, gekleidet in einen violetten Samtmantel. Er winkte ihnen zu. Der Babelring funkelte an seinem Finger.

»Du präsentierst ihn auf dem Silbertablett«, mahnte Enrique.

»Entspann dich, *mon cher*, es handelt sich um eine Fälschung.«

Zofia musterte ihn. Wo hatte er dann den echten Ring versteckt? Ein Patriarch oder eine Matriarchin musste den Ring immer bei sich tragen: Er war an sie gebunden.

Enrique schnaubte. »Na schön. Aber was soll dieser Aufzug? Séverins Anweisung war: *unauffällig*.«

»Man könnte mich erkennen. Und falls das passiert, wird unauffällige Kleidung mehr Aufmerksamkeit erregen, glaub mir. Abgesehen davon trage ich all meine Glücksaccessoires.« Hypnos schlug den Kragen zurück und enthüllte enorme edelsteinbesetzte Broschen. »Ein Gutteil meines Erbes, um ehrlich zu sein.«

»Du siehst aus wie ein schillerndes Insekt!«

Empört fasste Hypnos sich ans Herz. »Wie unhöflich! Zofia, bin ich ein Insekt?«

Sie schüttelte den Kopf.

»Danke.«

»Du besitzt keines der charakteristischen Merkmale«, sagte Zofia. »Um ein Insekt zu sein, bräuchtest du drei Bein- und zwei Flügelpaare. Zudem müsste dein Körper in drei Segmente unterteilt sein.«

Das hatte sie von Tristan gelernt.

Enrique prustete los.

Sobald die Uhr zehn schlug, stiegen sie in eine Kutsche. Die Fahrt zum Gelände der Weltausstellung war nicht lang. Als sie ausstiegen, hatte sich eine große Menschenmenge am Champ de Mars versammelt. Der Eiffelturm wurde von unzähligen Glühbirnen beleuchtet und am Nachthimmel erstrahlte ein Feuerwerk. Während sie sich einen Weg durch die Massen zu bahnen versuchte, kämpfte Zofia mit der Panik. Von allen Seiten wurde sie bedrängt, sodass sie nicht einmal die Straße erkennen konnte. Bisher waren sie kaum fünf Schritte vorangekommen.

»Platz da!«, rief Hypnos und stupste Leute mit seinem Spazierstock an.

Enrique sah aus, als wollte er im Boden versinken, und schirmte sein Gesicht mit der Hand ab. Hypnos seufzte.

»Ihr habt es nicht anders gewollt.« Er schraubte das obere Ende seines Gehstocks auf. »Haltet euch besser Mund und Nase zu, ihr zwei Hübschen.«

Sehen konnte Zofia nichts, aber sie spürte einen feinen Nebel auf der Haut. Die Leute um sie herum begannen die Nase zu rümpfen. Sie traten beiseite und gaben so den Weg zum Ausstellungsgebäude frei. Davor angekommen, schraubte Hypnos den Stock feixend wieder zu.

»Ich habe einen Kunstschmied mit der Geistschmiedegabe angeheuert, um mir ein Menschenabwehrmittel zu erfinden. Unglücklicherweise hält es nicht länger als eine Minute an, trotzdem wird mein Spazierstock dadurch zu einem sehr praktischen Helfer.«

In Enriques Blick lag eine Spur Neid, als er den Stock betrachtete. »Nun ja, *mein* Spazierstock erzeugt einen grellen Lichtblitz.«

Oh ja, dachte Zofia stolz. Sie hatte diesen Stock gefertigt.

Hypnos streckte sein Kinn vor. »Also, *meiner* kann …«

An dieser Stelle schaltete Zofia ab. Es interessierte sie gerade herzlich wenig, wie zwei Jungs ihre Stöcke verglichen.

Hinter dem Gewusel aus Händlern, die Souvenirs feilboten, und Cafés, die mit exotischen Genüssen prahlten, ragte der Eingang zur Galerie des Machines auf. Diese Halle aus Eisen und Glas beherbergte einen Großteil der Erfindungen, die sie in ein neues Jahrhundert führen würden. Und direkt daneben: die Ausstellung über kolonialen Aberglauben. Hypnos hatte zuvor Wachen des Hauses Nyx davor stationieren lassen. Bei ihrer Ankunft gaben sie den Weg frei. Zu dieser späten Stunde war die Ausstellung verwaist. Die meisten Besucher hatten sich zum Eiffelturm begeben, um sich dort das opulente Feuerwerk anzusehen.

Wie die Male zuvor standen die beleuchteten Ausstellungsstücke ordentlich in einer Reihe.

Vor jedem Podest gab es eine Tafel mit Informationen über das entsprechende geschmiedete Exponat mit dem Vermerk über den jeweiligen Herkunftsort.

Zofia holte den Mnemospion aus ihrer Tasche.

Über ihr erhob sich die Wand mit dem Tezcat-Portal. Mit nur knapp einem Meter fünfzig Körpergröße war sie daran gewöhnt, sich nicht besonders groß vorzukommen. Doch angesichts dessen, was sie auf der anderen Seite des Tezcat-Portals erwartete, fühlte sie sich jetzt noch viel kleiner. Sie hatte gesehen, was die Knochenuhr so lange vor ihnen verborgen hatte: die Knochenhalle mit der gigantischen logarithmischen Spirale und knochengesäumten Wänden.

Bei den meisten Akquisitionsmissionen agierte Zofia eher im Hintergrund, versteckte sich am finalen Treffpunkt oder hielt sich bereit, um notfalls eingreifen zu können. Nie war sie an vorderster Front gewesen, hatte keine tragende Rolle eingenommen. Sie versuchte, den festen Knoten aus Bedenken hinunterzuschlucken. Dinge änderten sich nun mal. Tristan brauchte sie. Sie würde ihn nicht enttäuschen.

Der silberne Stoff, den sie stundenlang geschmiedet hatte, rutschte ihr durch die Finger auf den Boden. Sie gab sich einen Ruck und zählte schnell die Nähte auf ihrem Ärmel, bis ihre Gedankenkakofonie zu einem angenehmen Summen abgeklungen war. Links und rechts der Wand hockten Hypnos und Enrique in den Ecken, bereit für den nächsten Punkt des Plans.

Zofia tat, als betrachtete sie eines der Artefakte, und murmelte dann ein einziges Wort: »Los.«

Hypnos und Enrique ergriffen je ein Ende des silbernen Stoffes, der mit einem Mal so lang war wie die gesamte Wand. Der Stoff selbst war praktisch unzerstörbar, doch könnte man ihn immer noch von der Wand reißen. Daher hatte Zofia den Stoff mit einem geschmiedeten Kleberand versehen. Selbst wenn nach ihnen noch jemand durch den regulären Eingang kam, würde er den Stoff nicht abnehmen können.

Wie auf Kommando schlugen Hypnos und Enrique ihre Absätze gegeneinander. Statt Klingen kamen diesmal Stelzen zum Vorschein, auf denen sie geradewegs bis zur Decke schossen. Der Stoff in ihrer Mitte glitt wie ein umgekehrter Wasserfall an der Wand hinauf, bis er sie vollständig bedeckte.

Erledigt. Als Nächstes griff Zofia nach dem Mnemospion und rieb über den kleinen Knopf am rechten Flügel. Bei jeder Berührung schoss ein Impuls ihren Finger entlang. Während die Mechanik im Inneren des Mnemokäfers die Schmiedekunst der Materie erforderte, funktionierte der Käfer in seiner Vollständigkeit nur mithilfe der Schmiedekunst des Geistes. Das Objekt verband sich mit den Bildverarbeitungsmechanismen im Gehirn und konnte so Bilder, die das Auge sah, als Hologramm projizieren.

»Was soll ich tun, Schönheit?«, fragte Hypnos. »Singen, tanzen?«

»Warum muss ich auch im Sichtfeld des Mnemokäfers sein?«, beschwerte sich Enrique. »Kann ich nicht irgendwo am Rand stehen?«

»Was würde Séverin tun?«

»Wahrscheinlich finster in die Ferne blicken und dabei gut aussehen.«

»Und auf einer Nelke kauen«, warf Zofia ein.

Enrique grinste. »Auf jeden Fall.«

»Jetzt?«, fragte Hypnos.

»Noch nicht«, antwortete Zofia. Sie mussten exakt den richtigen Moment abwarten, sonst würden Laila und Séverin entdeckt.

Eine Uhr schlug elf.

Zofia stellte die Linse ein und sagte: »So, dann stellt euch mal in Pose.«

Laila

Eine Stunde vor Mitternacht

Lailas Fuß rutschte auf dem unbefestigten Boden der Katakomben aus. Ihr Herz hämmerte. Langsam tastete sie sich in der Dunkelheit voran. Weiter vorne konnte sie Séverins Umrisse ausmachen. Seine stattliche Figur durchbrach die finsteren Schatten der Gänge aus ineinander verkeilten Gebeinen.

Laila wagte nicht, die Knochen entlang der Wände zu berühren. Sie hatte ihre Fähigkeit noch nie an einem Totenschädel ausprobiert. In Indien wurden Tote verbrannt. Der Legende nach verwandelten sich diejenigen, die nicht richtig begraben wurden, in *Bhutas* oder Geister. Auch wenn sie lebende Wesen nicht lesen konnte, wollte sie bei den Toten lieber kein Risiko eingehen.

Über ihr warfen münzförmige Schnitzereien grünes Licht auf den Boden. Laila schauderte und dachte an die Warnung über dem Eingang der Katakomben.

Arrête! C'est ici l'empire de la mort.
Halt! Hier beginnt das Reich des Todes.

Sie konnte den Anblick dieses Ortes kaum ertragen. Sogar die Luft hier war ihr zuwider. Mit jedem Atemzug spürte sie, wie die abgestandene Kälte der Grabstätte ihr in der Kehle gefror. Sie ging um eine Ecke und entdeckte einen kindsgroßen Schädel. Fast hätte sie sich übergeben. Es stank geradezu nach Opfergaben, und Laila war sich nicht sicher, welches Opfer für ihre Existenz gebracht worden war. Hatte der *Jaadugar* so etwas benutzt, um ihren Körper zu formen?

»Hier«, flüsterte Séverin.

Laila schloss zu ihm auf. Je näher sie kam, desto mehr fühlte es sich an, als würde eine unsichtbare Hand ihre Gedanken niederdrücken. Die Knochenuhr hatte mehr als nur ein Bild vom Versammlungsort des Gefallenen Hauses vermittelt, sie hatte Wissen vermittelt. Laila schüttelte sich. Es war wie ein Parasit, der sich in ihre Gedanken eingenistet und die Oberhand über ihren Verstand gewonnen hatte.

Als sie endlich neben Séverin stand, dachte sie, ihnen wäre irgendein Fehler unterlaufen. Da war nichts. Nur ein weiteres Regal voller Knochen, eingelassen in einen Torbogen, von dessen Spitze lauter Schädel auf sie herabgrinsten. Ein schwaches Licht schimmerte in den leeren Augenhöhlen. Laila hielt den Atem an, als Séverin eine Hand auf die Knochenwand legte. Sie verschwand bis zum Handgelenk.

»Noch ein Tezcat«, sagte er. Er lächelte grimmig. »Und es ist nicht mal bewacht.«

Das Gefallene Haus hatte sich auf die Unauffindbarkeit seines Geheimverstecks verlassen und keine weiteren Vorkehrungen getroffen. Nicht ein einziges Mal waren sie auf ihrem Weg durch die Gänge auf einen Hinweis weiterer Schutzmaßnahmen gestoßen, nicht einmal mit ihren geschmiedeten Hilfsmitteln.

»Bereit?«

Laila nickte. Séverin würde sich vor allem darum kümmern,

Tristan zu finden. Sie hingegen sollte den Raum lesen. Irgendwo auf der anderen Seite musste nicht nur der Babelring des Hauses Kore liegen, sondern auch das gestohlene Horusauge aus der unterirdischen Bibliothek. Ihre Informationen sollte Hypnos im Anschluss an den Orden übermitteln, damit Roux-Joubert und sein Komplize aufgehalten werden konnten.

»Ich gehe vor«, sagte Séverin.

Einen kurzen Moment hätte Laila ihn am liebsten aufgehalten. Dieser Ort war ihr nicht geheuer. Aber vielleicht war sie auch nur abergläubisch. Sie sah zu, wie Séverin mit der Wand aus Knochen verschmolz. Ihr Herz pochte laut in ihren Ohren.

Laila wartete noch ein Pochen ab und streifte das Handtäschchen an ihrer Hüfte. Sie schob es beiseite und zog das kleine Messer hervor, das sie sich um den Oberschenkel gebunden hatte. Sie atmete tief ein, obwohl ihr Körper sich gegen das Eindringen der feuchten Luft wehrte, und trat ebenfalls durch die Wand.

Auf der anderen Seite befand sich das Auditorium, genau, wie die Knochenuhr es ihnen gezeigt hatte. Die Wände waren zu naturbelassenen Tribünen geformt und fielen schräg ab. Am Fuße mündeten sie in eine große Bühne. Die Bühne selbst erinnerte sie an ein Schneckenhaus. Ein seltsam wirbelförmiges Muster war tief in den Boden eingelassen. Bei dessen Anblick in der Projektion der Knochenuhr hatte Zofia vermutet, dass es sich dabei um eine weitere logarithmische Spirale handelte, und zu einer Erklärung angesetzt, die Laila geflissentlich überhört hatte. Séverin allerdings vermutete etwas anderes. Er hielt es für einen mechanisch gesteuerten Pfad, der nicht anders funktionierte als ein Wasserrad, das durch fließendes Wasser angetrieben wurde, oder als der Feuerball, der sich im Haus Kore in einer korkenzieherförmigen Linie auf sie zubewegt hatte. Doch sie hatten keine Ahnung, wohin der Pfad führen könnte. Über der Bühne hingen zerschlissene scharlachrote Vorhänge von der Decke.

Ausgeblichene Goldstickereien zogen sich darüber. Die Embleme der vier Französischen Häuser. Ein Uroboros – eine Schlange, die sich selbst in den Schwanz biss – zierte den Rand. Haus Vanth. Ein Halbmond in der Form eines blassen, hämischen Grinsens schwebte in der Mitte. Haus Nyx. Dornen und fest verschlossene Blütenknospen bedeckten den Raum zwischen der Schlange und dem Mond. Haus Kore. Und um den Mond herum, prangte – die sechs Zacken auf den schuppigen Schlangenkörper gerichtet – ein riesiges Hexagramm. Das Gefallene Haus. Laila vermutete, dass sich hinter den Vorhängen der Durchgang zur Ausstellung über kolonialen Aberglauben verbarg. Sie versuchte, nicht an Hypnos, Enrique und Zofia zu denken. Sie waren so nah und doch so unerreichbar. Während sie den Rest in Augenschein nahm, murmelte sie ein Gebet.

Zur linken Seite der Bühne befand sich eine geschlossene Tür. Laila hörte entferntes Violinspiel und gedämpftes Gemurmel. Ihr Nacken prickelte, aber sie blieb ruhig. Alles war genau, wie sie es geplant hatten. Natürlich waren Roux-Joubert und sein Komplize hier. In einer Stunde würden sie durch das Tezcat treten, höchstwahrscheinlich um Hypnos' Babelring entgegenzunehmen und direkt wieder in den Katakomben zu verschwinden. Eine plötzliche Bewegung am rechten Rand der Bühne erregte Lailas Aufmerksamkeit. Séverin packte sie eisern am Arm.

Tristan.

Er saß zusammengesunken auf einem Stuhl, den Phoboshelm immer noch um die Stirn geschlungen. Sogar aus der Entfernung sah Laila das blaue Zucken der Lichtblitze im Glas. Ihr Blick schweifte über seinen Körper. Von den weiß hervortretenden Fingerknöcheln auf der Armlehne hin zu der angespannten Haltung seiner Beine, gerade ausgestreckt und ineinander verschlungen. Laila kniff die Augen zusammen, um die aufkommenden Tränen zurückzuhalten.

»Warum haben sie ihm dieses verfluchte Ding noch nicht abgenommen?«, fragte Séverin mit rauer Stimme. »Warum tun sie ihm das immer noch an?«

Darauf hatte sie keine Antwort …

»Wir nehmen ihn Tristan gleich ab. Es ist bald vorbei.«

Séverin wurde blass und nickte knapp. Laila löste sich von Tristans Anblick und suchte seine nähere Umgebung mit den Augen ab. Da stand eine große Werkbank, auf der einige Dinge lagen: Werkzeuge, eine Holzahle, ein Glas mit Knöpfen. Und auf einem Stück Samt … das Horusauge. Dahinter glänzte irgendetwas. Es war zu weit weg, um es genau zu erkennen, aber der bläuliche Schimmer stimmte sie optimistisch. Vielleicht war es der Babelring.

Séverin streckte die Hand aus. Laila kramte in ihrer Tasche. Neben einem kleinen Beutel mit Tristans Nachthappen ertastete sie die winzige Schnupftabakdose. Sie enthielt frischen, wertvollen Spiegelstaub. Séverin nahm eine Prise, rieb seine Hände damit ein und berührte den Erdboden. Sein Körper verlor die Konturen und verschmolz mit den Tribünen. Als er sich bewegte, sah es aus wie eine unsichtbare Bodenwelle, die die Ränge hinabglitt. Laila tat es ihm nach und jagte hinter ihm die Stufen hinunter. Trotz der geschmiedeten Flüsterglocken rannte sie auf Zehenspitzen und bewegte sich mit ihrem Tänzerinneninstinkt geschickt vorwärts. Der Untergrund bestand aus lockerem Schutt und Schmutz. Ein Fall würde genügen, um eine Lawine aus Geröll loszutreten und ihren Feinden zu verraten, wo sie waren.

Unten an der Tribüne angekommen, schlichen Laila und Séverin am Rand entlang und arbeiteten sich bis zu der dunklen Nische vor, in der Tristan saß. Séverin rannte zu ihm und griff nach seinem Handgelenk. Er verharrte einen Moment, dann stieß er den Atem aus.

»Sein Puls rast.«

Wenigstens hatte er einen Puls.

Séverin kniete sich auf den Boden und versuchte die Riemen zu lösen, die Tristans Beine an den Stuhl fesselten. Seine Hände zitterten. Aus der Nähe sah man deutlich das unheimliche blaue Leuchten des Helms. Licht zuckte durch die obere Hälfte, wie Tentakel, die über Tristans Kopf griffen. Hinter den geschlossenen Lidern rotierten seine Augäpfel.

»Was haben sie nur mit dir gemacht?«, murmelte Séverin vor sich hin. Er warf Laila einen flüchtigen Blick zu. »Schnapp dir das Auge und halt schon mal nach dem Ring Ausschau.«

Doch Laila stand da wie angewurzelt. Irgendetwas stimmte hier nicht. Irgendetwas nagte an ihren Gedanken.

»Séverin, warte.«

»Ich werde ihn hier rausbringen. Nur dass das klar ist.« Kaum hatte er die Riemen auf der einen Seite gelöst, widmete er sich dem anderen Bein. Tristan regte sich nicht, zuckte nicht einmal. Als spürte er nichts.

Laila drehte sich zu der Werkbank um. Da lag das Auge des Horus. Und daneben der Ring.

Alles da für sie, leichte Beute. Doch sie brachte es nicht fertig, sie zu nehmen. Irgendetwas hielt sie zurück. Sie berührte das Holz. Die Szenen, denen der Tisch beigewohnt hatte, drangen in ihr Bewusstsein und zogen sie aus der Realität fort. *Die Bühne. Vorhänge wurden zurückgezogen, und der Mann mit dem Klingenhut trat vor. Roux-Joubert hustete. Tristan schrie. Mit einem Lappen erstickten sie seine Schreie.*

Laila zog die Hand zurück, ihr Herz raste. Aus dem Augenwinkel sah sie Séverin. Er fummelte noch immer an dem Knoten herum. Seine Stimme drang wie aus weiter Ferne an ihr Ohr.

»Laila, schnapp dir das Auge und den Ring. Worauf wartest du noch?«

Sie merkte kaum, wie sie das Horusauge berührte. Es fühlte

sich an, als stünde sie neben sich. Sie spürte, wie sie sich mit allen Sinnen darauf konzentrierte und versuchte, es zu lesen. Doch das Auge war geschmiedet, und welche Geheimnisse es auch in sich barg – sie entzogen sich ihrer Berührung. Als Nächstes streckte sie die Hand nach dem Ring aus.

Bilder stürzten auf sie ein.

Werkzeuge auf dem Tisch. Eine Gussform für Zink. Blauer Leuchtfaden. Tristan, wie er schrie, als der Ring hergestellt wurde.

»Jetzt ist aber Schluss, Junge, sei still, sonst lasse ich den Phoboshelm mit deinem Kopf verschmelzen. Ist es das, was du willst? Siehst du nicht, welche Rolle dir in dieser bedeutenden Revolution zuteilwird? Verstehst du nicht, was getan werden muss, damit ein neues Zeitalter heranbricht?«

Laila riss die Hand zurück.

Das Lesen hätte eigentlich nicht möglich sein dürfen.

Der Ring war eine Fälschung.

»Séverin!«, rief sie und merkte nicht, dass ihre Stimme lauter geworden war und sie womöglich jemand hören konnte. Sie wollte nach seiner Hand greifen, gerade als er vorhatte, den Helm abzunehmen. Doch sie war nicht schnell genug. Séverin packte ihn mit beiden Händen. Als er ihn von Tristans Kopf löste, erloschen die blauen Lichter auf einen Schlag. Tristans Kopf rollte zur Seite. Sie hatten ihm nicht einmal die Kleidung aus dem Gewächshaus ausgezogen. Er saß in seinem eigenen Dreck. Séverin wandte sich zu Laila um und lächelte siegessicher. Laila blinzelte. Es ging alles viel zu schnell. Einen Moment lang war das blaue Licht verschwunden gewesen. Im nächsten flammte es wieder auf. Lichtblitze wanden sich um Séverins Arme. Er fiel hintenüber, sein Kopf wurde zurückgerissen und sein Körper zuckte …

»Nein!«, schrie Laila.

Sie trat ihm den Helm aus den Händen und fiel vor ihm auf die Knie.

Séverins Augen rollten nach hinten.

»*Madschnun!*«

Er rührte sich nicht. Irgendwo hinter Laila ging eine Tür auf. Eindringliche Stimmen kamen näher. Sie hörte das winselnde Quietschen von Metall auf Metall, als die Vorhänge zurückgezogen wurden. Lailas Gedanken überschlugen sich. Sie musste verschwinden. Vielleicht konnte sie Séverin mit genug Spiegelstaub tarnen, damit ihn niemand fand, bis die anderen dazustießen. Immerhin könnte sie dann schon mal das Horusauge an sich nehmen.

Laila glitt zurück auf ihre Fersen und zuckte heftig zusammen. Irgendetwas bohrte sich in ihren Nacken. Sie griff hinter sich – und spürte Haut. Ein kaltes, schweißnasses Handgelenk. Und eine Klinge.

Laila verhielt sich ganz ruhig und zog die Hand wieder zurück. Ihr Rücken war starr wie ein Brett. Sie würde sich umdrehen müssen. Ganz langsam wandte sie den Kopf. Währenddessen ließ sie eine Hand in ihre Tasche gleiten, die aufgeklappt auf ihrem Schoß lag. Ihre Finger schlossen sich um einen Nachthappen.

»Bitte«, sagte eine zittrige Stimme. Die Stimme ihres Angreifers. »Bitte.«

Mit einem Mal fügten sich die Teile zusammen. Sie kannte jede Nuance dieser Stimme. Den tiefen Klang, wenn sie lachte. Den hohen Klang, wenn sie aufgeregt war. Sie wandte sich um, und da stand Tristan.

Tränen strömten über sein Gesicht. Aber obwohl er weinte, lockerte er den Griff um das Messer nicht.

»Bitte«, flehte er, und es klang nicht nach ihm, sondern nach einem kleinen Jungen – gehetzt und gequält. »Bitte, ihr versteht das nicht.«

Séverin

Fünfzehn Minuten vor Mitternacht

Séverin öffnete die Augen.

Er kniete. So viel wusste er, denn die Knie taten ihm weh. Seine Nackenmuskulatur pochte schmerzhaft. Er sah an sich hinunter. Seine Hände waren zu einer betenden Geste gefesselt. Der säuerliche Nachgeschmack einer Nelke brannte ihm auf der Zunge.

»Wissen Sie, wo Sie sind, Monsieur Montagnet-Alarie?«

Séverin schaute auf. Roux-Joubert starrte auf ihn herab. Séverin verlagerte sein Gewicht von einem Knie auf das andere und spürte etwas Schweres am unteren Saum seines linken Hosenbeins. Bevor er auch nur einen Fuß in die Katakomben gesetzt hatte, hatte er ein Säckchen mit Substanzen wie Kieselgur und Schwefel ins Futter eingenäht, aus dem, wie er hoffte, nach und nach eine Spur rieselte. Allerdings war er sich nicht mehr sicher, ob die anderen sie noch rechtzeitig finden würden.

Séverin biss sich auf die Lippe, in der Hoffnung, der Schmerz würde seinem Erinnerungsvermögen auf die Sprünge helfen. Er wusste noch, dass sie die Katakomben betreten hatten. Er wusste auch noch, dass sich seltsame Furchen über den Bühnenboden zogen. Er strengte sich an, und neue Bilder tauchten an der Oberfläche seines Bewusstseins auf. *Laila.* Laila, wie sie ihm etwas zurief und die Arme nach ihm ausstreckte, als er nach dem Helm auf Tristans Kopf greifen wollte.

»Es geht ihm gut, Junge«, sagte Roux-Joubert, als hätte er seine Gedanken gelesen.

Séverin unterdrückte ein Knurren.

Roux-Joubert hatte ihnen eine Falle gestellt und Séverin mit einem unwiderstehlichen Köder hergelockt: Tristan.

Séverin sah sich um. Die scharlachroten Vorhänge, vorher noch fest zugezogen, waren nun weit geöffnet. Das Tezcat-Portal ragte wie ein riesiges Ungetüm aus glänzendem Obsidian vor ihm auf. Durch das Portal sah er die Schmiedekunstausstellung. Objekte standen auf schwarzen Podesten. Das schummrige Licht von Sulfurlampen tauchte den Schauplatz in dunkle Schatten. Doch das war noch nicht alles. Auf der anderen Seite des Portals standen wie festgewachsen – die Hände in den Taschen und mit einem selbstgefälligen Grinsen auf dem Gesicht – Enrique und Hypnos. Séverin wandte den Blick ab, sein Herz pochte rasend schnell gegen seine Rippen. Er sah zur Bühne. Dort standen nur zwei Menschen. Roux-Joubert im schwarzen Anzug, den blank polierten Honigbienenanstecker gut sichtbar am Kragen. Hinter ihm ein untersetzter Mann mit einer seltsamen Melone auf dem Kopf, deren Krempe glänzte, als ob … als ob es sich dabei um eine Klinge handelte.

Séverin versuchte, den Kopf so zu drehen, dass er einen Blick hinter sich werfen konnte, aber es gelang ihm nicht. Laila und Tristan waren fort.

»Wo sind sie?«, krächzte er.

»Sie warten darauf, Zeugen zu werden«, erwiderte Roux-Joubert.

Er machte einen Schritt auf Séverin zu, blieb dann plötzlich stehen und zog ein Taschentuch aus der Tasche. Er hustete heftig. Obwohl Séverin vom Nachhall seiner Albträume noch ganz durcheinander war, erkannte er sofort, dass es dem Mann nicht gut ging. Séverin wollte gerade etwas sagen, da holte der Mann mit dem Klingenhut etwas hinter seinem Rücken hervor: den Phoboshelm.

Blaue Funken stoben durch das Glasgehäuse, und Séverin erschauderte. Bevor er zusammengebrochen war, war dieses Ding das Letzte, was er angefasst hatte. Er erinnerte sich, wie es das Kommando über seine Gedanken übernommen hatte. Eindrücke waren ihm durch den Kopf geschossen und hatten sich wie eine kräftige Faust um seine Seele geschlossen – seine Mutter, wie sie ihm zurief: *Lauf! Lauf, mein Schatz! Lauf!* Tristan, der hinter einem Rosenstrauch kauerte. Dornen, die zickzackartige Schnitte auf seiner Haut hinterließen. Goldbraun gebratene Fasane auf einem Teller. Lailas Hand, die leblos zu Boden fiel. Fettammerknochen, die ihm in die Innenseite seiner Wangen schnitten.

Albträume. Alles Albträume.

»Den Phoboshelm muss ich Ihnen ja nicht erst erklären«, sagte Roux-Joubert. »Obwohl Sie tatsächlich überrascht zu sein scheinen, ihn zu sehen. Der Orden von Babel hat ihn vor etwa zehn Jahren verboten. Wirklich schade, wenn man bedenkt, was für exzellente Resultate er hervorbringt. Niemand kennt Sie besser und könnte Sie besser motivieren als ... nun ja, *Sie* selbst.«

Séverin erinnerte sich an Tristans Gesicht, als er ihm den Helm abgenommen hatte. An die dunklen Schatten unter seinen Augen. Als hätte er seit Tagen nicht geschlafen.

»Es ist erstaunlich, was man im Angesicht seiner schlimmsten Albträume preisgibt«, meinte Roux-Joubert.

Der Mann mit dem Klingenhut zog einen Stuhl für ihn heran. Roux-Joubert setzte sich, schlug die Füße übereinander und strich sein Sakko glatt, als würden sie sich zu Tisch begeben, um eine Tasse Tee zu trinken.

»Sogar den Besitz einer gewissen Knochenuhr des Gefallenen Hauses.«

Séverins Miene verfinsterte sich.

»Oh, keine Sorge. Es ist trotzdem äußerst beeindruckend, dass Sie das Rätsel geknackt haben. Offen gesagt war ich mir zunächst nicht sicher und habe Ihnen vorsorglich eine Fälschung bereitgelegt.«

Séverin wehrte sich gegen die Fesseln um seine Handgelenke, aber sie gaben kein bisschen nach.

Roux-Joubert stand auf. Im schwefligen Licht der Katakomben sah sein Gesicht verhärmt aus, fast schon kränklich gelb.

»Ts, ts ... Nicht doch. Sie sollten sich nicht selbst verletzen. Das kann doch jemand anders für Sie tun. Wo bliebe denn sonst der Spaß?«

Er fuhr mit dem Fingernagel über Séverins Wange. Dann aber zuckte er zusammen und hielt seinen Arm, als wäre er verletzt. Langsam zog er den Stoff zurück. Darunter kam ein länglicher, fleckig gelber Verband zum Vorschein.

»Das ist der Preis, den man für Göttlichkeit zahlt«, ächzte Roux-Joubert. »Ein Preis, den wir schon einmal zu zahlen bereit waren.«

Hinter Roux-Joubert, inmitten der Ausstellung, standen Enrique und Hypnos, plauderten und warfen irgendetwas durch die Luft, als hätten sie alle Zeit der Welt. Séverin befeuchtete seine Lippen. Seine Stimme klang heiser, aber er musste weiterreden. Und viel wichtiger noch: Roux-Joubert musste weiterreden.

»Göttlichkeit?«

»Allerdings!«, erwiderte Roux-Joubert. Ein Funken Wahnsinn glomm in seinen Augen. »Haben Sie sich nie gefragt, warum nur ein paar Menschen die Schmiedekunst beherrschen? Ebenso wie

Blut ist diese Gabe ein Lebenselixier. Eines, das durch die Macht des Babelfragments gesteuert wird. Gott hat uns nach Seinem Ebenbild erschaffen. Sind wir dann nicht auch Götter?«

Noch einmal zog Roux-Joubert den Ärmel zurück und dieses Mal riss er den Verband ab. Narben zogen sich kreuz und quer über seine blasse Haut.

»Es war beschwerlich«, gab er zu. »Sich selbst zu verletzen. Sich selbst zu geißeln. Und doch …«

Er nahm ein glänzendes Messer aus seiner Brusttasche und zog es über seinen Arm. Sein Gesicht war schmerzerfüllt. Das Blut floss. Doch es war nicht rot, sondern golden. Golden wie Ichor. Das Blut der Götter.

»… lohnt es sich. Das Gefallene Haus hat unser goldenes Blut schon vor Jahren entdeckt. Mit den richtigen Werkzeugen konnten wir, die wir mit der Schmiedegabe gesegnet sind, uns das Lebenselixier zunutze machen. Doch das ist nur der Anfang. Es gibt einem die Macht über mehr als nur Geist und Materie – es gibt einem die Macht über die Seelen anderer Menschen. Ich zeige es Ihnen.«

Séverin zuckte zurück, aber die Fesseln hielten ihn an Ort und Stelle. Roux-Joubert machte einen großen Schritt auf ihn zu. Er presste die Klinge des Messers an Séverins Wange und ließ sie in seine Haut gleiten. Séverin verkrampfte sich. Sein Atem ging unregelmäßig, sein Puls hämmerte wild. Als Roux-Joubert mit seinem Schnitt fertig war, drückte er seinen verwundeten Arm an Séverins Gesicht. Séverin heulte auf, aber Roux-Joubert drückte nur noch fester.

Mit tiefer Stimme hauchte er seinen feuchten Atem an Séverins Hals: »Ich könnte einen Engel aus Ihnen machen, Monsieur Montagnet-Alarie.«

Ein brennender Schmerz schoss durch Séverins Rücken. Er schrie. Irgendetwas drückte sich durch seine Schulterblätter. Zitternd atmete er aus und sah sich um. Dünne Flügelspitzen, scharf wie Kreuzblumen, schlitzten seinen Anzug auf. Nasse, perlenblasse Federn reckten sich mit jeder Sekunde weiter in die Höhe, je trockener sie wurden.

»Oder ich könnte einen Teufel aus Ihnen machen.«

Séverin krümmte sich. Jetzt schoss ein Schmerz durch seine Schläfen. Kurzzeitig wurde ihm schwarz vor Augen, dann drückten sich Hörner aus dem Inneren seiner Stirn und bogen sich nach hinten um seine Ohren.

»Ich könnte Sie verwandeln.«

Jede Zelle in Séverins Körper zitterte, bis ganz plötzlich jeglicher Schmerz verklang. Die Hörner zogen sich in seinen Schädel zurück. Die Flügel klappten ein und legten sich eng an seine Wirbelsäule.

Roux-Joubert keuchte – Séverin wusste nicht, ob vor Triumph oder vor Schmerz. Er sah auf. Sein Gegenüber hockte auf dem Boden und wiegte sich vor und zurück. Sein Grinsen war so breit, dass Séverin dachte, seine Zähne würden jeden Moment Risse bekommen. Roux-Joubert leckte sich die Lippen, doch es floss kein Blut. Nur kleine Goldspritzer landeten auf seinem Kinn und dem Sakko.

»Aber wir können die Welt nicht mithilfe eines einzigen Fragments neu erschaffen, verstehen Sie? Nur wenn wir sie *vereinen*, können Vorstellungen, wie ich sie gerade umgesetzt habe, von Dauer sein. Ich könnte *Sie* ganz neu erschaffen. Die gesamte Menschheit zu einem Ebenbild der *neuen* Götter machen! Stellen Sie sich das vor! Nie wieder dieses widerliche Mischen der Blutlinien! Alles vollkommen unverdorben. Auserlesen und streng überwacht durch die heiligen Relikte, die ihren Weg aus frühester Zeit zu uns gefunden haben.«

Séverin hielt einer weiteren Schmerzwelle stand. Seine Zunge war so schwer wie Blei. »Ich habe einmal von einem alten Volk aus Amerika gehört, das Götter erschuf, indem es Menschen opferte.« Er lächelte. »Wenn Sie möchten, dass ich Ihnen einen Holzpflock durchs Herz treibe, brauchen Sie es nur zu sagen.«

Roux-Joubert lachte. »Dafür ist es schon viel zu spät. Die Zeit der Revolution ist angebrochen. Bald werden die Babelfragmente vereint sein … aber zuerst müssen wir sie erwecken. Dann können wir endlich unseren Platz einnehmen und das Potenzial ausschöpfen, mit dem der Herr uns gesegnet hat.«

Der Schmerz vernebelte ihm seine Sinne und doch blieb Séverins Verstand an einem Satz hängen: *Zuerst müssen wir sie erwecken …*

»Und welcher Platz soll das sein?«, fragte er.

»Na als die Schöpfer eines neuen Zeitalters natürlich.«

Der Mann mit dem Klingenhut hob den Phoboshelm höher. Séverin wich zurück. Er würde alles – *alles* – tun, um dieses verfluchte Ding nie wieder aufsetzen zu müssen.

»Es ist fast so weit«, sagte Roux-Joubert.

Er sah über die Schulter und beim Anblick von Enrique und Hypnos grinste er breit.

»Ihre Freunde waren wirklich äußerst hilfreich. Fast kommt es mir so vor, als schuldete ich Ihnen etwas … so etwas wie ein Dankeschön. Die ganze Zeit wollten Sie wissen, wo das Fragment des Westens versteckt liegt, nicht wahr? Wollten Sie den Orden darüber in Kenntnis setzen? Oder ihn sogar warnen?«

Séverin erwiderte nichts. Sein Blick huschte zu dem Bild von Hypnos und Enrique. Sie lachten noch immer.

Sieh nicht hin …

»Sie werden es schon bald herausfinden«, sagte Roux-Joubert lächelnd. »Wissen Sie, irgendwie mag ich Sie. Sie würden wirklich gut zu uns passen, Monsieur Montagnet-Alarie. Natürlich nur, sofern der Doktor entscheidet, Sie am Leben zu lassen.«

Zu schwach, um zu verstehen, hallten die Worte in Séverins

Kopf wider. *Doktor*. Welcher *Doktor*? Roux-Joubert hustete, dieses Mal noch heftiger. Er tupfte sich den Mund ab, Speichel glänzte an seinem Kinn.

Ein Geräusch drang von der Bühne herüber. Séverin zwang sich, den Kopf zu heben. Da stand Laila. Und hinter ihr, ein Messer an ihre Kehle gepresst ... Tristan. Séverin konnte den Blick nicht von ihm losreißen. Tristans Augen waren so stechend grau wie immer. Aus ihnen sprach kein Verrat, bloß Kummer ... und als er Séverin sah, weiteten sie sich. Er öffnete den Mund, als wollte er etwas sagen, doch irgendetwas hielt ihn zurück. Séverins Blick wechselte zu Laila. Laila, die ... Tristan irgendetwas zuflüsterte. Tristans Augen wurden feucht.

Séverin konnte ihre Lippen nicht lesen. Wegen des Phoboshelms konnte er noch immer nicht klar denken. Aber er beobachtete ihre Hände. Wie sie Tristans Hand drückten. Als würde sie sich überhaupt nicht wehren, sondern ihm nur gut zureden.

Roux-Joubert, der immer noch vor Séverin stand, riss sich den Bienenanstecker vom Kragen. Er drehte ihn einmal kräftig und der Boden unter ihnen begann zu beben.

»Es ist so weit.«

Séverin versuchte, das Durcheinander zu seinem Vorteil zu nutzen. Er ruckte vor, doch irgendetwas flog an ihm vorbei, erwischte einen Zipfel seines Sakkos und nagelte ihn am Boden fest. Der Klingenhut von Roux-Jouberts Komplizen.

»Das wäre ein unkluger Schachzug, Monsieur Montagnet-Alarie.«

Séverin konnte nur zusehen, wie sich der Untergrund veränderte. Die tiefen, spiralförmigen Furchen im Boden glühten blau auf. Knochen lösten sich von den Wänden. Sie trafen aufeinander und setzten sich zu furchterregenden Formen zusammen. Zu Thronen und Kreuzen, zu grotesken Skeletten mit Kronen und zu grausigen Bestien. Die wahre Bedeutung dieser

Macht drang in sein Bewusstsein vor. Nicht die Macht, die der Orden mit albernen Verschönerungen zur Schau stellte, sondern die wahre Macht, die tief in der Menschheit verankert war.

»Kennen Sie das Wort ›Apotheose‹, Monsieur?«, fragte Roux-Joubert. Ichor tropfte von seinen Lippen.

Séverin antwortete nicht.

»Es ist ein Moment der … *Erhebung*. Von sterblich zu unsterblich. Von Mensch zu Gott. Und Sie werden Zeuge. Jedoch nicht der einzige. Der Doktor wird sehen, was ich vollbracht habe, und mir wird Ehre gebühren, noch über den Tag der Abrechnung hinaus«, keuchte Roux-Joubert.

Er breitete seine Arme aus. Die Knochen an der gesamten Wand erzitterten und schälten sich daraus hervor. Totenköpfe, Oberschenkelknochen und Zahnreihen schlitterten die Tribünen hinab und krachten mit lautem Getöse aufeinander.

Zwischen den vollständig zurückgezogenen Vorhängen ruckelte auch das Bild im Tezcat-Spiegel. Dahinter hatten Enrique und Hypnos noch nicht bemerkt, in welcher Gefahr sie schwebten. Sie lachten, machten weiter wie bisher und hoben nicht einmal die Köpfe.

»Séverin«, rief Laila flehend.

Ihre großen dunklen Augen glänzten. Séverin wusste nicht, wie er darauf reagieren sollte. Denn vielleicht hatte Roux-Joubert recht. Vielleicht gab es keine Hoffnung. Sie hatten vorgehabt, das Horusauge dem Orden zu überantworten und ihnen zu zeigen, wo das Babelfragment verborgen lag. Sie hatten gedacht, das Fragment wäre irgendwo anders versteckt, weit entfernt vom Gefallenen Haus.

In diesem Moment fing der Boden an zu schwanken. Séverin landete mit dem Gesicht im Dreck. Die Haut um die Schnittwunde, die Roux-Joubert ihm zugefügt hatte, brannte. Da lag er nun, riss an seinen Fesseln, die Wange flach in das lose Geröll der Katakomben gedrückt. Zitternd atmete er ein. Letztendlich waren all ihre Annahmen falsch gewesen.

Das Babelfragment war *hier* … in den Tiefen der Katakomben verborgen.

Roux-Joubert warf den Ring von Haus Kore in die Mitte der Bühne. Der Ring versank. Blitze barsten aus der Erde. Roux-Joubert zog einen zweiten Ring aus seinem Sakko. Dieser schien über die Zeit bereits dunkel angelaufen zu sein. Ein sechszackiger Stern. Der verschollene Ring des Gefallenen Hauses. Er vereinte sich mit dem Ring von Haus Kore, und die Gerippe erhoben sich in die Luft.

»Es erwacht«, sagte Roux-Joubert.

Séverin sah hoch. Die Skelette warfen sich gegen das Tezcat-Portal. Er wusste, was sie taten. Sie versuchten, die Barriere zu durchbrechen. Und würde es ihnen erst gelingen, könnte alle Welt sie sehen … denn auf der anderen Seite befanden sich Horden von Touristen. Die gesamte Exposition Universelle würde Zeuge der Wiedergeburt des Gefallenen Hauses werden.

Roux-Jouberts Keuchen ging in ein selbstgefälliges Lächeln über. »Sagen wir Ihren Freunden doch Guten Tag!«

Enrique

Mitternacht

Wie gelähmt sah Enrique dabei zu, wie ein Skelett auf ihn zu-stürzte.

Langsam drehte er sich zu Zofia um, die, genau wie Hypnos, im sternenlosen Dunkel auf den Tribünen der Katakomben an seiner Seite hockte. Nachdem er sein Hirn nach einer witzigen Bemerkung durchforstet hatte, erkannte er kaum seine eigene Stimme wieder, als er sie aussprach. »Weißt du, wenn ich mir die Szene so betrachte, hätte ich mir vielleicht gar nicht so viel Mühe bei der Wahl meiner Garderobe geben müssen. Die Gesellschaft hier scheint sich nicht viel aus Kleidung zu machen, wenn du ver-stehst, was ich meine.«

Zofia blickte ihn aus ihren unergründlichen blauen Augen an. »Nein.«

Neben ihnen unterdrückte Hypnos einen Aufschrei und press-te seinen Ring an die Brust. Das Weiß seiner Augen leuchtete.

»Sie wecken es auf …«

Das Babelfragment.

Die ganzen letzten Wochen war Enrique davon ausgegangen,

das Babelfragment wäre ein Stein oder Felsbrocken, jedenfalls etwas in einer handlichen Größe. Der Rest der Welt schien das schließlich auch zu glauben. Doch jetzt *spürte* er die Macht des Fragments, wie sie durch die Katakomben strömte. Es war kein Felsbrocken. Vielleicht war es nicht mal ein Gegenstand, sondern einfach eine Kraft, gebunden im Untergrund.

Mit großen Augen wurde er Zeuge, wie sich Ströme blauen Lichts über die Bühne ausbreiteten. Weitere Knochen lösten sich von den Wänden und setzten sich zu abenteuerlichen Skeletten zusammen. Ein herber Geruch erfüllte die Luft: Mineralisch, metallisch, wie Regen und versengtes Haar. Ein Beben erschütterte die Tribünen und Erde rieselte von den Wänden. Etwas davon fiel Enrique hinten in den Kragen. Er zuckte zusammen, den Blick weiterhin unverwandt auf das Geschehen gerichtet. Tristan, mit Tränen in den Augen, der Laila ein Messer an den Hals hielt. Und Séverin … war gefangen worden. Wie, das hatten sie nicht mitbekommen, sie waren erst während Roux-Jouberts Tirade hereingeschlichen. *Die Welt neu erschaffen.* Die menschliche Rasse von Grund auf erneuern. Enrique dachte an all die Menschen, denen er im Laufe der Jahre begegnet war. Dunkle und helle. Menschen mit Sprachen, die nach Gewürzen klangen. Menschen in provisorisch errichteten Dörfern, gehalten, um zu *unter*halten und Menschen, die sie begafften, verspotteten oder ihr Entsetzen kaum verhehlten. Menschen, die sich nach Händen sehnten, die sie auf offener Straße nicht würden halten können. Sie alle waren Stickereien auf einem Wandteppich ohne Horizont. Das Gefallene Haus konnte sie nicht auslöschen. Unmöglich. Und doch musste Enrique nur Séverins zusammengekrümmte Gestalt betrachten, um sich zu erinnern. Schlitze auf dem Rücken seiner Jacke, eine schmutzige Feder zu seinen Füßen. Überbleibsel der Flügel, die nur durch Roux-Jouberts Blut an Séverins Rücken gewachsen waren.

Langsam hob Hypnos die Hand und starrte den gefälschten Ring an.

»Ich dachte … ich war überzeugt, mein Ring wäre das fehlende Puzzleteil, um das Fragment zu wecken, aber ich habe mich wohl geirrt.«

Unten stieß Roux-Joubert einen wütenden Schrei aus und verpasste Séverin eine Ohrfeige. Laila sah aus, als wollte sie schreien, doch sie presste nur die Lippen noch fester aufeinander.

»Was habt ihr mit dem Tezcat angestellt?«, brüllte Roux-Joubert. »Der Doktor kann nicht herein!«

Dank dem Silberstoff und Zofias Klebetechnik war das Tezcat-Portal blockiert. Wenigstens ein Lichtblick. Somit kam, wer auch immer sich auf der anderen Seite befinden mochte, nicht hindurch. Die ganze Zeit über hatten sie gedacht, sie hätten es nur mit Roux-Joubert und seinem klingenhutbewehrten Schergen zu tun.

Offenbar hatten sie sich getäuscht.

Die Skelette warfen sich erfolglos gegen das Obsidianglas. Ein feiner Riss erschien, Stücke brachen heraus und fielen zu Boden. Das Bild von Hypnos und Enrique flackerte. Sie lächelten, drehten den Kopf, lächelten erneut. Nichts als eine Mnemoaufnahme, die auf den Silberstoff geworfen wurde. Und nun erschien mit jedem Riss ein Teil eines neuen Bildes: die Schmiedekunstausstellung in Echtzeit. Als sie die Halle verlassen hatten, war niemand dort gewesen. Jetzt konnten sie eine Menschenansammlung erkennen, ganz schwach von hinten aus dem Ausstellungsraum beleuchtet.

Sie warteten.

Warteten darauf, hereinzukommen.

Séverin stieß einen Schrei aus, als ihm der Phoboshelm auf den Kopf gedrückt wurde. Hypnos beugte sich so weit nach vorne, dass er sie fast verraten hätte. Zofia griff nach seinem Arm.

»Séverin hat gesagt, wir sollen nicht da runtergehen. Egal was passiert.«

»Das war, bevor er gefasst wurde. Jetzt braucht er Hilfe«, entgegnete Hypnos. »Wenn das Babelfragment erwacht ist, müssen wir es wieder in den Schlaf zurückversetzen … wach darf es nicht bleiben. Die gesamte Zivilisation steht auf dem Spiel. Fühlt ihr es nicht?«

»Denk noch mal einen Moment nach.« Enriques Herz klopfte wie wild. »Aus irgendeinem Grund wollte Roux-Joubert das Horusauge haben. Du meintest, es habe einen Effekt auf das Babelfragment, richtig?«

»Ja, aber ich weiß nicht, welchen …«

»Du sprichst die ganze Zeit davon, das Fragment würde *erwachen*«, sagte Zofia. »Das kann nicht sein. Schließlich ist es kein Lebewesen. Es sei denn, du willst damit andeuten, dass es diesen Schmiedekunstgeschöpfen ähnelt. Die können nicht nur erwachen, sondern auch einschlafen. In dem Fall hätte es auch einen Somnomodus, um es zu deaktivieren.«

Hypnos kniff die Augen zusammen.

»Das Horusauge«, sagte er langsam. »Was, wenn das Horusauge es einschlafen lässt?«

Enrique schluckte und riss sich von der albtraumhaften Szene unter ihnen los.

»Das würde erklären, warum Roux-Joubert nicht wollte, dass wir es haben«, sagte er zu den anderen. »Er würde nicht wollen, dass jemand sie aufhalten kann.«

»Was ist mit meinem Ring?«, fragte Hypnos. »Wenn er eh schon zwei besitzt, wozu brauchte er dann meinen?«

Enrique schnitt eine Grimasse. Roux-Joubert hatte Tristan mehr verletzt als notwendig … Er sah zu, wie Séverin sich auf dem Boden wand … Die hässlichen Worte über die neue Weltordnung hallten in seinen Ohren nach.

»Eine solche Gier nach Macht lässt sich nie stillen«, antwortete er. »Und dein Ring verspricht beträchtliche Macht.«

Hypnos knirschte mit den Zähnen. »Dann geben wir ihm doch, wonach er giert. Oder zumindest eine Illusion davon.«

Enrique nickte knapp. Das Horusauge lag fast vergessen auf der Werkbank. Vielleicht war Roux-Joubert so siegessicher, dass er es nicht für notwendig hielt, es besser zu beschützen. Immerhin wusste ja augenscheinlich niemand, wozu es gut war.

Auf dem Boden verlief eine dünne Spur aus hellem Pulver. Zofia hatte sie eine Weile betrachtet. Nun streckte sie die Hand danach aus und zerrieb etwas von dem Pulver zwischen den Fingern.

»Interessant ...«

Hypnos hielt den falschen Ring noch immer fest umklammert. »Eigentlich sollten wir so schnell wie möglich den Orden einschalten. Aber wir können die anderen nicht hier zurücklassen.«

Der Ring weckte Enriques Interesse, dann wanderte sein Blick zu den juwelenbesetzten Broschen an Hypnos' Samtjackett. *Ein Gutteil meines Erbes*, so hatte er es ausgedrückt. Was bedeutete, der Schmuck war hausgezeichnet.

»Wenn wir nicht zum Orden gehen können, dann muss der Orden eben zu uns kommen«, murmelte Enrique nachdenklich und ein Plan begann sich in seinem Kopf zu formen. »Hypnos, gib mir die mal. Ich möchte ein Signal senden.«

Hypnos riss die Augen auf, langsam formte sich ein Lächeln auf seinem Gesicht. »Die Sphinxe.«

Enrique nickte. Eine Sphinx war in der Lage, jeden hausgezeichneten Gegenstand aufzuspüren, selbst wenn sie das in die Katakomben führte. Noch dazu konnten ihre Augen Bilder aufzeichnen. Somit hätte der Orden gar keine andere Wahl, als zu glauben, dass das Gefallene Haus wiederauferstanden war. Hypnos riss sich die Broschen vom Revers. Ein kaum wahrnehmbares blaues Licht auf der Rückseite wich nun einem roten Schimmer. Eine nach der anderen ließ er davonkullern.

Unten im Auditorium wellte sich der Boden und Erde rieselte von Decke und Wänden.

»Es ist fast vollbracht.« Roux-Joubert packte Séverin am Revers. »Sagen Sie mir, wie man das Tezcat-Portal öffnet. Was haben Sie getan?«

Schwach hörte Enrique Séverins gekeuchte Antwort: »Wissen Sie, dafür, dass Sie so gerne Gott spielen, ist es aber um Ihre göttliche Allwissenheit nicht so gut bestellt.«

Enrique wandte sich ab, hörte jedoch, wie Roux-Jouberts Faust Séverins Kopf traf.

»Uns muss schnell etwas einfallen«, murmelte er und wippte unruhig auf den Füßen hin und her. Wie gerne hätte er jetzt seinen Rosenkranz, irgendwas, um seine Hände zu beschäftigen. Er konnte nicht länger nur zusehen.

Rrrrrritsch. Unmissverständlich wurde neben ihm ein Streichholz angerissen. Unten hielt Roux-Joubert kurz inne. Enrique wandte den Kopf zur Seite. Zofia hielt eine kleine Flamme knapp über den Boden.

»Zofia, was in aller Welt –«

»Séverin hat gesagt, er würde uns für den Notfall eine Spur hinterlassen.« Sie deutete auf die Pulverspur auf dem Boden. »Diese Substanz ist hochentzündlich.«

Enrique lächelte unwillkürlich. Ein Feuer hier unten würde ihnen Zeit verschaffen. Aber gefährlich war es auch … Sie mussten verdammt schnell sein.

»Worauf wartest du dann noch, Phönix? Feuer frei!«

Zofia hielt das Streichholz an die Substanz.

Unten auf der Bühne erhoben sich unterdessen blaue Lichtvenen aus dem Boden. Sie erstreckten sich schneckenhausartig über die Wände. Ob es den anderen genauso erging, wusste Enrique nicht, doch er *fühlte* die Macht des Babelfragments: Eine Macht, die Königreiche dem Erdboden gleichmachen konnte und Unsterblichkeit verhieß. Er öffnete den Mund, wollte sie empfangen wie ein Sakrament.

Da hechtete Hypnos vor, packte ihn und Zofia am Kragen. »Vorsicht!«, rief er und riss sie zurück, gerade als ein starker Windstoß durch die Gänge fegte. Enrique erzitterte, als etwas Unbeschreibliches durch ihn hindurchfuhr. Er fühlte es in den hintersten Winkeln seiner Seele. Ein Wissen, wie der Fingerabdruck eines Schöpfers. Es war zu spät, um Roux-Joubert davon abzuhalten, das Fragment zu erwecken.

Denn es war bereits erwacht.

Laila

Eine Minute nach Mitternacht

Laila fiel zu Boden, als die Wucht des Babelfragments sie traf. Ihre Sicht verschwamm. Die naturbelassene Bühne riss ein wie ein zugefrorener See, auf dem das Eis brach. Blaues Licht schoss durch den Boden, und ein dunkler Schlund öffnete sich in der Mitte der Bühne, eine Kluft, in der sogar Sterne verloschen.

Sie berührte den Boden und krallte ihre Finger so fest in die harte Erde, dass sie sich tief unter ihre Nägel schob. Laila war nie dazu in der Lage gewesen, etwas Geschmiedetes zu lesen. Jedes Mal, wenn sie es versuchte, verschwand plötzlich alles, so als hätte man das Licht im Zimmer ausgeschaltet. Aber die Kraft des Fragments konnte sie nicht nur lesen.

Sie konnte sie begreifen.

Die unermessliche Macht riss Laila aus ihrem eigenen Körper, und auf einmal war sie überall. *Allumfassend.* Sie war auf dem Gipfel eines Berges, Schnee verfing sich in ihren Haaren. Sie war auf dem Boden eines Palasts, der Geruch süßlichen Harzes stieg ihr in die Nase. Sie war in der Hand eines Priesters, im Mund eines Gottes. *Geschmiedet* – im ursprünglichsten Sinne des Wortes in Existenz gehämmert – im Brennofen der Zeit. Neue Zusammenhänge ergaben sich in der unbegrenzten Weite ihres Verstands. Ihr Bewusstsein zerbarst. Sie war unendlich …

Laila schnappte nach Luft.

Sie zog die Hand aus der Erde. Blaue Punkte leuchteten auf ihrer Haut und verblassten wieder. Was hatte es zu bedeuten, dass sie so auf das Fragment ansprach … wenn es doch ein Ort war, an dem Sterne erloschen … was passierte dann mit ihr? Würde sie sich hier in nichts auflösen?

Wer war sie? *Was* war sie? Ihre Mutter nannte sie Liebes, ihr Vater hielt sie für ein blasphemisches Geschöpf, und Paris kannte sie unter dem Namen L'Énigme.

»Laila?«, keuchte Tristan.

Laila.

Sie war Laila. Das Mädchen, das sie selbst aus sich gemacht hatte. Der Moment war vorüber, er blieb nur noch ein Funkeln in weiter Ferne. Ihre Sinne setzten wieder ein und mit ihnen auch die Angst. Sie war sich sicher, dass sie sich das Aufflammen eines Streichholzes hoch oben auf den Tribünen nicht bloß aus Verzweiflung einbildete. *Zofia. Enrique.* Sie waren hier. Séverin wand sich. Blut floss aus dem Schnitt an seiner Wange und tropfte von seinen Lippen. Sie spürte Tristans Hände auf den Schultern, kalt und zittrig. Sanft berührte sie seine Hand und ließ die Haare nach vorn fallen, um die Geste vor Roux-Joubert zu verbergen.

Sie hatte gerade nicht nur die Erde gelesen.

Als sie neben dem bewusstlosen Séverin am Boden gekniet und Tristan sie mit dem Messer bedroht hatte, hatte er ihr den Griff in die Hand geschoben. *Bitte. Halt es auf.* Scharfe Splitter des Holzgriffs hatten sich in ihre Handfläche gebohrt, während Bilder an ihrem inneren Auge vorbeigezogen waren. In diesen Visionen sah sie Tristan den Albtraumattacken ausgeliefert, die seine Zweifel verzerrt und sie real hatten erscheinen lassen. Es war Folter. Und dann hatten sie ihn auch noch mit dem Wissen gequält, was er angerichtet hatte. Laila hatte ihm das Messer anschließend zurück in die Hand geschoben und ihre Finger in den wertvollen Sekunden, bevor Roux-Joubert mit seinem Komplizen aufgetaucht war, um seine geschlossen.

Ich weiß, was sie dir angetan haben. Es ist nicht deine Schuld.

Tristan hatte sich an ihrer Schulter ausgeweint. Er hatte nicht gefragt, woher sie es wusste, sondern ihr einfach vertraut, und diese Last erdrückte sie. Niemand sollte Tristan zum Weinen bringen. Nie wieder.

»Laila?«, flüsterte Tristan.

Sie schüttelte den Kopf, darauf bedacht, nicht zu sprechen. Der Nachthappen auf ihrer Zunge fühlte sich kalt an. Sie hatte nur eine Chance, ihn zu benutzen, und dazu musste sie den richtigen Moment abwarten. Laila konzentrierte sich auf Séverin. Selbst jetzt, selbst mit den Verletzungen, sah er aus wie ein König. Sein Blick war starr und unnachgiebig, jedoch nicht auf sie gerichtet.

Roux-Joubert brüllte jetzt noch lauter: »Mach das Tezcat endlich auf!«

Der Mann mit dem Klingenhut schrumpfte in sich zusammen. Obsidianstücke waren aus dem Tezcat-Portal gebrochen, auf dem bebenden Boden aufgeschlagen und zersprungen. Aber das Portal gab nicht nach. Auf der anderen Seite stand reglos eine Gruppe vermummter Menschen.

Der Rest des Gefallenen Hauses.

Laila erschauderte bei ihrem Anblick ... sie waren so blass ... so ungerührt.

»Monsieur, ich habe alles versucht ... irgendetwas versperrt den Durchgang«, sagte Roux-Jouberts Komplize, nahm den Hut ab und hielt ihn vor die Brust. »Ich ... vielleicht könnten Sie Ihr Blut verwenden? Wie vorher? Ihr Ichor ist sicher mächtig genug.«

Roux-Joubert schluckte, seine Augen glitten unruhig hin und her. Er hielt seinen Arm mit Bedacht. »Ich möchte den Doktor nicht warten lassen, aber mehr kann ich nicht entbehren.«

Tristans Finger gruben sich in Lailas Arm. Sie spürte seine Angst, seinen flachen Atem.

»Doch bei Ihnen ...«, sagte Roux-Joubert und wandte sich an Séverin. »Was mag wohl durch die Adern des rechtmäßigen Erben von Haus Vanth fließen? Ich wurde angewiesen, Ihr Blut nicht unnötig zu vergießen ... womöglich ein Zeichen, dass der Doktor mehr in Ihnen sieht. Doch es ist wahrlich verlockend.«

Laila stieß Tristan an. Der zögerte, schloss dann aber seine Faust fest um ihre Haare und drückte ihren Kopf nach vorn. Laila verzog das Gesicht. Es war alles Teil des Plans.

»Bitte«, murmelte sie. »Nur einen kurzen Augenblick.«

Roux-Jouberts Augen weiteten sich. Er lächelte, und die wächserne Haut um seinen Mund riss ein.

»Da haben Sie ja eine hingebungsvolle Hure, Junge«, sagte er spöttisch zu Séverin. »Scheint, als würde sie sich verabschieden wollen. Und warum auch nicht. Ich wollte schon immer mal Gnade walten lassen.«

Séverin erstarrte. Er sah Laila durchdringend an. Sie ließ sich von Tristan zu ihm führen. Dann, ganz leicht, berührte sie Tristans Handgelenk. Séverin sollte wissen, dass sie gesehen hatte, was wirklich geschehen war. Dass er ihr vertrauen musste.

Séverin blinzelte. Im schummrigen Licht der Katakomben warfen seine Wimpern längliche Schatten auf sein Gesicht. In den Tiefen seiner dunklen Augen spiegelte sich das blaue Licht.

Tristan gab ihr einen Stoß.

Laila zögerte nicht. Sie nahm Séverins Gesicht in ihre Hände und fuhr mit den Fingern durch seine Haare, während sie die Lippen auf seine senkte. Erinnerungen und Versprechen tanzten umeinander herum.

Wir dürfen das nicht wieder tun.

Ich weiß.

Er schlug die Augen auf, seine Pupillen waren geweitet. Seine Lippen gaben unter ihren nach, und sie konnte ihn schmecken. Eine Mischung aus Blut und Nelken. Ihre Hand drückte sich an den Schnitt auf seiner Wange, und er keuchte in ihren Mund.

Küsse sollten so nicht sein. Küsse sollten unter dem Sternenhimmel stattfinden, nicht im Angesicht des Todes. Doch als sich die Knochen um sie herum erhoben, sah Laila weiße Fraktale aufblitzen – blasse Gebilde. Und für einen kurzen Augenblick dachte sie, dass vielleicht sogar die Hölle für einen Kuss Sterne auf den Plan rief.

Séverin

Séverin hätte seine Augen niemals schließen dürfen. Er wusste nicht, wie ihm geschah. Dieser Moment entsprach in keiner Weise seiner Vorstellung von Realität. Klar, dass sie ihn küsste, während die Welt um sie herum aus den Fugen geriet. Warum auch nicht. Logik tanzte am Rande seines Verstands, als Lailas Lippen sich auf seine senkten.

Séverin eroberte ihren Mund, spürte sie nachgeben, kostete von ihr.

Sie schmeckte unglaublich.

Wie gezuckerter Mondschein.

Dann rollte etwas Festes auf seine Zunge. Ein Nachthappen. Er dachte daran, wie Laila sich in aller Eile noch einen in die Tasche gesteckt hatte, kurz bevor sie aufgebrochen waren. Logik rückte wieder an ihren Platz. Und welcher seiner Horizonte auch immer gerade durch den Rausch gekippt war, begradigte sich nun wieder.

Natürlich war es kein echter Kuss gewesen.

Denen hatten sie längst entsagt.

Roux-Joubert riss sie von ihm weg. »Die Gnadenfrist ist um.«

Séverin verengte die Augen. »Dann töten Sie mich doch.«

Roux-Jouberts Lächeln nahm einen irren Ausdruck an. »Wenn Sie darauf bestehen.«

Er zog ein Messer hervor. Séverin wartete ab, machte sich bereit.

Komm näher.

Roux-Joubert streckte das Messer aus.

Und dann sah Séverin, von hoch oben, verborgen hinter den Stufen der Tribünen, wie sich ein Streichholz entzündete. Es fing an zu knistern. Schwefel verjagte den Odem des Todes. Plötzliche Hitze wärmte seinen Rücken und Roux-Jouberts Gesicht flackerte auf, als die Katakomben in Flammen aufgingen.

Séverin schob den Nachthappen nach vorne an die Zähne. Als sein Gegenüber sich zu ihm umdrehte, spuckte er ihn aus.

Tinte spritzte nach allen Seiten. Schwarz waberte aus seinem Mund und legte sich um Roux-Joubert. Séverin wich zurück, als die Klinge seinen Hals streifte. Roux-Joubert stolperte. Ein Wirbelsturm aus Tinte hüllte ihn ein. Der Mann mit dem Klingenhut kam auf Séverin zugerannt. Séverin riss an seinen Fesseln. Er versuchte auf Knien zurückzurutschen, schlitterte jedoch über das Geröll und wurde nach vorn geworfen. Die Klinge blitzte auf, und Séverins Atem stockte …

Tristan warf sich auf den Mann. Séverin stürzte und schlug mit der Schläfe gegen einen Felsbrocken. Laila rannte zu ihm und versuchte die Knoten zu lösen, doch auch sie taumelte. Der Untergrund war tückisch. Tristan hastete zu ihnen, die Augen entsetzt aufgerissen.

»Séverin …«

»Später«, unterbrach er ihn.

Roux-Joubert stieß ein lang gezogenes Heulen aus, aber Séverin ignorierte es.

Laila nestelte an den Fesseln.

»Gern geschehen«, sagte er, sobald die Riemen von seinen Handgelenken geglitten waren.

Laila zog ihn auf die Füße. »Hm?«

»Gern geschehen«, wiederholte er und grinste. Er konnte ihn nahezu spüren. Den spannungsgeladenen Sog. Er musste ihn sofort durchbrechen, wenn sie das Babelfragment wieder einschlummern lassen und weitermachen wollten wie bisher. »Dass ich dir einen Grund geliefert habe, mich zu küssen.«

Sie riss die Augen auf, hatte aber keine Gelegenheit, etwas zu erwidern.

»Zofia sei Dank«, schnaufte Tristan.

Der Boden schwankte erneut. Das Babelfragment war durch die Erdoberfläche gebrochen. Es war so groß wie die Bühne. Wie tief es war, konnte er allerdings nicht sagen. Instinktiv wusste er, dass sie keine Chance mehr dagegen haben würden, wenn es sich erst einmal vollständig erhoben hatte.

»Das Horusauge«, kam es schwach von Tristan. »Das Horusauge bettet das Babelfragment zur Ruhe. Das hat er gesagt. Wir müssen es irgendwo in den Boden stecken … es gibt ein Muster, ich …«

Der Rest seiner Worte ging in Gestammel unter.

Laila nickte rasch. »Ich hole das Auge.«

Das Horusauge lag noch immer auf der Werkbank, bei der sie auch Tristan gefunden hatten. Laila rannte so schnell sie konnte über die nun herabfallenden Knochen. Der Boden bebte, während das Babelfragment sich immer weiter aus der Erde stemmte. Jetzt mussten sie nur noch herausfinden, *wo* genau das Horusauge hingehörte.

Ein Schrei zerriss die Luft. Séverin drehte sich um und stellte sich schützend vor Tristan …

Roux-Joubert hatte eine neue Kraftquelle entdeckt.

Der Mann mit dem Klingenhut war tot. Blut gluckerte aus der

aufgeschlitzten Kehle. Roux-Joubert summte, als er die Finger in die klaffende Wunde stieß. Die Tinte aus dem Nachthappen war immer noch auf seinem Gesicht zu sehen, verblasste nun aber zusehends … ein schwacher goldener Glanz kroch Roux-Jouberts Arm hinauf.

»Nicht genug, nicht einmal annähernd genug«, krächzte er. »Aber es muss reichen.«

Roux-Joubert stolperte vor und presste seine Hand an das Tezcat-Portal. Mit einem Mal roch es angebrannt, so als würde etwas schmelzen. Einen Moment lang war alles grell. Licht drang durch die Risse. Auf der anderen Seite streckte ein vermummter Mann einen Finger aus … und das Tezcat-Portal begann zu bröckeln.

Zofia

Fünf Minuten nach Mitternacht

Zofia wagte sich ein Stück aus der Deckung. Ein Riss zog sich mitten durch das Tezcat-Portal. Rauch stieg auf und entwich in die Schmiedekunstausstellung, die nun mit den Katakomben verbunden war. Das hätte nicht passieren dürfen. Nicht nach ihren Berechnungen. Es verstieß gegen sämtliche Regeln. Dabei musste man sich nur an die Regeln halten, dann kamen alle sicher nach Hause. Sich an die Regeln halten, dann könnte man den Mitgliedern des Gefallenen Hauses das Handwerk legen.

Doch der Plan war nicht aufgegangen. Unten sah sie einen Toten liegen. Blut lief aus seiner aufgeschlitzten Kehle. Daneben lag der Klingenhut. Roux-Joubert presste noch immer die Hände gegen das Portal und von seinen erhobenen Armen tropfte eine Flüssigkeit herab. Der Obsidian bröckelte wie brüchige Rinde. Eigentlich unmöglich, dachte Zofia. Andererseits hätte auch niemand für möglich gehalten, dass die Mitglieder des Gefallenen Hauses überlebt haben könnten. Während die Lücken im Tezcat-Portal immer größer wurden, wogte der Untergrund weiter. Kronleuchter aus Knochen klapperten über ihren Köpfen. Etwas verfing sich in Zofias Haaren und als sie den Kopf schüttelte, fielen ihr Zähne aus namenlosen Schädeln in den Schoß.

»Sie versuchen das Horusauge zu kriegen«, rief Hypnos aufgeregt. »Laila hat es fast erreicht!«

Es stimmte, Laila lief auf die Werkbank zu, auf der das ungeschützte Auge lag.

Aber das würde nicht reichen.

Zwar glaubten sie inzwischen zu wissen, dass sie das Horusauge in die Erde drücken mussten, um den Somnomodus zu aktivieren –

Die Frage war nur: *Wo?*

Von hier oben aus konnte Zofia den genauen Mittelpunkt der logarithmischen Spirale sehen. Sie war identisch zu der in Haus Kore. Aber von Lailas Standpunkt aus war das unmöglich zu erkennen.

»Wir müssen ihnen helfen«, sagte Zofia. »Sonst finden sie den Mittelpunkt nicht.«

»Wir können da nicht runter«, erwiderte Hypnos. »Séverins Anweisung lautet: unter keinen Umständen.«

Zofia zögerte exakt einen Augenblick. Dann verschob sich eine Perle auf ihrem inneren Abakus. Anweisungen gaben ihr Sicherheit. Sie zogen Grenzen in ihrem Leben. Solange sie die nicht übertrat, glaubte sie sich in Sicherheit. Doch nicht immer war es sicher innerhalb dieser Grenzen. Im Labor der École des Beaux-Arts war sie nicht sicher gewesen. Im Ballsaal von Haus Kore, als Roux-Joubert sie bedrängt hatte, war sie nicht sicher gewesen. Und sicher war sie auch hier nicht, in diesem Albtraumreich aus lauernden Knochen, versickerndem Blut, glänzenden Messern, bröckelnden Steinen und Freunden in Not. Alles nur wegen einer Kraft, die aus der Erde emporstieg und die Luft verpestete.

Hier waren Anweisungen fehl am Platz.

»Ich schere mich nicht darum, welche *Anweisungen* wir bekommen haben«, sagte sie mit Nachdruck.

Auf Enriques Gesicht machte sich ein Grinsen breit. Mit einer Hand ergriff er den Leuchtbomben-Gehstock und mit der anderen ein Stück Seil.

»Auf gehts.«

Enrique und Zofia machten sich bereit, doch Hypnos zögerte.

»Wenn ich mitkomme, werde ich das sicher nicht überleben.«

»Die Wahrscheinlichkeit ist relativ hoch, aber sie liegt nicht bei einhundert Prozent«, stellte Zofia fest.

»Das ist nicht besonders hilfreich«, zischte Enrique.

Beide sahen Hypnos an. Mit seinen hellen Augen starrte er an ihnen vorbei. Dann ballte er die Hände zu Fäusten.

»Was solls. Ich bin dabei.«

Zofia sprang die von kleinen Steinchen bedeckten Stufen hinab. Aus ihrem Ärmel zog sie einen dünnen geschmiedeten Stab aus reinem Silber. Um zu schmieden, brauchte es einen starken Willen, und ihrer loderte geradezu. *Entzünde dich.* Lichtblitze wanderten über den Silberstab.

Laila, das kostbare Horusauge endlich in Händen, bemerkte sie als Erste.

»Zofia!«, rief sie.

Ein warmes Gefühl durchströmte Zofia, sie hielt jedoch nicht an, sondern lief weiter, zu einer flachen Erdscholle. Diese war zwar unbeleuchtet, doch als sie den Dreck beiseitefegte, entdeckte sie eine Bemalung. Sie sah auf. Séverin und die anderen starrten sie an.

»Hier«, rief sie und leuchtete mit dem Silberstab, »hier müsst ihr das Horusauge hineinlegen, um das Babelfragment in den Somnomodus zu versetzen.«

Leider bedeckte eine dicke Erdschicht weiterhin die Ausbuchtung, in die das Horusauge gehörte. Séverin sprang Zofia zur Seite, Tristan folgte ihm. Alle sechs fingen an zu graben. Feiner Erdstaub drang in Zofias Augen und Mund, aber sie hielt nicht inne. Auch nicht, als Roux-Joubert zu lachen begann und der nun völlig zerstörte Obsidianstoff den Weg für die restlichen Mitglieder des Gefallenen Hauses frei machte.

»Schneller!«, trieb Séverin sie an.

»Nutzlose, manikürte Fingernägel«, keuchte Hypnos.

Ein plötzlicher Lichtblitz trieb sie auseinander. Zofia wurde nach hinten geschleudert.

»Zofia!«, schrie Enrique.

Blut rauschte ihr in den Ohren. Sie erhob sich, griff nach dem Stab in ihrem Ärmel und sah auf.

Sie waren umzingelt.

Einer der Männer trug einen blassen, insektenartigen Helm. Mit geneigtem Kopf begutachtete er sie. An seiner Seite standen lauter vermummte Gestalten mit erhobenen Händen. In ihre Handflächen eingesetzte Bienen funkelten metallisch. Eine Druckwelle ließ sie zurückweichen. Halb vergraben in der Erde lag das Horusauge. Hypnos versuchte bereits, es auszubuddeln, doch ein Mitglied des Gefallenen Hauses packte ihn am Arm.

Roux-Joubert kniete sich auf den Boden, vor den Mann mit der Maske und wiegte sich vor und zurück.

»Bitte, Doktor, ich flehe Euch an … Ihr habt es mir versprochen. Ich habe wirklich alles gegeben …« Er entblößte seinen versehrten Arm.

Zofia lief es eiskalt den Rücken hinunter. Roux-Joubert blutete nicht wie normale Menschen. Eine zähe, gelblich schimmernde Flüssigkeit hatte sich größtenteils zu einer ockerfarbenen Kruste verhärtet und besudelte die Vorderseite seiner Kleidung.

»Ich habe Euch den Babelring gebracht«, flüsterte Roux-Joubert. »Ist es nicht an der Zeit für meine Apotheose?«

Der Mann, von dem Zofia annahm, dass es der Doktor war, hob eine behandschuhte Hand.

»Du hast uns den Babelring gebracht … aber nicht ohne Beiwerk«, sagte er. Seine Stimme war trocken, ohne Gefühlsregung oder Akzent. »Ich weiß eure Hartnäckigkeit durchaus zu schätzen, meine jungen Freunde«, sagte er nun zu Zofia und den anderen gewandt. »Doch ihr begreift nicht, womit ihr es zu tun habt. Dennoch lasse ich euch die Wahl. Der freie Wille war Sein Geschenk. Ein Geschenk, das ich im neuen Zeitalter beizubehalten gedenke. Wird euer Blut die Schwelle zu dieser neuen Ära besudeln? Oder wird es helfen, das neue Zeitalter zu schmieden?«

Zofia fühlte Séverins Blick, als er ihn durch die Runde schweifen ließ. Doch weder sie noch Séverin gaben dem Doktor eine Antwort. Sondern Tristan. Tristan hob den Klingenhut vom Boden auf und schleuderte ihn dem Doktor entgegen. Der Mann mit der Maske wich jedoch aus und Tristan knurrte. Im Gegenzug legte der Doktor seine Hände wie zum Gebet zusammen. »Das ist wohl Antwort genug.«

Wie aufs Stichwort griffen die Anhänger des Gefallenen Hauses zu den Waffen.

Enrique

Enrique hatte schon immer wissen wollen, wie es sich anfühlte, ein Held zu sein.

So hatte er es sich nicht vorgestellt.

Nichts gegen einen leuchtenden Spazierstock, aber er hätte doch ein flammendes Schwert bevorzugt.

Als er sich den Mitgliedern des Gefallenen Hauses entgegenwarf, konnte er sich jedoch wenigstens einer Sache sicher sein: Helden kamen immer irgendwie zurecht.

Mit dem Leuchtstock hieb er nach dem nächstbesten Ordensmitglied. Momentan hatten sie etwa zwanzig Gegner, aber das Tezcat-Portal stand weiterhin offen, weshalb unklar war, ob es dabei bleiben würde. Im nun ausbrechenden Tumult kämpfte Séverin mit einem Vermummten und stieß ihn zurück. Er zog etwas aus seinem Schuh: einen dünnen Silberfaden. Er behielt das eine Ende und warf das andere Laila zu. Zusammen kreisten sie fünf der Gefallenen ein. Zur gleichen Zeit spuckte Tristan einen schwarzen Tintenstrahl und brach in spontanen Jubel aus.

»Zofia, jetzt!«, rief Séverin.

Den Silberstab in der Hand preschte Zofia vor. Haut und Haare erstrahlten in seinem Licht. Sie schwang den Stab: Zischend und knisternd lief ein elektrischer Strom durch den silbrigen Draht. Einige der Vermummten schrien auf und sanken dann ohnmächtig zu Boden.

Doch nicht alle kämpften. Der Doktor blieb außen vor und beobachtete lediglich. Neben ihm saß Roux-Joubert noch immer auf dem Boden und wiegte sich vor und zurück. Den geschundenen Arm an die Brust gepresst, starrte er mit glasigem Blick vor sich hin. Die blau angelaufenen Lippen formten unhörbare Worte.

Bei jeder sich bietenden Gelegenheit riss sich einer der sechs los, um die Mulde für das Horusauge freizulegen. Doch das Gefallene Haus griff gnadenlos an.

»Sie sollten bald hier sein«, keuchte Hypnos. Mit großen Augen drehte er sich ständig zu den Tribünen um.

Dort oben hatte er seine hausgezeichneten Broschen hinterlassen. Eine untrügliche Spur, der die Sphinxe nur folgen mussten. Doch bisher war niemand aus dem restlichen Orden aufgetaucht. Es war keine Hilfe in Sicht.

Neben ihm fiel Laila in den Staub. Sie wirkte erschöpft, in der Hand hielt sie immer noch das Horusauge. Die Mulde war beinahe freigeräumt. Da sauste eine Handvoll geschmiedeter Messer durch die Luft. Eine Klinge zeigte auf jeden ihrer Hälse.

»Ich denke, das hat nun lange genug gedauert, meint ihr nicht auch?«, sagte der Doktor leise.

Seine Augen waren nicht zu erkennen, aber Enrique fühlte seinen Blick auf sich und Hypnos.

»Deine Freunde werden sterben. Und dann wirst du sterben, junger Patriarch. Doch noch kannst du es verhindern … Wir können eine neue Welt erschaffen. Für uns alle. Ich sehe in dein Herz, sehe, wie du mit dir ringst. Weil du nicht weißt, in welche Welt du gehörst, und das Gefühl hast, deine Zukunft würde durch die Farbe deiner Haut bestimmt. Aber so muss es nicht sein. Schließ dich uns an.« Der Doktor hielt inne und Enrique stellte sich vor, dass er unter seiner Maske lächelte. »Rette dich selbst, junger Patriarch, rette deine Freunde. Das Mädchen wird das Horusauge nicht aus der Hand legen, bevor sie weiß, dass es vergebens ist. Du musst mir nur deinen Ring geben.«

Enrique sah zu, wie Hypnos sich schwerfällig aufrichtete. Er sah sich um, sein Blick wanderte über Tristan, Séverin, Laila, Zofia und schließlich zu Enrique selbst. Hypnos wurde blass, atmete tief aus, presste die Lippen zusammen. Dann nickte er kurz, griff in sein Sakko und keuchte vor Anstrengung, als er den echten Ring hervorholte.

»Ah, ich sehe, der junge Patriarch ist zur Vernunft gekommen«, sagte der Doktor.

Séverins Züge verhärteten sich, doch er hielt still. Zofias Gesicht spiegelte Enriques eigenes Entsetzen wider. Wie konnte er nur? Sie waren doch *Freunde*, oder etwa nicht? Hatten sie nicht unzählige Stunden gemeinsam in der Sternwarte verbracht? Hatte er sich alles nur eingebildet?

Enrique schielte zu Boden, wo sich die Umrisse des Horusauges bereits sehr gut erkennen ließen. Die Klinge an seinem Hals schabte gefährlich an der Haut, als spürte sie, was er vorhatte. Lailas Blick traf seinen und ihre dunklen Augen blitzten.

Hypnos wandte ihnen den Rücken zu, als er auf den Doktor zutrat.

»Ich werde Ihnen den Ring aushändigen.«

Laila schrie: »Was tust du da?«

Doch Hypnos drehte sich nicht mal nach ihr um. Er war nicht viel mehr als ein aufrechter Schatten. Roux-Joubert wiegte sich erwartungsvoll zu den Füßen des Doktors: »Es ist so weit ... ich werde ein Gott«, flüsterte er.

Langsam entfernten sich die Messer von ihren Kehlen. Enrique holte tief Luft und allmählich löste sich der Knoten in seiner Brust. Als er aufsah, umspielte unerklärlicherweise ein Lächeln Lailas Mundwinkel. Sie beobachtete Hypnos. Enrique runzelte die Stirn und wandte seinen Blick ebenfalls zu dem Patriarchen. Noch immer sprach er mit dem Doktor.

»Ich möchte Ihr Wort, dass ihnen nichts geschieht.«

»Schön. Nun gib mir den Ring.«

Hinter dem Rücken hielt Hypnos drei Finger hoch.

Drei.

Er nahm einen runter.

Zwei.

Ein Moment der Stille.

»Das ist nicht der echte Ring«, rief der Doktor erbost. »Du verrätst die Deinen, Patriarch? Für *diese* Leute?«

»Also was soll ich sagen – ich mag diese Leute ja irgendwie«, sagte Hypnos langsam.

Endlich sah er über die Schulter, den Anflug eines Lächelns auf dem Gesicht.

»Aber dann –«, hob Roux-Joubert an.

Enrique stürzte auf den Boden zu, fegte den letzten Rest Erde beiseite.

»Laila, jetzt!«

Sie hechtete los und presste mit aller Kraft das Horusauge in die Form. Grelle Blitze erhellten den Saal. Allmählich wurde das blaue Licht des Fragments schwächer. Die Kraft, die eben noch in den Katakomben geherrscht hatte, zog sich allmählich zurück und sank wieder unter die Oberfläche, die sich darüber schloss, als wäre nichts gewesen.

Wütend heulte der Doktor auf, unfähig sich zu bewegen, seit das Horusauge den Boden berührt hatte. Er wagte sich nicht vor, als wäre er nicht in der Lage, es zu berühren.

Auf einmal schallte von den oberen Rängen ein Knurren herunter, das ihnen die Haare zu Berge stehen ließ: Endlich war eine Sphinx erschienen.

»Mein Herr«, wimmerte Roux-Joubert und streckte die Hand nach dem Doktor aus. »Bitte.«

Der Doktor zog seinen Fuß zurück.

»Du hast uns in eine Falle laufen lassen.«

»Ich … ich kann so nicht viel länger leben.«

»So? Dann ist dir ein langes Leben vielleicht nicht bestimmt«, sagte der Doktor kalt. Er hob die Hand und seine unverletzten Gefolgsleute flohen durch das Tezcat-Portal in die Nacht hinaus. Nun, da das Babelfragment wieder im Erdboden versunken war, glommen dort nur noch zwei schwache Lichter auf. Eines ging vom Ring des Gefallenen Hauses aus, das andere vom Ring Haus Kores. Der Doktor griff nach beiden, stieß jedoch ein Zischen aus, als hätte er sich verbrannt, und ließ den Kore-Ring wieder zu Boden fallen. Den anderen schob er sich auf den Finger und eilte schließlich selbst durch das Portal davon.

Für einen Moment war der Raum beinahe leer. Die sechs standen dicht beieinander. Auf dem Boden lagen eine Handvoll Mitglieder des Gefallenen Hauses und aus dem Leichnam von Roux-Jouberts Handlanger sickerte noch immer Blut in den Boden. Sein Klingenhut war nach Tristans Wurf ein Stück entfernt von ihm zu Boden gegangen. Roux-Joubert kauerte am Boden und hielt sich die ichorbefleckten Hände vor den Mund. Um sie herum fielen die Knochen der Katakomben herab oder zogen sich in die Nischen zurück, in denen sie zuvor Jahrhunderte überdauert hatten.

Enrique schwankte, spürte die aufkeimende Hektik vieler Leute, die sich um sie scharten, und hörte den Lärm und die Rufe der Ordensmitglieder. Das Portal schloss sich. Abgesehen von den paar bewusstlosen vermummten Gestalten wies nichts mehr auf das Gefallene Haus hin.

Auf einmal stieß Laila einen Schrei aus. Enrique drehte sich um und sah Hypnos auf dem Boden liegen. Das Licht der Katakomben tanzte kalt auf seiner Haut.

Séverin

Séverin rührte sich nicht, bis Tristan ihm auf die Schulter klopfte.

»Wir sind am Leben.«

Das galt allerdings nicht für alle. Das Gefallene Haus mochte durch das Tezcat-Portal entwischt sein, aber sie hatten Leute zurücklassen müssen. Bald schon würde man ihre Gesichter kennen, herausfinden, wer sie waren, und sie unter Beobachtung stellen. Séverin sah zu den Sphinxen, die zwischen den Tribünen umherstreiften. Mit ihren Augen zeichneten sie alles genau auf. Schon bald würde der gesamte Orden wissen, wer die Verräter waren.

Hypnos regte sich und stöhnte.

»Ich bin *tot*«, ächzte er.

Laila eilte als Erste zu ihm und bettete seinen Kopf in ihren Schoß.

»Das ist der Beweis. Ein Engel betrachtet mein lebloses Antlitz«, sagte Hypnos und legte seinen Arm theatralisch über die Stirn.

Séverin versuchte, ein Lächeln zu unterdrücken, seine Mundwinkel wollten ihm jedoch nicht so recht gehorchen. Er hätte sich nie vorstellen können, wie sich ein Verrat durch Hypnos anfühlen würde. Wie ein Messer, das sich in seinen Bauch bohrte.

»Er ist gar nicht so übel«, gab Tristan widerwillig zu. »Bitte erzähl ihm nicht, dass ich das gesagt habe.«

»Werde ich nicht, aber nur, wenn du mir verzeihst, dass ich nicht auf dich gehört habe.«

Tristan seufzte tief. »Das kommt drauf an.«

»Auf was?«

»Hat irgendwer Goliath gefüttert?«

Séverin lachte, so laut und ausgelassen, dass sein Hals ganz rau wurde.

»Du bist gerade knapp dem Tod entkommen, und als Allererstes stellst du eine Frage zum Wohlbefinden deiner Spinne?«, fragte Enrique. »Was ist mit *uns*? Wir haben gerade Leib und Leben riskiert, um dich undankbaren Bengel zu retten!«

»Genau genommen ist Goliath eine Vogelspinne«, warf Zofia ein.

Sie strahlte Tristan an.

Hypnos stützte sich auf die Unterarme. »Was ist denn der Unterschied …?«

»Jetzt haben wir die Bescherung«, seufzte Laila.

»Na ja, Mygalomorphae …«, begann Tristan, aber Séverin hielt ihm den Mund zu.

»Er erzählt es dir später.«

»Später«, wiederholte Hypnos. »Zum Beispiel … beim Tee? Morgen?«

Séverin lächelte. »Warum nicht.«

Stimmen mischten sich unter den Lärm, den die Sphinxe veranstalteten, während sie in den Trümmern der Katakomben nach hausgezeichneten Objekten suchten.

»Wir sollten hier verschwinden«, sagte Séverin. »Und das Aufräumen dem Orden überlassen.« Er sah Hypnos an. »Also dir.«

Hypnos blickte finster zurück. »Du gehörst auch bald dazu, also hör auf, so unglaublich selbstgefällig zu grinsen!«

Séverin hätte diese Worte am liebsten direkt aus der Luft gefischt und fest an sich gedrückt … Schon bald wäre auch er ein Teil des Ordens. Haus Vanth würde nicht länger der Vergangenheit angehören. Und die Ordensmitglieder – die gleichen Leute, die sich von ihm abgewandt hatten – würden ihn um Hilfe anflehen.

Enrique reichte Hypnos den Ring von Haus Kore.

»Heims aber nicht den ganzen Erfolg nur für dich ein!«

»Selbst wenn ich wollte, könnte ich das nicht«, erwiderte Hypnos. »Vermutlich haben diese Sphinxe alles gesehen.«

Er lächelte Enrique an.

»Lasst uns nach Hause gehen«, sagte Séverin.

Die Welt um sie herum schien nahezu friedlich. Die Skelette, zuvor durch Roux-Jouberts Macht zum Leben erweckt, hatten sich wieder zur Ruhe begeben. Roux-Joubert lag auf der Bühne, krümmte sich und jammerte und heulte. Er kroch näher heran und versuchte, Séverin am Fußgelenk zu packen. Doch der schüttelte ihn ab.

»Sie haben mir alles genommen«, krächzte Roux-Joubert.

Séverin beachtete ihn nicht. Der Orden würde sich um ihn kümmern. Die sechs trotteten die Treppen hinauf, die aus den Katakomben führten.

Séverin konnte es kaum glauben. Sie hatten sich dem Gefallenen Haus entgegengestellt und überlebt. Die Matriarchin von Haus Kore würde von den Ereignissen erfahren, und wenn Hypnos ein gutes Wort für ihn einlegte, würden sie ins L'Éden kommen und den Erbfolgetest vollziehen. Haus Vanth würde wiederaufleben. Warum konnten sie zu fünft nicht ewig so weitermachen? Mit Hypnos, also zu sechst.

So viele Gedanken rasten in diesem Moment durch Séverins Kopf. Er dachte an die Masken und den rätselhaften Doktor. Er befeuchtete seine Lippen und schmeckte noch einen Rest von Lailas Kuss – der gar keiner gewesen war. Vorsichtig riskierte er einen Blick auf sie, nur um festzustellen, dass sie ihn mit ihren dunklen, großen Augen bereits ansah, Hals und Wangen leicht gerötet. Séverin sah als Erster wieder weg. So viel Glück auf einmal konnte er gar nicht verarbeiten. Allein schon der Klang von Enrique und Zofia, die sich zankten, ob der Schlüssel für den Ruhemodus des Babelfragments nun auf Mathematik oder Symbolik beruht hatte.

»… unmöglich zu finden gewesen, ohne den Mittelpunkt der logarithmischen Spirale zu berechnen!«

»Okay, aber *danach*. Das war so, wie ich gesagt habe! Warum können wir uns den Erfolg nicht einfach Hälfte-Hälfte teilen?«

»Wenn du das schon statistisch aufteilen möchtest, liegt mein Anteil bei fünfundsiebzig Prozent.«

»*Fünfundsiebzig?*«

Laila lächelte und strich Tristan gelegentlich die Haare aus der Stirn, auch wenn er sich in gespielter Aufregung darüber beschwerte.

»Ich habe Hunger«, seufzte Enrique. »Ein paar Rippchen wären jetzt das i-Tüpfelchen.«

Die anderen warfen ihm befremdliche Blicke zu. Er sah sich in den Katakomben um und zuckte mit den Achseln.

»Was denn? Ich habe eben Hunger. Was ist mit dir, Tristan? Was willst du haben?«

»Das hier«, erwiderte Tristan leise. »Nur das hier.«

 TEIL VI

AUS DEN ARCHIVEN DES ORDENS VON BABEL

Die Anfänge des Imperiums
Großmeister Emanuele Orsatti,
Haus Orcus der Italienischen Fraktion
Im Jahre 1878 unter der Herrschaft König Umbertos I.

Ich halte den Glauben für die größte aller Mächte, denn was wäre ein Gott ohne ihn?

Enrique

Enrique öffnete die Schachtel, die Laila ihm hatte zukommen lassen. Auf einem Polster aus tintenschwarzer Seide lag eine goldene Wolfsmaske. Sie war meisterhaft geschmiedet. Die kurzen, glänzenden Härchen bewegten sich, als striche ein Windhauch hindurch. Enrique fragte sich, ob er wohl zu heulen anfangen würde, sobald die Maske die obere Hälfte seines Gesichts bedeckte. Unter der Maske lag ein kleiner Brief:

Für das Vollmondfest im Palais heute Abend ... Auf dass sie den Beginn einer neuen Ära für uns markiert.

Unwillkürlich musste Enrique lächeln. Morgen würden Hypnos und die Matriarchin von Haus Kore ins L'Éden kommen, um den Erbfolgetest an Séverin erneut durchzuführen. Veränderungen standen bevor. Sie lagen beinahe greifbar in der Luft, wie ein letzter Schimmer von Sonnenlicht hinter den Lidern, wenn man die Augen schloss.

Es gab allen Grund zum Feiern.

Und doch ließen ihn die Ereignisse in den Katakomben nicht los. Eine Woche war vergangen, in der er jede Nacht hochgeschreckt war, einen sengenden Geruch in der Nase, das Gefühl feuchter, knochengeschwängerter Erde unter den Händen. Laut Séverin hatte der Orden bereits mit der Befragung der gefangenen Mitglieder des Gefallenen Hauses begonnen. Und sie selbst waren auf der Suche nach einem neuen Artefakt: einem alten Buch mit dem Titel *Die Göttliche Fügung*.

Enrique wühlte in den Papieren auf seinem Schreibtisch, ignorierte dabei die neueste Absage von *La Solidaridad* und die schlichte Einladung zum Tee der Ilustrados. Etwas an diesem Titel ließ ihm keine Ruhe. Als die Uhr schlug, fluchte er. Er würde später weitersuchen müssen.

Er hatte ein Fest zu besuchen.

Enrique band die Bänder der Wolfsmaske hinter dem Kopf zusammen und trat auf den Flur. Unten würde die Kutsche bereits auf sie warten. Falls sie früh genug im Palais waren, hätte er vielleicht sogar genug Zeit, eine komplette Schüssel Schokoladenerdbeeren zu vernaschen. Kurz bevor er die Treppe erreichte, ließ eine vertraute Gestalt ihn innehalten. »Hast du nicht ein eigenes riesengroßes Haus?«

»Dir auch einen schönen guten Abend«, erwiderte Hypnos eingeschnappt. »Wenn du es genau wissen willst: Ich habe dauerhaft einige der Suiten im L'Éden gemietet. Ich schätze, so schnell werdet ihr mich nicht los.«

»Du machst uns noch alle verrückt«, murmelte Enrique.

»Wie bitte?« Hypnos legte eine Hand ans Ohr und grinste. »Du bist entzückt?«

Enrique verdrehte die Augen.

»Nun, ich muss hier sein. Offizielle Ordensangelegenheiten. Es ist meine Pflicht als Patriarch von Haus Nyx.«

Am gegenüberliegenden Ende des Flurs erschien Zofia in ihrem schwarzen Lederkittel und einer straff sitzenden Haube, aus der eine einzige flammenhelle Strähne hervorlugte. Wohin sie auch ging, sie trug diesen Laborgeruch mit sich. Als würde sie ganz leicht brennen. Allmählich gewöhnte er sich an den Geruch.

»Sag mir nicht, dass du *so* zum Vollmondfest gehen willst«, sagte Hypnos schockiert.

»Ich komme nicht mit.«

»Warum nicht? Wir haben doch etwas zu feiern!«

Zofia verzog das Gesicht. »Ich habe zu tun.«

»Papperlapapp«, sagte Hypnos. »Komm mit! Nur zieh dir in jedem Fall etwas anderes an. Dann kann es losgehen. Ergötze dich am reichen Angebot dieser Stadt, trink auf das Leben selbst!«

»Warum musst *du* nichts anderes anziehen?«

»Warum sollte ich?« Hypnos zog seinen extravaganten Samtanzug zurecht. Am Hals stand der Kragen ein Stück offen und Enrique dachte an seinen rasenden Puls, als er Hypnos zum ersten Mal begegnet war. Als Hypnos mit den Fingern über seine Brust gefahren war.

Enrique schüttelte den Gedanken ab und wandte sich an Zofia: »Komm schon, Phönix. Deine Arbeit geht nicht sofort in Flammen auf, wenn du dir mal einen Abend freinimmst.«

»Wohl wahr«, sagte Hypnos. »Erinnerst du dich, dass wir uns darauf geeinigt haben, Freunde zu sein?«

Zofia runzelte die Stirn. »Erzähl mir bitte nicht, du möchtest Satan gleich ein Katzenopfer bringen. Es ist nicht mal Mittwoch.«

»*Freunde*«, betonte Hypnos und ignorierte ihren Kommentar, »unternehmen Dinge zusammen. Gehen ins Theater. Oder ins Konzert.« Er warf einen Blick auf ihren Laborkittel. »Obwohl dafür eine weniger asketische Garderobe angebracht wäre … Wie dem auch sei, solltest du dich umentscheiden, werden wir hier auf dich warten.«

Zofia schnaufte, drehte sich um und lief ohne weitere Bemerkung davon. Enrique sah ihr mit leisem Bedauern nach. Er konnte verstehen, wie sie sich fühlte. Noch immer erschüttert von dem

Abend in den Katakomben. Sie lechzte danach, sich auf etwas anderes als die eigenen Gedanken zu konzentrieren.

»Ich glaube, wir alle können eine Ablenkung ganz gut gebrauchen«, sagte Hypnos, als hätte er seine Gedanken erraten. »Du besonders.«

Enrique sah auf und erschrak beinahe, so nah standen sie nebeneinander. Das war ihm zuvor nicht aufgefallen. Um sie herum waren die Flurlichter ausgegangen. Die einzige Lichtquelle stellten die verschlungenen goldenen Muster auf der Tapete dar. Hypnos roch nach Neroli und Jasmin, besonders in der Halsbeuge. Dort ließ ein schwacher Glanz erahnen, wo er das Duftöl aufgetragen hatte.

»Vielleicht braucht es noch ein bisschen Überzeugung?«

»Sofern du nicht eine Schatzkammer voller Juwelen und unentdeckter Schmiedeartefakte im Angebot hast, wüsste ich nicht, wie du mich überzeugen solltest«, witzelte Enrique.

»Nun ja, es gibt Mittel und Wege ...«

Und mit diesen Worten neigte Hypnos den Kopf und küsste ihn.

Zofia

Zofia betrachtete die Kleider auf ihrem Bett. Als hätte jemand einen Regenbogen über ihrer Bettdecke zum Schmelzen gebracht. Satte Farben bedeckten jeden Zentimeter und sahen beinahe zum Anbeißen aus. Natürlich war das Lailas Werk.

Gestern hatte Laila einen Pfad aus Keksen vom Labor bis zu ihrem Gemach ausgelegt. Nachdem Laila die Tür geöffnet hatte, war Zofia sofort ein Schrank ins Auge gesprungen, prall gefüllt mit Roben in Zartlila, Taubengrau, strahlendem Himmelblau und golddurchwirktem Kastanienbraun.

»Voilà!«, hatte Laila mit einer kleinen Verbeugung ausgerufen.

»Was ist das?«

»Dein neuer Kleiderschrank! Ich habe schon vor einer Weile heimlich deine Maße genommen und die Kleider hier in Auftrag gegeben. Du kannst sie sogar unter dieser Metzgerschürze von einem Laborkittel tragen, wenn du unbedingt willst! Obwohl das natürlich Verschwendung wäre.«

Zofia hatte sich zaghaft genähert, mit den Händen über die Seide gestrichen. Weich und kühl. Sie mochte Seide lieber als andere Materialien, was Laila zum Lachen gebracht hatte. *Wer hät-*

te gedacht, dass unsere Ingenieurin den exquisitesten Geschmack von allen hat?

»Bis wann?«, hatte Zofia gefragt.

»Wie meinst du das?«

Die Kleider, die Zofia zu Akquisitionsmissionen trug, hatte sie immer wieder zurückgeben müssen. Daran war sie gewöhnt. Auch in Głowno hatte sie sich mit Hela nur ein festliches Kleid geteilt.

»Sie gehören dir«, war Laila fortgefahren. »Zum Behalten. Und Tragen. Aber du musst sie auch wirklich anziehen.«

Für sie. Zofia seufzte. Die Kleider waren mehr wert, als sie verdiente. Und da sie so viele hatte, konnte sie sogar eins nach Hause zu Hela schicken. Bei dem Gedanken wurde ihr ganz warm ums Herz. Was sagte man zu jemandem, der so etwas für einen tat? Ein einfaches Dankeschön war nicht genug. Darüber musste sie nachdenken. Sie blickte zu Boden, dort lag auf einem kleinen Tablett ein angebissener Keks.

»Du hast mich mit einem Pfad aus Keksen hierhergelockt.«

»Wer sagt, dass es ein Pfad war? Die Kekse hätten einfach dekorativ verteilt sein können. Du hast daraus erst einen Pfad gemacht, als du ihm gefolgt bist und angenommen hast, er hätte einen Zweck.«

»Ich …«

»Ich weiß.«

Und mehr hatte Zofia nicht zu sagen brauchen.

Jetzt fuhr sie mit der Hand über die Kleider. Sie zog eines zu sich heran, dass Laila als »blau wie der Himmel« bezeichnet hatte. Sobald sie alle Knöpfe geschlossen hatte, betrachtete sie ihr Spiegelbild. Ihre Haare ähnelten einer Schneewolke, die Augen schimmerten im gleichen Blau wie das Kleid. Mehr fiel ihr nicht auf. Sich länger als eine Minute im Spiegel zu betrachten hielt sie für reine Zeitverschwendung. Sie wandte sich ab, um die elfenbeinfarbenen Handschuhe anzuziehen, kniff sich ein paarmal in die Wangen, so wie Laila es ihr beigebracht hatte, und verließ das Zimmer.

Das Herz klopfte ihr bis zum Hals. So etwas tat sie sonst nicht, und so hatte sie keine Ahnung, was sie erwartete. Ihr ganzes Leben lang hatte sie sich nie freiwillig unter Leute begeben. Doch vielleicht konnte sich das ändern. Das hätte sie dann Laila und Enrique zu verdanken. In ihrer Gegenwart fühlte sie sich nicht, als müsste sie sich einen Weg durch ein Labyrinth bahnen. Mit Séverin war es etwas komplizierter. Wenn man Laila glaubte, sagte er oft nur die Hälfte von dem, was er meinte. Hypnos dagegen sagte *alles*, was er meinte, aber laut Enrique durfte man nur die Hälfte davon ernst nehmen. Das machte es etwas schwieriger, seine Sätze zu entschlüsseln. Trotzdem fühlte sie sich auch bei ihnen nicht, als fehlte ihr etwas Entscheidendes. Sie fühlte sich mutig, so in unbekanntes Terrain vorzudringen wie jetzt. Als wäre sie nicht anders als die Menschen um sie herum, als wäre sie … genug. Als könnte man ihre Gesellschaft genießen und gerne Zeit mit ihr verbringen, wie mit anderen Menschen auch.

Die Lichter im Hotelflur waren erloschen. Von unten drangen die Klänge eines Pianofortes und einer Geige herauf. Das gewölbte Deckenfenster gab den Blick auf einen klaren Nachthimmel frei, an dem unzählige Sterne funkelten.

Gegen Ende des Flurs blieb Zofia stehen. Enrique und Hypnos hatten sich nicht vom Fleck bewegt. Sie sahen sich tief in die Augen, die Köpfe einander zugewandt, im Gespräch – und plötzlich – *nicht* mehr nur im Gespräch.

Zofia war wie angewurzelt. Eine seltsame Kälte stieg in ihr auf, von den Absätzen an den feinen neuen Schuhen, die Laila neben ihren Arbeitsstiefeln versteckt hatte, hoch in ihren Körper, bis in das neue Kleid und die elfenbeinfarbenen Handschuhe, die ihr bereits bis unter die Ellbogen gerutscht waren. Sie sah zu, wie

Hypnos eine Hand in Enriques Nacken legte und ihn noch näher an sich heranzog. Abrupt wurde sie daran erinnert, was sie alles nicht wahrnahm. An alles, wozu sie nicht in der Lage war. Sie konnte einen Raum betreten, aber sie war nicht charmant genug, um die Blicke auf sich zu ziehen. Sie mochte Leuten ihr Gesicht zuwenden, doch ihre Züge entfachten keine romantischen Fantasien.

Sie trat einen Schritt zurück. Sie sollte in der Welt bleiben, in der sie sich auskannte.

Und nicht von einer träumen, zu der sie keinen Zugang hatte.

Langsam drehte sie sich um und lief auf Zehenspitzen eilig den Flur hinunter, darauf bedacht, dass niemand sie bemerkte. Zurück in ihrem Zimmer streifte sie Handschuhe und Kleid ab. Dann zog sie ihren schwarzen Kittel und die Gummihandschuhe über.

Sie hatte zu arbeiten.

Séverin

Séverin schob die violetten Vorhänge der Kutsche mit seinem Spazierstock beiseite und ließ den Blick über die nassen Straßen schweifen. In der Ferne erhob sich das Palais des Rêves und projizierte Bogen gelben Lichts in den Himmel, die sich Flügeln gleich in die Nacht aufschwangen. Laila würde sagen, sie sähen aus wie ein Traum aus Engelsfedern. Er lächelte. Sollten sie wirklich so aussehen, war es kein Traum, sondern eine Botschaft. Nur Paris würde Seraphim die Flügel ausrupfen und sie an Gebäuden anbringen, wie um zu sagen:

Dies ist kein Ort für Engel.

Er klopfte mit dem Spazierstock gegen die Decke des Hansom Cab. »*Arrêtez!*«

Tristan, der neben ihm saß, fuhr aus dem Schlaf hoch und rieb sich die Augen.

»Sind wir schon da?«, fragte er müde. Tristan hatte in den letzten Wochen nicht gut geschlafen. Gelegentlich hatte Séverin ihn zusammengerollt im Gewächshaus vorgefunden, mit einer Kneifzange in der Hand, umgeben von nicht fertiggestellten Miniaturwelten ... darunter eine aus gepressten Jasminblüten, die

eine beunruhigende Ähnlichkeit mit milchigen, in Erde ge-
pflanzten Knochen aufwiesen.

»Wo sind die anderen?«, fragte Tristan.

»Wahrscheinlich schon drinnen.«

Enrique war vor dem Vollmondfest des berühmt-berüchtig-
ten Palais ganz aufgeregt gewesen, und Séverin hätte Geld darauf
verwettet, dass er allein schon wegen der Desserts versuchte, früher hineinzugelangen.

»Vergiss die Maske nicht«, sagte Séverin.

»Ach ja, stimmt.«

Alle hatten eine Wolfsmaske erhalten. Séverin würde sie zwar
tragen, aber wenn es darum ging, den Vollmond anzuheulen –
oder was auch immer sich das Palais sonst ausgedacht haben
mochte –, hörte bei ihm der Spaß auf.

Tristan sprang aus dem Cab. Plötzlich hielt er inne und klopfte
leicht auf eine seiner Sakkotaschen.

»Habe ich ganz vergessen«, sagte er und zog ein Kuvert hervor.
»Das Faktotum hat mich gebeten, ihn dir zu geben. Er sagte, es
sei wichtig.«

Séverin nahm den Brief entgegen. »Von wem ist er?«

»Der Matriarchin von Haus Kore«, sagte Tristan und zog einen
Flunsch.

Er hatte sich noch nicht mit dem Gedanken angefreundet,
dass man Séverin nach dem morgigen Erbfolgetest sein Haus zurückgeben würde. Jeden Tag musste man ihm versichern, dass
sich dadurch nichts änderte ... und das tat Séverin. Er würde den
gleichen Fehler nicht noch einmal machen und ihn ignorieren.

Séverin stopfte den Brief in seine Tasche. »Sie markiert *alles*
als wichtig.«

Allmählich wurde es ihm lästig. Eine Einladung zum Tee?
Wichtig. Fragen zu seinem Familienstand? Wichtig. Kommenta-
re zum Wetter? Wichtig.

HEUTE ABEND SAH es im Palais aus wie in einem Traum des Teufels. Es wimmelte nur so vor goldenen Wölfen, blitzenden Zähnen und Sternen, hell wie Milch. Von innen war das Palais für das Vollmondfest neu hergerichtet worden. Kellnerinnen huschten um die Tische herum und zogen brennende Seraphimflügel hinter sich her. Der Obsidianboden sah aus wie ein riesiges schwarzes Nichts, in dem die Sterne funkelten. Gäste mit Wolfsmasken saßen auf Samtsesseln, kippten Likör hinunter und heulten vor Lachen schaurig auf.

Wo er auch hinsah, war er umgeben von goldenen Wölfen. Und aus irgendeinem Grund fühlte er sich ganz wie zu Hause. Wölfe waren überall. In der Politik, auf Thronen, in Betten. Sie schliffen sich die Zähne am Lauf der Geschichte und labten sich am Krieg. Nicht, dass Séverin sich beschweren würde. Er wollte nur, wie jeder andere Wolf, seinen Anteil an der Beute.

Morgen würde er ihn bekommen.

In der Mitte des Saals, nahe der Bühne, winkten Enrique und Hypnos sie zu sich. Séverin ging hinüber und ließ sich in einen Sessel sinken.

»Wo ist Zofia?«

»Aus irgendeinem Grund hat sie sich entschieden, nicht mitzukommen«, sagte Hypnos.

Enriques Mundwinkel zogen sich nach unten, doch er überspielte es rasch mit einem Lächeln.

»Mehr Erdbeeren für mich«, sagte er und griff in die Silberschüssel mit den süßen Köstlichkeiten. »Außerdem: *Ihr seid spät dran*. Ihr habt Glück, dass sie L'Énigmes Auftritt nach hinten verschoben haben.«

»Wie bitte?«, stieß Séverin hervor.

Er hatte ihre Ankunft *extra* so geplant, dass sie ihren Auftritt verpassten. Wenn Laila tanzte, ging es ihm wie jedem anderen Mann im Saal, der ihr zusah. Als hinge sein Seelenheil allein von der Anmut ihrer Handbewegungen und der Beugung ihres Halses ab. Das würde er nicht noch einmal durchstehen.

»Warum?«, fragte er.

Enrique zuckte mit den Schultern. Obwohl er eine Maske trug, hatte Séverin den Eindruck, seine Miene war ein bisschen zu verständnisvoll. »Frag sie doch einfach selbst.«

Zu spät sah Séverin, dass Laila auf sie zusteuerte. Statt der Wolfsmaske trug sie einen Kopfschmuck mit unzähligen weißen Pfauenfedern. Ihr mondscheinfarbenes Kleid lag eng an ihrem Körper. Die Leute drehten sich nach ihr um, als sie vorbeiging. Sie lächelte strahlend, und das aus gutem Grund. Hypnos zufolge waren sie bei der Suche nach dem alten Buch, das Laila die letzten zwei Jahre gesucht hatte, auf eine Spur gestoßen. Vielleicht würde sie Paris endlich verlassen können.

Laila grüßte niemanden, sondern schritt zielstrebig auf Séverin zu. Sie stützte die Hände auf die Lehnen seines Sessels und beugte sich dicht über ihn. »Lach!«, wisperte sie, und er spürte ihren heißen Atem auf der Haut. »Jetzt.«

»Warum?«, flüsterte er zurück.

»Weil der Eigentümer des L'Éden noch nie einen Fuß in das Palais gesetzt hat und jetzt ganz schön viel Aufsehen erregt. Mehr als nur eine Tänzerin will wissen, ob du schon jemandem versprochen bist. Und obwohl ich sie alle mag, will ich nicht, dass sie demnächst durchs Hotel rennen, um deine Aufmerksamkeit zu gewinnen.«

Sein Rücken prickelte. Sie wollte, dass es aussah, als gehörte er zu ihr.

»Eifersucht steht dir, Laila«, sagte er lächelnd.

Laila verzog spöttisch den Mund und krallte die Hände noch ein bisschen fester in den Sessel. »Ich habe hier einen Ruf zu verteidigen. Und du auch. Es würde zu viel Aufmerksamkeit erregen. Jetzt lach schon!«

»Und was springt für mich dabei raus?«

Vielleicht lag es am Zigarettenrauch oder an dem schummrigen Licht und den seelenlos dreinblickenden Wölfen, denn seine Worte – die neckend klingen sollten – kamen irgendwie falsch rüber. Laila richtete sich leicht auf, dabei fiel ihr Blick auf seine Lippen. In diesem Moment hätten sich die Menschen um ihn herum in Luft auflösen können, ohne dass er es bemerkt hätte. In ihren Augen flackerte etwas, und zum ersten Mal fragte er sich, ob sie über die gestohlene Nacht das Gleiche dachte wie er. Ob sie sie auch verfolgte.

Ein Becken erklang und kündigte den Beginn ihres Auftritts an. Sie richtete sich vollends auf. Verspätet erklang sein Lachen, und er hoffte, es genügte.

»*Applaus für L'Énigme!*«, verkündete der Conférencier.

Die Deckenscheinwerfer richteten sich auf sie, und Laila wandte sich ohne Antwort von ihm ab. Séverin fluchte leise. Was zum Teufel war los mit ihm? Er beugte sich vor und spürte die scharfe Kante des Kuverts in seinem Sakko.

»Was war *das* denn?«, fragte Enrique.

»Nichts«, erwiderte Séverin schroff.

Er brauchte Hypnos und Tristan nicht in die Augen zu sehen, um zu wissen, welche Blicke sie sich zuwarfen. Sein Gesicht brannte, als er das Kuvert hervorzog und aufschlitzte. Lieber sah er jetzt geschäftig als gedemütigt aus.

L'Énigme ging auf die Bühne, und das ganze Theater brach in Applaus aus, erhob sich und stampfte mit den Füßen. In dem Tumult drangen die Worte des Briefes kaum in sein Bewusstsein, dann aber trafen sie ihn mit voller Wucht:

ROUX-JOUBERT IST ENTKOMMEN.
VERLASST UNTER KEINEN UMSTÄNDEN DAS L'ÉDEN.

Der Brief rutschte ihm aus der Hand. Als er aufstand, fühlte es sich an, als müsste er gegen Wasser ankämpfen. Er war nicht schnell genug. Das Johlen des Publikums verwandelte sich in Schreie.

»Feuer!«, rief jemand neben ihm.

Innerhalb weniger Sekunden brannten die Vorhänge lichterloh. Unkontrolliert schlugen die Flammen um sich, reichten unnatürlich schnell bis an die Balkone.

Tristan packte ihn am Arm. »Großer Gott …«

Séverin folgte seinem Blick zum Eingang, wo Roux-Joubert hereingestürmt kam. Bei jedem Schritt warf er mit Feuerfunken um sich. Noch mehr Samtvorhänge fingen an zu brennen, und dichter Qualm zog auf. Über den Köpfen der wild gewordenen Menge hinweg schwang der Kronleuchter bedrohlich hin und her. Von seinem Podium aus rief der Conférencier nach den Wachen, und um *Ordnung* …

Doch das Einzige, was Séverin hörte, war Roux-Joubert.

»So läuft das nicht, mein Junge«, rief er und grinste. »Sie können nicht einfach gehen, ohne etwas zurückzulassen.«

Roux-Jouberts Blick heftete sich auf Laila. Es war ihr gelungen, von der Bühne zu klettern. Jetzt rannte sie auf ihren Tisch zu. Sie streckte die Hand aus, und Hypnos ergriff sie. Der Hut mit der Klinge flog auf die beiden zu. Séverin stieß sich von seinem Sessel ab und warf sich schützend über Laila. Sie landeten auf dem Boden …

Ihr Herz klopfte heftig gegen seins, und am liebsten hätte er sich diesem Rhythmus für immer hingegeben. Überall um sie herum donnerten Füße auf den Boden, begleitet von lauten Schreien. Die Augen hatte er fest verschlossen. Er wartete auf einen Zusammenprall, doch der blieb aus.

»Oh nein, nein …«, schrie Enrique.

Séverin öffnete die Augen und stemmte sich vom Boden hoch.

Laila musste die Situation vor ihm erfasst haben, denn sie stieß einen erstickten Schrei aus. Séverin drehte sich um ... und seine Welt schien zusammenzubrechen.

Er hatte falschgelegen. Laila war nie das Ziel des Huts gewesen. Ein metallischer Geruch stieg ihm in die Nase. Tristan taumelte. Er öffnete den Mund, als wollte er etwas sagen. Der Hut lag verkehrt herum auf dem Boden, die Klinge glänzte. Eine schmale rote Linie zog sich über Tristans Hemdkragen. Die Linie dehnte sich aus. Das Blut sickerte über sein Sakko. Er sank in sich zusammen. Sein Kopf fiel nach hinten und schlug auf dem steinernen Boden auf.

Séverin bekam kaum mit, wie er zu ihm rannte. Und auch nicht, wie er Tristans Körper nahm und fest an sich drückte. Die anderen kamen herbeigelaufen. Er wusste, dass sie durcheinanderriefen, Hilfe holen wollten und sich so hastig bewegten, als könnte die Realität sie auf diese Weise nicht einholen. Doch er kannte die Wahrheit. Er wusste es in dem Moment, als er Tristans Kinn berührte und seinen Kopf zu sich drehte. Die grauen Augen standen weit offen, aber der Tod hatte ihnen den Glanz für immer genommen.

TEIL VII

AUS DEN ARCHIVEN DES ORDENS VON BABEL

Die Anfänge des Imperiums
Großmeisterin Hedvig Petrovna,
Haus Dažbog der Russischen Fraktion
Im Jahre 1771 unter der Herrschaft der Kaiserin
Jekaterina Alexejewna II.

Sterben wir – so heißt es –, bewahrt der Ring die Erinnerung an unser Blut.

Der Ring weiß immer, wer sein Meister oder seine Meisterin ist.

Séverin

Drei Wochen später ...

Séverin saß in seinem Arbeitszimmer und erwartete Besuch. Das Licht der Nachmittagssonne ergoss sich auf das Holz seines Schreibtischs, so dickflüssig und golden wie Eidotter. Manchmal erschreckte es ihn, mit welcher Dreistigkeit die Sonne noch immer aufging, nach allem, was geschehen war.

Die Tür wurde geöffnet, und herein kamen Hypnos und die Matriarchin von Haus Kore. Hypnos war in Schwarz gekleidet, er hatte rote Ränder unter den blassen Augen.

»Du hast die Beerdigung verpasst«, sagte er.

Séverin erwiderte nichts. Er wollte nicht trauern. Er wollte Rache üben. Er wollte das Gefallene Haus finden und ihnen allen die Kehle aufschlitzen.

Die Matriarchin fuhr erschrocken zusammen, als sie ihn erkannte. Er hoffte, ihre Finger taten ihr immer noch weh.

»Sie ...«, setzte sie an und hob langsam die Hand. Dann aber fiel ihr Blick auf ihren Ring und sie ließ sie rasch wieder sinken.

»Die französische Regierung und der Orden von Babel stehen tief in Ihrer Schuld. Sie und Ihre Freunde haben uns einen großen Dienst erwiesen, indem Sie meinen Ring wiederbeschafft und die Zivilisation somit womöglich vor dem Untergang bewahrt haben«, erklärte die Matriarchin steif.

Hypnos klatschte in die Hände. »Es gibt keinen Grund, es noch weiter hinauszuzögern. Haus Vanth wird wiederaufleben. Du wirst Patriarch.«

Er zog sich den Ring vom Finger und legte ihn auf den Schreibtisch. Dann starrte er die Matriarchin so lange an, bis sie es ihm nachtat. Aus seiner Brusttasche holte er ein kleines Messer.

»Es wird nur kurz wehtun«, sagte Hypnos beruhigend. »Dann aber erhältst du endlich, was dir zusteht. Passend zur Winterversammlung in Russland wirst du Patriarch sein. Der gesamte Orden wird dich kennenlernen.«

Die Matriarchin würdigte Séverin keines Blickes, ihre Lippen waren zu einer schmalen Linie zusammengepresst. Séverin starrte auf seinen Schreibtisch. Da war er. Der Moment, auf den er so lange hingearbeitet hatte … die Wiederholung des Erbfolgetests. Tausende Male hatte er es sich vorgestellt. Sein Blut – das gleiche Blut, das sie abgelehnt und für das falsche erklärt hatten – würde auf die Ringe tropfen, und das blaue Licht würde sich seine Arme hochwinden und in seine Haut eindringen. Er hatte es sich immer wie eine Erlösung vorgestellt. Wie das Gefühl, wenn Flügel sich endlich ausbreiten konnten. Wenn das Unmögliche möglich wurde: Die Erde wäre endlich genießbar und der Himmel ein Tuch, das er herunterziehen und um seine Faust wickeln konnte. Doch er hätte nie gedacht, dass es sich *so* anfühlen würde.

So bedeutungslos.

»Was macht ein bisschen mehr Blutvergießen schon aus …«, sagte er und schob die Ringe von sich.

Hypnos sah ihn ungläubig an. »Ich dachte, du wolltest das.«

Séverin schaute den Ringen hinterher, die über das Holz rollten. Er blinzelte, doch vor seinen Augen leuchtete kein blaues

Licht auf. Stattdessen sah er blonde Haare, Fingernägel mit dreck-verkrusteten Halbmonden. Traurige graue Augen.

Ich wünschte, du würdest dich mit dem zufriedengeben, was du hast ... Manchmal wünschte ich, du würdest nicht danach streben, Patriarch zu werden.

Ungebeten drängte sich ihm die Erinnerung an den Tag auf, an dem Hypnos ihm eine Falle gestellt und zu diesem Schwur ge-zwungen hatte. Séverin erinnerte sich, wie er Zofia, Tristan, En-rique und Laila durch die Glastür beobachtet hatte. Sie hatten Plätzchen gegessen und Tee und Kakao getrunken. Er erinner-te sich, dass er den Moment am liebsten unter einer Glasglocke eingefangen und für immer aufbewahrt hätte. Wie hatte es so weit kommen können? Er hatte versprochen, auf Tristan auf-zupassen, und jetzt war Tristan tot. Er hatte versprochen, auf die anderen aufzupassen ... und nun trieb sich das Gefallene Haus, das inzwischen all ihre Gesichter kannte, noch immer da drau-ßen herum. Und wartete. Ohne die anderen an seiner Seite wür-de er das Gefallene Haus niemals aufspüren. Und mit den ande-ren an seiner Seite war der Tod jedem von ihnen wie ein Schatten auf den Fersen. Er durfte nicht zulassen, dass ihnen etwas zu-stieß. Doch er durfte sie auch nicht zu nah an sich heranlassen. Er blinzelte und erinnerte sich an Lailas Körper unter seinem, an den Rhythmus ihres Herzens – Sirenengesang. Seine Gedanken machten Schuldgefühlen Platz. Wegen der Musik ihrer Herzen klebte Tristans Blut für immer an seinen Händen.

Die Matriarchin sah ihn fragend an.

»Nun?«, fragte sie. »Wollen Sie das hier?«

»Nein.« Abrupt stand er auf und komplimentierte sie aus sei-nem Arbeitszimmer. »Inzwischen nicht mehr.«

Laila

Drei Monate später ...

Laila stand im Flur vor Séverins Arbeitszimmer. In den Händen hielt sie einen Stapel aktueller Berichte. Er hatte ihr gesagt, es wäre nicht nötig, sie persönlich vorbeizubringen, doch sie konnte sich nicht mehr länger von ihm fernhalten.

Manchmal fragte sie sich, ob Trauer jemanden zerstören konnte. Jeder von ihnen hatte Risse davongetragen, frische Wunden. Enrique recherchierte ununterbrochen in der Bibliothek. Zofia wohnte quasi im Labor. Und Hypnos war verzweifelt charmant.

Auch sie überkam die Trauer manchmal unerwartet, und sie wusste nicht, wie sie sich gegen die überraschend heftigen Attacken wehren sollte. Erst letzten Monat hatte sie angefangen zu weinen, weil der Kakao in der Küche ungenießbar geworden war. Außer Tristan trank ihn niemand. Und dann war da noch der Nachthappen, der sich unter ihr Bett verirrt und bereits Staub angesetzt hatte. Vor zwei Monaten hatte sie aufgehört, schwarzen Krepp zu tragen. Das hielt sie aber nicht davon ab, durch die Gärten des L'Éden zu irren, als könnte sie dort noch den Blick auf einen Blondschopf erhaschen oder in der Ferne ein Lachen hören.

In letzter Zeit wusste Laila nicht mehr, was sie tun sollte. Séverin schickte ihr zwar Objekte zum Lesen, aber langsam glaubte sie, die Trauer hatte an ihrer Fähigkeit gezehrt.

Alles hatte nach der Beerdigung angefangen. Laila hatte Tristans Werkstatt einen Besuch abgestattet, obwohl sie nicht genau wusste, wonach sie suchte. Irgendein Andenken vielleicht. Eine glückliche Erinnerung, die das Bild von seinem Tod verdrängen würde: wie das Blut in seine Haare sickerte, die grauen Augen ihren Glanz verloren und Séverins Gesicht sich zu einer Maske aus zerstörten Träumen verzerrte.

Doch was sie fand, hatte nichts mit Glück zu tun.

Es war eine geheime Schublade, eine, die nicht einmal Séverin kannte. Darin lagen die aufgespießten Kadaver flügelloser Vögel. Bei ihrem Anblick war es Laila kalt den Rücken hinuntergelaufen. Hier lag die Antwort auf das Mysterium um die vogellosen Gärten des L'Éden. Vorsichtig hatte sie eine der Eisennadeln berührt, die die Fratzen des Todes auf den Gesichtern unnachgiebig festhielt. Bilder erschienen vor ihrem inneren Auge. Tristan, der Fallen aufstellte. Tristan, der sie einfing, beruhigend auf sie einredete und weinte, während er ihnen zuerst die Federn rupfte und dann seine Miniaturwelten, die er hingebungsvoll im Dunkel seiner Werkstatt anfertigte, damit auskleidete. Sie hörte, wie er den Geschöpfen, die sich in seiner Hand wanden, zuflüsterte: »Siehst du? Ist doch gar nicht so schlimm … du musst nicht fliegen.«

Mit einem mulmigen Gefühl hatte sie sich an Roux-Jouberts Worte im Gewächshaus erinnert …

Seine Liebe und Angst und sein eigener kaputter Verstand haben es mir leicht gemacht, ihn zu überzeugen, dass er euch rettet, indem er euch verrät …

Sie hatte sie verbrannt. Alle Beweise. Und jetzt konnte sie nicht einmal mehr sagen, ob das, was sie gesehen hatte, real gewesen war. Immer wenn sie versuchte, sich genauer zu erinnern, war es, als drückte sie auf einen frischen Bluterguss. Séverin hatte sie nichts gesagt. Sie hatte ihm den Anblick ersparen wollen. Er lief ohnehin schon durch die Gänge des L'Éden, als hätte er genügend Geister für ein ganzes Leben gesehen. Warum zusätzliche Dämonen wecken?

Laila zögerte noch an der Tür und wollte sich gerade wieder umdrehen, als diese aufschwang.

Séverin sah sie perplex an, überrascht, sie dort anzutreffen. Ihr Gesicht brannte. Der Moment im Palais, als sie sich über ihn gebeugt und er ihr anzüglich *Und was springt für mich dabei raus?* zugeflüstert hatte, schien eine Ewigkeit her zu sein.

»Laila«, seufzte er, als wäre ihr Name ein Fluch, den man gerne loswerden würde. »Was tust du hier?«

Laila hatte auf diesen Moment gewartet. Sie hatte sich die Worte sorgfältig zurechtgelegt und ihren ganzen Mut zusammengenommen. Weil ihre Zeit auf Erden bald gezählt sein würde, hatte sie sich in den letzten zwei Jahren stets zurückgehalten. Tristans Tod hatte das geändert. Sie wollte nicht durchs Leben schweben, ohne etwas zu fühlen. Sie wollte Erfahrungen machen, solange sie noch konnte. Sie wollte nicht, dass sie später bereute, Grenzen nicht übertreten zu haben. Sie wollte Gelegenheiten nicht einfach verstreichen lassen. Deswegen – und hauptsächlich deswegen – ließ sie die Berichte fallen und küsste Séverin.

Séverin

Séverins siebter Vater hieß Wollust.

Wollust lehrte ihn, dass ein gebrochenes Herz scharf wie eine Waffe war, weil man sich an dessen Splittern schneiden konnte.

Einmal war Wollust ganz verrückt nach einem jungen Mann im Dorf gewesen. Der junge Mann erwiderte seine Zuneigung, und Séverin und Tristan lachten in so mancher Nacht über die seltsamen Geräusche, die durch die Korridore hallten. Dann, eines Tages, kam der junge Mann zu ihrer Villa und sagte, er habe sich in eine Frau verliebt, die seine Familie ihm angetragen habe, und wolle sie noch in den nächsten zwei Wochen heiraten.

Wollust war fuchsteufelswild. Es gefiel ihm ganz und gar nicht, einfach sitzen gelassen zu werden, und so machte er die junge Dame ausfindig. Er brachte sie zum Lachen und dazu, sich in ihn zu verlieben. Als sie ihm erzählte, dass sie ein Kind von ihm erwartete, verließ er sie. Die junge Frau nahm sich das Leben, und der junge Mann, den sie eigentlich hätte heiraten sollen, fiel dem Wahnsinn anheim.

Und so auch Wollust, vermutete Séverin. Tagelang saß er auf dem steinernen Balkon und ließ die Füße baumeln, den Körper

weit vorgelehnt, als wollte er die Welt herausfordern, ihm in letzter
Sekunde doch noch Flügel wachsen zu lassen.

Am Tag bevor Séverin und Tristan nach Paris reisten, flüsterte
Wollust ihm zu:

»Lust ist nicht so riskant wie Liebe, aber beides kann dich rui-
nieren.«

∼ • ∼ • ∼

SÉVERIN BRACH DEN Kuss ab und taumelte zurück.

»Was zum Teufel war das denn?«, stieß er aus.

Kurz flackerte Verunsicherung über Lailas Gesicht, aber sie
wusste sie schnell zu überspielen.

»Eine kleine Erinnerung«, sagte sie und schaute erst auf den
Boden, dann zu Séverin. »Daran, wie es ist, zu leben …«

Leben?

»Die Toten haben es nicht verdient, dass wir uns auch noch in
Geister verwandeln.«

Sie trat näher. Die Hoffnung stand ihr so deutlich ins Gesicht
geschrieben, dass es ihn allein bei ihrem Anblick schmerzte. Die
Erinnerungen nagten an ihm. Séverin hatte sich auf Laila statt auf
Tristan geworfen. Er hatte auf Laila aufgepasst statt auf Tristan,
obwohl er es ihm versprochen hatte. Wie konnte sie es da wagen,
ihn zu belehren, was die Toten verdienten?

Sein Herz gefror. Er verzog den Mund zu einem spöttischen
Grinsen und lachte, ging zurück zu seinem Schreibtisch und
lehnte sich dagegen.

»Ach Laila«, hob er an. »Was soll ich denn jetzt sagen? Soll ich
ein Gedicht vortragen? Dir erzählen, dass deine Lippen mich auf
wundersame Weise wiederbelebt haben?«

Laila wich zurück. »Ich dachte, in den Katakomben, da …«

»Hast du wirklich gedacht, dieser Kuss wäre von Bedeutung?«, fragte er und feixte. »Hast du gedacht, eine einzige Nacht wäre von Bedeutung? Ich kann mich kaum daran erinnern. Nichts gegen dich ...«

»Hör auf damit, Séverin! Wir wissen beide, dass es etwas bedeutet hat.«

»Du hast Wahnvorstellungen!«

»Beweis es.« Ihre Stimme war kaum mehr als ein Flüstern.

Séverin blinzelte, und auf einmal stand sie dicht vor ihm, der Plüschteppich hatte ihre Schritte gedämpft. Er stützte sich mit der einen Hand ab und streckte die andere nach ihrer Wange aus. Ein kaum merkliches Zittern ging durch ihren Körper.

»Du wirst rot, kaum dass ich dich berührt habe«, sagte er. Er zwang sich zu einem spöttischen Grinsen, auch wenn sein törichtes Herz dabei ins Bodenlose fiel. »Willst du wirklich, dass ich weitermache? Es wird dich nur demütigen ...«

Laila schlang ihre Arme um seinen Hals und zog ihn an sich. Séverins Hände legten sich um ihre Taille, als wäre sie ein Anker. Als würde er untergehen. Und vielleicht tat er das auch. Ihr ersticktes Seufzen wuchs sich zu einem leisen Stöhnen aus, als er seine Zunge in ihren Mund gleiten ließ.

»Laila«, murmelte er wieder und wieder, wie im Gebet.

Er hob sie hoch und setzte sie auf den Schreibtisch. Ihre Beine schlangen sich um seine Lenden. Sie standen so eng aneinandergepresst, dass nicht einmal das Licht seines Schreibtisches zwischen ihnen hindurchdrang. Seine Hände gruben sich in ihr schwarzseidenes Haar. So fühlte sich also ein Kuss an, der nicht von Bedeutung war. Als könnte er nicht genug von ihrem Körper und ihrem Geschmack bekommen, als würde jede Bewegung ihn abhängig machen. Ihr Hals unter seinen Lippen fühlte sich samtig warm an. Er war wie im Rausch. Doch dann glitt ihre Hand zu der Stelle, an der sein Hemd auf seine Hose traf, und er erstarrte.

Rasch trat er zurück. Ihre Beine rutschten von seiner Hüfte und sie stieß mit den Fersen gegen den Schreibtisch.

»Siehst du?«, sagte er mit rauer Stimme. »Ich habs dir ja gesagt. Da ist nichts.«

Ein wütender Ausdruck trat auf ihr Gesicht. »Du weißt, dass das nicht stimmt! Und wenn du es trotzdem glaubst, bist du ein Idiot, *Madschnun*!«

Beim letzten Wort zuckte er zusammen. Als er sie schließlich ansah, funkelten ihre Knopfaugen animalisch. Ihm war nicht bewusst, die Worte gewählt zu haben, die nun seinen Mund verließen. Aber ihr Gift fraß sich durch seine Zähne. »Mach nur weiter! Nenn mich, wie du willst! Man kann unmöglich von jemandem verletzt werden, der sowieso nicht echt ist.«

Sein Gefühl konnte ihn nicht trügen. Er spürte das plötzlich abreißende Knistern, als etwas in Laila unweigerlich zerbrach.

Séverin

Zwei Monate später ... November 1889

Séverin hielt eine riesige Pelzstola hoch, die wahrscheinlich noch bis vor Kurzem ein Silberfuchs gewesen war. Oder ein Wiesel mit sehr glänzendem Fell. Von diesen Dingen hatte er wenig Ahnung. Funkelnde Granatsplitter waren in den Pelz eingearbeitet, sodass sie aussahen wie Blutspritzer.

»Was zum Teufel ist das?«

»Das ist dein Geburtstagsgeschenk, *cher*!«, erwiderte Hypnos und klatschte in die Hände. »Ist es nicht *reizend*? Und so praktisch für unsere bevorstehende Reise. In Russland ist es eiskalt, und du willst dich doch bei der Winterversammlung des Ordens nicht verschnupft anhören und mit den Zähnen klappern?! Das würde einfach keinen guten Eindruck machen.«

Séverin hielt die Pelzstola auf Armeslänge von sich.

»Danke.«

Séverin griff nach dem Programm für die Winterversammlung. Sie würden in einem Palast untergebracht werden, und wie es schien, auch in eigenen Gemächern mit Platz für – Séverin blinzelte, als er das Wort las – *Mätressen*. Er verdrehte die Augen.

Viele Ordensfraktionen des Westens würden vor Ort sein, besonders diejenigen, die ein Fragment hüteten. Wenn das Gefallene Haus alle Babelfragmente der Welt zu vereinigen gedachte, war es nicht länger nur Frankreichs Problem.

»Was ist mit Laila?«, fragte Hypnos.

Das Programm rutschte Séverin aus der Hand.

»Was soll mit Laila sein?«, fragte er, sah aber nicht von seinem Schreibtisch auf.

Seit dem Abend in seinem Arbeitszimmer hatte er sie nicht mehr gesehen. Er schob die Erinnerung beiseite.

Wenn alles nach Plan lief, würden sie das wertvolle Buch bald finden, Laila würde Paris verlassen, und er müsste sich nicht länger schuldig fühlen.

»Arbeitet ihr nicht mehr zusammen?«

»Doch.«

Inzwischen übernahm Enrique, wenn auch mit ausgesprochenem Widerwillen, die Botengänge zwischen ihnen beiden. Auch wenn Laila nicht mehr mit Séverin redete, hatte er immer noch, was sie brauchte: Zugang zu Artefakten und Informationen des Ordens. Und sie hatte noch immer, was er brauchte: einen Einblick in Objekte, die wertvolle Geheimnisse enthielten. Meistens legte Séverin Gegenstände von Sammlern oder Verwaltern in eine Schachtel und ließ sie ihr zukommen, zusammen mit einem Bericht über den Fortschritt der Suche nach dem Gefallenen Haus. Laila schickte die Schachtel dann mit Notizen über die entsprechenden Personen zurück, inklusive all dessen, was sie im Palais mitbekam. Diese Methode kam ihnen beiden gelegen.

»Hast du sie gefragt, ob sie uns zur Winterversammlung begleitet?«

Séverin nickte.

»Und, hat sie auch geantwortet?«

Er seufzte. »Nein.«

Das war noch so ein Problem. Er wusste einfach nicht, was er ihr anbieten sollte, damit sie mitkam.

»Hach ja, Krach mit der Gespielin«, seufzte Hypnos.

»Laila ist nicht meine Gespielin.«

»Dein Pech, *mon cher.*« Hypnos zuckte mit den Schultern und sah auf die Uhr über der Arbeitszimmertür. »Deine Geburtstagsparty ist unten in vollem Gange. Das ist dir doch klar, oder?«

»M-m.«

»Wirst du dich dort auch mal blicken lassen?«

»So spät am Abend kann sich hinterher sowieso niemand mehr daran erinnern.«

Hypnos verdrehte die Augen, deutete eine Verbeugung an und verließ das Arbeitszimmer. Séverin unterdrückte ein Gähnen. Eigentlich wollte er gern hierbleiben, aber es gab nichts mehr für ihn zu tun. *Herzlichen Glückwunsch zum Geburtstag.* Pah! Letztes Jahr war Tristan auf die glorreiche Idee gekommen, ein lebendiges *Entremets* zu backen und es mit vierundzwanzig Amseln zu füllen – in Anlehnung an ein englisches Kinderlied, das Séverin mit acht Jahren so lustig gefunden hatte. Zofia hatte den Käfigkuchen gebaut und mit einem Schmiedemechanismus versehen, der die eingebaute Voliere öffnen sollte, sobald Séverin die Kerzen ausblies. Enrique hatte die Erstausgabe eines Buches mit Kinderliedern gefunden, das unter anderem besagtes Lied mit dem Namen *Sing a Song of Sixpence* enthielt. Laila hatte die Konfitüre gemacht. Aber als er die Kerzen ausgeblasen hatte und der Käfig aufgesprungen war, wollte kein einziger Vogel daraus hervorkommen, weil die meisten von ihnen sich gerade an Lailas Kuchen labten. Tristan hatte sie behalten wollen. Und Enrique war sauer gewesen, weil die Vögel ihren Kot auf den Bibliotheksbüchern hinterlassen hatten. Den Kuchen hatten sie anschließend nicht mehr essen können. Laila hatte jedoch am nächsten

Tag ein Törtchen gebacken und es ihm mit einer kleinen Kerze auf den Schreibtisch gestellt.

Beinahe hätte Séverin gelacht, doch es blieb ihm im Halse stecken.

Es würde nie wieder einen solchen Geburtstag geben.

Bevor Séverin das Arbeitszimmer verließ, griff er nach einer Uroboros-Maske auf seinem Schreibtisch. Die Messingschlange auf der Maske formte eine kunstvoll verzierte liegende Acht, die seine Augen bedeckte. So konnte er das Gelage vom oberen Treppenabsatz aus verfolgen, ohne entdeckt zu werden. Ihm zu Ehren war im L'Éden gerade ein Maskenball in vollem Gange. Akrobaten mit unheimlichen, grinsenden Masken schwangen sich von den Dachbalken. Zu diesem Spektakel waren sie alle erschienen. Zofia trug eine Maske mit spitzem Schnabel, das wolkige Haar umrahmte ihr Gesicht wie ein aufgeplustertes Federkleid. Enrique stand neben ihr, mit einer Affenmaske im Gesicht und einem dazu passenden Schwanz. Hypnos hatte auf eine Maske verzichtet und stattdessen eine ausladende Phönixschleppe angelegt, die so geschmiedet war, dass sie lodernden Flammen glich.

Durch die Tore strömten gerade zwölf Frauen mit Pfauenfedern bekleidet ins Foyer. Sie waren wirklich eine Augenweide.

Aber sie waren nicht sie.

Hinter ihm hörte er das Faktotum rufen: »Bitte heißen Sie die Kurtisanen des Palais des Rêves herzlich willkommen. Zum Ehrentag von Monsieur Montagnet-Alarie werden sie heute einen ganz besonderen Tanz aufführen!«

Die Menge jubelte. Séverin machte auf dem Absatz kehrt. Sein Schlafgemach lag im Westflügel, verborgen hinter einem Tezcat-Portal in der Form eines länglichen, ovalen Spiegels, der von einem Uroboros umgeben war. Die Schlange war geschmiedet und kroch unentwegt ihrem eigenen Schwanz hinterher. Nur wenn man sie hinterm Kopf packte, als wollte man sie erwürgen, gab sie Ruhe. Und auch nur so gelangte man in seine Gemächer.

Sie waren spartanisch eingerichtet, so wie Séverin es mochte. Es gab ein großes Bett mit einem Kopfteil aus Ebenholz. Die Vorhänge waren in schlichtem Gold gehalten und so geschmiedet, dass jeder sich in ihnen verfing, der sie zwischen zwei und vier Uhr morgens berührte – die Stunden, in denen die meisten Morde begangen wurden, so sagte man.

Séverin rieb sich den Nacken, ließ die Schlangenmaske zu Boden fallen, trat sich die Schuhe von den Füßen und zog sein Hemd aus der Hose. Als er einen tiefen Atemzug nahm, fragte er sich, ob er allmählich den Verstand verlor. Jetzt dachte er schon, er würde Laila auch hier riechen. Ein Hauch von Zucker in der Luft. Ein schwacher Duft nach Rosenwasser. Er bekam sie nicht mehr aus dem Kopf. Fest presste er die Handballen auf die Augen. Was war nur los mit ihm? Er ging hinüber zum Bett und wollte sich gerade daraufallen lassen, da hielt er inne.

Es war schon besetzt.

»Hallo, *Madschnun.*«

Auf der Bettkante, in einem Kleid, das aussah, als wäre es aus einem Stück Nachthimmel genäht, saß Laila. Bei jeder ihrer Bewegungen sausten blasse Sterne über den Saum. Séverin fragte sich erschöpft, ob sie es auch wirklich war. Oder ob sein Verlangen sie heraufbeschworen hatte. Da lächelte sie, und sofort holte ihn die Gegenwart wieder ein.

Endlich sah sie ihn nicht mehr verletzt und mit großen Augen an, so wie zuletzt in seinem Arbeitszimmer. Vielmehr sah sie aus wie eine Ikone. Schrecklich schön und unerreichbar.

Er hingegen war zerzaust und müde, aber nicht bereit, sich die Blöße zu geben.

Wochenlang hatten sie nicht miteinander gesprochen, und doch neckte er sie so selbstverständlich wie eh und je.

435

»Was bringt die Legende des Palais des Rêves zurück in mein Bett?«, fragte er.

Sie lachte, und obwohl er bekleidet war, hätte er genauso gut nackt vor ihr stehen können.

»Ich will dir ein Angebot machen«, erwiderte sie in legerem Tonfall.

Er zog eine Augenbraue hoch. »Eins, das mit meinem Bett zu tun hat?«

»Als wüsstest du, was du mit mir in deinem Bett anfangen solltest.« Sie sah auf ihre Fingernägel.

Und ob er das wusste …

»Mein Angebot hat etwas mit der Winterversammlung in Russland zu tun.«

»Du kommst also mit?«

»Nur unter meinen eigenen Bedingungen.«

»Und die wären?«

Laila beugte sich vor. Das Licht ließ ihre Haut erstrahlen. »Ich möchte freien Zugang. Und ich möchte mich nicht in einer Torte verstecken. Oder mich als Dienstmädchen ausgeben.«

Er begriff, auch ohne dass sie es aussprach.

»Du willst, dass ich dich zu meiner Mätresse mache.«

»Ja. Hypnos hat bereits abgelehnt. Du bist meine letzte logische Option. Da die Veranstaltung schon in drei Wochen beginnt, will ich nicht noch den Aufwand betreiben, mit jemand anderem anzubändeln.«

Er versuchte, nicht darüber nachzudenken, dass sie zuerst einen anderen Mann gefragt hatte. Er versuchte es – und scheiterte.

Sie ergriff seine Hand, und er bemerkte, dass sie Schmuck trug: schwere, ungeschliffene Steinchen an den Zeigefingern und dünn geformte Goldreifen um die Handgelenke. Sie trug sonst nie Schmuck im Hotel. Es störte sie beim Backen.

Als sie ihn berührte, versteifte er sich.

»Was sagst du, *Madschnun*? Wir werden nur nach außen hin so tun müssen, das versichere ich dir.« Ihre Stimme war dunkel, und der fast schon professionell verführerische Klang raubte ihm den Atem. Dabei versuchte er mit aller Macht, ihr zu widerstehen.

»Du brauchst mich, und das weißt du. Wenn ich nicht da bin, werden sich all deine Pläne, *Die Göttliche Fügung* zu beschaffen, in Luft auflösen.«

Sie strich mit den Fingern über seinen Hals und sein Kinn.

»Na schön«, brachte er hervor.

»Versprochen?«, wisperte sie. »Ich will es hören.«

Er schluckte. »Ich verspreche, dich zur Winterversammlung mitzunehmen und dich als meine Mätresse vorzustellen.«

»Versprichst du, dass du mich über alles, was du herausfindest, auf dem Laufenden hältst?«, drängte sie weiter.

Sie hatte den obersten Knopf an seinem Hemd geöffnet. Ihre Hände lagen auf seiner Brust.

»Gut, ja, ich versprechs«, sagte er mit rauer Stimme.

Laila kam näher, das Gesicht nur Zentimeter von seinem entfernt, die damassinenroten Lippen leicht geöffnet.

»Gut«, sagte sie.

Irgendetwas versengte seine Haut. Er fluchte leise und sah hinunter auf sein Handgelenk. Lailas Armreife waren überhaupt kein Schmuck. Es waren Eisendrähte – aus dem gleichen Material geschmiedet wie ein Schwurtattoo. Und in ebendiesem Moment brandmarkten sie ihn. Das Brennen hielt nur kurz an, dann versank das Metall in seiner Haut.

»Ich habe gelernt, dir nicht blind zu vertrauen«, sagte Laila. »Also habe ich meine eigenen Vorkehrungen getroffen.«

»Wie …«

»Ich habe vom Besten gelernt«, sagte sie und tätschelte seine Wange.

Er packte sie am Handgelenk.

»Du solltest vorsichtiger mit den Versprechen sein, die du den Leuten abnimmst«, zischte er. »Hast du eine Ahnung, worauf du dich gerade eingelassen hast?«

»Ich weiß genau, was ich tue«, antwortete sie und ihre Augen verengten sich.

»Tatsächlich? Du hast nämlich gerade zugestimmt, die nächsten drei Wochen jeden Abend mit mir das Bett zu teilen. Ich werde dich beim Wort nehmen.«

»Das weiß ich, *Madschnun*«, sagte sie, nun schon etwas sanfter. »Genau wie ich weiß, dass du mich nicht als Versuchung betrachtest. Vielleicht wirst du mich sogar gelegentlich küssen müssen, nur um zu zeigen, dass ich auch wirklich die bin, die ich vorgebe zu sein. Aber es bedeutet dann ja nichts.«

Sie glitt aus dem Bett und verließ das Zimmer.

»Alles Gute zum Geburtstag, *Madschnun*. Schlaf gut.« Hinter ihr fiel die Tür ins Schloss.

In dieser Nacht tat Séverin kein Auge zu.

Hypnos

Hypnos schritt zielstrebig durch die Korridore von Erebos.

Draußen war es eisig. Die Feuer waren für die Nacht bereits eingedämmt worden, sodass es ein frostiger Empfang für die Matriarchin des Hauses Kore werden würde. Sie hatte die Pelzstola eng um ihren Körper geschlungen und da sie sich gar nicht erst bemühte, sie abzulegen, würde ihr Besuch wohl nur von kurzer Dauer sein.

»Was führt Sie zu dieser späten Stunde noch her?«, fragte er müde.

Falls sie seine Missachtung der Etikette als Affront betrachtete, ließ sie es sich nicht anmerken.

»Die Winterversammlung steht kurz bevor.«

»Sehr amüsant, Madame, aber ich besitze sehr wohl einen Kalender.«

Sie befeuchtete die Lippen, ihr Blick huschte zum Tor.

»Ihr Freund, Monsieur Montagnet-Alarie ... sind Sie sicher, er wird uns nicht bitten, den Erbfolgetest zu vollziehen?«

Hypnos runzelte die Stirn. Niemand konnte mit Sicherheit sagen, was in Séverins Kopf vor sich ging. Möglicherweise würde er irgendwann erneut darum bitten. Er hatte aus Trauer abgelehnt, aber gab man ihm ein bisschen Zeit, würde er sein Erbe womöglich doch noch für wichtig genug erachten.

»Das kann ich nicht mit Bestimmtheit sagen.«

Die Matriarchin schloss die Augen. »Sorgen Sie dafür, dass er nicht darum bittet. Wenigstens, bis er dem Orden geholfen hat, das Gefallene Haus ausfindig zu machen.«

»Was verschweigen Sie mir?«

Sie zögerte. Dann erklärte sie stockend: »Wir haben den Erbfolgetest durchgeführt, als der damalige Patriarch des Hauses Vanth bei einem Brand ums Leben gekommen war.«

»Das ist mir durchaus bekannt, und jeder weiß, dass die Ergebnisse manipuliert wurden …«

»Wurden sie nicht.«

Hypnos hielt inne. »Was wollen Sie damit sagen?«

»Ich will damit sagen, dass er nicht der rechtmäßige Erbe des Hauses Vanth ist, und das sollte er besser nie erfahren.«

Anmerkungen der Autorin

Zum ersten Mal hörte ich von dem Menschenzoo, der Philippiner zur Schau stellte, als ich gerade beim Frühstück saß und eher zufällig NPR (National Public Radio) hörte. Das Philippinische Dorf war eine der größten und meistbesuchten Ausstellungen der Weltausstellung von 1904 in St. Louis, Missouri. Die Besucher waren höchst interessiert daran zuzusehen, wie der »primitive« Stamm der Igorot gezwungen wurde, Hunde zu schlachten und zu essen. Der Beitrag hat mich schockiert. Ich konnte einfach nicht fassen, dass ich soeben den Ausdruck »Menschenzoo« gehört hatte.

Dieses Stück Geschichte führte mich in die Welt der *Goldenen Wölfe*, besonders die *Exposition Universelle*, die Weltausstellung von 1889 in Paris. Hauptattraktion hier war ebenfalls ein Menschenzoo, ein sogenanntes »N****dorf« – besucht von 28 Millionen Menschen. Als Philippinerin und Inderin liegt mir der Kolonialismus im Blut. Es fiel mir schwer, die Schrecken dieser Epoche mit den glamourösen Bildern zu vereinen, die in meiner Fantasie das 19. Jahrhundert beherrschten: Kurtisanen, das Moulin Rouge, rauschende Feste und Champagner.

Ich wollte verstehen, wie eine Ära, die *La Belle Époque* genannt wurde – also buchstäblich *Das Schöne Zeitalter* –, diesen Namen trotz ihrer Makel tragen konnte. Ich wollte Schrecken und Schönheit durch die Augen von Außenseitern erkunden, und letztendlich wollte ich auch zu einem Abenteuer aufbrechen.

Alleine die Recherche war bereits abenteuerlich. Ich fand heraus, dass sich der philippinische Nationalheld José Rizal 1889 tatsächlich in Paris aufgehalten hat. Ich habe viel zu viel über die Herstellung von Speiseeis gelernt, obwohl es letzten Endes nichts davon ins Buch geschafft hat. Ich fand heraus, dass es in der *Belle Époque* zwar künstlerische und wissenschaftliche Höhenflüge gab, sich aber gleichzeitig ein tief verwurzelter Antisemitismus verbreitete, besonders im Russischen Zaren- bzw. Kaiserreich.

Auch wenn ich es bei vielen Dingen mit der Wahrheit nicht ganz so genau genommen habe, fühlte es sich doch nie richtig an, die Schönheit vom Schrecken des 19. Jahrhunderts zu trennen.

Wenn wir die Schrecken verdrängen und das Groteske unerwähnt lassen, gehen wir das Risiko ein, die Pfade zu verwischen, die uns bis ins Hier und Jetzt geführt haben.

Geschichte besteht aus Mythen, die von den Zungen der Eroberer geformt werden. Was zunächst gut erscheint, kann in unserem kollektiven Gedächtnis im Laufe der Zeit einen bitteren Beigeschmack bekommen. Was zunächst schlecht erscheint, kann später auf fruchtbaren Boden stoßen und aufblühen. Diese Trilogie schreibe ich nicht, um den Zeigefinger zu erheben oder zu verurteilen, sondern um zu hinterfragen …

Zu hinterfragen, was Gold ist – und was einfach nur glänzt.

Danksagung

Die längste Zeit dachte ich, ich könnte dieses Buch nicht schreiben. Der Umfang hat mich abgeschreckt. Die Rätsel waren ein unverständliches Durcheinander. Die Charaktere haben mich angefaucht, wenn ich ihnen zu nah kam. Aber ich habe mich doch irgendwie in diese Welt gemogelt und konnte mich dank der Menschen über Wasser halten, die ich im Folgenden nennen werde. Meiner Familie bei Wednesday Books: Ich bin euch so dankbar für eure Unterstützung. Danke an Eileen, die mich zur Romance-Leserin gemacht hat und diese Geschichte schon in ihren Anfängen begleitet hat, als sie noch aus einer halbgaren Masse Wörtern und einer Pinnwand bei Pinterest bestand. An Brittani, Karen und DJ: Danke, dass ihr das Feuer entfacht habt! An Thao: Du bist ein Traum von einem Agenten. Mit niemand anderem würde ich mich in die Schlacht stürzen wollen. Danke auch an meine Familie in der Sandra Dijkstra Literary Agency für alles, was ihr tut, und besonders an Andrea, die das Ausland auf diese Geschichten aufmerksam macht. An Sarah Simpson-Weiss, meine *assistante extraordinaire*: Wie konnte ich je ohne dich leben? An Noa, ich bin so dankbar für deinen Rat und Humor und dein unbezahlbares Feedback.

An meine großartigen Freunde … Danke an Lyra Selene, meine Star-Kritikerin, die diese Geschichte tausend Mal gelesen hat.

An Ryan: ein von Herzen kommendes, tausendfaches *Meep*! An Renee und JJ, meine leuchtenden, glamourösen Ratgeberinnen. An Eric, dessen Namen ich mir borgen durfte. Russell und Josh, die in jedem Zustand meiner Deadlinehaftigkeit Geduld mit mir hatten. Marta, Zan und Amber, die mich nicht haben durchdrehen lassen, mich immer wieder auf den Boden der Tatsachen geholt und zum Lachen gebracht haben. An Katie, die mir bei der Mathematik geholfen hat. An Nic, Victoria und Bismah: Ohne euch hätte ich keine Story über Freundschaft schreiben können.

An meine unglaubliche Familie: Mom, Dad, Ba und Dadda, Lalani, meine Tanten und Onkel und an meine zukünftige Schwiegerfamilie. Eure Unterstützung hat das Ganze erst möglich gemacht und spornt mich an, weiterzumachen. Ein besonderer Dank geht an meinen Alpesh Kaka und meine Alpa Kaki, in deren Zuhause ich zum ersten Mal die *Treasure Hunt Thriller* gelesen habe, die mich zu dieser Geschichte inspiriert haben. Shiv, Renuka, Aarav (unsere erste Begegnung werde ich nie vergessen), Sohum, Kiran und Alisa, Shraya: Ich sage es nicht oft genug, aber ich liebe euch. Ein besonderer Dank an meinen Cousin Pujan, dessen geniale Einblicke in die Welt der Kunst meine Sichtweise auf historische Werke verändert hat. An Pog und Cookie, die Beta-Leser, die als Erste sagen: Was hast du dir denn da wieder ausgedacht? Ich bin zutiefst stolz darauf, eure Schwester zu sein.

An Panda und Teddy, die weder lesen noch schreiben können, aber immer flauschiger werden, um meine Verzweiflung während des Schreibprozesses aufzusaugen. Danke.

An Aman: Mit niemandem sonst möchte ich auf diese Reise gehen. Du bringst den Zauber in meine Welt.

Und zuletzt, an meine Leser: Vielen, vielen Dank. Ihr erfüllt mein Herz.

Bild- und Quellennachweise

Die *New York Times*-Bestsellertrilogie geht weiter!

»Auf den Leser warten phantastische Ideen, faszinierende Figuren und jede Menge Rätsel.«

Roshani Chokshi
Die silbernen Schlangen (Bd. 2)
Hardcover, 448 Seiten
€ 19,00 [D] | € 19,60 [A]
ISBN 978-3-03880-027-9

»Emotional ergreifender und leidenschaftlicher Abschied von einer fesselnden Fantasy-Serie.«

Roshani Chokshi
Die bronzenen Bestien (Bd. 3)
Hardcover, 432 Seiten
€ 20,00 [D] | € 20,60 [A]
ISBN 978-3-03880-028-6